Mirador

Der Job - Eins

Ein BDSM-Roman

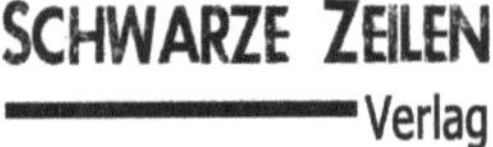

SCHWARZE ZEILEN
— Verlag

Bibliografische Information der Deutschen Nationalbibliothek

Die Deutsche Nationalbibliothek verzeichnet diese Publikation in der Deutschen Nationalbibliografie; detaillierte bibliografische Daten sind im Internet über http://dnb.d-nb.de abrufbar.

ISBN 978-3-945967-26-3

1.Auflage 2017

www.schwarze-zeilen.de

(c) 2016 Schwarze-Zeilen Verlag

Ein Imprint des footstep-Verlag

Reichenaustr. 81c, 78467 Konstanz

Coverfoto: phbcz/Bigstock.com

Printed in Germany

Hinweis

Dieses Buch ist nur für Erwachsene geeignet, die sadomasochistischen Praktiken offen gegenüberstehen. Alle beschriebenen Handlungen erfolgen in gegenseitigem Einverständnis zwischen Erwachsenen.

Bitte achten Sie darauf, dass das Buch Minderjährigen nicht zugänglich gemacht wird.

Vorgeschichte

Ich saß gerade auf dem Klo und sah meine Post durch, als der endgültige Supergau meines derzeitigen Lebens eintraf. Da war sie: die Kündigung meiner Wohnung. Dreimal war die Miete nicht pünktlich auf dem Konto der Wohnungsgesellschaft eingegangen und schon setzten sie mich vor die Tür. Seit der Trennung von Peter meinem Ex-Lover vor sechs Monaten galoppierten mir die Kosten davon und nun stand ich am Ende. Seit drei Wochen war ich arbeitslos, weil meine Firma die Zelte in Hamburg abbrach und nach Amerika ging. Man machte sich nicht mal die Mühe, mir nach vier Jahren treuer Dienste eine Abfindung anzubieten. Der Chef verkündete fast fröhlich, dass irgendwelche Investoren das Mutterhaus in USA übernommen hatten und die neuen Eigner allen einen Job in Übersee anboten. Natürlich nach amerikanischen Bedingungen. Das hieße übersiedeln und nach sechs Monaten sowieso wieder auf der Straße zu sitzen.

Mein Konto war so leer wie eine Kirche am Sonntag und meine Barschaft belief sich auf dreiundvierzig Euro. Ich hätte heulen können. Wütend warf ich die Briefe auf die Fliesen und ließ mir ein Bad ein. Ich war den ganzen Tag auf dem Arbeitsamt gewesen, aber für Fremdsprachen-Korrespondentinnen mit Berufserfahrung schien es in der Hansestadt, dem Tor zur Welt, keinen Bedarf zu geben. Mit einer CD von Andre Rieu als Begleitung legte ich mich in die Schaumwanne und las die neueste Ausgabe der *Schlagzeilen* die einzige Post, auf die ich mich freute.

Ich überflog die vielen Geschichten über Seelenwanderer und Verklemmte, die sich eine wie die Andere glichen. Irgendwer glaubte seine wahre Neigung für SM entdeckt zu haben und kam nur damit klar, wenn er es in Rosen und Veilchenblätter verpackte.

Peter und ich hatten die Zeitung abonniert und uns im Bett immer köstlich über die Erklärungen der Autoren für ihre Sado-Neigungen amüsiert. Wir beide waren in der Hamburger Szene Lokalgrößen gewesen. Bei Treffen, in denen wir als Sklavin und Herr auftraten, war immer was los. Peter liebte es, mich in der Öffentlichkeit zu züchtigen und ich genoss es jedes Mal, wenn die Peitsche über meinen wehrlosen Körper strich. Wir waren das perfekte Paar.

Ich liebte Schmerz und Unterwerfung und er war das perfekte Gegenstück. Wir erfanden gemeinsam immer neue Spielarten der Fesselung und brachten uns zu ungeahnten Höhepunkten bei unseren Sessions. Alles war Super, bis er seinen Job als Artdirector bei einer Verlagsgesellschaft verlor. Innerhalb von drei Monaten verlor er jeden Halt und begann zu trinken. Bei unserer letzten Zusammenkunft schlug er mich nicht, sondern prügelte auf mich ein. Ich war auf dem Bett festgebunden und er schlug mit einem Rohrstock auf meine Kehrseite ein, bis Blut von meinem Hinterbacken lief. Wahrscheinlich ließ er seine Wut, auf alles und jeden, an mir aus und ich wurde zum ersten Mal dabei ohnmächtig. Er ignorierte unser vereinbartes Zeichen zum Stopp und ich warf ihn aus der gemeinsamen Wohnung. Es gab kein Vertrauen mehr. Seither hatte ich kein Wort mehr von ihm gehört. Irgendwann waren seine Kleider weg und der Schlüssel lag auf dem Küchentisch.

Ich tauchte tief in der wohligen Wärme der Wanne unter. Die Hitze verdrängte den kalten Schauer, der mich überwältigte, wenn ich an Peter dachte. Beiläufig sah ich die Kontaktanzeigen durch und entdeckte ein Stellenangebot. Das allein war eigentlich nichts Besonderes, denn hin und wieder suchten gut betuchte Leute eine »Zofe« die in entsprechender Kleidung durch ihr Anwesen stolzieren sollte. Meist waren es neureiche Wichtigtuer, die sich so einen besonderen Kick zu verschaffen suchten. Diese *Arbeitsverhältnisse* waren selten von Dauer.

Hier aber suchte jemand eine Sekretärin:
Ungebunden, Wohnung muss am Arbeitsort bezogen werden. Gutes Gehalt. Fremdsprachenkenntnisse gut bis sehr gut. Auch Begleitung auf Auslandsreisen.

SM - Neigung (devot) Bedingung. Telefon xxxx-xxxxxx

Sogar mit Telefon? Ich war sprachlos. Normalerweise liefen Anzeigen alle über Chiffre und es dauerte oft Wochen, bis man voneinander hörte. War das vielleicht ein Fingerzeig auf eine neue Chance? Ich sprang nass wie ein Pudel aus der Wanne und holte mir das Telefon. Nach der Vorwahl war es eine Nummer in Mitteldeutschland und während des Freizeichens klopfte mein Herz bis zum Hals. Ich meldete mich mit:

»Mein Name ist Sabine Zeiger und ich rufe wegen der Stellenanzeige aus den *Schlagzeilen* an.«

»Wie schön, dann erzählen Sie mir mal was über sich.«
Ich redete so schnell, dass ich mich selbst kaum wieder erkannte, aber der Mann am Ende der Leitung unterbrach mich nicht einmal.

»... und ich bin sofort verfügbar«, endete mein Redeschwall.

Ich lauschte angestrengt in die Muschel und befürchtete schon, dass er aufgelegt hatte, aber dann sprach er endlich.

»Das hört sich ja alles gut an. Fast schon zu gut, um wahr zu sein, aber ich möchte Sie trotzdem kennenlernen. Nennen Sie mir ihre Mail-Adresse und ich schreibe Ihnen, welche Unterlagen ich von Ihnen möchte. Sobald sie bei mir eintreffen, hören Sie erneut von mir.«

Nachdem ich zu Ende gebadet hatte, startete ich mit klopfendem Herzen den PC und lud mir die neue Nachricht herunter. Es waren sechs Seiten mit Fragen, die ich ausfüllen sollte. Drei befassten sich mit meiner beruflichen Laufbahn. Da konnte ich einiges vorweisen. Schule, Fachschule für Fremdsprachen mit den Sprachen: Englisch, Französisch, Spanisch. Ein Jahr Praktikum in der Vertretung der Arabischen Emirate. Verschiedene Jobs bei Banken und Handelsvertretungen in Norddeutschland. Sekretärin, rechte Hand des Chefs, bis zur Büroleiterin eines Mineralölhändlers hatte ich es gebracht. Meine Vita las sich eigentlich sehr vielversprechend.
Die Seiten, die sich mit dem anderen Teil des Jobs befassten, hatten es dafür in sich. Ich pfiff leise durch die Zähne, als ich die Fragen las und anfing sie zu beantworten

- Beschreiben sie ihre Vorlieben?

Fesselung. Straff und mit Finesse. Ruhig länger angelegt.

- Was würden sie niemals zulassen?

Toilettensex, Prostitution, Verstümmelungen.

- Sind sie Bi veranlagt?

Ja, ich hatte Beziehungen zu drei Frauen.

- Was erregt sie besonders?

Auspeitschungen, Strafbehandlungen, Zwangskleidung.

- Wie vielen Herren haben sie bisher gedient?

Drei. Eine davon eine Frau.

Und so weiter und so fort ... Da wollte es jemand aber genau wissen. Ich beantwortete alle Fragen wahrheitsgemäß und bei der Vorstellung, die der Fremde von mir jetzt bekommen würde, wurde mir richtig heiß. Ein Digitalfoto von mir zu machen, erwies sich als der schwierigste Akt. Meine Handykamera so auszurichten, dass ein einigermaßen ansprechendes Bild entstand, dauerte fast den halben Abend. Ich sehe ein bisschen aus wie die kleine Schwester von Sandy Mölling von den No Angels. Lange blonde Haare, üppige feste Brüste und eine Figur, die auch zum Model taugen würde, wären da nicht zwei kleine Narben an der Stirn.

Ich schickte alles mitten in der Nacht zurück und konnte erst schlafen, als ich mich mithilfe meines Plastikfreundes ausgiebig befriedigt hatte. Ich träumte von einem Herrn, der alles mit mir machte, was ich geil fand. Ich kniete gefesselt und in ein enges Lederkleid eingeschnürt zu seinen Füßen, während uns ein Flugzeug zu seinem Arbeitsplatz brachte. Erst spät wachte ich auf und sah auf den noch immer laufenden Computer. Nach vierundzwanzig Stunden online, Flatrate sei Dank, blinkte mir ein Briefsymbol entgegen. Ich hatte tatsächlich eine Nachricht. Sie war von dem geheimnisvollen Arbeitgeber.

Vorstellungstermin Mittwoch xxxx um xxx Uhr.

Bringen sie Sachen für eine Übernachtung mit.

Kosten werden übernommen!

Gruß

R. P.

Die Adresse war mir völlig unbekannt. Laut der beigefügten Landkarte war es irgendwo mitten im Wald bei Fulda und der Unbekannte nahm offenbar an, ich besäße ein Auto. Ich rief Magda an, meine beste Freundin. Sie teilte meine Veranlagung nicht im Geringsten, aber ich wusste, dass sie mir helfen würde, wenn es um einen neuen Job ging. Sie würde mir ihren klapprigen Ford leihen und ich hinterließ vorsichtshalber die Adresse bei ihr. Man wusste ja nie. Am nächsten Morgen saß ich in ihrem Auto und fuhr auf der A7 nach Süden. Vor Hannover stand ich zwei Stunden im Stau und wurde beinahe wahnsinnig vor Aufregung.

Ich folgte der Landstraße durch eine reizvolle Landschaft. Bewaldete Hügel wechselten mit anmutigen Tälern ab. Nach der Karte musste ich irgendwo links in einen Weg reinfahren. Im Schatten hoher Buchen bog ich in den Wald ab. Nach fünf Minuten quer durch den dichten Forst hielt ich vor einem breiten eisernen Tor. Links und rechts davon zog sich ein Zaun durch die Bäume. Ich stieg aus und ging zu einem Terminal, an dem ich den Rufknopf drückte. Eine Frauenstimme meldete sich.

»Hallo! Wer ist dort?«

»Sabine Zeiger, ich habe einen Termin.«

»Augenblick bitte.«
Irgendwo surrte etwas und ich spürte die Anwesenheit von Kameras. Vermutlich wurde ich gerade beobachtet. Ich drehte mich langsam um die eigene Achse und lächelte so hübsch ich konnte. Dann knackte es in dem Terminal.

»Folgen Sie bitte dem Weg bis zum Ende und halten Sie nicht unterwegs an!»

Das Tor glitt zur Seite. ›Wie bei *James Bond*‹, dachte ich mir und folgte kurvigen Weg langsam durch den Wald. Ich war so aufgeregt wie nie bei einem Termin und als meine Gedanken drohten völlig den Bezug zum Autofahren zu verlieren, da tauchte plötzlich ein dunkler Klotz aus dem Wald auf und stellte sich genau vor mein Fahrzeug. Ein riesiger Bär richtete sich vor der Motorhaube auf und gebärdete sich wie ein Verrückter. Ich dachte schon, dass er gleich durch die Frontscheibe hereinkommen würde und sich alle meine weltlichen Probleme für immer auflösen würden, als er sich zur Seite fallen ließ und im Gebüsch verschwand. *Jurassic Park* für Arme. Mein Herz klopfte wie ein Motor und ich musste mir den Schweiß aus dem Gesicht wischen. Gott im Himmel! Was war denn das hier?

Ich fuhr weiter, jetzt aber deutlich schneller und betete im Stillen, dass der alte Ford nicht ausgerechnet jetzt seinen Geist aufgeben würde.

Endlich kam ich aus dem Wald heraus und vor mir öffnete sich eine große Lichtung, auf der eine mehrstöckige Villa zu sehen war. Ein See umgab das Anwesen im Halbkreis und auf den ersten Blick war die Lage herrlich.

Ich hielt auf dem Kiesweg direkt vor dem Haupteingang und eine schlanke arabisch aussehende Frau empfing mich vor der Tür. Sie trug ein Hauskleid aus schwarzem Leder und winkte mich stumm hinein. Das Haus war ein Traum. Zwei Stockwerke mit weiten umlaufenden Gängen umgaben einen Innenhof, in dem ein Springbrunnen plätscherte. Die Frau wies mir einen Sessel zu, auf dem ich Platz nehmen sollte und verschwand. Die Sitzgruppe stand auf einem Podest, auf dem sich eine kunstvoll verzierte Säule erhob. Dort Ware mehrere Ringe eingelassen, es war eindeutig ein Pranger zum Festbinden. Während ich mir vorstellte, dort ausgestellt zu werden, brachte mir die Frau einen Kaffee und verschwand, ohne einen Ton von sich zu geben. Ich sah mich weiter um, aber außer der Säule wies nichts in meiner Umgebung auf SM hin. Auf der Treppe, die zur Empore der beiden Stockwerke führte, kam ein Mann herunter. Er trug einen dunklen Anzug und begrüßte mich freundlich.

»Presch! Robert Presch! Sie sind Sabine Zeiger?«

Der Händedruck war warm und fest. Himmel! Sah der Mann gut aus. Ich schätze ihn so um die Vierzig. Lachfalten an den Augen und volles Haar mit einem leichten Stich ins Graue. Er war bestimmt eins achtzig groß und auffallend gut gebaut. ›Lieber Gott‹, dachte ich, ›lass es nicht deinen zukünftigen Arbeitgeber sein.‹ Ich würde den halben Tag angespitzt durch sein Büro laufen. Ich war kaum fähig zu antworten.

»Äh, ja. Ich bin die aus der Schlagzeil ...«

Ich konnte es nicht verhindern und wurde rot über meine Unprofessionalität.

»Na Prima. Setzen wir uns doch und lernen uns kennen. Nora? Ich hätte auch gerne noch einen Kaffee.«

Beim Kaffee, der eigentlich kein Vorstellungsgespräch, sondern eher typischer Small Talk war, löste sich meine Verkrampftheit ein wenig. Dieser Robert Presch sah aber auch ausnehmend gut aus und ich war kaum in der Lage einen klaren Gedanken, geschweige denn einen ganzen Satz zu bilden. Aber so ging es mir immer, wenn ich mich auf den ersten Blick in etwas verliebt hatte. Zu verstandesbegabten Handlungen war ich dann kaum noch fähig. Er ließ mich noch einmal meinen Lebenslauf erklären und nickte zustimmend.

»Also, was ihre Erfahrungen und Kenntnisse angeht, kommen Sie in die engere Wahl. Bisher haben sich vier Damen angeboten, aber zwei davon wurden von ihren Männern oder »Herren« angeboten. Ich weiß nicht, was das soll. Ich habe extra um Unabhängigkeit gebeten. Na ja, Lesen ist eben nicht jedermanns Sache. Wie steht es mit ihrer Unabhängigkeit?«, Robert Presch sah mir plötzlich ernst in die Augen.

»So unabhängig, wie man sein kann. Bald werde ich nicht einmal mehr ein Dach über dem Kopf haben. Kein Job, kein Haus, kein Geld. Da ist dann nicht mehr viel, was einen hält.«

Er lachte leise, »Und kein Anhang? Ehemann oder Freund?«

»Keiner! Nur eine Mutter, die das Jahr über zwischen Mallorca und Bremen hin und her fährt und ihre Altersruhe genießt.«

Der Mann sah mich lange an und grinste.

»Man könnte sagen, dass Sie sich in einer Zwangslage befinden, nicht wahr? Wie viel hängt von diesem Job für Sie ab?«

Ich überlegte. Sollte ich mich so weit vor einem zukünftigen Arbeitgeber erniedrigen?

»Nun, ich kann immer noch bei meiner Stammtankstelle am Nachtschalter anfangen und tagsüber in der Wohnung meiner Freundin pennen. Ganz so dramatisch ist es nicht.«

Er lachte laut auf und schlug sich auf die Schenkel.

»Das nenne ich Gottvertrauen. Sie gefallen mir. Kommen Sie, ich zeige Ihnen das Grundstück und das Anwesen.«

Verwirrt stand ich auf und folgte ihm nach draußen. War das jetzt gut oder schlecht? Wahrscheinlich hielt er mich für eine komplette Idiotin und würde mich hinterher aus dem Haus werfen. Vorsichtig stöckelte ich mit meinen Schuhen durch den weißen Kies hinter ihm her. Wir stiegen in einen kleinen Golfwagen und fuhren in den Wald. Leise surrte der Elektrokarren zwischen den Bäumen hindurch.

»Ich habe auf dem Weg hierher einen Bären gesehen«, sagte ich, nur um das Schweigen zu brechen.

»Still! Ich möchte Ihnen etwas zeigen.«

Der Wagen hielt an und wir stiegen einen Hügel hinauf. Mit den hohen Absätzen war das nicht ganz so einfach und ich zog meine teuren italienischen Pumps auf halbem Wege aus. Wir schauten auf eine kleine Lichtung und ich staunte nicht schlecht, als ich drei Bären sah, die miteinander rauften. Robert wirkte völlig weggetreten.

»Es ist das erste Mal, dass sie sich paaren. Wenn alles klappt, dann zeugen wir hier bald den ersten Nachwuchs.«

Bärenzucht? Was sollte mir das sagen?

»Und was ist daran so selten?«, fragte ich flüsternd.

»Alle Tiere, die Sie hier finden werden, kommen aus Privatzoos und Heimen, aus denen ich sie losgekauft habe. Der große Braunbär, den Sie auf dem Weg hierher gesehen haben, war früher eine Attraktion in einem Park in Siebenbürgen. Er lebte dort blind an einer Kette und sollte sich aufrichten und böse wirken, wenn Besucher vorbeikamen. Immer, wenn sich ein Auto oder Fußgänger nähert, wiederholt er, was man ihm beigebracht hat. Er ist eigentlich völlig harmlos und rennt davon, wenn Sie nur die Stimme erheben.«

»Er sah aus, als wollte er mein Auto auseinandernehmen«, merkte ich an.

Robert Presch lachte leise.

»Alle diese Tiere haben eine schlimme Vergangenheit hinter sich und ich versuche, ihnen ein Leben unter annähernd artgerechten Bedingungen zu ermöglichen. Dazu gehört auch, dass sie sich paaren und ihre Jungen aufziehen.«

Leise zogen wir uns zurück und hielten noch an verschiedenen Aussichtspunkten. Robert Presch erzählte weiter:

»Das Gelände, das zum Haus gehört, ist vierzig Hektar groß. Ich habe vom Land noch hundertdreißig dazu gepachtet und es von der EU unter Schutz stellen lassen. Hier leben Bären, Elche, Wisente und noch ein paar Dutzend Arten, die vom Aussterben bedroht sind.«

»Und was ist mit den Menschen?«

»Das ganze Gelände ist doppelt eingezäunt und wird von einer Naturschutzorganisation freiwillig bewacht. Der Zaun, den Sie draußen gesehen haben, umschließt das gesamte Gelände. Hier hat niemand etwas verloren der nicht eingeladen ist«, der Ton seiner Stimme hatte etwas Endgültiges, das keinen Widerspruch zu dieser Frage zuließ.

Wir kamen zurück zum Haus und die Sonne begann unterzugehen.

»Für heute haben wir genug gearbeitet. Ich schlage vor, Sie lassen sich von Nora Ihr Zimmer zeigen und wir treffen uns zum Abendessen wieder hier.«

Plötzlich erwachte der natürliche Widerstand in mir.

»Moment? Wer sagt, dass ich hier übernachte? Ich finde, wir sollten vorher darüber reden?«

Im gleichen Augenblick, als ich den Satz aussprach, hätte ich mir auf die Zunge beißen können. Was sollte mir schon passieren? Ich war eine vorlaute Närrin.

»Oh! Sie müssen nicht. Ich habe im Gasthaus im Ort ein ständiges Zimmer reserviert. Sie können selbstverständlich dort nächtigen. Es ist für alles gesorgt. Sagen Sie an der Rezeption einfach meinen Namen und Sie bekommen alles, was Sie wollen. Morgen um neun Uhr machen wir weiter. Ich wünsche Ihnen eine gute Nacht.«

Er verschwand mit schnellen Schritten die Treppe hinauf, bevor ich etwas erwidern konnte. Verloren stand ich im Foyer und war wütend auf mich selbst. Nun war garantiert alles im Eimer. Alles wegen meiner anerzogenen Zickigkeit.

»Fahren Sie nach links, wenn Sie auf die Straße kommen. Es ist der einzige Gasthof im Ort. Sie können ihn nicht verfehlen.«

Zum ersten Mal hörte ich die Stimme der Frau. Wie aus dem Nichts war sie hinter mir im Foyer aufgetaucht und ihre Worte waren wie raschelnde Seide.

In der Nacht, in diesem idyllischen Hotel, lag ich wach und malte mir aus, wie es wäre, hier zu arbeiten. Der Mann sah irre gut aus. Während ich an mir rumspielte, dachte ich daran, wie er mich an die Säule band und züchtigte. Ich wälzte mich auf den Laken, aber die lustvollen Vorstellungen ließen mich nicht zum Schlafen kommen. Als mein Wecker um sieben Uhr klingelte, stand ich bereits fertig geduscht am Fenster und sah auf die hellen Häuser, aus denen die Menschen zur Arbeit gingen.

»Fachwerkgetto« hatte jemand auf eine Plakatwand gesprayt und ich musste lachen. Trotzdem war ich zum Platzen aufgeregt.

Pünktlich um neun Uhr stand ich wieder vor der Villa und Nora führte mich sofort in das erste Stockwerk. Das Büro war bestimmt hundert Quadratmeter groß und Robert Presch lief zwischen drei Computerkonsolen herum.

»Warten Sie bitte einen Moment, ich bin gleich so weit«, meinte er beiläufig.

Ich war erstaunt. Der feine Anzug von gestern hatte einem Jogginganzug Platz gemacht und statt der feinen Lederschuhe trug er jetzt Turnschuhe. Ich setzte mich auf einen Drehstuhl und sah mich um. An den Wänden waren Bilder, die Skizzen von *Bischop* zeigten. Frauen in verschiedenen Fesselungspositionen. Um für den Künstler Modell zu stehen, musste man sehr gelenkig sein, dachte ich und sah einige Szenen, die ich mit Peter auch ausprobiert hatte. Neben dem Schreibtisch waren einige Ringe in die Wand eingelassen und drei Peitschen hingen griffbereit daneben. Mein Mund wurde trocken.

»Das hier ist mein Arbeitsplatz. Ich stelle Programme für verschiedene Anwendungen zusammen. Von hier aus bediene ich Kunden in aller Welt. Ich kaufe die Programmteile zusammen und verknüpfte sie, sodass sie auf die Bedürfnisse des Kunden genau zu geschnitten sind«, begrüßte er mich und ich riss meine Augen von den Peitschen los.

»Zuerst möchte ich einen Test mit Ihnen machen. Dort an der Konsole kommt gleich ein Brief in Englisch herein. Mit dem Übersetzter kommt meist nur Kauderwelsch heraus. Bringen Sie ihn bitte in lesbares Deutsch, während ich mich dusche«, er zeigte auf einen PC und ich setzte mich.

Es war ein Schreiben aus Russland, in dem er um einen Besuch gebeten wurde, um irgendein PC-Problem zu lösen. Der Brief war drei Seiten lang und ich war, lange bevor er aus dem Bad kam, fertig. Leise sah ich mich im Raum um. Ich ließ eine der Peitschen durch die Luft sausen. Es war eine Gerte mit einem Griff aus Jade.

»Sie ist schon sehr alt, aber immer noch brauchbar. Es heißt, dass der *Marquis de Sade* genau solch eine besaß.«

Ich zuckte vor Schreck zusammen, als hätte man mich beim Diebstahl von Bonbons ertappt. Robert war unbemerkt in das Zimmer zurückgekehrt. Er las kurz den Text des Briefes und lachte.

»Mein Freund Alex. Wohnt in so einem großen Land und findet niemand, der sein Computerproblem lösen kann.«

Ich stand immer noch an der Wand und bemühte mich mit zitterigen Fingern die Peitsche wieder aufzuhängen. Irgendwas in meinem Kopf wünschte, dass er mich jetzt bestrafen würde. Er wies mir den Stuhl seines Schreibtisches zu und reichte mir Briefe, die ich übersetzen sollte. Französisch, Spanisch und Englisch waren kein Problem. Ich schrieb sie ohne Mühe ab. Arabisch war schwieriger. Ich konnte es besser sprechen als Schreiben, aber auch wenn es länger dauerte, gelang es mir. Einmal kam Robert zu mir und ich schöpfte neue Hoffnung, als er mir wohlwollend zunickte. Er saß den halben Tag an einem Terminal und schrieb sehr konzentriert. Um die Mittagszeit erschien Nora und bat uns stumm zum Essen. Während sie das Essen auftrug, fragte ich Robert leise:

»Sie spricht so wenig. Hat sie etwas?«

»Sie trägt einen Knebel«, meinte er beiläufig und winkte der Frau, die sich sofort vor seinen Stuhl kniete. Mit den Fingern schob er ihre Lippen beiseite und ich sah ein winziges Schloss, das in eine schwarze Kunststoffplatte eingelassen war, die die Vorderzähne abdeckte.

»Es ist ein Schwanzknebel, der mit einem Schloss aufgespannt wird. Er ist unsichtbar, solange man den Mund nicht öffnet. Er wird mit dem Schloss so verspannt, das man ihn nicht ausspucken kann.«

Nora zog sich zurück und wir aßen weiter.

»Wollen Sie ihn ihr nicht rausnehmen? Immerhin kann Sie so nicht Essen?«

»Sie kann es selbst. Sie hat den Schlüssel.«

»Ich verstehe nicht?«

»Ganz einfach, sie trägt den Knebel aus freiem Willen. Sie ist meine Sklavin und weiß, dass es mich glücklich macht, wenn sie so herumläuft. Ich zwinge sie nicht. Sie tut es freiwillig.«

Nach dem Essen ging es im Büro weiter. Übersetzungen und die Bedienung des Computers waren gefragt. Der Mann wusste genau, was er wollte und ich brauchte alles, was ich je über Bürokommunikation gelernt hatte, um ihm zu folgen. Es war nicht so, dass ich mich nicht konzentrieren konnte, aber immer wieder glitt mein Blick zu den Peitschen an der Wand. Am Nachmittag waren wir fertig und er lud mich zum Kaffee auf die Terrasse.

»Sie haben es sehr gut gemacht. Ich bin von Ihren fachlichen Qualitäten überzeugt. Die Firma, die Sie hat gehen lassen, war schlecht beraten.«

Mein Herz klopfte. Der Termin war fast vorbei und er hatte noch kein Wort über SM verloren.

»Und wie war Ihr Eindruck?«, fragte er mich.

›Mein Eindruck? Er fragte mich, was ich dachte? Sabine! Rede jetzt bloß keinen Mist‹, schoss es mir durch den Kopf.

»Ich denke, dass ich die Position ausfüllen könnte ...«

Verlegen biss ich mir auf die Lippen, als ich erkannte, was ich für einen Blödsinn erzählte. Mein Eindruck war bombastisch. Besser konnte es einem gar nicht gehen. Und dann bei so einem Mann. Aber Zurückhaltung war ja eine weitverbreitete Eigenschaft, wenn es um Gefühle ging.

»Es war ein harter Tag und ich möchte Sie noch zum Essen einladen, bevor Sie zurück in Ihr Hotel fahren. Außerdem würde ich Ihnen gerne noch andere Teile des Hauses zeigen.«

Robert ging voran und ich folgte ihm in das zweite Stockwerk.

»Hier sind die Wohnungen. Ich wohne am Ende des Flügels. Nora hat die Räume in der Mitte und das hier wäre Ihr Reich, sollten Sie bleiben. Es hat einen separaten Eingang, der vom Hof zu erreichen ist.«

Wir betraten eine helle Zimmerflucht, die alle Fenster zum See hinaus hatte. Ein Traum von einer Wohnung. Geschmackvolle Möbel, die sehr teuer aussahen und ein Badezimmer, bei dem mir das Wasser im Munde zusammenlief, rundeten das Bild ab.

»Es ist voll möbliert. Wenn Sie einen anderen Geschmack haben, so können Sie die Einrichtung bequem austauschen. Es ist alles nur geleast«, grinste er.

Ich war wie erschlagen. In den See tauchten zwei Rehe ihre Köpfe, um zu trinken und der beginnende Sonnenuntergang tauchte den Wald in dunkles Grün. So eine Wohnung fand man höchstens bei *Schöner Wohnen* und war eigentlich für mich unerreichbar. Nachdem ich träumend durch die Räume gewandert war, bat er mich in den Keller.

»Er hat drei Stockwerke. Zwei davon sind voll eingerichtet«, sagte er voller Stolz, als wir in den Aufzug stiegen.

Der erste Raum war ein großes Schwimmbad.

»Steht alles zu Ihrer Verfügung, wenn Sie wollen und Zeit haben.«

Der Raum roch herrlich nach Badezusätzen aus Balsam. Wir gingen zum nächsten Flur. Es war dunkel bis Robert ein rotes Licht einschaltete. Wir betraten einen Raum, von dem vergitterte Türen abgingen. Ein Gefängnis? Mein Herz klopfte plötzlich wie wild. ›Zellen. Zellen für Gefangene‹, dachte ich.

»Das ist der Bereich, der nur von Freunden und Angestellten betreten werden darf. Es sind die Gästeräume für unseren Kreis. Kommen Sie!»

Er schob mich vorsichtig in einen Flur, von dem einige Türen abgingen. Wir öffneten die erste Tür. Es gab verschieden ausgestattete Räume. Gummizellen, mit entsprechender Ausstattung. Solche mit rohen Steinwänden, die den Eindruck eines mittelalterlichen Kerkers erweckten und andere. Drei Räume waren angefüllt mit Seilen, Riemen, Ketten und verschiedenen Fesselungsutensilien. Hier lag ein

Vermögen an SM-Ausrüstung. Je mehr wir uns ansahen, desto heißer wurde ich. Ich konnte nichts dagegen tun. Es machte mich total an, hier unten zu sein. Ich spürte bereits den ersten zaghaften Tropfen in meinem Slip, als wir den letzten Stock betraten.

»Die Behandlungsräume! Sehen Sie sich ruhig um«, Robert winkte mir freundlich zu. Vier große Räume, die alle verschieden eingerichtet waren. Mittelalterliche Folterinstrumente standen in diesem Raum. Streckbett, Pranger und andere Teufeleien, die alle wie neu aussahen, entlockten mir fast ein leichtes Stöhnen vor Gier. Ich befühlte die Eisenfesseln und stellte fest, dass sie innen mit Leder abgepolstert waren. Feine Arbeit. Kaum bezahlbar.

»Alles ist auf Sicherheit gebaut. Unser Motto ist, keine Spuren, wenn es sich verhindern lässt«, lachte er und ließ eine Peitsche zur Probe durch die Luft schwingen.

Als ich das Zischen hörte, war meine Beherrschung am Ende. Ich war so geil wie schon lange nicht mehr. Mein Körper schrie förmlich nach einer Behandlung mit der Peitsche.

»Tu es bitte«, flüsterte ich und sah ihn fast flehend an.

Meine Muschi schwamm im eigenen Saft und es ließ sich nicht mehr geheim halten, dass mich der Rundgang total angetörnt hatte. Robert sah mich kurz an und legte die Peitsche beiseite.

»Nein Sabine. Das müssen Sie sich erst verdienen. Meine Vorstellungen von SM und Ihre scheinen etwas auseinander zu liegen. Kommen Sie, wir gehen nach oben und reden beim Essen weiter.«

Ich stand peinlich berührt vor ihm und trottete wie ein Kind, dem man die Schokolade verweigert hatte, hinter ihm her. Ich war völlig verwirrt. Was sollte ich denn tun, um ihm zu zeigen, wie meine *Vorstellungen* von SM waren. Konnte ich mich ihm noch direkter anbieten? Was erwartete er von mir?

Nora servierte das Essen und setzte sich zu uns. Den Knebel hatte sie vorher herausgenommen, aber sie schwieg trotzdem. Aber Robert brach das Schweigen.

»Sabine, ich würde Sie gerne für eine Probezeit von sechs Wochen einstellen. Sie müssten in dieser Zeit hier Ihr Quartier beziehen und können nicht im Hotel wohnen. Wir werden gemeinsam ins Ausland fahren und ich werde Ihre Kenntnisse als Übersetzerin benötigen. Selbstverständlich werden Sie in der Zeit bereits voll bezahlt.«

Huch! Das war eine Überraschung. Kein Wort von SM, keine Erwähnung des Vorganges im Keller. War es ihm überhaupt nicht wichtig?

»Ich würde gerne Ihr Angebot annehmen. Ab wann soll ich denn für Sie tätig werden?«

»Am besten gleich Morgen. Schicken Sie jemanden, der Ihre Sachen von zu Hause holt. Morgen früh können Sie mit Nora in die Stadt fahren und sich für die sechs Wochen einkleiden. Ihre Kleidung wird im angemessenen Rahmen von mir bezahlt. Ich erwarte, dass Sie mein Unternehmen entsprechend repräsentieren. Also geschäftsmäßige Kleider bitte.«

Nora lächelte mir plötzlich zu und es war ein herzliches Grinsen. Wow, shoppen gratis. Ein Traum für jede Frau, die etwas mit Mode anfangen konnte.

»Ich habe niemanden der mir meine Sachen holen ...«

»Geben Sie mir Ihre Ausweisdaten und ich beauftrage jemanden. Keine Sorge es handelt sich um absolut diskrete und zuverlässige Leute. Übermorgen Abend haben Sie alles hier, was Sie benötigen«, wiegelte er ab.

»Aber die Kosten? Ich bin nicht so flüssig im Augenblick.«

»Machen Sie sich keine Sorgen. Alles, was ich verlange, bezahle ich auch.«

Beim Dessert richtete Nora das Wort an mich.

»Wollen Sie heute Nacht wieder im Hotel schlafen, oder lieber bei uns bleiben. Draußen wird es nebelig und die Straßen sind tückisch um diese Zeit.«

Meine Sachen lagen alle im Auto und ich war todmüde. Meine Gedanken kreisten wie ein Karussell. Entweder war das der Beginn einer Story a la *Pretty Woman*, oder ich erwachte irgendwann aus einem Albtraum, der mich in die bestausgerüstete Folterkammer geführt hatte, die ich je gesehen hatte. Und ich hatte schon einige gesehen. Ich beschloss es zu versuchen.

»Ich bleibe gerne. Danke.«

Wir gingen gemeinsam in die Wohnung, die Robert mir gezeigt hatte. Ich warf meine Sachen auf das Bett und Nora machte sich sofort daran, sie in einen Schrank einzuräumen.

»Sie müssen das nicht. Mich müssen Sie nicht bedienen.«

»Es ist meine Aufgabe. Sie sind Gast in diesem Haus. Lassen Sie mich.«

»Sind Sie schon lange hier?«, fragte ich, während sie die Tagesdecke von dem riesigen Bett zurückschlug.

»Ich wurde Robert vor neun Jahren von meinem Vater geschenkt.«

»Geschenkt?«

»Mein Vater ist ein sehr mächtiger Scheik im Jemen. Robert hatte ihm einen großen Dienst erwiesen und ich wurde ihm zum Dank übergeben.«

Im Jemen? Ich wusste, wo das Land lag und hatte einige Berichte über Sitten und Gebräuche von dort gehört. Und ich fand sie allgemein nicht lustig.

»Sie sind hier in Europa! Sie müssen das nicht tun. Hier gibt es keine Sklaverei«, sagte ich verschwörerisch und mein Bild von Robert Presch begann sich zu verändern. Nora lachte laut auf.

»Oh Sie glauben ich bin gegen meinen Willen hierher gebracht worden? Ich kann Sie beruhigen. Ich bin aus freien Stücken hier und diene Robert, weil ich es so will. Ich habe die Schlüssel zum Haus und kann kommen und gehen, wie ich will. Merken Sie sich für die Zukunft. Hier geschieht alles freiwillig.«

Robert klopfte und fragte, ob wir noch einen Schluck im Foyer nehmen wollten. Wir setzten uns an das Kaminfeuer und ich schlürfte einen Baileys mit Eis. Der Alkohol nahm mir ein wenig die Hemmungen und ich fragte Robert direkt:

»Ich habe immer noch nicht verstanden, warum Sie über die Schlagzeilen jemanden gesucht haben. Was ist mit dem anderen Teil?«

Er sah mich über sein Glas hinweg an und schien einen Moment nachzudenken.

»Ich bin in erster Linie auf der Suche nach einer rechten Hand für das Geschäft. Da wir viel Zeit miteinander verbringen werden, wird es einen engen Kontakt geben. Das bleibt dabei nicht aus. Ihre Vorgängerin hat diese Position rein fachlich sehr gut ausgefüllt, aber leider war SM für sie kein Thema. Auf die Dauer ist das für mich unbefriedigend.«

»Aber für Sie arbeiten und gleichzeitig Sklavin zu sein. Wie stellen Sie sich vor, wie das im Alltag aussehen soll?«

»Es gibt eine Zeit für SM und eine Zeit für Arbeit. Im Job sind wir so wie jeder andere, der arbeitet und einen Boss hat. Unsere Freizeit gestalten wir so, dass unsere Neigungen darin genug Platz finden. Ich erwarte, dass Sie sich für geplante Abende und Treffen bereithalten und mich in angemessener Kleidung begleiten. Bis es so weit ist, wird aber sicher noch einige Zeit vergehen. Zuerst muss ich wissen, ob Sie den Job überhaupt machen können.«

»Sie wollen mich überhaupt nicht testen? Was wenn Sie feststellen, dass ich eine gute Sekretärin bin, aber als Sklavin völlig versage. Sie würden viel Zeit verlieren ... und Geld.«

Mittlerweile war ich heiß und ich leckte mir genießerisch über die Lippen. Robert sah Nora an und die nickte kaum merklich.

»Nun. Was Sie sagen, ist richtig. Ich danke für Ihre Anregung und werde darüber nachdenken.«

Robert ging und wünschte uns eine gute Nacht. Nora stand auf und sagte:
»Morgen nach dem Frühstück fahren wir in die Stadt und kaufen ein. Es wird Ihnen gefallen. Schlafen Sie gut.«

Ich hatte eine unruhige Nacht.

Nora und ich durchwanderten die Modehäuser der Stadt, und zu meiner Überraschung kauften wir zehn verschiedene Kostüme. Dazu gab es auch noch die passenden Schuhe, deren Einkauf die längste Zeit des Tages beanspruchte. Die Frau hatte einen guten Blick für Stil.

»Kriegen wir keinen Ärger?«, fragte ich, als Nora im letzten Geschäft ihre Kreditkarte der Verkäuferin reichte.

»Weswegen? Weil wir ein bisschen genähten Stoff erworben haben? In Roberts Schränken hängen Sachen in Preislagen, dass man vermutlich ein paar Drittwelt-Länder mit ihrem Verkauf sanieren könnte«, lachte sie.

Wir hatten fast 4000 Euro ausgegeben. Mir war es fast peinlich, obwohl es Nora war, die mich zu mehr antrieb. Ich wäre mit zwei Garnituren zufrieden gewesen, aber sie hatte das »Vogelscheuchenoutfit«, wie sie es nannte, eigenhändig zurück an die Stange gehängt.

»Robert spielt in einer anderen Liga. Gewöhn dich daran«, meinte sie.

Wir gingen noch gemeinsam Essen, einigten uns auf »Du« und waren spät zurück. Robert ließ sich alles vorführen und seine Kommentare zeugten von einem geschliffenen Geschmack. Am nächsten Morgen begann der *Job*.

Der Job - Probezeit

»Guten Morgen! Wir müssen in dieser Woche nach Russland. Genauer nach St. Petersburg. Bereiten Sie bitte alles vor. Flugtickets, Gepäck für drei Tage und eine Ankunftsnachricht an Alex Wolchow. Sie finden seine Anschrift im Computer«, begrüßte er mich am Morgen, als ich das Büro betrat.

Auf meinem Schreibtisch lag ein Karton. Ich öffnete ihn und fand einen roten Latexanzug darin. Robert achtete nicht weiter auf mich und ich legte den Karton neben meinen Stuhl. War das ein Test? Sollte ich ihn gleich anziehen? Nein! Das war zu aufwendig. Ich wusste schließlich, wie lange man braucht, um in einen Einteiler aus Latex hineinzuschlüpfen. Aber es war eine Botschaft. Ich verließ unseren Mittagstisch vorzeitig und beeilte mich, um rechtzeitig wieder am Schreibtisch zu sitzen.

Auf meinem Wohnzimmertisch fand ich eine Dose Talkum. Was ein Zufall. Ich quetschte mich in den Anzug. Er war hauteng und das Latex lag kühl auf meiner Haut. Ein breiter Reißverschluss verlief vom Rücken zwischen den Beinen hindurch zum Hals. Der Einteiler passte perfekt und war sicher sündhaft teuer gewesen. Für Peter und mich seinerzeit kaum erschwinglich. Schweigend erwartete ich ihn im Büro und arbeitete stumm weiter an einem Brief, den ich gerade übersetzte. Er sah mich nur kurz an und nickte.

»Nach dem Abendessen möchte ich Ihnen etwas zeigen. Seien Sie sechs Uhr im Foyer.«

Dann ging er wieder an seine Arbeit. Als ich nach Feierabend mein Zimmer betrat, standen meine Sachen in mehreren Kartons dort aufgestapelt. Robert hatte Wort gehalten und alles, was ich aufgeschrieben hatte, war geliefert worden. Rasch räumte ich es ein und war pünktlich im Foyer.

Wir gingen in den Keller und sofort spürte ich die Wärme. Es war fast wie in einer Sauna. Ich trug einen Hausanzug und mir brach sofort der Schweiß aus. Robert schaltete das Licht in einer der Strafkammern ein und ein greller Lichtstrahl traf auf Noras nackten Körper. Sie war an den Füßen aufgehängt, Ihre Hände hingen gefesselt nach unten und waren zusätzlich an einem Ring im Boden befestigt. Ich spürte die aufkeimende Welle in mir.

»Warten Sie bitte hier.«

Er nahm eine Lederpeitsche von der Wand und züchtigte Noras Rückseite ausgiebig. Sie schrie in ihren Knebel, aber Robert verabreichte auch noch der Vorderseite seinen Teil.

»Kommen Sie, kommen Sie zu mir.«

Fast verschämt trat ich zu ihm.

»Hier! Machen Sie weiter. Sie bekommt noch zwanzig zwischen die Beine. Ich hole uns etwas zu trinken.«

Unschlüssig stand ich mit der Peitsche vor der stöhnenden Frau und meine Gedanken rasten wie ein Raumschiff durchs All. Nora wäre nicht die erste Frau, die ich geschlagen hätte. In Hamburg erzog ich auf Befehl meiner damaligen Herrin ihre Sklavinnen regelmäßig mit der Gerte.

Ich schlug dreimal zaghaft zu. Ich wusste schließlich nicht, was Nora zuzumuten war. Obwohl Robert sie ziemlich kräftig geschlagen hatte.

»Holen Sie weiter aus. Sie haben genug Platz. Und nehmen Sie ihr den Knebel heraus. Ich möchte sie brüllen hören«, hörte ich seine Stimme von der Tür her, wo er auf einem Stuhl Platz nahm.

Ich löste den Riemen, der den Gummiball in Noras Mund hielt, und stellte mich auf. Der erste Hieb traf sie genau in die Spalte und sie schrie laut auf. Mir wurde heiß und zwischen den einzelnen Schlägen presste ich mir einmal eine Hand in den Schritt. Nora schrie immer lauter, während ich den Lederriemen auf die Innenseiten der Schenkel niedersausen ließ. Als der letzte Hieb getroffen hatte, rollte ich das Instrument auf und fasste mit den Fingern an ihren Kitzler. Er war geschwollen und ich brauchte nur kurz an ihm zu drehen, um bei Nora einen heftigen Orgasmus auszulösen. Eine Domina in Dänemark, zu der mich Peter einmal im Quartal schleppte, hatte es so bei mir gemacht. Unter ihren Händen war ich immer wunderbar gekommen.

»Gut gemacht. Kommen Sie. Sie müssen durstig sein.«

Dankbar nahm ich den Fruchtsaft entgegen und staunte über Robert. Er trug trotz der Hitze einen Anzug und es war nicht ein einziger Schweißfleck an ihm zu sehen. Ich blickte auf die stöhnende Nora.

»Wollen wir nicht ihre Fesseln lösen?«

»Nein! Sie bleibt noch bis zum Einschlafen so hängen. Ihre Aufgabe wird es sein, sie zu befreien«, er wandte sich zum Gehen.

»Einschlafen? Wann ist das?«, fragte ich und war so erregt, dass ich kaum ein Wort verstand.

»Wenn Sie ins Bett gehen natürlich! Gute Nacht.«

Robert ging und ich blieb mit Nora allein zurück. Vorsichtig löste ich ihre Arme und ließ sie mithilfe der Kurbel langsam nach unten gleiten. Erstaunlicherweise stemmte sich Nora trotz der vergangenen Behandlung mit den Armen hoch und hockte sich auf den Boden.

»Danke, aber es ist noch zu früh. Robert wäre nicht begeistert. Du hättest mich bis zehn Uhr hängen lassen sollen.«

»Aber du musst doch ziemlich fertig sein? Ich wollte dich nicht länger leiden lassen als nötig.«

»Wie lange ich leide, ist nicht wichtig. Was der Herr für richtig hält, allein das ist von Belang.«

Sie stand auf und zum ersten Mal sah ich ihren frisch gestriemten Körper in voller Größe. Eine makellose mittelbraune Haut mit einem Stich ins Oliv. Eine topp Figur. Feste Brüste mit großen Warzen, die von dunklen Höfen umgeben waren. Dazu rückenlange schwarze Locken. Eine Frau wie in den Erzählungen aus tausendundeiner Nacht. Ich reichte ihr ein Glas mit Saft und wir setzten uns.

»Hat es dich erregt?«, fragte sie mich und ich nickte stumm.

»Mich auch. Ich liebe es, von meinem Herrn gezüchtigt zu werden«

»Hatte er einen Grund?«

»Grund? Was für ein Grund. Du meinst, ob er mich bestraft hat?«

»Ja. So etwas in der Art.«

»Strafe und Schläge das passt nicht zusammen. Nur Trottel und Spinner erfinden einen Grund, um den anderen zu schlagen. Wenn mein Herr meint, dass es richtig ist, dann tun wir es eben. So funktioniert es.«

Ich atmete auf. Ich dachte schon, sie würde für angebranntes Essen oder eine Falte in seinem Hemd so gepeitscht werden. Mir graute schon davor, was passieren würde, sollte ich mal einen Tippfehler machen. Trotzdem erregte mich der Gedanke.

»Ich möchte dir noch danken für den kleinen Griff am Schluss«, lächelte sie und trank ihr Glas aus.

»Gern geschehen. Ich fand, du hattest es verdient.«

Nora rutschte auf den Knien zu mir.

»Ich möchte mich wirklich bedanken. Darf ich?«, fragte sie leise und hielt die Hände vorgestreckt.

Langsam stand ich auf und sie zog mir die Hose herunter. Der Slip folgte und sie legte beides beiseite. Ich stellte meine Beine auseinander, als ihr Kopf dazwischen verschwand und ihre Zunge die Arbeit aufnahm. Sie brauchte nur wenige Augenblicke und ich fiel bei der ersten Welle zurück auf den Sessel. Zwei Höhepunkte bescherte sie mir in kurzer Zeit und ich genoss jede Sekunde. Mein letzter Frauenkontakt lag schon etwas zurück und ich hatte fast vergessen, wie schön es sein konnte, von einer erfahrenen Frau befriedigt zu werden. Gemeinsam verließen wir den Keller und gingen in unsere Wohnungen.

»Wir sollten das später einmal wiederholen«, sagte sie mir zum Abschied und küsste mich sanft auf den Mund.

Russland

Am frühen Morgen wurden wir von Nora zum Flughafen gebracht. Robert ließ mich unseren Bürokoffer tragen. Eigentlich waren es nur ein modernes Notebook und ein Tablet-PC für mich. »Kein Papier, wenn es sich vermeiden lässt« war Roberts Motto.

Alles, was wir aufzeichneten, wurde direkt auf eine Festplatte geschrieben und hinterher sofern nötig bearbeitet. Wir bestiegen den Learjet und ich war wieder einmal erschlagen von der Klasse, in der ich mich plötzlich bewegte. Der Jet war wenigen Gästen vorbehalten und stand nach meinem Anruf zum vereinbarten Termin auf dem Rollfeld. Er hatte darauf bestanden, dass ich eines der neuen Kostüme anziehen sollte und in seiner Begleitung schien es mit mehr als angebracht es zu tragen. Robert Presch sah in seinem Armani-Anzug aus wie Traum.

»Wir teilen uns zu sechst den Flieger. Jeder trägt einen Teil der Kosten. Es ist angenehmer als in den großen Kisten mit zufliegen«, meinte er, als er meine ungläubigen Augen sah.

»Wen werden wir treffen?«, wollte ich wissen.

»Alex Wolchow ist ein alter Freund und Kunde von mir. Er ist ein hemmungsloser Frauenverehrer. Seien Sie bitte schüchtern und spielen Sie sein Spiel einfach mit.«

»Um was geht es bei dem Deal?«

»Alex hat eines der wenigen Netzwerke in Russland, welches nicht vom Geheimdienst kontrolliert wird. Aber er hat den Verdacht, dass man ihn angezapft hat. Ich werde es prüfen und ihn wie immer beruhigen müssen.«

»Wie immer?«

»Nun ja. Nichts ist unmöglich, aber ich denke, dass sich selbst die besten Hacker an dem Zugangsprotokoll die Zähne ausbeißen. Eigentlich gibt es kaum etwas auszuspionieren aber die Russen haben die Paranoia, dass es überall Verschwörungen gibt und eine Quelle, die sie nicht lesen können, ist für sie eine Gefahr.«

»Ist er ein Pate? Ein Krimineller? Russische Mafia?« Das hätte mir noch gefehlt.

»Nein. Er kontrolliert einen Teil der Diamantenindustrie im Ural. Das bringt einen zwangsläufig mit üblen Typen zusammen. Aber er hat es gut im Griff. Nichts worum Sie sich Sorgen machen müssen. Er ist kein Arschloch«, lachte Robert und schenkte uns einen Kaffee ein.

Wir landeten auf dem *Pulkovo Airport* und ein Wagen holte uns direkt auf dem Rollfeld ab. Kein Zoll, keine Ausweise. Wir fuhren einfach vom Flughafen direkt in die Stadt. Zwei *Begleiter*, die uns auf dem Rollfeld abgeholt hatten, saßen mit uns im Wagen. Ihre teuren Anzüge konnten die breiten Schultern nicht verbergen. Die Augen waren kalt wie Eis und es war die Art von Männern, die keinen Widerspruch duldeten. So stellte man sich gemeinhin Gangster vor. Sicher trugen sie Waffen bei sich, doch Robert wirkte völlig entspannt. Wir hielten vor einem großen grauen Stadthaus, das von zwei Männern mit Maschinengewehren bewacht wurde. Mir wurde mulmig und ich zögerte weiterzugehen. Würde ich diesen Bau je wieder verlassen?

»Keine Angst. In diesem Haus befindet sich eine der russischen Diamantenbörsen. Deswegen die Wachen.«

Ein Polizeifahrzeug fuhr mit Sirengeheul an uns vorbei. Robert nahm mich am Arm und wir verschwanden durch die massive Stahltür ins Innere des Hochhauses. Ein protziger Aufzug brachte uns nach oben. Überall Spiegel und Goldimitate. Die Tür öffnete sich mitten in einem Großraumbüro.

»Sie müssen Sabine Zeiger sein. Ich freue mich, Sie kennenzulernen«, begrüßte mich der smarte Mann, dem man seine tatarischen Vorfahren deutlich ansah.

Er küsste meine Hand und ich wunderte mich, dass er meinen Namen kannte. Wir nahmen vor einer großen Fensterfront Platz und es wurde köstlicher Tee serviert.

In den Verhandlungen ging es nicht allein um eine Überprüfung, sondern auch über eine Erweiterung des Netzwerkes und ich schrieb die Vereinbarungen in Steno mit. Robert war ein geschickter Verhandler und es gelang dem Russen nicht, ihn wesentlich im Preis zu drücken. Das Gespräch dauerte bis nach dem Mittag und ich verspürte einen wachsenden Hunger.

»Ich gehe jetzt mit Robert in unser Rechenzentrum. Ich muss Sie bitten hier zu bleiben, da ich Sie nicht genug kenne. Ich habe Rücksichten zu nehmen. Verzeihen Sie bitte.«

Ich nickte freundlich und sagte nichts. Verstohlen nahm ich mir den letzten Keks vom Teegebäck. Alex Wolchow sah entsetzt auf die Uhr.

»Wo sind nur meine Manieren? Sie müssen ja vor Hunger am Ende sein. Gehen Sie bitte im besten Restaurant von Petersburg speisen.«

Alex rief seine Leute, und ehe ich etwas erwidern konnte, stellte er mir einen groß gewachsenen Russen vor.

»Das ist Dimitri. Er wird Sie überallhin begleiten. Sagen Sie ihm, was Sie wollen und er wird sich darum kümmern. Machen Sie sich einen schönen Tag in Petersburg.«

Ich wollte noch etwas sagen, aber er winkte ab.

»Keine Widerrede. Sie sind mein Gast und ich wäre persönlich beleidigt, wenn ich Ihnen meine Stadt nicht zeigen könnte.«

Ich sah Robert an und der nickte grinsend. Mit gemischten Gefühlen folgte ich den beiden Gorillas zu einer Luxuslimousine und wir fuhren in die Innenstadt. Obwohl mir ziemlich flau im Magen war, konnte ich nicht verhehlen, dass mir der Ausblick aus einer Stretch-Limousine gefiel. So was kannte ich bisher nur aus dem Fernsehen.

Dimitri führte mich zum Essen aus, und nachdem wir fürstlich gespeist hatten, fragte er mich, was ich als Nächstes machen wolle. Ich entschied mich für eine Stadtrundfahrt, und als wir an einem geradezu gigantischen alten Kaufhaus vorbeifuhren, ließ ich halten. Ich hatte schon von diesen russischen Kauftempeln gehört. Im Konsumrausch standen sie dem Westen in nichts nach.

»Ich würde gerne hineingehen. Nur zum Gucken.« Geld hatte ich sowieso keines.

Der Wagen stoppte mitten im Berufsverkehr und setzte trotz des lauten Hupkonzertes zurück, sodass wir vor dem Eingang stehen blieben. Dimitri stieg aus und das Hupen wurde deutlich weniger. Der Verkehr mied uns plötzlich, als würde das Auto etwas Ansteckenden übertragen. Dann öffnete er meine Tür und führte mich durch die riesige Drehtür. Der Eingang versprühte noch den alten Charme russischer Großzügigkeit. Geschliffene Scheiben mit goldenen Verzierungen die, wie auch immer, die Zeit des Sozialismus überstanden hatten. Wir gingen zu einem Infostand und Dimitri sprach leise mit einer Frau. Kurz darauf kam ein nervöser älterer Mann angelaufen und stellte sich vor.

»Michail, ich bin Michail Konstanowitsch, der Manager des Hauses. Was darf ich Ihnen zeigen? Verfügen Sie über mich.«

»Sie möchte die Pelzabteilung sehen«, antwortete Dimitri für mich und wir fuhren mit dem Aufzug in eine andere Etage.

Ich nahm mir vor, auf Roberts Worte zu hören und erstmal alles auf mich zukommen zu lassen. Als wir auftauchten, leerte sich der Fahrstuhl fast fluchtartig und in der Abteilung war es ebenso. Drei Verkäufer umwieselten uns und ich wurde mit so vielen Pelzen behängt, dass ich mir schon selbst vorkam wie ein Tier. Einen Zobel, der mir besonders gefiel, hielt ich kurz fest und ging ein paar Schritte. Ein Traum von einem Pelz. Aber unbezahlbar. Ich reichte ihn mit einem Seufzen zurück. Michail lächelte säuerlich und folgte uns auf Schritt und Tritt. Wir wandelten durch die Abteilungen und in jeder verließen die Verkäufer sofort ihre Kunden, um sich ausschließlich um mich zu kümmern. Der Bodyguard war ein harter Kerl. Er verzog keine Mine, als ich mehr als eine Stunde in der Schuhabteilung verbrachte. Welcher Mann hielt so etwas schon aus. Ich genoss eine komplette Behandlung Maniküre, Pediküre dann kam der Friseur und Dimitri bestand darauf, dass ich wenigstens ein Kleid oder Kostüm anziehen und behalten sollte. Der Manager bestand ebenfalls darauf, dass ich es behalten sollte. Ohne zu bezahlen. Ich entschied mich für ein weißes Lederkleid. So eines hatte ich mir schon immer gewünscht. Bevor wir das Kaufhaus verließen, sah ich mich noch einmal in einem großen Spiegel. Wahnsinn! Ein weißes Kleid und dazu passende kniehohe Stiefel aus weichem Leder. Tolles Make-up und eine Frisur, die in Hamburg einen halben Monatsverdienst verschlungen hätte.

Vor einer Woche war ich noch arm wie eine Kirchenmaus gewesen und heute sah ich aus wie eine Millionärin. Oder eine Edelnutte? Ich strich das Kleid glatt und beobachtet Dimitri, der hinter mir stand und an seinem Kopfhörer nestelte. War ich gerade, wenn auch auf charmante Weise gekauft worden? Wenn der Russe etwas von mir verlangte, bekäme er sein Kleid zurück. Das war sicher. Ich war nicht käuflich.

Wir flogen am späten Abend bereits wieder ab und Alex Wolchow brachte uns zum Flugzeug. Ich erschrak, als ich die vielen Kartons sah, die man aus einem Lieferwagen vor dem Learjet abstellte. Alle trugen das Zeichen des Kaufhauses. Robert stand vor dem Berg und schüttelte den Kopf.

»Sabine, Sie werden teuer. Wenn kein Wunder geschieht, muss der Pilot zweimal fliegen«, grinste er mich an.

Alex legte mir den Arm um die Schulter.

»Keine Sorge Sabine. Mein geiziger Freund hier macht einen Witz. Bevor Ihre Geschenke hier bleiben müssen, kann er per Anhalter nach Hause fahren und sein Platz wird frei sein für Ihre Sachen.«

»Aber ich verstehe nicht ... Ich habe nichts davon bestellt. Ich wollte es nur mal ansehen. Das ist alles unbezahlbar.«

Ich rollte hilflos mit den Augen. Verdammt. Sabine, du hohles Huhn. Auf was hast du dich da nur eingelassen?

Robert kam und flüsterte mir freundlich ins Ohr.

»Spielen Sie einfach mit. Es ist nicht Ihre Sache, von wem, oder ob die Sachen bezahlt werden. Freuen Sie sich und danken Sie ihm einfach. Er denkt sich nichts Unanständiges dabei.«

Sollte mich das jetzt beruhigen? ›Augen zu und durch‹, dachte ich und blickte wie ein verlegenes Mädchen zu Boden.

»Danke Herr Alex ...»

»Aber bitte? Nennen Sie mich Alex wie Robert es auch tut.«

Er küsste mich väterlich auf beide Wangen und ich empfand ihn plötzlich nicht mehr ganz so suspekt wie vorher. Auf dem Flug waren wir derart von Kartons eingezwängt, dass wir uns kaum bewegen konnten.

»Diese Sachen haben bestimmt ein Vermögen gekostet! Irgendwer bekommt sicher Ärger wegen der Rechnung?«, stellte ich schuldbewusst fest.

Die Stiefel sahen aber absolut Klasse aus.

»Machen Sie sich darum keine Gedanken. Alex wird nicht ein Stück davon bezahlen. Im Gegenteil. Der Geschäftsführer des Kaufhauses wird froh sein, dass er ihn zu seinen Kunden zählen kann.«

»Was sollen das für Kunden sein die einen ausrauben?«

»Ausrauben! Köstlich!«, prustete Robert und verschüttete fast sein Getränk.

»Sie wissen wenig von den Verhältnissen in Russland. Alex steht jetzt auf der Kundenliste des Hauses. Das ist der beste Schutz, den das Geschäft gegen »feindliche« Übernahmen auf russisch, oder brutale Überfälle bekommen kann. Viele Läden sind bereits verschwunden, weil sie sich eine entsprechende Versicherung nicht leisten konnten oder ihnen die hilfreichen Kontakte fehlten.«

Ich warf einen Blick auf die Sachen und fühlte mein Gewissen entlastet.

Zu Hause half mir Nora, alles einzuräumen. Auch sie war ein bisschen modeverrückt und staunte positiv über meine Auswahl.

»Ich kann gar nicht mehr woanders einziehen. Ich wüsste gar nicht wohin mit den Sachen«, lachte ich, während wir beide das eine oder andere anprobierten.

Warum, wird mir immer ein Rätsel bleiben, aber ich fand in den Kartons allein sechs Pelzmäntel. Alle trug ich zur Probe, aber nur den Zobel hatte ich länger als eine Minute getragen. Die Russen waren ziemlich merkwürdig. Nora fand einen Silberfuchs besonders schön und ich überließ ihn ihr, ohne lange darüber nachzudenken.

Ich arbeitete, ohne dass etwas Besonderes passierte und immer noch nagte die Ungewissheit an mir, wie es weitergehen sollte. Ich hatte noch keine neue Wohnung und Geld hatte ich auch noch keines gesehen. Sollte der Job nichts werden, stände ich ziemlich dumm da. Magdas Wagen hatte man ihr auch schon zurückgebracht und sie war erstaunt, dass sie ihn so schnell und noch dazu vollgetankt zurück bekam. Wir hatten schon dreimal miteinander telefoniert und sie freute sich mit mir, dass es sich im Job so gut anließ. Diese Arbeitsstelle war die sprichwörtliche Stecknadel im Hauhaufen. Noch dazu war sie aus Gold.

Ich beschloss endlich zu klären, was nun werden sollte. Außerdem wollte ich dringend wissen, was es mit SM auf sich haben würde. Ich fühlte mich schon etwas ausgehungert und dieser Robert Presch könnte meinen Appetit sicher befriedigen. Eine Woche vor Ablauf der Probezeit saßen wir abends in dem großen Wintergarten. Nora servierte heiße Schokolade.

»Haben Sie sich schon entschieden?«

»Nein. Ich denke noch darüber nach.«

»In sechs Tagen läuft die Probezeit ab und ich habe noch keine neue Wohnung, wie Sie wissen. Ich muss langsam mal aktiv werden, sollten Sie mich nicht wollen.«

»In sechs Tagen wissen Sie Bescheid. Bis dahin müssen Sie sich gedulden.«

»Und was ist mit SM? Sie wollten mich prüfen? Wann soll das geschehen?«

Robert stellte sein Glas auf den Tisch und sah mich an.

»Sie werden bereits die ganze Zeit getestet. Ich habe noch nie etwas zu schnell entschieden. Das führt zwangsläufig zu Fehlern. Im Keller neulich haben Sie sich gut gehalten. Nora hat Sie ausdrücklich für Ihre Technik gelobt«, dabei grinste er breit und ich ahnte, dass er wusste, was wir beide hinterher getrieben hatten.

»Am Wochenende findet in diesem Haus ein kleines Treffen unseres Zirkels statt. Sie können als Gast teilnehmen, aber Sie bekommen die ganze Zeit die Augen verbunden.«

»Zirkel?«, fragte ich. Jetzt wurde es spannend.

»In diesem Haus finden regelmäßig Treffen von Mitgliedern unseres Freundeskreises aus aller Welt statt. Es werden auch Prominente dabei sein. Es muss dabei absolute Diskretion gewahrt werden.«

»Aber was ist der Zirkel?«

»Leute mit Neigungen zu SM in all seinen Spielarten. Alles geschieht freiwillig und Herren und Sklaven müssen sich einem Kodex unterziehen. Niemand darf mit Zwang oder Geldmitteln geworben werden. Keine Nutten oder Stricher. Alle müssen sich gemeinnützigen Organisationen anschließen und Zukunftsprojekte fördern. Wir stehen alle in Kontakt zueinander und es gibt viele enge Freundschaften, die weit über SM hinausgehen. Alle helfen sich gegenseitig und der Vorsitz wechselt jedes Jahr. In diesem Jahr gehöre ich mit dazu.«

»Was geschieht auf diesen Treffen?«

»Wir führen neue Sklaven vor und tauschen uns aus. Neue Anwärter werden in den Zirkel aufgenommen und leisten den Eid. Und natürlich haben wir Spaß miteinander.«

»Welchen Eid?«

»Das kommt vielleicht später Sabine. Wie soll ich Sie denn dem Zirkel vorführen?«, Robert sah mich ernst an.

Ich spürte, dass ich jetzt die richtige Antwort geben musste.

»Wie werden Sklavinnen denn vorgeführt?«

»Sie werden nackt an die Säule gebunden und jeder Herr und jede Herrin kann sich mit ihnen vergnügen«, antwortete er trocken.

»Werden sie auch, ... ich meine, ... wird man auch gebumst?«

»Selbstverständlich. Aber keine Sorge, alles nur mit Gummi, solange Sie keinen HIV-Test abgeben haben. Aber in Ihrem Fall werde ich zunächst unterbinden, dass etwas Fleischiges in Sie eindringt.«

Ich war nicht vollständig beruhigt. Als Gefäß für alle und jeden zu dienen war noch nie mein Ding gewesen. Ich stand auf und schaute Robert direkt an.

»Ich möchte, dass Sie mich auf dem Treffen ausstellen so wie Sie es beschrieben haben.«

Seine Augen ruhten auf mir.

»Wie Sie meinen. Ich werde Nora entsprechende Anweisungen geben. Halten Sie sich an sie.«

Am Freitag kam Nora zu mir ins Büro und brachte mir einen Kaffee.

»Du solltest für Morgen etwas wissen. Ich werde dich Mittag um eins abholen und vorbereiten. Du wirst rasiert und hinterher in einem der Räume gepeitscht. Danach werde ich dich fest anbinden. Rechtzeitig, bevor die Gäste eintreffen, hole ich dich und binde dich mit den anderen Neuen zusammen an die Säule. Du trägst die ganze Zeit über eine Knebelmaske, die auch die Augen verschließt. Wenn der Herr es befiehlt, wirst du zurück in die Zelle gebracht, wo man sich deiner bedienen kann, wenn es einem der Gäste danach gelüstet. Am Sonntag, wenn alle Gäste gefahren sind, wirst du wieder befreit.«

Mein Herz klopfte bis zum Hals, als ich ihre tonlosen Worte hörte. Schon die Beschreibung des Abends hatte mich so heiß gemacht, dass ich dabei war zu zerfließen. Am liebsten hätte ich Nora meine Hände hingestreckt, damit sie mich sofort fesseln sollte. In dieser Nacht schlief ich unruhig. Im Traum sah ich mich an der Säule fixiert und viele maskierte Männer und Frauen standen mit Peitschen herum und warteten darauf mich zu züchtigen.

Am Morgen machte ich zusammen mit Robert einen Waldlauf durch das Anwesen. Er zeigte mir weitere Teile des Parks und sprach immer wieder von den Bären. Über das Treffen verlor er kein Wort und die Neugier nagte weiter an mir.

»Bis heute Abend. Ich freue mich. Sehr sogar«, verabschiedete er mich im Foyer.

Ich kam pünktlich aus der Dusche und Nora führte mich nackt, wie ich war, sogleich in den gut geheizten Keller. Sie selbst trug wieder ihr ledernes Hauskleid und ich fragte mich, wie sie es schaffte, in dem Ding nicht wie ein Springbrunnen zu schwitzen. Sie stellte mich unter einen Rahmen, an dem viele Ringe eingelassen waren, und holte eine Ledermaske mit Schnüren aus einer Box.

»Ich werde dich jetzt knebeln und dir die Augen verbinden. Du wirst nicht mehr schreien oder dich sonst wie bemerkbar machen können. Hier hast du einen Ring. Er hat eine kleine eiserne Kugel als Schmuck. Er ist einigermaßen lose, und wenn du es nicht mehr aushältst, so drücke ihn einfach aus der Fassung. Das Fallen der Kugel ist das Zeichen aufzuhören. Jeder wird es akzeptieren und von dir lassen.«

Vorsichtig schob sie mir den kleinen Ring über den Finger. ›Das war also meine Verbindung zum Rest der Welt‹, dachte ich amüsiert. Früher, als ich noch Sklavin von Herrin Daniela war, bekam ich immer einen roten Ball in die Hand bevor sie mich und die anderen Sklavinnen züchtigte. Der Ball war das Zeichen aufzuhören. Ich hatte ihn niemals fallen lassen. Nora steckte mir Ohropax in die Ohren und Stille senkte sich über mich. Routiniert stülpte sie mir die Maske über und zog die Schnüre hinterm Kopf fest. An den Ohren war die Maske zusätzlich gepolstert und so war ich völlig taub. Das Leder legte sich wie eine neue Haut über mein Gesicht und der Geruch machte mich sofort geil. Ein fester Gummischwanz verschwand in meinem Mund und wurde an der Maske festgeschnallt. Mein Mund kaute und saugte an dem nicht zu großen Ding, und als die Augenmaske mich in Dunkelheit hüllte, hätte ich fast einen Höhepunkt bekommen. Nora bemerkte mein Zittern und meinte:

»Du bist ja gut drauf! Das wird bestimmt ein interessanter Abend für alle.«

Meine Arme wurde weit über den Kopf auseinandergezogen und eine Winde zog mich nach oben, bis meine Füße in der Luft hingen. Mit den Beinen verfuhr sie ebenso, und als sie anfing, die Fesseln langsam zu spannen, entlockte sie mir ein unterdrücktes Stöhnen. Ich hörte das

Zischen der Peitsche nicht und der Hieb traf meine Kehrseite völlig unvorbereitet. Nora schlug mich mit Methode und sie war unerbittlich. Mein Körper wurde vom Rücken bis zur Wade in Feuer getaucht. Ich biss vor Schmerz in den Knebel, aber es war auch eine süße Erfahrung, die ich schon so lange entbehrt hatte. So abrupt, wie sie begonnen hatte, so endeten die Schläge. In meiner Dunkelheit spürte ich, wie Nora anfing, mich zu rasieren. Meine Scham war eigentlich schon seit Jahren haarlos, aber hier war eine Expertin am Werk, die jedes noch so verborgene Haar in meinem Schritt fand und entfernte. Ich habe nie erfahren, ob sie den Elektrorasierer mit Absicht so oft über den Kitzler führte, aber ich bekam einen Höhepunkt, der so stark war, dass ich trotz der Fesselung mit dem Unterleib hin und her schaukelte. Danach verzierte sie meine Vorderseite mit Striemen.

Ich war schon ziemlich fertig, als sie mich losband und sofort wegführte. Sie drückte mir einen Lederanzug in die Hand und half mir das enge Ding anzuziehen. Es war eine Kombi, ähnlich wie sie Motorradfahrer tragen, nur dass der Kragen ziemlich steif war. Mit Schnüren an den Seiten und am Rücken presste sie mich in den Anzug. Dreimal zog sie die Taille nach und ich stellte mir vor, dass der Anzug wie eine zweite Haut an mir liegen musste. Sie legte mich mit dem Rücken auf eine Liege und begann viele Schnallen um mich herum zu schließen. Mit jeder Schließe wurde ich unbeweglicher auf der Liege befestigt. Sie zog die Riemen stramm und ich spürte den Druck auf meinen steifen Brustwarzen. Mein Arsch brannte wie Feuer und meine Brüste, die auch ihren Teil der Hiebe abbekommen hatten, schrien vor Hitze. Schweiß brach mir aus und ich spürte, wie die Tropfen sehr langsam über die frischen Striemen liefen und brannten wie siedendes Öl. Eine Welle nach der anderen durchflutete mich und zwischen meinen Beinen war der Teufel los. Ich hätte sonst etwas für einen Griff an meinen Kitzler gegeben. Irgendwann war sie fertig und ich blieb blind, taub und stumm zurück. Ich war so gefesselt, dass ich kein Gelenk bewegen konnte und ich verlor jedes Zeitgefühl. Einmal glaubte ich, das Schlagen einer Tür zu hören, aber die Maske verschloss mein Gehör zu gründlich. Ich versuchte mit den Fingern zu wackeln, aber auch um sie hatte Nora Lederriemen gelegt. Die Füße waren zusammen geschnallt und mit einem Riemen nach vor gezogen worden. Ich konnte sie nicht einen Millimeter rühren. Mein Kopf war ebenso reglos befestigt. Ich konnte nur Atmen und abwarten. Der Gummi in meinem Mund hatte erfreulicherweise eine Öffnung, sodass ich auch durch den Mund Luft holen konnte. Das Atmen war ein Problem bei mir. Wenn ich zu lange durch die Nase Luft holen musste, verstopfte diese und ich bekam Atemnot. Eine Erfahrung, die manch schöne *Nummer* panikartig beendete. Aber hier war alles perfekt. Ich fühlte mich absolut sicher.

Irgendwann kam jemand und löste meine Bande. Steif erhob ich mich von der Liege. Die Kombi wurde mir ausgezogen und sofort wurde mir ein Halsband angelegt. Meine Hände wurden auf den Rücken gefesselt und ich folgte dem Zug der Kette, die mich am Hals aus dem Keller nach oben führte. Am Luftzug spürte ich, dass wir im Foyer sein mussten. Ich wurde mit dem Rücken an die Säule geführt am Halsband angekettet. Mein Kopfkino lief auf Hochtouren. Was wohl jetzt um mich herum vorging? Würden sie mich anstarren und meine körperlichen Vorzüge zum Gegenstand ihrer Gespräche machen? Meine Füße wurden eng zusammengefesselt und ich war gezwungen stillzustehen. Was gab ich wohl für einen Anblick ab? Frisch abgestriemt und vollkommen wehrlos stand ich an der Säule und war für jeden zu haben, der mich wollte.

Eine Hand strich über meine Haut und zog die Striemen der Peitsche nach. Ich spürte den Fingernagel, der schmerzhaft in die geschundene Stelle drückte und ich versuchte, mich zu schütteln. Finger fassten in meinen Schritt und begannen meine Schamlippen zu kneten. Ich wurde wieder spitz, und als ich einem Instinkt folgend den Schoß vorstreckte, setzte jemand eine sehr unangenehme Klammer direkt auf meinen Kitzler. Der Schmerz war unbeschreiblich und ich versuchte auszuweichen, aber die Finger hielten meine Lippen fest. Eine weitere Klammer presste sich auf meine linke Brust und sogleich folgte die Nächste auf die Rechte. Ich stöhnte laut in den Knebel und war kurz versucht, die Kugel abzuwerfen. Klammern waren mir nicht unbekannt. Peter ließ mich manchmal welche an den Schamlippen tragen, wenn wir ausgingen. Es war ein süßer Schmerz, der einen aufmerksam machte für die Wünsche des Meisters.

Aber diese hier kamen mir vor, als hätte man sie vorher glühend gemacht.

Wie hatte Nora so treffend gesagt? »Robert spielt in einer anderen Liga.«

Jeder Mensch denkt wahrscheinlich, dass er nach Jahren voller Erfahrung in einer bestimmten Sache schon alles einmal erlebt hat, aber hier betrat ich völliges Neuland.
Seit ich sechzehn war, wusste ich, dass ich auf Schmerz stehe. Von meinem ersten Freund ließ ich mir beim Sex die Augen verbinden, aber er war so doof und unbeholfen, dass ich nichts dabei empfand. Früh merkte ich, dass mir Blümchensex nicht viel geben konnte. Zwei Jahre spielte ich das Normalo-Mädchen und tat bei meinen Freunden so als wären sie die größten im Bett.

Ich sehnte meine Volljährigkeit herbei, und als es so weit war, nahm ich mir fünfhundert Mark von meinem Ersparten und fuhr nach Kiel zu einer Adresse, die ich aus einer Fachzeitung hatte. Die Domina *Madame Sheena*, mit der ich vorher lange telefoniert hatte, führte mich behutsam in die Welt des SM ein. Zuerst fesselte sie mich nur leicht und ich erhielt kurze Schläge mit einem Lederpaddel auf dem Po. Sie gewöhnte mich daran nackt zu sein, auch wenn andere Männer oder Frauen im Raum waren. Sie machte mich mit viel Gefühl und Geschick so heiß, dass ich über ihrem Knie liegend den ersten Orgasmus meines Lebens erfuhr, während ihr Rohrstock meine Hinterbacken zum Glühen brachte. Ich war häufig Gast bei ihr und musste zum Glück nicht jede Sitzung voll bezahlen. Niemals ließ sie zu, dass man mich in ihr Geschäft einbezog und ich verbrachte viele Tage bei ihr. Sie band mich mit meiner ausdrücklichen Zustimmung auf einen Bock und schlug mich, während einer ihren Kunden am Pranger stand und dem Treiben nur zuhören konnte. Ich genoss seine Hilflosigkeit und gleichzeitig die Schläge der Frau. Sie hatte leider noch eine Zofe, die ihr praktisch zur Hand ging und anscheinend sehr verliebt in sie war. Sie war es auch, weshalb wir uns schließlich trennten. Sie zickte so lange herum, bis Sheena mich bat, nicht wiederzukommen.

Von da an suchte ich mir meine Partner gezielt über die einschlägigen Kontaktanzeigen und während meiner Ausbildungszeit hatte ich einen Freund aus Spanien, mit dem ich tolle Sachen machen konnte. Er stand darauf, mich im Wald an Bäume zu binden und ich wurde mit frischen Weidenruten geschlagen. Leider musste er zurück in seine Heimat und wir verloren uns aus den Augen.

Meine Herrin Daniela fand mich, als ich allein auf einer Fetischparty auftauchte. Sie legte mir ohne ein Wort ein Halsband um und drückte mir eine Visitenkarte in die Hand. Drei Tage überlegte ich, was ich tun sollte, bevor ich an ihrer Tür klingelte. Sie sah aus wie eine Doppelgängerin der jungen Christine Kaufmann. Eine natürliche Schönheit, die auch im reifen Alter ohne Schönheitsoperation überaus attraktiv war. Mehrere Jahre war ich eine ihrer drei Sklavinnen und sie zeigte mir, was Sex mit einer Frau bedeuten konnte. Sie war meine Mentorin, die meine Sprachausbildung förderte. Wir fuhren oft auf ihre Kosten in die Länder in Urlaub, deren Sprachen ich gerade studierte. Sie starb mit einundfünfzig an einem Herzinfarkt mitten in der Hamburger U-Bahn. Als sie nicht mehr da war, fiel ich in ein Loch, auf dessen Boden mich eine tiefe Sinnkrise empfing. Während der Beerdigung zerbrach etwas in mir. Zu meinem Glück trösteten wir drei zurückgebliebenen Sklavinnen uns gegenseitig und ich schaffte es, trotz ausgiebigem Alkohol und Drogengenusses meine Ausbildung abzuschließen. Es dauerte lange, bis ich mich wieder in die Szene traute und schließlich eine Beziehung mit Peter einging. Die Zeit mit ihm war die bisher aufregendste in meinem Leben.

Jemand drehte die Klammer an meinem Kitzler und ich hörte mich selbst in den Knebel brüllen. Unendlich lange dauerte es, bis eine barmherzige Seele mir die Folterinstrumente endlich abnahm. Das Entfernen war beinahe noch schmerzhafter, wie das Tragen. Als das Blut zurück in das gemarterte Fleisch floss, kribbelte es so heftig, dass ich nicht ruhig stehen bleiben konnte. Jemand löste die Fesseln, um meine Hände mit hoch erhobenen Armen an der Säule zu befestigen. Mein Bauch lag flach an dem polierten Holz und zum ersten Mal spürte ich neben mir eine Hand. Ich war offenbar nicht allein an der Säule. Meine Füße wurden fixiert und etwas drang ohne großen Widerstand in mein Geschlecht ein und wurde mit einem Riemengeschirr gegen ein Herausgleiten gesichert. Trotz der Maske schloss ich verschämt die Augen. Ich wurde vor völlig Unbekannten penetriert und mein Hintern rollte noch vor Erwartung dabei. Ein scharfer

Schmerz holte mich zurück in die Wirklichkeit. Eine Peitsche begann, meinen Po mit neuen Striemen zu markieren. Es war sicher eine Reitpeitsche. Nur sie konnte diesen Effekt auslösen. Die Hand, die ich gespürt hatte, verkrampfte sich um meine Finger und wir hielten uns gegenseitig fest und gaben uns Mut und Stärke. Ich fühlte Schwielen an den Fingern. Offenbar stand ein Mann mit an der Säule. Kurz bevor der letzte Hieb meine Kehrseite traf, kam es mir als wollte ein Vulkan ausbrechen. Peinlich spürte ich die Feuchtigkeit, die trotz des Dildos an meinen Beinen herablief. Eine raue Zunge leckte an meinem Bein hinauf und leckte meinen Saft ab. Der heiße Atem des Mundes strich über meine Haut und ich wurde so heiß wie lange nicht mehr. Mein Schoß reckte sich der Zunge entgegen, soweit die Fesseln es zuließen, aber plötzlich verschwand der Freudenspender. Man ließ mich einige Zeit stehen. Es war ungeheuer erotisch. In völliger Dunkelheit, ohne auch nur das Geringste zu hören, wartete ich darauf, dass man sich meiner bediente. Wäre mein Mund nicht verschlossen gewesen ich hätte vor Lust geschrien. Endlich öffnete jemand den Verschluss, der meinen Knebel im Mund hielt, und nahm mir den Schwanz heraus. Dankbar trank ich das angebotene Getränk und stillte meinen brennenden Durst. Ich hatte keine Gelegenheit zu danken, denn nachdem man das Glas abgesetzt hatte, wurde der Mund sofort wieder verschlossen. Ich wurde kniend angekettet und mit auf dem Rücken gefesselten Händen wartete ich eine lange Zeit an der Säule, ohne mitzubekommen, was um mich herum passierte. An meinem Schenkel spürte ich eine Bewegung und Hautkontakt. Ich kniete also nicht allein hier. Die Haut war mit Haaren besetzt. Wahrscheinlich ein Mann, der mein Schicksal teilte. Mir stieg der Geruch eines starken Parfüms in die Nase. Eine Frau stand in meiner Nähe. Sprachen sie gerade über den Preis, für den ich verkauft werden konnte, oder berieten sie über eine weitere Folter, die sie an mir ausprobieren wollten? Bei dem Gedanken daran, wirklich verkauft zu werden, lief mir eine Gänsehaut über den Körper. Vielleicht in ein illegales SM-Bordell, wo man die brutalsten Sachen mit einem machte. Ich hatte von solchen Häusern gehört, die ihren Nachwuchs vorwiegend aus Osteuropa bezogen. Frauen, die man nie lebend wiedersah. Viele Gedanken später wurde ich losgemacht und wir gingen zurück in den Keller. Man packte mich auf eine Liege, die mit Leder bespannt war, und band mir Hände und Füße auf dem Rücken zusammen. Die

Maske hatte einen Ring am Kopf eingearbeitet und wurde mit meinen Füßen verbunden. Gekrümmt wie ein Bogen schlief ich irgendwann erschöpft ein, nachdem mir meine Vorstellungskraft einen fantastischen Höhepunkt beschert hatte.

Als ich erwachte, lag ich in meinem Bett und hatte jedes Zeitgefühl verloren. Nackt rekelte ich mich unter einer Seidendecke und bemerkte, dass sich der Tag schon wieder dem Ende näherte, denn die Sonne verschwand eben von meinem Balkon. Ich ließ mir ein Bad ein. Meine Haut juckte ein wenig. In dem großen Spiegel nahm ich meinen Körper in Augenschein und war überrascht, wie wenig von dem vergangenen Abend zu sehen war. Über Brust und Rücken waren die Striemen fast verblasst. Nur mein Hintern sah aus, als hätte ich auf einem Stück Maschendraht gesessen. Ich legte mich in die warme Wanne und schloss genüsslich die Augen, als ich daran dachte, was mit mir an der Säule alles gemacht worden war.

Es war bereits Abend, als ich in die Gemeinschaftsküche ging, wo ich Nora und Robert beim Tee traf.

»Aha, unsere Schlafmütze! Haben Sie gut geschlafen?«, begrüßte er mich.

Überflüssigerweise rekelte ich mich noch einmal und antwortete:

»Wie schon lange nicht mehr. Ich bin herrlich entspannt! Es war ein toller Abend.«

Nora reichte mir lachend einen Tee.

»Du glaubst gar nicht, wie toll der war. Wenn du mitbekommen hättest, was du für einen Eindruck hinterlassen hast, würdest du in den Wolken schweben.«

Ich sah beide fragend an.

»Sabine, Sie haben sich bemerkenswert gut gehalten. Als das Mitglied bei Ihnen seine Klammern ansetzte, wollte ich erst dazwischengehen, aber Sie haben die Perle nicht fallen lassen und so ließ ich es bleiben. Die meisten Anfänger machen spätestens bei den Dingern schlapp und benutzen ihren Ring.«

»Die Dinger sind eine Eigenkreation. Er hat sie sich in den USA extra anfertigen lassen. Üble kleine Bastarde. Vor allem an den Nippeln«, meinte Nora zustimmend.

Ich spürte immer noch das Ziehen in den Brüsten und meinen Schamlippen. Die Klammern hatten doch eine Erinnerung hinterlassen. Ich vermied es, mich nach *ihm* zu erkundigen. Die Identität der Zirkelmitglieder war mir nicht umsonst bisher verschlossen geblieben.

»Aber anscheinend fanden Sie es nicht so schlimm? Sie haben friedlich geschlafen, als ich Sie ins Bett trug. Nora nahm Ihnen die Maske ab und sie sah keine Spuren von Tränen.«

Ich schlürfte meinen Tee. Das war sicher eine Schlüsselfrage. Jetzt kam es auf eine kluge Antwort an.

»Nun. Es war eine schöne erotische Erfahrung. Es entsprach ganz meiner Veranlagung und ich habe es, wenn auch manchmal mit zusammengebissenen Zähnen sehr genossen.«

Nora und Robert sahen sich stumm an. Sie nickte unmerklich und beobachtete mich über den Rand ihrer Tasse. Robert blickte in seinen Kaffee, als könnte er in ihm die Zukunft lesen. Endlich nahm er den Kopf hoch und sah mich an.

»Sie sind eine tapfere Frau. Ich frage mich gerade, ob Sie das alles nur ausgehalten haben, um hier am Ball zu bleiben?«

Eine Frage, die sich wie ein Angriff anhörte. Mein Herz begann, wieder heftig zu schlagen.

»Sie glauben, ich würde mich verkaufen, um in diesem Haus zu bleiben?«, schlug ich zurück und meine Stimme zitterte ein bisschen.

»Ich gebe zu, der Gedanke ist mir gekommen. Selten erlebte ich solche Bereitwilligkeit und Hingabe. Ich frage mich, ob das alles echte Veranlagung war. Sie werden zugeben müssen, dass es bei einer Frau zumindest ungewöhnlich anmutet?«

»Ich bin nicht käuflich und schauspielere nicht wegen des Jobs. Gute Nacht.«

Ich hätte mich selbst beißen können, so wütend war ich.

Die nächsten Tage passierte überhaupt nichts, und als die letzte Nacht der Probewochen anbrach, konnte ich kaum schlafen. Robert war erst in der Nacht ins Haus zurückgekehrt und Nora hatte auch kein Wort über mich verloren. Wir saßen beim Essen zusammen und unterhielten uns über dies und das. Einmal wollte ich zaghaft anfragen, ob sie etwas wüsste, aber sie blieb stumm. Auf dem Schreibtisch lag jede Menge Arbeit und das E-Mail Postfach lief förmlich über. Ich hatte alle Hände voll zu tun die Mails zu beantworten. Für die meisten Probleme hatte Robert vorgefertigte Lösungen, die er übers Internet verschickte, oder in schriftlicher Form versandte.

Ich sah die Geldbewegungen, die über seine Konten liefen, und schluckte. Robert Presch war ein sehr vermögender Mann. Offenbar war der Verkauf von Programmen nicht sein einziger Gelderwerb. Immobilienhandel, Aktienbesitz und eine Firma, die eigenständig Programme entwickelte, gehörten dazu. Es gab viele Dateien und Programme, die mit Passwörtern geschützt waren und etliche Festplatten und Datenspeicher lagen in seinem Tresor.

»Alles völlig wertlos. Sämtliche Schlüsseldaten habe ich an einem anderen Ort versteckte. Das meiste habe ich im Kopf und muss nur hin und wieder mal nachsehen, falls ich etwas vergessen habe«, sagte er mir einmal, als ich ehrfurchtsvoll auf die Menge schaute.

Im Panzerschrank lag Bargeld in verschiedenen Währungen. Er hatte scheinbar gerne ausreichend Bares im Haus.

»Nur Bares ist Wahres«, lachte er, als er Nora ein Bündel Euros aushändigte, um damit eine Lieferung zu bezahlen.

Irgendwann erwähnte Nora, dass sie ebenfalls einen Schlüssel zum Safe hatte und auch die Zahlenkombination kannte. Hier im Haus schien man sich sehr zu vertrauen.

Ich war nie ein Autofan, aber was in der Garage des Hauses an Fahrzeugen stand, ließ den meisten Autonarren das Herz schneller schlagen. Ein Kleinbus, ein Geländewagen und ein Mercedes, alles neuere Baujahre, waren kein Grund in Ekstase zu geraten, aber der Düsenberg von 1932 und ein De Tomaso waren schon etwas Besonderes. Zwei alte Harleys standen dahinter und ein Bild darüber von Robert in wilden Ledersachen zeugte von der Leidenschaft seiner Jugend.

Ich war so aufgeregt, dass ich zum Frühstück kaum etwas zu mir nahm. Selbst der Kaffee schmeckte heute wie kalter Schweiß. Als ich das Büro betrat, war Robert bereits bei der Arbeit und winkte mir fröhlich zur Begrüßung zu. Er war in ein Telefongespräch vertieft. War das ein gutes Zeichen? Normalerweise feuerte man einen nicht mit einem fröhlichen Grinsen im Gesicht. Ich überstand den Kälteschauer, der mich durchschüttelte, und ging tapfer an meinen Arbeitsplatz. Auf meinem Schreibtisch lag eine rote Mappe. *Arbeitsvertrag* stand auf dem Deckel. Robert beachtete mich nicht, sondern hackte auf seiner Tastatur herum. Mein Herz schlug bis zum Hals, als ich die erste Seite umblätterte.

Vertrag zwischen, bla, bla, bla und bla, bla, bla ...
Die Sätze waren dieselben wie bei einem Standardvertrag und ich überflog die Zeilen. Dann wurde es interessant.
Für ein Jahr auf Probe, Urlaub/Weihnachten je ein halbes Gehalt zuzüglich Bonuszahlungen und 30 Tagen Urlaub ...

Die Mitarbeiterin verpflichtet sich, ihr Äußeres den Wünschen des Arbeitgebers anzupassen. Sie erhält eine Aufwandsentschädigung von 400 Euro monatlich für ihre Aufwendungen. Kleidung, Sport etc., ... Wohnung und Verpflegung, Kfz-Nutzung sind frei ... Sie wohnt in der ihr zugewiesenen Wohnung im Hause des Arbeitgebers und hält sich auch für tätigkeitsfremde Arbeiten im Rahmen der Vereinbarung zur Verfügung (siehe Anhang) ... Sie ist bereit zu längeren Auslandsaufenthalten und verpflichtet sich, an Weiterbildungsmaßnahmen teilzunehmen (siehe Anhang).

Und so ging es weiter. Besonders interessiert las ich den Anhang:
Diese Vereinbarung ist Teil des Arbeitsvertrages. Ein Arbeitsverhältnis ohne schriftliche Zustimmung zu den folgenden Punkten ist nicht möglich. Sollte der Arbeitnehmer eine dieser Punkte nicht, oder nicht mehr einhalten können, so ist das Vertragsverhältnis neu zu verhandeln, oder mit sofortiger Wirkung aufzulösen.

- Ausbildung zur Zofe/Hauswirtschafterin.

- Weiterbildung zur Hausdame/Domina.

- Jede angeordnete Handlung als Sklavin vollziehen.

- Ihr Äußeres auf Anordnung zu verändern.

- Durch ihr Vorbild anderen zu dienen.

- Anzustreben, dem Zirkel beizutreten.

Ich bin einverstanden und werde alles in meiner Macht stehende unternehmen, den Vertrag zu erfüllen.

Unterschrift: xxx

Puh, das waren Bedingungen. Ich suchte im Geist nach einem Haken und mir fielen Hunderte Fragen ein, die ich am liebsten sofort gestellt hätte, aber ich sah zu Robert, der teilnahmslos auf seinen Monitor blickte. Für ihn schien es die selbstverständlichste Sache der Welt zu sein so ein Vertragswerk jemanden vorzulegen. Ich eine Zofe? Damit konnte ich Leben. Im kleinen Schwarzen herumlaufen und das geile Dienstmädchen zu sein, würde mir wenig abverlangen. Aber eine Domina? Eine Stiefelfrau werden? Sicher, ich fand es toll Leder zu tragen und das Gefühl mit der Peitsche Macht über andere auszuüben, erregte mich sogar ein wenig. Aber eine richtige Herrin zu sein, dazu fehlte mir die Vorstellungskraft. Ich fühlte mich wohler bei dem Gedanken erzogen zu werden, statt Erzieherin zu sein.

Ich las den Vertrag dreimal durch und meine Innereien fühlten sich plötzlich so flau an, dass ich aufs Klo rannte. Während ich das Fliesenmuster beobachtete, arbeitete mein Kopf auf Hochtouren. Das war der Vertrag meines Lebens. Das Gehalt war mehr als üppig, wenn man bedachte, dass ich eigentlich keine Lebenshaltungskosten hätte. Klamotten wurden auch bezahlt. Ein Traum wie aus einem Film. Mir fiel spontan *Pretty Woman* ein. Mein Lieblingsfilm. Robert hätte man für den kräftigeren Bruder von Richard Gere halten können, wenn er seinen GI-Stoppelschnitt in graue Locken verwandelt hätte. Die Arbeit erledigte ich fast im Schlaf und was meine EDV-Kenntnisse anging, so würde ich schon hineinwachsen. Ich dachte an den Teil, der mich zur Sklavin machte. Sklavenverträge waren mir nichts Neues. Viele Paare hatten einen solchen Vertrag aufgesetzt, aber meist waren sie dann von der Umsetzung Lichtjahre entfernt. Entweder passten die Alltagsgewohnheiten nicht, oder es war einfach eine Frage von Zeit und

Geld. Sie regelten zuweilen intime Kleinigkeiten und die Übertretung wurde dann wie auch immer bestraft. Ich fand es überflüssig festzulegen, ob ich Unterwäsche tragen durfte oder nicht. Bei einer Blasenentzündung verlor jede Erotik ihren Sinn.

Nach dem Erlebnis während der *Party* des Zirkels war mir klar, dass hier auf einem anderen Niveau gespielt wurde. Wie weit würden sie mit einem gehen, wenn man eine Sklavin ist? Würde ich die Anforderungen erfüllen können? Würde ich sie erfüllen wollen? Ich ahnte, dass hinter Roberts Vorstellungen von SM mehr steckte als diese Party und die Spiele. Aber eigentlich hatte es mich nicht an die Grenzen gebracht.

Was SM anging, so galt ich als Extrem veranlagt. Ich konnte schon eine Menge ab und wurde obendrein noch spitz dabei. Vielleicht war genau das der Grund, weshalb ich mich für diese Position eignete. Ich ging mit weichen Knien zurück ins Büro. Schnell unterschrieb ich den Vertrag und reichte ihn Robert wortlos zurück.

»Willkommen in meiner Firma, Sabine Zeiger«, sagte er und lachte dabei freundlich.

Wir hatten reichlich zu tun und sprachen kein Wort mehr darüber. Spät am Abend machten wir Schluss und Robert lud mich zu einem Spaziergang ein. Draußen fiel der erste Schnee und Robert meinte, dass ich endlich die Pelze ausprobieren könne. In einen Silberfuchs gehüllt begleitete ich ihn durch den Wald. Er kam ohne Umschweife zur Sache.

»Sie haben den Vertrag gelesen und keine Fragen gestellt. So wie man es von einer erzogenen Sklavin erwartet. Trotzdem werde ich einige Ihrer offenen Fragen beantworten. Sie bekommen zunächst einige Tage frei, um Ihre persönlichen Sachen zu regeln. Lösen Sie Ihre Wohnung auf und beauftragen Sie jemanden der Ihren Umzug organisiert. Sie werden nach den Feiertagen mit mir zusammen nach Italien fahren. Dort wird Ihre erste Weiterbildung beginnen. Ich bringe Sie hin und hole Sie dort nach drei Monaten wieder ab.«

»Ich arbeite nicht bei Ihnen?«

Ich war noch nicht einmal ein paar Tage hier und schon schmerzte mich eine Trennung von diesem Mann. Drei Monate? Das war lange, fand ich.

»Sie werden eine Hauswirtschaftsausbildung als Zofe erfahren. Man wird Sie in einige grundlegende Regeln des Zirkels einweisen. Die Schule ist sehr streng, aber gut. Es findet im Haus eines Zirkelmitgliedes statt und ich erwarte, dass Sie dort eine gute Figur als meine Sklavin abgeben. Wenn Sie zurückkehren, fahren wir gemeinsam einige Tage in Urlaub und werden uns dabei mit einigen ausländischen Kunden treffen.«

»Wir fahren in Urlaub?«, fragte ich ungläubig.

»Sie befinden sich im Probejahr. In dieser Zeit haben Sie keinen Urlaub den Sie selbstständig verplanen können. Es wird eine Art Arbeitsurlaub werden. Es wird Ihnen gefallen! Im Frühsommer werden Sie nach London gebracht und beginnen Ihre Ausbildung zur Hausdame. Lady Pain ist eine langjährige Freundin von mir und sie genießt mein vollstes Vertrauen. Sie führt eines der besten Dominastudios in der Welt. Sie werden sechs Monate bleiben und ich hole Sie persönlich in ihrem Haus wieder ab. Wenn Sie beide Ausbildungen erfolgreich beendet haben, werde ich Ihre Aufnahme in den Zirkel auf unserem Jahrestreffen beantragen. Von da an sind Sie ein vollwertiges Mitglied und bekommen Ihren Namen.«

»Meinen Namen?«

»Sie sind Sabine Zeiger, aber wenn Sie in den Zirkel eintreten erhalten Sie einen Code-Namen. Er wird Sie so lange begleiten, bis Sie ausscheiden. Es dient dem Abstand zu Ihrem sogenannten Zivilleben. Jeder aus dem Zirkel, der Ihren Code-Namen kennt, kann Sie ansprechen und Sie werden sich gegenseitig helfen. Die Verwendung des bürgerlichen Namens ist verboten!«

»Warum?«

»Es dient der Sicherheit. Viele Persönlichkeiten des öffentlichen Lebens sind Mitglieder. Einige tragen sogar Masken auf den Treffen und eine Erwähnung ihres wahren Namens kann für sie eine Katastrophe auslösen.«

»Was ist mit denen, die keine Masken tragen?«, ich war gespannt wie eine Feder.

»Einige nehmen es hin und leben damit, aber wir passen gut auf. Es hat mal vor einigen Jahren einen Maulwurf unter den Gästen einer Party gegeben und er hat Bilder gemacht und Namen der Teilnehmer veröffentlicht. Es war ein Skandal, der die Regenbogenpresse in aller Welt kurz aus den roten Zahlen riss. Seitdem gibt es verschiedene Maßnahmen, die eine Wiederholung ausschließen sollen.«

Irgendwo brummte ein Tier und ich suchte Roberts Nähe.

»Warum soll ich eine Domina werden?«

»Sie werden im Hause Nora bei der Arbeit helfen. Wir werden in Zukunft häufiger Treffen bei uns veranstalten und die Gäste müssen betreut werden. Nora wird sich in erster Linie um das Haus kümmern. Ihre Aufgabe wird es sein, die Sklaven zu versorgen und sie entsprechend zu behandeln. Dafür müssen Sie sich mit verschiedenen Techniken vertraut machen.«

Widerstand erwachte in mir und ich blieb abwartend stehen.

»Eine Domina ist eigentlich eine Nutte! Sie macht es für Geld. Ich bin nicht für Geld zu haben. Ich dachte immer, das wäre eine Maxime des Zirkels?«

»Oh, das habe ich vergessen zu erwähnen. Lady Pain wird Sie einweisen aber Sie werden nicht für sie arbeiten müssen. Alle Ihre Tätigkeiten, die Ihrer Ausbildung dienen, werden nur an ausgewählten Personen vorgenommen. Lady Pain kennt die Prozeduren und weiß genau die Grenzen zu ziehen. Keine Angst, niemand wird versuchen Sie zu prostituieren. Es wäre ein Verstoß gegen die Regeln und hätte den sofortigen Ausschluss für beide zur Folge.«

»Trotzdem kann ich mir nicht so recht vorstellen, wie das funktionieren soll?«

»Lady Pains Haus ist sehr exklusiv und die Klientel ist ausgesucht. Sie beschäftigt nur überaus fähige Frauen als Dominas, die sie zum Teil selbst ausgebildet hat. Glauben Sie mir. Keine dieser Frauen erfüllt das Klischee einer herkömmlichen Nutte. Es sind eher sehr gute Psychologen. Nora war auch bei ihr in der Ausbildung. Wenn Sie Vorbehalte haben, lassen Sie sich von ihr berichten, was auf Sie zukommt.«

Ich war zwar genau so schlau wie vorher, aber schluckte meine Bedenken herunter. Ausbildung zur Zofe? Nun, damit konnte ich Leben. Einem Herrn dienen fand ich schön. Aber mich mit den Wünschen von Sklaven beschäftigen? Ich fror, wenn ich daran dachte, wie mir jemand hinterher Geld in die Hand drückte. Wir kehrten ins Haus zurück und Nora erwartete uns mit einem Glühwein. Robert informierte sie darüber, dass ich dem Vertrag zugestimmt hatte und sie freute sich.

»Schön, dass du bei uns bleibst. Endlich jemand mit dem man mal wieder anständig tratschen kann.«

Robert ging zurück ins Büro und ich fragte sie nach der Ausbildung in London.

»Es war toll. London ist eine wunderbare Stadt mit netten Leuten. Du wirst Lady Pain mögen. Sie ist sehr behutsam mit einem und versteht wirklich etwas von ihrem Handwerk. Ich war sechs Monate bei ihr und bin hinterher noch mehrmals hingefahren. Niemals hatte ich das Gefühl eine Hure zu sein.«

»Was hast du bei ihr gemacht?«

»Ich bin ihr bei den Behandlungen der Kunden zur Hand gegangen. Meistens waren es Stammgäste, aber bei denen, wo es nicht so war, habe ich keinen Unterschied gemacht. Sie dürfen einen nicht anfassen und daher machte es mir nichts aus.«

»Aber sie zahlen doch für ihre Form von Sex?«, mich schauderte.

»Sicher und das ist auch gut so«, lachte sie offen.

»Eine einfache Züchtigung kostet schon ein Vermögen und Lady Pain hat mehrere Stiftungen ins Leben gerufen, die aus ihren Einnahmen finanziert werden.«

»Stiftungen?«, ich verstand immer weniger.

»Robert hat dir doch sicher gesagt, dass alle Mitglieder sich zu wohltätigen Zwecken verpflichten müssen. Lady Pain unterhält ein Tierschutzprojekt, ein Integrationsbüro für Einwanderer und ein Waisenhaus für Mädchen in China. Die brauchen viel Geld.«

Ich schluckte. Die Dominas, die ich kannte, fuhren einen großen Wagen und stapelten ihre Geldscheine auf der Bank.

»Ich habe auch eine Stiftung ins Leben gerufen. Im Jemen habe ich eine Privatschule für Frauen gegründet, die studieren wollen. Im Augenblick entwickle ich eine Einrichtung, die Frauen im Jemen Politik und Wirtschaft nahebringen soll.«

Sie schenkte mir Tee ein. Der Glühwein hatte meinem Kopf gehörig eingeheizt.

»Werde ich auch später so etwas gründen müssen?«

»Müssen? Nein. Aber ich denke, dass es dir Freude machen wird, zu sehen, dass ein Teil deines Geldes einen guten Zweck erfüllt.«

›Welches Geld?‹, dachte ich und erinnerte mich an meinen Kontostand.

»Und du? Womit finanzierst du dein Projekt?«, wollte ich wissen.

»Mein Vater hat mir ein Auskommen gesichert, aber ich nutze es kaum. Ich verdiene hier gutes Geld, und wenn ich mal wieder ein großes Projekt machen will, dann kann ich mir bei Lady Pain immer ein paar Dollar dazu verdienen.«

»Du machst es für Geld?«, fast hätte ich vor Schreck aufgeschrien.

»Komm wieder runter von deiner Empörung. Ich rede von ein paar Tausend Dollar, um ein Haus im Jemen zu bauen und mit Schulmöbeln auszustatten. Ich habe vor einem Jahr für zwei Stunden als Sklavin einem texanischen Geschäftsmann gedient. Wir vereinbarten, dass er dafür das Haus baut und entsprechend ausrüstet. Er wollte unbedingt eine schwarze Sklavin bestrafen und war mit allem einverstanden. Er band mich an einen Pfosten und schlug mich ziemlich lange und hart mit einer Bullenpeitsche. Es war schwer verdientes Geld, das kann ich dir sagen.«

Nora strich sich mit der Hand über die Brust und schüttelte sie dabei. Sprachlos sah ich sie an und stellte mir vor, wie das wohl gewesen sein mochte. Irgendwie ein geiler Gedanke sie mir so nackt an einen Strafpfosten vorzustellen. Ich verbrannte mir den Mund an der Tasse. War das Geheimnis dieses Vorgehens, dass das Geld nicht zur persönlichen Bereicherung genutzt wurde? Wie konnte ich damit umgehen? Ich war arm wie eine Kirchenmaus, und dass ich einige Tausend Dollar mal soeben Bedürftigen irgendwo am Ende der Welt überlassen würde, hielt ich für ausgeschlossen. Andererseits wäre ich bei dieser ungeheuren Summe wahrscheinlich auch schwach geworden und hätte mich peitschen lassen. Was man sich alles dafür leisten konnte? Hatte ich das Recht andere dafür als Prostituierte zu verurteilen? Verlegen schaute ich auf den Tisch. Nora legte mir ihre Hand auf die Schulter und sagte:

»Ich kann dich verstehen. Alles kommt dir vor wie ein Traum, der völlig verworren wirkt. Du hast bisher nicht in diesen Kreisen verkehrt. Geld ist für die meisten Menschen ihr Lebenszweck geworden. Das liegt daran, dass der Existenzkampf in den letzten Jahren nicht leichter geworden ist. Etwas zu geben, wovon man mehr als genug hat, ist nicht verkehrt, und wenn du einige Zeit dabei bist, wirst du merken, wie leicht es dir fällt. Warte einfach ab.«

»Aber ich kam hierher und konnte meine Miete nicht bezahlen. Ich habe noch dreißig Euro in der Tasche, und wenn ich den Vertrag nicht unterschrieben hätte, säße ich Morgen auf der Straße. Du redest von einer Welt, die mir komplett fremd ist«, antwortete ich etwas hitzig. Verdammter Glühwein.

»Du hast kein Geld? Wann hast du deinen letzten Kontocheck gemacht?«, lachte sie.

Wahrscheinlich schaute ich sie an, wie eine Kuh den Mond anglotzt. Was sollte ich auch auf meinem Konto nachprüfen? Es war mit dreitausend Euro überzogen und eine Besserung war nicht in Sicht.

»Robert hat dein Konto ausgeglichen, als er die Probezeit mit dir vereinbarte und er hat dir dein erstes Gehalt bereits überwiesen. Sicher wird er es dir Stück für Stück wieder abziehen, aber niemals würde er eine Entscheidung akzeptieren, die nur aus der Not heraus gefallen ist. Hast du dich nur entschieden, weil du pleite bist?«, Nora packte mich an den Armen und ihre Augen schienen sich in meine Seele zu bohren.

»Nein, nein! Ich habe mich aus Überzeugung entschieden. Geld spielt dabei keine Rolle. Außerdem habe ich noch die Pelze und Sachen aus Russland. Wenn ich sie verkaufen würde, käme ich schon wieder über die Runden«, antwortete ich leise.

Irgendwo in dem letzten Satz steckte sicher die Wahrheit über mich.

»Wenn du dich nicht völlig dumm anstellst, wird Geld in Zukunft nicht mehr zu deinen Problemen gehören. Gute Nacht Sabine«, ermunterte sie mich freundlich und verschwand.

Am nächsten Morgen fand ich einige persönliche E-Mails für mich vor. Zwei Firmen boten mir an meinen Umzug zu organisieren und mein Vermieter teilte mir mit, dass sich bereits ein Nachmieter gefunden hätte und ich mir keine Sorgen wegen der Übergaberenovierung machen brauchte. Wie ausgesucht freundlich er doch sein konnte. Vor wenigen Tagen erst hatte er mich vor die Tür gesetzt. Ich spürte fremde Hände hinter den Kulissen. Auch auf meinem Konto war wieder ein Sonnenstrahl zu sehen. Nora hatte recht behalten. Sie zeigte mir kurz die Bedienung des Kleinbusses und ich fuhr nach Hamburg, um meine letzten Sachen abzuholen. Der Nachmieter kam am Abend vorbei und kaufte überraschenderweise alle meine Möbel für tausend Euro. In meiner neuen Wohnung hatte ich eh keine Verwendung dafür.

Ich blieb eine Nacht bei Magda und wir köpften drei Flaschen Sekt, um meinen neuen Job zu feiern.

»Du hast ja wohl das große Los gezogen. Und sieht er wirklich so gut aus?«

»Noch viel besser. Du stehst neben ihm und alle Haare stellen sich einem auf«, feixte ich.

»Und wie ist er sonst so?«

Ich schluckte. Sex hatten wir bisher nicht gehabt. Er hatte mich sicher nackt auf dem Treffen gesehen, aber sonst war nichts passiert.

»Er ist nicht übel«, log ich, aber meine Zunge war durch den Alkohol schon etwas schwer und ich klang wenig überzeugend.

»Und was ist mit dem anderen?«, sie sah mich verschwörerisch an, »Mit SM? Ich dachte, du hast ihn aus den Schlagzeilen?«

Magda hatte ebenfalls Mühe ruhig auf dem Sessel zu sitzen.

»Völlig anders als alles, was ich bisher kannte. Eine andere Liga wie man so sagt.«

Ich erzählte ihr von der Ausbildung zur Zofe und zur Domina und Magda schüttelte über mich den Kopf.

»Mädchen, Du spinnst! Diese SMler haben anscheinend alle einen Dachschaden. Ich hoffe, du gerätst nicht unter die Räder. Aber wenn sie dich anschaffen schicken wollen, dann komme ich und hole dich wieder heraus. Ich schwöre es.« Sie rülpste noch einmal und schlief auf dem Sessel ein.

Ich informierte meine Mutter über meine neue Adresse und gönnte mir einen letzten Abend in der Stadt. Ich schlenderte über die Reeperbahn und die angrenzenden Straßen und blieb vor einem rot beleuchteten Fenster stehen. Eine Frau in schwarzer Wäsche stand in der Tür und verabschiedete gerade einen Gast. Sie war stark geschminkt und ein weiter Ledermantel schützte sie vor der Kälte. Die beiden waren offenbar sehr vertraut und ich hörte ein wenig von ihrem Gespräch.

»Beim nächsten Mal musst du dir beim Spülen aber mehr Mühe geben, sonst kriegst du den Po voll«, neckte sie den Mann und er senkte beschämt den Kopf.

»Ich verspreche es Herrin. Danke, dass ich dir dienen durfte.«

Der Mann küsste zum Abschied die Stiefelspitzen der Frau und verschwand. Ich ging ein wenig näher und die Frau wurde auf mich aufmerksam.

»Na Mädel? Auf der Suche nach einer neuen Erfahrung?«, lachte sie bitter und zündete sich eine Zigarette an.

Ich nahm allen Mut zusammen: »Eigentlich hätte ich eine Frage.«

»Na denn mal los Kleine. Der Nächste kommt in zehn Minuten«, Sie winkte mich die kleine Treppe zu ihrer Tür hoch.

Im Flur war es sehr warm und es roch ein wenig nach Gummi, vermischt mit schwerem Parfüm. Die Tür zu ihrem *Arbeitsbereich* stand offen und ich sah einiges der Inneneinrichtungen. Es war alles in allem ziemlich unordentlich.

»So, was gibt es denn junge Frau?«

»Wie ist es so eine Domina zu sein?«

»Keine Ahnung? Sag du es mir?«

Ich war völlig überrascht von der Antwort.

»Sie sind doch eine Domina? Zu mindestens sehen Sie so aus.«

»Heute bin ich eine Herrin und Morgen ein Schulmädchen. Ich bin das, was die Freier wollen. Sie bringen das Geld.«

Sie warf ihren Mantel ab und ich sah, was man als Cellulitis im Endstadium bezeichnete. Die Frau wirkte älter als sie war und nur das starke Make-up verwischte die Falten und verbarg die tief in den Höhlen liegenden Augen. Vom Leben gezeichnet würde man sagen.

»Was tut eine Domina eigentlich so?«

»Soll das ein Interview werden? Ich habe kein Interesse Morgen in einer Zeitung zu stehen. Das ist schlecht fürs Geschäft. In dieser Branche ist Anonymität der beste Schutz.«

»Nein, nein. Kein Interview. Nur eine interessierte Frau die eine andere nach Ihren Beweggründen fragt.«

»Setz dich.«

Sie holte zwei Gläser und mixte uns einen kleinen Drink.

»Was tue ich?«, fragte sie sich selbst und schaute an die Decke, dem Rauch ihrer Kippe hinterher.

»Ich verkaufe eine Illusion. Männer und Frauen kommen hierher und lassen sich von mir in eine Welt entführen, die sie sich selbst in ihrem Kopf gebastelt haben. Einige kommen damit klar und lassen sie, wo sie ist. Andere kommen hierher und leben ihre Fantasien aus.«

»Wie sieht solch eine Welt aus?«

»Lass deine Fantasie spielen. Alles ist möglich, wenn du nur genug Zeit und Geld aufbringst. Solange sie zahlen, baue ich ihnen das auf, was sie wollen.«

»Was verlangen Sie denn so?«

Ich wusste natürlich ein wenig über die Arbeit einer Domina durch meine Zeit bei Madame Sheena, aber jetzt war ich sehr viel älter und sah vieles mit anderen Augen.

»Einige wollen ein Baby sein, andere möchten wie ein ungezogener Junge übers Knie gelegt werden. Einige stehen auf Schmerz und möchten sich mit einem Stock prügeln lassen. Andere wollen nur als Zofe dienen und laufen in Frauenkleidern herum.«

»Und gibt es auch Sex mit den Kunden?«

»Eine richtige Lady lässt keinen Mann an sich heran. Ein Kunde ist ein Sklave und hat nur den Wünschen der Herrin zu gehorchen. Wenn sie es extra bezahlen, hole ich ihnen gelegentlich einen runter, aber nur wenn sie einigermaßen attraktiv sind.«

Die Frau grinste und ich sah die braunen Flecke auf ihren Zähnen. Sie gehörte sicher nicht zu den *Ladys*, wie sie sich ausdrückte. Es klopfte und die Frau öffnete die Tür. Sie schob einen Mittfünfziger in den Raum und herrschte ihn an sich vor ihren Sessel zu legen. Der Mann ließ sich wie eine Marionette auf den fleckigen Teppich fallen und die Domina setzte sich wieder. Dabei legte sie ihre Stiefel auf seinen Rücken und benutzte ihn als Fußbank.

»Das ist Erich. Er kommt schon seit Jahren und glaubt, dass ich es aus Liebe für ihn tue. Er ist stocktaub und hört nicht was wir sagen. Jeden Monat spart er sich die Rente vom Mund ab, um eine Stunde in dieser Holztruhe zu hocken und dabei einen getragenen Slip von mir zwischen den Zähnen zu haben.«

Die Truhe war eine schwarze Kiste, die einen Menschen knapp aufnehmen konnte. Sie hatte kleine Löcher für die Atmung und ein schweres Schloss hing vor dem Beschlag.

»So Liebes! Du musst jetzt leider abhauen oder mitspielen. Ich wünsche dir noch einen schönen Abend. Lass dich mal wieder sehen«, verabschiedete sie mich kurzerhand.

Ich stand noch eine Weile vor der Tür und hörte, wie sie den Mann anschrie und er wimmerte. In Gedanken versunken ging ich zurück und sann darüber nach, ob ich so etwas tun könnte. In schwarzer Kleidung einen Menschen einschüchtern? Ihn physisch und psychisch zu traktieren? Bisher war ich immer das Opfer gewesen und es gefiel mir. Doch eine seltsame Hitze war in mir aufgestiegen, als der Freier sich auf den Teppich warf. Ich schob es zuerst auf die Wärme in dem Raum, aber jetzt merkte ich, dass es mich angemacht hatte. Sicher war dieses *Studio* nicht mit dem zu vergleichen, was diese Lady Pain betrieb, aber die Wünsche der Kundschaft waren vermutlich ähnlich. Da war noch die Sache mit dem Geld. Mehrmals hatte man mir angeboten mit meiner Veranlagung als Sklavin zu arbeiten und mir große Summen in Aussicht gestellt, aber mein Stolz ließ es nicht zu. Sex und Geschäft? Nein danke! Aber um Sex schien es bei der Tätigkeit als Domina nicht zu gehen und einem fremden Mann an den Schwanz zu greifen, damit hatte ich eher kein Problem. Hin und wieder hatte ich auf Peters Wunsch mit einem gemeinsamen Freund von uns geschlafen. Und als seine Sklavin hatte es mir sogar Spaß gemacht. Vielleicht war es als Domina doch nicht so übel.

Schweiz/Davos

Anfang Dezember wurde die Arbeit weniger. Viele Abschlüsse und Projekte waren rechtzeitig zu den Feiertagen fertiggestellt worden und ich merkte langsam, wie komplex die Geschäfte von Robert waren. In aller Welt beschäftigte er Programmierer, um nach der Fertigstellung alles zu einem Ganzen zusammenzufügen. Nora machte deutlich, dass sie über die Feiertage in den Jemen zu ihrer Familie fahren und erst im Januar zurückkehren würde. Da Robert kein Talent zum Kochen hatte, übernahm ich den Haushalt. Es war eine Abwechselung von dem dauernden Essen in Restaurants, das wir in Noras Abwesenheit regelmäßig zu uns nahmen. Liebevoll kochte ich Italienisch und Robert war voll Lobes für mich. Gemeinsam saßen wir eine Woche vor Weihnachten allein im Haus bei einem Glühwein und sahen aus dem Wintergarten hinaus. Schnee fiel in kleinen Flocken auf den Wald.

»Keine Pläne für die Feiertage?«, fragte er.

»Nein, meine Mama ist irgendwo auf einer Studienreise und die meisten Freunde haben Familie. Ich denke, ich bleibe hier.«

»Was halten Sie davon, mit mir zusammen ein paar Tage Urlaub im Schnee zu machen?«

»Sehr gerne. Aber ich möchte erst mal meine Schulden abbezahlen. Bei mir reicht es höchstens zu einer Schlittenfahrt ins Dorf hinunter.«

»Eine gute Einstellung. Aber ich könnte Sie einladen und Sie zahlen es mir hinterher wieder zurück«, lachte er und holte einen alten Reiseprospekt unter dem Beistelltisch hervor.

»Schauen Sie mal hier. Ich fahre wenigstens einmal im Jahr nach Davos. Der Schnee ist wunderbar und der Weihnachtsabend im Ort ist wie im Märchen.«

Robert pries mir die Reise an, als ob er sie mir verkaufen müsste.

»Davos? Da wo es besonders teuer ist?«, lachte ich und schaute neidisch auf die schneebedeckten Hänge und die malerischen Straßen in dem Prospekt. Das letzte Mal, dass ich Skilaufen war, schien schon eine Ewigkeit her.

»Nun ja, Geld ist auch zum Ausgeben da. Wie wäre es?«, fragte er listig.

Wurde ich gerade wieder geprüft? Wollte er meine Willensstärke testen? Sollte ich Nein sagen, um zu beweisen, wie wichtig mir finanzielle Unabhängigkeit war? Um seine Lippen spielte ein hintergründiges Lächeln, für das ich ihm am liebsten sofort die Kleider vom Leib gerissen hätte. Stattdessen sah ich ihn mit Kalbsaugen an und gurrte.

»Sie können es mir ja befehlen. Als Ihre Sklavin sozusagen.«

Robert lachte schallend und etwas von dem Wein tropfte auf den Boden.

»Eine Sklavin im Urlaub. Wirklich! Sie haben Humor, das muss ich sagen«, mit ernstem Gesicht fuhr er fort, »Abgemacht! Wir fahren Morgen nach Davos. Wir nehmen den Geländewagen und bleiben bis nach Sylvester. Und Sie sind meine Sklavin und ich erwarte, dass Sie jeden Befehl auch ausführen. Verstanden?«

Ich war überrascht. Eigentlich hatte ich es als Scherz gemeint, aber irgendwie hatte Robert daraus eine Vereinbarung gemacht. Er wies mich an, einige *Goodies*, wie ich meine Spielzeuge nannte, nebst warmen Sachen einzupacken. Die Skiausrüstung würden wir vor Ort leihen. Am Morgen fuhren wir in die schneebedeckten Alpen und waren froh, dass uns der Geländewagen sicher die Passstraßen hochbrachte.

Davos glänzte im Licht hunderter Lampen und alles war bereits für die Feiertage geschmückt. Wir checkten in einem der nobelsten Hotels des Ortes ein. Pagen trugen unsere Koffer und wieder einmal konnte ich mich nur schwer an den Luxus gewöhnen, der mich überall umgab. Europas Geldadel war hier versammelt und ich war mittendrin. Nach einem späten Abendessen zogen wir uns in unsere Suite zurück. Absolut atemberaubend. Allein das Schlafzimmer war so groß wie meine alte Wohnung. Während ich mich auszog, sah ich ihn abwartend an. Würde er heute das erste Mal von mir Sex verlangen? Nicht, dass ich es nicht gerne getan hätte, aber irgendwas sagte mir, dass er es spannend machen würde. Ich lag in der poolgroßen Badewanne und genoss das Schaumbad, während mein Kopfkino eine anregende Vorstellung bot. Als ich fertig war, holte Robert meinen Koffer hervor und öffnete ihn. Er zog einen Lederanzug heraus und legte ihn auf das Bett. Draußen fielen dicke Schneeflocken und eine Pferdekutsche mit Glöckchen fuhr am Hotel vorbei.

»Legen Sie den Anzug an und dann kommen Sie zu mir, damit ich Ihre Ausrüstung abschließen kann«, meinte er und verschwand im Bad.

Ich schlüpfte in das enge Leder und hatte einige Mühe meine Brüste unterzubringen. War ich dicker geworden? Letztes Mal hatte ich noch hineingepasst. Rechtzeitig, als Robert das Bad verließ, stand ich in hautengem Leder gekleidet vor ihm.

»Geben Sie mir einen Ihrer Dildos.«

Er nahm den Gummischwanz aus meinen Händen und ich öffnete willig die Beine, als er sich daran machte ihn hineinzuschieben. Ich war heiß und das kräftige Ding glitt ohne Widerstand hinein. Er legte mir eine Schrittfessel an, die dafür sorgte, dass mein *Freund* nicht aus mir herausgleiten konnte.

»Gehen Sie ein paar Schritte.«

Ich machte eine Runde durch das Zimmer und bemühte mich nicht zu watscheln, so wie ich es in vielen Stunden bei Herrin Daniela gelernt hatte. Wenn wir uns bei ihr trafen, erhielt jede Sklavin einen Dildo und wir mussten ihn ständig in uns tragen. Auch wenn wir einkauften, oder ausgingen. Damals lernte ich, es mir kaum anmerken zu lassen, wenn ich *ausgefüllt* auf die Straße ging.

Robert hielt eine Ledermaske hoch und zog sie mir über den Kopf. Sie hatte keine Augenöffnungen, sondern nur einen Schlitz vor dem Mund, der mit einem Klettband verschlossen werden konnte. Sorgfältig befestigte er die Ränder der Maske an meinem Lederanzug und schob mich mit dem Rücken aufs Bett. Er band meine Hände und Füße ausgestreckt an die Bettpfosten. Einmal streifte seine Hand dabei meinen Unterleib und ich spürte sofort den Druck des Dildos, der sich auf meinen Kitzler ausbreitete. Unter dem geschlossenen Klettband grunzte ich wollüstig und drückte meinen Schoß nach oben. Aber er verweigerte mir den kleinen Gefallen. Nachdem ich sicher und fest angebunden war, legte er sich auf die andere Betthälfte und ich hörte ihn in einem Buch blättern. Nicht lange und er nahm das Telefon und bestellte einen warmen Kakao für sich. Während ich immer geiler wurde und an den Fesseln zu zerren begann, beachtete er mich überhaupt nicht. Es klopfte an der Tür, der Ober brachte das Getränk.

»Herein«, hörte ich ihn rufen und mir blieb kurz das Herz stehen.

Was sollte denn das? Ich lag hier für jeden sichtbar auf dem Bett und ihn schien die Peinlichkeit überhaupt nicht zu interessieren. Der Ober öffnete mit seiner Karte die Tür und ich hörte in der Dunkelheit unter meiner Maske die Räder des Servierwagens direkt neben mir vorbeirollen. Robert bedankte sich und deutlich knisterte der Schein des Trinkgeldes über meinem Kopf. Ich lag mit angehaltenem Atem da und wäre am liebsten gestorben. Was für ein Urlaub sollte das noch werden? Einige Stunden lag ich noch auf dem Bett, bevor Robert das Licht löschte und meine Fesseln löste.

»Gute Nacht«, wünschte er mir und rollte sich in seine Decke.

Ich war zu Müde, um mich aus dem engen Ding herauszuquälen und schlief sofort ein. Als ich erwachte, war ich völlig verschwitzt und pellte mich aus dem Anzug heraus. Robert schlief noch und ich bemühte mich leise zu sein, obwohl draußen schon die Sonne am Himmel stand. Ich war Skiurlaub immer mit frühem Aufstehen gewohnt gewesen, weil das Sonnenlicht in den winterlichen Bergen nur spärlich schien. Alles, was nach sechzehn Uhr geschah, fand bereits im Dunkeln statt. Als ich aus dem Bad kam, war Robert ebenfalls auf den Beinen und telefonierte.

»Guten Morgen. Wir frühstücken im Foyer. Danach gehen wir uns eine Ausrüstung besorgen.«

Ich wollte das Zimmer ein wenig aufräumen und wenigstens unsere *Spielzeuge* entfernen, aber er nahm mich am Arm und wir gingen Essen. Er verlor über die vergangene Nacht kein Wort und für ihn schien es die normalste Sache der Welt zu sein, das mich ein Kellner gefesselt in unserem Bett hatte liegen sehen.

Wer einmal in Davos gewesen ist und einen Rundgang durch die kleinen, aber feinen Geschäfte gemacht hat, weiß, für welche Summen man einen einfachen Wollpullover anbieten kann. Wenn man Glück hat, dann kommt tatsächlich einer in den Laden und kauft solch ein Ding. Und die Wahrscheinlichkeit, dass einer kommt, ist während der Wintersaison in Davos sehr hoch.

Wir gingen in einen schicken Klamottenladen und ich erhielt einen teuren Skianzug. Die Ausrüstung mieteten wir vom Hotel und schafften es noch mit dem vorletzten Skilift auf eine Abfahrt zu kommen. Es war himmlisch durch den weichen Pulverschnee zu fahren. Robert war ein guter Abfahrer, und nachdem ich dreimal Körperkontakt mit dem Schnee hatte, lief es bei mir auch viel besser. Wir schrien vor Vergnügen und ich wäre beinahe in meinem Übermut in eine Gruppe Leibwächter gerast, die sich schützend um ihren adligen Klienten gescharrt hatten. Später aßen wir zusammen mit zwei netten Geschäftsleuten, die Robert kannte und hier zufällig getroffen hatte. Sie waren sehr vertraut miteinander und auch zu mir waren sie ausgesprochen nett. Beide luden uns zu einem Rockkonzert in einer Diskothek etwas außerhalb von Davos ein. Wir tanzten die halbe Nacht wie die wilden und ich sah zum ersten Mal, dass Robert Presch sich richtig gehen ließ. Er hüpfte kopfschüttelnd mit den Hunderten von Gästen herum und strapazierte seine Trommelfelle in dem er direkt vor den Lautsprechern herumhopste. Mit einem lauten Klingeln im Ohr kehrten wir zurück ins Hotel. Wir genossen noch gemeinsam einen Lumumba an der Bar und gingen dann todmüde ins Bett. In der Nacht schliefen wir, kein SM, kein Sex, gar nichts.

Als am Morgen der Kellner das Frühstück brachte, kam ich gerade aus dem Bad. Ich sah den Mann erschreckt an, weil ich ahnte, dass er mich gestern im Bett hatte liegen sehen. Aber er verzog keine Miene und verschwand. Auf einer Skihütte speisten wir im VIP-Bereich zusammen mit einem älteren Schauspieler und seiner Gattin. Es war ein köstliches Erlebnis einmal *Mister James Bond* live zu treffen.

In der Nacht vor Heiligabend waren wir lange im Schnee unterwegs. Wir hatten an einer Schlittenfahrt durch die Wälder teilgenommen und waren ziemlich durchgefroren ins Hotel zurückgekehrt. Beide sehnten wir uns nach einem heißen Bad. Auf dem Zimmer zogen wir uns um die Wette aus und wetteiferten darum, wer wohl zuerst in den Genuss des heißen Wassers käme. Kreischend erreichten wir beide gleichzeitig die geräumige Wanne und setzten uns dem breiten Wasserstrahl des eingebauten Whirlpools aus. Während das Wasser langsam unsere klammen Körper verwöhnte, sahen wir uns ein wenig abschätzend an.

»Sie haben ein paar unschöne Narben an den Fußgelenken«, stellte er fest und das war erstaunlich, denn meine Füße waren in dem Sprudelwasser kaum zu sehen.

»Eine böse Erinnerung an eine schlechte Fesselung«, sagte ich und versuchte nicht verlegen zu klingen.

»Erzählen Sie mir davon?«

Bei dem Gedanken an den Abend taten mit heute noch alle Knochen weh. Ich war mit Herrin Daniela allein im Haus und wir warteten auf Fatime, ihre zweite Sklavin. Fatime war bildschön, aber leider für nichts zu gebrauchen, was nicht mit Mathematik zu tun hatte. Als sie erschien, befahl ihr meine Herrin, mich an den Füßen an die Kellerdecke zu fesseln. Sie sollte mich gründlich waschen und abwarten, bis sie zurückkäme. Herrin Danielas Keller war ein weiß gefliester Raum und wir drei Sklavinnen hatten schon oft dort von der Decke gebaumelt und Herrin Danielas Neigungen befriedigt. Meist wurden wir mit reichlich Wasser abgeschrubbt und hinterher mit vielen Feinheiten gefoltert. Sie liebte es, einem dünne Nadeln in die Schamlippen zu treiben. Immer schön langsam, sodass man jede Schmerzwelle voll auskosten durfte. Jedes Mal ließ sie zwischen den Nadeln ein bisschen Platz, um im Moment der höchsten Ekstase den Kitzler des Opfers zwischen die Zähne zu nehmen. Sie biss ein wenig zu und ohne Knebel hätten wir alles zusammen geschrien vor Geilheit. Keine von uns Dreien wurde jemals, ohne einen Höhepunkt erlebt zu haben, von den Fesseln erlöst. An diesem besagten Abend nahm Fatime Jutestricke und knotete sie sehr fest um meine Knöchel. Während sie mich wusch, wurden die Stricke feucht und ich spürte, dass ich anfing zu rutschen. Ich ließ den Ball fallen und sie nahm mir den Knebel raus. Ich sagte ihr, dass ich rutschen würde und diese dumme Kuh hatte nichts Besseres zu tun, als mich wieder zu knebeln und einen weiteren Strick zur Sicherheit über den Alten zu binden. Als sie fertig war, ließ sie mich allein im Keller hängen und kam erst nach einer Stunde mit

Herrin Daniela zurück. Die ersten Stricke hatten sich mittlerweile so straff festgezogen, dass mein Blut schon abgeschnürt wurde. Ich hatte die ganze Zeit versucht mich ein wenig zu bewegen und meine Fußgelenke dabei aufgescheuert. Seither trug ich die Narben.

Robert lachte leise und meinte:

»Und was haben Sie mit Fatime gemacht?«

»Nichts. Herrin Daniela hat sie bestraft. Wir haben hinterher nie mehr darüber gesprochen.«

»Sie tragen auch ein paar Narben«, stellte ich fest.

In Roberts Brust waren drei Schnitte zu sehen und eine hässliche Narbe über seinem Bauch.

»Dies sind Erinnerungen an meine Jugend. Messerschnitte aus einer Prügelei.«

Er zeigte auf seine Brust und lachte:
»Und dieses hier ist ein richtiger Einschuss. Ein Andenken an den Jemen.«

»Auf Sie wurde geschossen?«

»Ja früher einmal. Ist lange her. Geben Sie mir den Schwamm bitte.«

Sein Ton sagte mir, dass dieses Thema damit erledigt war. Er nahm ohne weitere Worte den Naturschwamm und seifte mich ab. Ich genoss das Rubbeln des toten Meerestiers auf meiner Haut und mit der Körperwärme kam auch ein bekanntes Gefühl in mir hoch. Ich wurde heiß. Langsam drehte ich mich in der Wanne zu ihm um und nahm ihm den Schwamm aus der Hand. Er ließ es geschehen, dass ich ihn einseifte, und schloss dabei genüsslich die Augen. Ich kroch ein wenig zu ihm hin und widmete seinem Unterleib meine besondere Aufmerksamkeit. Es dauerte nicht lange und sein Schwanz hob sich in die Höhe. Wir hatten das Einlaufen des Wassers beendet und nur noch die Düsen des Whirlpools waren in Betrieb. Robert lag mit geschlossenen Augen und dem Kopf im Nacken am Rand der Wanne, während ich in das sprudelnde Wasser tauchte und mir seinen Penis gierig in den Mund saugte. Zweimal musste ich auftauchen, um Luft zu holen, bis er kam. Er grinste mich lieb an und nahm mich in den Arm. Gemeinsam lagen wir noch lange in der Wanne und kuschelten still miteinander. Völlig aufgeweicht schlichen wir irgendwann ins Bett und schliefen eng aneinander geschmiegt ein.

Spät wachten wir auf und ließen uns ein großes Frühstück auf Zimmer bringen. Wir öffneten die Vorhänge der Schlafzimmerfenster und sahen, wie draußen der Schnee in dicken Flocken vom Himmel fiel. Ich wollte da weitermachen, wo wir in der Wanne aufgehört hatten, aber er wehrte mich sanft ab.

»Alles zu seiner Zeit«, sagte er leise und seine Augen brannten wie zwei glühende Kohlen in meinem Kopf.

Wir tranken Champagner zum Frühstück und ließen uns, wie dekadente Römer, mitten im Winter frische Erdbeeren schmecken.

»Heute ist Heiligabend. Haben Sie Pläne für den Abend?«

Ich war einigermaßen erstaunt über die Anrede. Mit jedem Geschlechtspartner, den ich bisher hatte, war man spätestens hinterher zu einem freundschaftlichen *Du* übergegangen.

»Nun, äh, ich wollte eigentlich in die Kirche gehen?«

»Gut. Ich werde hier im Hotel bleiben und die Feier mit den anderen Gästen genießen. Wir können uns ja hier wieder treffen.«

»Sind Sie nicht religiös? Ich meine an Weihnachten in die Kirche zu gehen ist doch normal.«

Robert zog sich an und lachte leise.

»Liebe Sabine. Ich will Ihre Religion nicht beleidigen, aber wenn es so etwas wie einen Gott irgendwo gibt, dann hat er schon lange aufgehört, die Gebete der Menschen zu erhören. Meine Vorstellung von Glauben hat jedenfalls nichts mit der Kirche zu tun.«

Wir gingen Skilaufen.

Die Weihnachtsfeier im Hotel war ein unvergessliches Erlebnis. Nach einem gemeinsamen Essen versammelten sich alle Gäste in der Halle und wir hockten uns auf die vielen Kissen rund um den Weihnachtsbaum. Der Baum war ein Designerstück und so etwas war eigentlich nur in Zeitschriften zu finden. Die Auswahl und das Anbringen des

Schmucks zeugten von hohem künstlerischem Talent. Alles war ungeheuer festlich und trotz der Atmosphäre gingen alle sehr locker miteinander um. Ein Weihnachtsmann, der mit einem echten Pferdeschlitten vor dem Eingang zum Hotel hielt, betrat das Foyer und schleppte einen großen Sack Geschenke für die Kinder der Hotelgäste mit sich. Ihn begleiteten zwei Kinder, die man als Engel zurechtgemacht hatte.

Robert drückte mir einen Geldschein in die Hand.

»Für später«, lachte er leise.

Jeder Anwesende erhielt eine Kleinigkeit. Die Kinder bekamen die Geschenke, die ihre Eltern rechtzeitig vorher bei der Rezeption abgegeben hatten. Am sonderbarsten waren die beiden *Engel*. Sie gingen mit einem Hut von einem Hotelgast zum nächsten und sammelten Geld.

»Sehen Sie genau hin. Das ist Weihnachten, wie es sich der alte Nikolaus damals in Byzanz vorgestellt hatte«, flüsterte Robert und warf tausend Franken in den Sack.

Fast mechanisch reichte ich dem Engel ebenfalls meinen Schein und sah ihn mir zum ersten Mal genauer an. Es waren zweihundert Euro. Während ich mit Atemnot rang, warfen die anderen Gäste teils noch größere Summen hinein. Es war der Geldadel schlechthin versammelt und es würde ihnen wahrscheinlich nicht sonderlich wehtun. Im Kopf rechnete ich zusammen, was allein in diesem Hotel gesammelt wurde und fragte mich, ob der Weihnachtsmann wohl über eine bewaffnete Eskorte verfügte. Der Hotelkoch erschien und bat alle Kinder ihm in sein *Knusperhaus* zu folgen. Als sich die Flügel der Türen öffneten, strömte der Geruch von frischem Lebkuchen zu uns herüber.

Während die Kinder mit ihren Sachen in den Nebenraum rannten, um mit den Animateuren zu spielen, erschien ein Musikerduo und spielte stimmungsvolle Weihnachtslieder. Ein Hotelgast erzählte auf Englisch eine humorvolle Version der Weihnachtsgeschichte und alle hielten sich den Bauch vor Lachen. Ich musste für Robert vieles übersetzen und seine verspäteten Lacher amüsierten die anderen zusätzlich. Wir lagen bei einem Glühwein zusammengekuschelt auf den Kissen und genossen den Abend. Ich hatte den Kirchgang völlig vergessen. Erst nach Mitternacht gingen wir ins Bett und ich saß einen Moment im Bad vor dem Spiegel und sah mich an. War ich verrückt geworden? War das alles nur ein schöner Traum, aus dem ich gleich erwachen würde, um mich mit der Normalität herumzuärgern? Ich hatte zweihundert Euro in einen Sack geworfen, den ein fremdes Kind mir entgegenstreckte. Solch eine Summe zu spenden kam bei meinen Verhältnissen gar nicht infrage. Sicher es war sein Geld, aber trotzdem schmerzte mir die Hand dabei, als ich es weitergab. Während ich mich frisierte, fragte ich mich, ob die *Liga*, in der ich hier spielte, wirklich die meine war. In dieser Nacht schlief ich unruhig und träumte wirres Zeug: Ich rannte einen Geldschein hinterher und konnte ihn doch nicht einfangen. Als ich endlich in seiner Nähe war, löste er sich auf und ein lächelndes Kindergesicht entstand an seiner Stelle.

»Legen Sie die Hände auf dem Rücken zusammen«, befahl er mir, als ich am Morgen aus der Dusche kam. Handschellen schlossen sich um meine Gelenke und er wollte, dass ich mich aufs Bett legte. Ich gehorchte wortlos und erhaschte einen Blick auf das herrliche Sonnenwetter. Wehmütig dachte ich daran, welch schönen Tag wir beim Skilaufen versäumen würden. Er kettete meine Füße und Hände auf dem Rücken zusammen und legte eine Tagesdecke über mich. Nur mein Kopf schaute ein wenig heraus, und als er mir ein Kissen vorlegte, sagte er:

»Ich gehe heute Vormittag etwas erledigen. Ich denke, Sie werden sich nicht langweilen. Bis später.«

Ich hatte als Sklavin gelernt zu gehorchen und schwieg. Lange gefesselt zu sein war mir nichts Neues und ich hatte schon manche Tage und Abende unbeweglich in Käfigen, Kisten, Koffern oder sonstigen Behältnissen zugebracht. Wenn mich Peter hinterher herausgeholt hatte, waren der Sex und die Schläge immer ein besonderer Genuss für mich gewesen. Vor der Tür hörte ich die Zimmermädchen pfeifen und sich unterhalten. Ein Staubsauger dröhnte und jemand schob einen Rollwagen durch den Gang, von dem die Zimmer abgingen. Ich konnte nicht aus dem Schlafzimmer sehen, aber ich hörte deutlich, wie jemand die Zimmertür öffnete. Das gab es doch gar nicht. Hatte er vergessen, das Kärtchen »No Roomservice« an den Türgriff zu hängen?

Mir brach der Schweiß aus und ich versuchte vergeblich, mich unter der Decke so klein wie möglich zu machen. Die Frau räumte im Wohnraum herum und ich hörte, wie sie die Tür zum Balkon öffnete. Frische Luft strömte herein. Gott war mir das peinlich. Das Zimmermädchen würde gleich hereinkommen und mich unter der Decke finden. Was sollte ich tun? Ich bewegte mich so leise wie möglich und zu allem Übel rutschte ein Stück der Decke zur Seite und gab meine Knie frei. Ich beschloss, mich schlafend zu stellen. Vielleicht würde sie mich sehen und in Ruhe lassen. Das Mädchen pfiff fröhlich und eine zweite Frau erschien. Der Staubsauger dröhnte über unseren Teppich und die beiden sprachen laut miteinander. Ich schwitzte wie noch nie. Mein Herz klopfte so laut, dass ich glaubte, dass es die beiden da draußen nicht überhören konnten. Die Vorhänge raschelten und der Sauger kam näher. Ich verbarg mein Gesicht im Kissen und wäre mir eins eingefallen, so hätte ich sicher ein Gebet gesprochen. Plötzlich verstummte der Sauger und Schritte waren hinter mir auf dem Teppich zu hören. Eines der Mädchen ging durch das Zimmer und holte die feuchten Handtücher aus dem Bad. Beinahe hätte ich vor Aufregung gestöhnt. Ich spürte, wie sich eines meiner Beine verkrampfte, aber ich wagte nicht, mich zu bewegen. Plötzlich spürte ich eine Bewegung an der Decke und sie wurde ein wenig verschoben. Das Mädchen deckte meine unbedeckten Knie zu und verließ den Raum. Ich lauschte angestrengt, ob noch ein Kommentar von ihr zu hören war, aber sie flüsterten nur noch miteinander. Kurz darauf war ich wieder allein mit mir. Die Anspannung, aus der ich mich löste, bescherte mir einen Höhepunkt, dass ich in das Kissen beißen musste, um nicht das gesamte Hotel zusammenzubrüllen. Robert kam gegen Mittag zurück und wir fuhren gemeinsam zu einer Rodelbahn. Es lag mir auf der Zunge, ihn zu fragen, warum er mich der Entdeckung durch die beiden Angestellten ausgesetzt hatte, aber ich unterließ es.

Ich war seine Sklavin und hatte zu gehorchen. Keine Sklavin fragte nach den Beweggründen für die Befehle ihres Herrn. Er verlor kein weiteres Wort darüber und wir sprachen während der Fahrt über dies und das.

Sylvester feierten wir in einer großen Scheune mit hundert Leuten. Es war eine super Feier und wir tanzten bis zum frühen Morgen miteinander. Völlig verschwitzt fielen wir ins Bett. Ich war überhaupt nicht müde und die Feier hatte mich total aufgedreht. Robert lag mit geschlossenen Augen neben mir und ich tastete mit einer Hand unter der Decke nach seinem Schwanz. Er rührte sich nicht, und während sein Glied in meiner Hand anschwoll, schob ich meinen Kopf unter die Decke. Ich stimulierte ihn nach allen Regeln der Kunst und er ließ es geschehen. Unser Schweiß vermischte sich, während meine Brüste über seinen Bauch glitten. Kurz bevor er zu explodieren drohte, setzte ich mich rittlings auf ihn und sein Fleischpfahl drang widerstandslos in mich ein. Ich begann ihn zu reiten und er kam meinen Bewegungen im gleichen Rhythmus entgegen. Endlich öffnete er seine Augen und etwas Raubtierhaftes war in den Augäpfeln zu sehen. Ich genoss den Fick in vollen Zügen und wir schafften es, beinahe gemeinsam zu kommen. Sein Schwanz wurde nicht ein bisschen kleiner und wir taten es noch dreimal, bis ich nur noch Sterne vor den Augen sah und die Umgebung, in der wir uns befanden, völlig vergaß. Total erledigt ließ ich mich nach vorn auf seine Brust fallen und schlief sofort ein.
Ich wurde von Geschirrklappern wach. Mit einem halb wachen Auge sah ich, wie Robert dem Zimmermädchen ein Trinkgeld gab und sie und einen Hotelbediensteten verabschiedete. Er rollte den Wagen vor unser Bett und goss Kaffee ein. Mühsam richtete ich mich auf.

»Guten Morgen! Frohes neues Jahr soll ich Ihnen von der Hotelleitung wünschen, und wenn aus diesem Zimmer noch einmal so ein Lärm zu hören ist wie in der letzten Nacht, fliegen wir raus«, sagte Robert beiläufig, während er sich Milch einschenkte.

Ich verbrannte mir fast Mund und Kaffee tropfte mir auf die nackten Brüste. Ich spürte, wie ich rot wurde und Robert grinste mich an.

»Beim nächsten Mal sollten wir Vorkehrungen treffen. Reden Sie mal mit Nora, ich denke, ein Knebel, wie sie einen trägt, wäre sicher hilfreich.«

»Gott! Was werden die im Hotel von uns denken? War ich so laut?«, feixte ich und war trotzdem peinlich berührt.

»Beruhigen Sie sich. Die denken gar nichts. Das ganze Jahr über kommen hier reiche Spinner her und vergnügen sich. Wir beide sind nur ein Paar von vielen. Oder glauben Sie, die hätten nicht gemerkt, dass Sie gefesselt unter der Decke lagen?«, lachte Robert und reichte mir ein Honigbrötchen.

Ich starrte ihn fassungslos an und konnte erst wieder etwas sagen als der Honig, der in meinem Nabel tropfte, mich aus der Starre meines Schreckens riss. Wie sollte ich je wieder durch die Lobby des Hotels gehen, ohne rot zu werden wie eine Verkehrsampel?

Wir blieben noch ein paar Tage und trafen mit Nora zusammen im Haus ein. Sie kam aus dem Jemen und zeigte uns voller Stolz einen selbst gedrehten Videofilm über das Gebiet, in dem ihre Familie lebt. Ich arbeitete drei Tage lang die Post durch. Robert sah ich kaum. Er saß im Keller in seinem privaten Rechenzentrum und stellte ein neues Programm zusammen. Nora und ich verbrachten viel Zeit miteinander. Sie nahm mich an zwei Tagen in der Woche mit zu einem Fitnessclub in der Stadt und wir hatten viel Spaß.

»Du hast ja wohl kaum Probleme mit deiner Figur, aber ich muss regelmäßig Sport machen, um nicht rund zu werden wie ein Fußball«, lachte sie, während wir gemeinsam übers Laufband trabten.

Sie hatte recht. Gott sei Dank konnte ich essen, was und soviel ich wollte, ohne viel zuzunehmen. Nora war großartig. Sie war eine echte Prinzessin und sehr gebildet. Mit ihr zu sprechen war eine Wohltat. Sie konnte wunderbar zuhören und vermittelte einem das Gefühl von echter Anteilnahme, wenn es einem schlecht ging. Nur alle meine Fragen zum Zirkel und was auf mich zukommen würde, blockte sie grinsend ab. Mit Erstaunen hörte ich, dass sie bis vor Kurzem einen Lover in Frankfurt am Main hatte.

»Ich bin seine Sklavin, aber deswegen darf ich trotzdem ein wenig Spaß im Leben haben, oder nicht?«

»Weiß er davon?«

»Natürlich. Und er war einverstanden. Solange es nichts Festes wird, ist alles erlaubt. Das gilt übrigens auch für dich. Freizügigkeit ist ein Bestandteil des Zirkels.«

»Aber Sklavinnen vergöttern doch nur ihren Herrn?«, fragte ich und mir kam dieser Satz aus meiner Vergangenheit mit Peter selbst ein wenig dümmlich vor.

»Wenn Robert dein Gott ist, dann ist das dein Ding. Er sieht es jedenfalls nicht so. Das kannst du mir glauben. Auch er wird sich andere Partnerinnen nehmen. Aber er wird immer dein Herr bleiben.«

»Aber er traut mir nicht vollständig und wir haben bisher nur einmal zusammen geschlafen.«

»Mach dir keine Sorgen. Er bestimmt, wann es so weit ist. Es kann Morgen sein, oder am Ende des Jahres. Es hat sicher nichts damit zu tun, dass er dich nicht scharf findet. Ich weiß, dass du ihn ungeheuer stimulierst. Warte einfach ab.«

Ich fand ein bisschen Trost in ihren Worten.

Langsam gewöhnte ich mich an den Rhythmus im Haus. Nora machte den Haushalt und ich das Büro. Wenn Robert unterwegs war und ich ihn nicht begleiten sollte, blieben wir beide allein. Sie zeigte mir die Tiere im Park und einmal sprachen wir kurz mit den Tierschützern, die durch das Anwesen patrouillierten. Sie schienen stolz darauf zu sein, so etwas wie die Leibwache der Tiere und Roberts Grundstück zu sein.

Der regelmäßige Sport tat mir gut. Meine Muskeln wurden hart und meine Figur wurde knackig wie ein frischer Apfel. Mit meiner Mutter hatte ich telefoniert und sie war glücklich mit einem neuen Mann in Teneriffa liiert. Sie freute sich für mich und wünschte Peter, dass ihm der Schwanz abfiel, wenn er je wieder in meine Nähe kommen sollte.

Magda war auf einem Selbstfindungstrip und freute sich für mich, dass wir so schöne Urlaubstage erlebt hatten. Sie hatte Peter gesehen und es schien ihm nicht gut zu gehen. Er machte auf sie einen ziemlich heruntergekommenen Eindruck und betrunken war er auch, als sie ihn am Hafen traf. Ich vermisste ihn nicht.

»Sabine? Ich sehe Sie und Nora heute Abend um acht im Keller. Nackt!«,

sagte Robert beiläufig, als er am Morgen das Büro betrat. Mir klopfte das Herz. Ich war sexuell irgendwie ein wenig ausgehungert und meine abendlichen Übungen mit den Fingern waren auch nicht mehr der Hit. Ich hatte schon über Nora als kurze Alternative nachgedacht, aber es schien mir unpassend. Sie verlor kein Wort über den Befehl, und als ich sie kurz darauf ansprach, meinte sie nur:

»Du solltest gut rasiert sein. Robert steht auf Spiele mit Feuer.«

Autsch!

Ich folgte Nora pünktlich in den großen Strafraum und wir knieten uns nebeneinander auf den schwarzen Teppich. Ein Scheinwerfer beleuchtete uns wie zwei Ausstellungsstücke, während der Rest des Raumes in Finsternis gehüllt war. Wir hielten den Kopf gesenkt und hatten die Hände auf die Schenkel gelegt, wie zwei gehorsame Sklavinnen. Es war wie immer gut geheizt und schon bald lief uns der Schweiß den Körper herunter. Ich sah zur Seite auf Nora und verfolgte einen Schweißtropfen, der sich langsam zwischen ihren Brüsten seinen Weg in ihren Schritt bahnte. Mein Blut rauschte durch die Adern und um meine Schamlippen hatte sich schon eine feuchte Corona gebildet. Vor meinem geistigen Auge liefen alle möglichen Filme ab, die ich jemals mit SM-Inhalt gesehen hatte. Ich war so gespannt, dass meine Glieder anfingen, zu zittern und ich mir wünschte, jemand würde mich endlich irgendwo anbinden. Endlich kam Robert und zog Nora an den Haaren vom Boden hoch.

Sie wurde in einen starken Holzrahmen gestellt und mit weit auseinandergezogenen Gliedern angebunden. Robert zog die Riemen sehr stramm und Nora hing ohne Bodenkontakt in ihren Fesseln. Mein Herz schlug so laut, dass ich glaubte, jeder müsste es hören. Ein Licht flammte hinter mir auf und aus den Augenwinkeln entdeckte ich einen schweren Holzstuhl. Robert nahm mich an den Haaren und drückte mich auf die Sitzfläche. Ich spürte die spitzen Stacheln und wollte wieder aufspringen, aber er schob mich an die Lehne und legte mir den breiten Gürtel, der am Stuhl befestigt war, um die Brust. Sorgfältig schnallte er mich an dem hölzernen Folterinstrument fest und mit jedem Lederriemen, den er schloss, presste er mir mehr von den

Holzdornen ins Fleisch. Auf den Lehnen waren breite Fingerzwingen angebracht und meine Finger wurden zwischen den Platten fixiert. Er zog die Schrauben gerade so an, dass der Schmerz seine süße Wirkung nicht verlor und noch während er meinen Hals an der hohen Lehne festband, kam es mir das erste Mal. Unter meinem Hintern wurde ein Schieber geöffnet und Robert betätigte einen Schalter an dem Stuhl. Ich konnte meinen Kopf kaum bewegen vom Rest des Körpers ganz abgesehen und konnte nur ahnen, was jetzt mit mir passieren würde. Zwischen meinen Beinen wurde es heiß und diesmal konnte man es durchaus wörtlich nehmen. Der Schalter hatte eine Art Grill in Gang gesetzt. Robert drehte den Stuhl so, dass ich auf Nora sehen konnte. Er nahm ein Rutenbündel aus einem Ständer und strich vorsichtig mit den Zweigen über ihre Haut. Die Spitzen der Ruten glitten der Linie des Rückens entlang und ein lustvolles Stöhnen kam aus Noras Mund. Unter mir wurde es ziemlich warm und ich versuchte auf der Sitzfläche dieses Marterinstruments herumzurutschen, aber die Riemen ließen kaum ein paar Zentimeter zu. Die Stacheln bohrten sich schmerzhaft in mein Fleisch und wieder rollte eine Welle durch meinen Körper. Robert hob das Rutenbündel und der erste Hieb traf Noras Schenkel. Ihr Schrei hallte durch die Kellerräume und ich bekam einen Eindruck davon, wie es im Mittelalter in den Kerkern der Inquisition geklungen haben mochte. Die Wände warfen das Echo gespenstig zurück. Die Hitze wurde immer unerträglicher und ich begann, ebenfalls zu wimmern. Robert schlug Nora in unregelmäßigen Abständen. Dreimal fetzten die Ruten über ihren Hintern, dann kam er zu mir und prüfte meinen Zustand. Er verstellte etwas an dem Schalter und beachtete mein Gejammer nicht weiter. Seine Miene war ausdruckslos, als wäre ich überhaupt nicht vorhanden. Vier Hiebe trafen Noras Schenkel, während ich damit klarkommen musste, dass Robert die Fingerzwingen weiter anzog und mir einen lauten Schrei entlockte.

Während ich versuchte, nicht permanent vor Erregung zu brüllen, nahm er eine starke Lampe und richtete sie auf Noras Schamhügel. Ihr Schoss glänzte vor Nässe und Robert nahm einen Finger und strich langsam durch ihre Spalte. Sie stöhnte und trotz der scharfen Fesselung drückte sie ihm ihr Geschlecht gierig entgegen. Er hockte sich vor sie und ein Feuerzeug blitzte auf. Die Flamme strich über ihr

Geschlecht und Nora brüllte so laut auf, dass ich zusammenfuhr. Jeden Winkel ihrer Spalte suchte die gelbe Spitze heim und die Jemenitin wand sich wie ein Aal in den straffen Riemen. Zum ersten Mal konnte ich sehen, wie stark die Frau war. Ihre Muskeln traten an ihren Armen und Beinen deutlich hervor. Bei diesen Lichtverhältnissen war sie ein tolles Motiv für jeden Fotografen.

Als ich glaubte, meine Muschi wäre dabei, gegrillt zu werden, kam er zu mir und, anstatt mir ein wenig Ruhe zu gönnen, zog er jeden einzelnen Riemen etwas fester an. Ich brüllte auf und die Schmerzwelle, die mich erfasste, rollte durch mich hindurch wie eine herrenlose Lokomotive. Mir kam es vor, als wäre in jedem Quadratzentimeter meiner Haut einer dieser teuflischen Stacheln versenkt worden. Der Geruch von Verbranntem stieg mir in die Nase. Waren es meine Haare, die dort versengt wurden? Ich war so aufgedreht, dass Wirklichkeit und Illusion sich miteinander zu vermischen schienen. Er schlug Nora weiter und das Zischen der Zweige übertönte fast ihre Schreie. Robert zeichnete ihren Körper von oben bis unten und vergaß auch nicht ihren Brüsten ausreichend Aufmerksamkeit zu widmen. Als er geendet hatte, setzte er sich mit einem Glas in der Hand zwischen uns und schien seine Arbeit genussvoll zu betrachten. Selten war ich nach einer Session so fertig.

Mitte Januar flog Robert für drei Wochen nach Japan und wir hatten das Haus für uns. Ich nutzte seine Abwesenheit, verbrachte zwei Tage in Hamburg bei meinem Freunden und hatte viel Spaß. Die SM-Szene hatte sich nach anfänglichem Öffentlichkeitswahn wieder ins Private zurückgezogen und viele von den ehemaligen Freunden und Bekannten waren beinahe unauffindbar geworden. Von Peter hatte man seit Langem nichts mehr gehört.

Ich verbrachte zusammen mit Nora viel Zeit in einer Sportgruppe, die sich mit Wettkampfaerobic beschäftigte. Das Training war knallhart und bald konnten wir unsere Topfiguren in den hautengen Kostümen, die bei Wettkämpfen getragen wurden, bewundern.

Eines Abends kam Robert zu mir und reichte mir ein Fax. *Gehen Sie mit Nora in den Keller. Sie weiß, was zu tun ist.*

»Zieh dich gleich hier aus«, sagte sie und ihre Stimme ließ mir keine Wahl.

Ich ließ mein Kostüm fallen und Nora fesselte mir sofort die Hände mit Handschellen. Sie trug ihr ledernes Hauskleid und ich wunderte mich wieder, was so alles in den Taschen des langen Kleidungsstücks verborgen war. Sie zauberte einen Ringknebel hervor und mein Kiefer wurde weit aufgesperrt. Ich schmeckte den faden Geschmack von Leder und Gummi und der erste Speichelfaden tropfte auf meine Brust. Sie brachte mich in den Keller und ich wurde in eine Zelle geschoben. Nora legte mir ein Halseisen an und kette mich im Stehen an die Steinwand, die den Eindruck eines Verlieses im Mittelalter machte.

»Streck die Zunge so weit raus, wie du kannst.«

Ich zwängte sie vorsichtig durch den Ring und schon spürte ich den Biss der Klammer, die ein Gewicht an dem empfindlichsten Stück Fleisch meines Mundes befestigte. Ich heulte auf, aber Nora nahm keine Notiz davon. Sie legte mir eine Brustzwinge an und presste meine Attraktionen zwischen den beiden lederbezogenen Holzleisten fest zusammen. Meine Beine wurden mit einer Spreizstange weit auseinandergestellt, und während ich versuchte, mit der neuen Schmerzwelle fertig zu werden, die von den beiden Klammern an meinem Schamlippen ausging, löschte Nora das Licht und die Tür der Zelle fiel zu.

Ich war allein und nur ein winziger Strahl fahlen Lichtes fiel von außen durch das kleine Gitter der Tür. Unendlich lange stand ich an der Wand, bis Nora zurückkehrte und mir die Klammern wieder abnahm. Sie löste mich von dem Halseisen und führte mich in einen Nebenraum. Ich musste mich vorn überbeugen und Kopf und Arme wurden in einen hölzernen Pranger eingeschlossen. Sie fesselte meine Beine an die Streben des Prangers und ich musste meinen Hintern entsprechend herausstrecken. Dann schlug sie mich ausgiebig mit einer Riemenpeitsche. Die ganze Zeit über sprach sie kein Wort mit mir. So hatte es auch Herrin Daniela angeordnet, wenn eine von uns ausgiebig geschlagen wurde. Besonders Tanja, die über einen sehr großen Hintern verfügte, musste oft in die Halterung steigen, die unsere Herrin dafür in ihrem Keller stehen hatte. Tanja war die älteste Sklavin von uns Dreien und ihr Arsch war schon so narbig wie altes Kofferleder. Aber sie genoss jeden Hieb wie ein köstliches Eis im Sommer, wie sie einmal von sich gab. Nora ließ mich noch lange in dem Pranger verweilen und ich hatte Gelegenheit über vergangene Zeiten nachzudenken. Die ersten Selbstfesselungen, als ich noch zur Schule ging und das SM-Video, das einer meiner Mitschüler besaß. Der Typ selbst war ein Ekelpaket der besonderen Art und gehörte eigentlich der Kategorie Mensch an, dessen Bekanntschaft man in der Gegenwart seiner eigenen Freunde leugnet, aber ich war scharf auf den Film. Trotz des leichten Brechreizes, den ich in seiner Nähe empfand, bot ich ihm Nachhilfe in Mathe an und der zweibeinige Eiterpickel griff sofort zu. Ich gab ihm ein halbes Jahr Nachhilfe, aber eher hätte ein Affe etwas von Geometrie begriffen als dieser Zellhaufen. Trotzdem hielt ich die Zeit durch, denn es stellte sich heraus, das sein Vater eine umfangreiche Sammlung an Videos aller Art besaß und jedes Mal, wenn ich kam, nahm ich eines leihweise mit. Zu Hause angekommen warf ich die Kassette in den Rekorder. Dann befriedigte ich mich ausgiebig und genoss die billigen Bilder, die sich mir boten. Später holte ich mir selbst Filme und dachte mit Schaudern an die Kassetten von dem Ekel und was ich dafür getan hatte.

Italien

 Im Frühjahr flogen Robert und ich nach Italien. Während eines Zwischenstopps in Turin erläuterte er mir, was mich erwartete.

»Wir fliegen morgen nach Rom und Sie beziehen ein Zimmer in einer Pension am Stadtrand. Dort wird man Sie abholen. Befolgen Sie alle Anweisungen, die Sie erhalten, als wenn sie von mir kommen würden.«

»Wohin werde ich gebracht?«

Ich wusste nicht, was mich mehr anstachelte. Die Furcht vor dem Ungewissen oder die Neugier.

»Auf ein Schloss. Es liegt außerhalb und ist, ohne gute Ortskenntnis, schwer zu finden.«

Ein lüsterner Schauer lief mir über den Rücken, wenn ich an finstere Keller voller Instrumente des Schmerzes dachte.

»Was werden sie dort mit mir machen?«

»Keine Fragen. Sie gehen an den Platz, den ich für Sie ausgewählt habe. Das Haus hat eine lange Tradition und ich bin sicher, dass es Ihnen dort gefallen wird. Es ist eine Ehre dort ausgebildet zu werden und es wäre mir peinlich, wenn Sie dort versagen.«

»Werde ich allein dort hingehen?«

»Nein. In der Regel gibt es immer mehrere, die in die Lehre gehen. Sie bilden Männer und Frauen gleichermaßen aus.«

Wir flogen nach Rom und sahen uns einen Tag lang gemeinsam die Stadt an. Robert kaufte einen Haufen neuer Anzüge und bewunderte meine Italienischkenntnisse, während ich mit den Schneidern über den Preis verhandelte. Ich sah mir ein paar Kleider an, aber die meisten waren Designerstücke und für mich immer noch unerschwinglich.

Vor einem Traum aus rotem Lamee-Stoff blieb ich lange stehen und stellte mir vor damit auf einem Ball zu tanzen. Abends brachte uns ein Taxi in eine gemütliche Pension draußen vor der Stadt und Robert begleitete mich auf mein Zimmer.

»Ich werde Sie vermutlich erst in drei Monaten wiedersehen. Es wird nicht lange dauern, bis man Sie holt. Den Tag können Sie verbringen wo Sie wollen, aber ab zwanzig Uhr müssen Sie in ihrem Zimmer sein.«

»Warum fahren wir nicht direkt dorthin?«

»Eine alte Tradition. Es soll den Ausstieg aus dem Alltag erleichtern. So machen sie es schon seit vielen Jahren und es gibt der Sache etwas Mystisches. Und was am wichtigsten ist, reden Sie niemals darüber was Sie dort sehen oder erleben. Es gibt Leute im Zirkel, die es Ihnen sehr nachtragen könnten«, Robert lachte und machte ein dämonisches Gesicht.

Er küsste mich leicht auf die Stirn und verschwand, ohne ein weiteres Wort zu sagen.

Den nächsten Tag verbrachte ich mit einem ausgiebigen Spaziergang durch die Natur und war pünktlich zurück in meinem Zimmer. Eigentlich waren die Stunden die Hölle und mein Unterleib war schon wie elektrisiert, als ich in die Pension zurückkehrte. So aufgeregt war ich selten. Ein Brief und eine Schachtel lagen auf dem Bett. In der Schachtel lagen eine lederne Augenbinde und ein Halsband mit einer Messingplakette daran. *Nummer 43* war in das Metall eingeprägt. Der Brief war kurz und knappgehalten:

Sie werden heute zur Ausbildung geholt. Seien sie ab 21:00 Uhr bereit. Erwarten Sie Ihre Begleiter nackt, unterhalb des Kopfes rasiert und mit Halsband und Augenbinde versehen. Es ist unerlässlich sich allen Anweisungen zu fügen.
Gez. S. W.

Ich duschte lange und benutzte ausgiebig meinen Rasierer, bevor ich mich nackt, mit Halsband und Augenbinde versehen, in den Sessel setzte und wartete. In meiner Blindheit nahm ich die Geräusche des Hauses viel deutlicher wahr und mein Herz schlug schneller, als ich endlich Schritte vor der Tür hörte. Aber niemand öffnete. Sicher nur ein Zimmermädchen oder ein Gast, der spät zurückkam. Es kam mir vor, als würde ich schon Stunden so dasitzen und begann leicht zu frieren, als die Tür endlich geöffnet wurde. Jemand packte mich am Ring meines Halsbandes und zog mich auf die Füße.

»Strecken Sie bitte die Arme vor«, hörte ich die Stimme eines Mannes, der aber nicht allein war.

Meine Arme verschwanden in weichen Ärmeln. Offenbar Jeansstoff. Sie waren viel zu lang und die beiden Enden wurden hinter meinem Rücken festgeschnallt. Eine Art Zwangsjacke also. Ein breiter Riemen zwischen meinen Beinen sicherte das Kleidungsstück gegen unerlaubtes Ausziehen und am Rücken wurden weitere Schnallen geschlossen.

»Mund auf!«

Ein Stück Gummi wurde mir zwischen die Lippen gedrückt und ein breiter Riemen über meinem Mund sorgte dafür, dass ich es nicht wieder ausspucken konnte. Zum Schluss legte man mir einen warmen Mantel um und an die Füße bekam ich Sandalen. Nicht gerade die passende Kleidung bei der Kälte hier.

Sie führten mich eine Treppe hinunter und ich wurde hinter meiner Binde rot im Gesicht, als ich daran dachte, in diesem Aufzug mitten durch die Rezeption zu gehen. Die Schiebetür eines Fahrzeugs wurde zurückgezogen und mein nackter Po bekam Kontakt mit einem weichen Autositz. Ich wurde mit Gurten bewegungslos festgeschnallt und die Fahrt ging los. Wir hielten noch dreimal und weitere Personen wurden zugeladen.

Im Wagen roch es nach einem teuren französischen Parfüm. Ich kannte den Duft und versuchte mich zu erinnern, wie er hieß. Peter mochte es, wenn ich gut roch. Als wir uns kennenlernten, gab er ein kleines Vermögen dafür aus, dass ich auch ja das richtige Wässerchen benutzte. Chanel und Sabatini hatte es ihm besonders angetan. Chanel legte ich auf, wenn wir auf eine Party gingen. Der Geruch war bald mein Markenzeichen und andere Sklaven, die man mit verbundenen

Augen zusammenführte, erkannten mich sofort am Duft. Es machte ihm besondere Freude mir mit einem Zerstäuber eine Dosis direkt in die Schamspalte zu sprühen. Der Alkohol brannte jedes Mal wie Feuer und ich rollte vor Gier mit dem Hintern.

Der Wagen fuhr nun bergauf und die Straße wurde holpriger. Ich versuchte zu erahnen, wie es wohl in dem Wagen aussah. Fest auf den Sitzen gefesselt fuhren wir, ohne zu wissen, wohin es ging, durch die Landschaft. Wenn wir durch ein Schlagloch polterten, hörte ich einige der anderen unter ihren Knebeln stöhnen. Trugen sie vielleicht einen Dildo? Ich jedenfalls fand die Fahrt nicht übermäßig unangenehm. Der Weg ging jetzt steil bergauf und wir hielten an, nachdem wir durch einige enge Kurven gefahren waren. Die Schiebetür öffnete sich und wir wurden herausgeholt. Eine Leine klinkte sich in mein Halsband und ich folgte dem Zug einige Treppen hinauf in einen warmen Raum. Jemand nahm mir die Augenbinde ab und ich konnte mich umsehen.

Es war ein großer Empfangsaal, in dem ich mit sieben Anderen in einer Reihe aufgestellt war. Alle trugen dieselben Zwangsjacken und waren ebenso geknebelt wie ich. Eine Reihe Frauen in Hausmädchenuniformen standen neben der hohen Treppe und hatten den Kopf gesenkt. Zwei, in schwarze Anzüge gekleidete Männer, konnte ich eben noch erkennen die unsere Leinen und Gurte einsammelten und den Saal verließen. Wahrscheinlich unsere Chauffeure. Es war totenstill und mein Blick schweifte über die vielen Kunstgegenstände, die an den Wänden und auf Podesten standen.

›Sehr geschmackvoll eingerichtet‹, dachte ich, als meine Augen ein seltsames Gebilde wahrnahmen. Direkt vor der Tür stand ein Gestell, in dem man eine Frau befestigt hatte. Ich sah sie nur von hinten, aber ich konnte mir lebhaft vorstellen, was sie gerade durchmachte. Sie steckte auf einem großen Dildo und war mit angewinkelten Beinen gefesselt. Sie konnte sich nicht entlasten, sondern saß mit ihrem gesamten Gewicht auf dem Ding. Ihre Hände waren auf dem Rücken an ihrem Halsband befestigt und im Halbdunkel des Lichtes konnte ich einige Striemen auf ihrem Hintern sehen. Ihr Rücken war völlig verdeckt von ihrem langen blonden Haar, das leicht gewellt herabfiel.

Eine Frau kam die Treppe herunter und mir fiel zuerst ihr weißblondes Haar auf. Sie trug ein eng anliegendes ledernes Hauskleid, so wie Nora und aus der Nähe sah sie fast wie ein Vampir aus. Ihre Haut war so bleich wie Kreide. Langsam und mit gemessenen Schritten ging sie einmal an uns vorbei und sah bei einigen auf die Nummer des Halsbandes. Eines der Hausmädchen begleitete sie und trug eine Reitpeitsche hinter ihr her. Sie sah mich besonders lange an und zeigte mir ihre Zähne. Ich war nicht sicher, ob es ein Lachen oder eine Drohung andeutete. Die Frau machte mir Angst.

»Willkommen auf Schloss Ravel! Ich bin Madame White. Ihr werdet mich mit Madame oder Mistress White ansprechen. Ich bin für die nächste Zeit eure Herrin und werde euch entsprechend der Vorgaben eurer Herren und Herrinnen erziehen und ausbilden. Euer Titel ist Novize und eure Nummer wird euer Name sein. Prägt euch ihn ein. Euer Geburtsname ist hier irrelevant. Jeder von euch wird einer Zofe zugeordnet, die euch in eure Tätigkeiten einweisen wird. Sie werden euch alles zeigen, was ihr wissen müsst, und euch bestrafen, wenn sie es für angemessen hält. Ihr geht jetzt mit der Zofe auf das euch zugedachte Zimmer und erhaltet eure Kleidung. Ab Morgen seid ihr alle im Dienst und ich erwarte, dass ihr mit vollem Eifer dabei seid. Einmal die Woche werdet ihr bewertet und es werden Strafen und Belohnungen vollzogen, aber das kommt früh genug. Ich wünsche euch eine gute Nacht.«

Mistress White winkte mit dem Arm und die Hausmädchen kamen näher. Eine kräftige Brünette klinkte wortlos eine Leine in mein Halsband und führte mich durch viele Gänge im Erdgeschoss in ein eingerichtetes Zimmer. Sie befreite mich aus der Jacke und nahm mir den Knebel raus.

»Ich bin 92 und deine Lehrzofe. Auf dem Bett und im Schrank findest du deine Kleider. Novizen stehen eine Stunde vor den Zofen auf, das heißt um sechs Uhr und helfen ihnen beim Anziehen. Sei pünktlich. Mein Zimmer ist gegenüber. Schlaf jetzt. Bis morgen.«

Kurz und bündig. Das musste man sagen. Ich warf noch einen Blick in den Schrank, in dem meine Kleider hingen, und nahm eines heraus. Ein einfaches weißes Hauskleid, das bis über die Knie fiel und eine blau - weiß gestreifte Schürze, dazu flache schwarze Schuhe. Keine Unterwäsche, Strümpfe oder Ähnliches. Ich fragte mich, wo meine Sachen geblieben waren, die in meinem Zimmer fertig verpackt gestanden hatten. An der Tür des Schranks hing ein Bild, das eine Frau in der Kleidung zeigte. Es war wohl als Muster gedacht. Ich zog das Kleid über den Kopf und der Stoff fühlte sich herrlich kühl auf der Haut an. Die Schürze war mit einem Latz versehen und wurde hinterm Rücken mit langen Bändern verknotet.

Ich sah mich im Spiegel an. Eine hübsche, aber langweilig und altmodisch gekleidete Hausfrau. Sicher zweckmäßig, aber kaum erotisch. Neben dem Bett lag eine Hausordnung, und bevor ich einschlief, blätterte ich ein wenig darin herum. Ich fand das völlig uninteressant und schlief ein.
Pünktlich um sechs Uhr weckte mich ein Ruf, der aus einem Lautsprecher neben dem Bett kam:
»Novizen aufstehen. Nummer 23 sofort in Madams Zimmer, Nummer 14 sofort in die Annahme ...«

Es kamen noch weitere Ansagen, aber ich duschte schnell und sprang in meine Sachen. Zwanzig Minuten später klopfte ich an die Tür gegenüber.

»Herein«, hörte ich die Stimme von Nummer 92 und ich trat ein. Sie lag noch im Bett und wischte sich eben den Schlaf aus den Augen.

»Guten Morgen. Komm her und setzt dich zu mir aufs Bett. Wir haben noch etwas Zeit.«

»Woher kommst du?«, wollte sie von mir wissen.

»Aus Deutschland, genauer aus Hamburg.«

»Schöne Stadt. Ich komme aus Luxemburg«, Nummer 92 gähnte ausgiebig.

»Was tut eine Novizin eigentlich?«, wollte ich vorsichtig wissen.

»Sie macht alles das, was die Zofe ihr sagt. Sie steht am Ende der Befehlskette und ist der Fußabtreter für alle«, grinste sie und schwang sich aus dem Bett.

»Merke dir. Zuerst wirst du mir morgens beim Anziehen behilflich sein. Duschen tue ich alleine. Dann gehen wir in den Speisesaal, wo du mein Frühstück bereiten wirst. Normalerweise esst ihr nach uns. Aber lass uns zusammen frühstücken. Das spart Zeit. Nachdem ihr Novizen gemeinsam alles weggeräumt habt, weise ich dir eine Arbeit zu und gehe meinen Pflichten nach. Wenn ich dich brauche, werde ich dich holen«, sie sah mich an, bevor sie fortfuhr,»Lass dich nicht von anderen Zofen schicken. Ich bin die Einzige außer Madame, die über dich verfügen darf. Wenn du deine Arbeit korrekt machst, gibt es keinen Grund dich für das Gericht zu melden. Kleine Vergehen werde ich selbst bestrafen, aber bei größeren Verfehlungen wirst du Madame und dem Gericht vorgeführt.«

»Gericht?«, fragte ich vorsichtig.

»Nachher haben die Neuen eine Unterweisungsstunde bei Madame. Da wirst du alles erfahren.«

Nummer 92 ging sich duschen und ich half ihr in ihre Kleider. Weiße Rüschenbluse, ein enges schwarzes Kleid, das zwei Handbreit über den Knien endete, dazu eine kurze weiße Schürze und schwarze Lackpumps. Wir gingen zum Essen. Der Teil des Gebäudes, in dem wir uns befanden, war nur einer von vier Flügeln. Es handelte sich um ein total renoviertes Schloss aus der Zeit des Mittelalters und war heute ein Hotel für gut situierte Menschen. Es lag zurückgezogen in den Bergen und schon weit vor der Zufahrt der Anlage wurden die Buchungsbelege und die Personen kontrolliert. Das Leben der *Bediensteten* spielte sich im hinteren Teil des riesigen Schlosses ab. Es gab alles, was ein Hotel dieser Größe ausmachte. Eine Küche, in der man Gefahr lief, sich zu verlaufen. Mit Hunderten von Mitarbeitern. Einen Vorratskeller, der so groß war, dass man mit einem Elektrokarren hindurchfuhr. Der Weinkeller war noch ein Stockwerk tiefer und die Auswahl war atemberaubend, genauso wie die Mengen an Weinen die hier lagerten. Das Personal war in zwei Klassen aufgeteilt. Wir als *spezielle Mitarbeiter*, wie sich Nummer 92 auszudrücken pflegte, wohnten in einem eigenen Wohntrakt. Das Hauptpersonal des Hotels, wie die Leitung, die Animateure und Kellner waren woanders im Schloss untergebracht. Es gab keinen Kontakt untereinander.

Als wir im Speiseraum erschienen, saßen schon einige Zofen mit ihren Novizinnen beim Essen. Interessanterweise waren auch Männer dabei, die in denselben Kleidern steckten wie die Frauen. Es waren fast alle Altersklassen vertreten: Frauen, die schon weit über vierzig waren, genauso wie Mädchen bei denen man an der Volljährigkeit zweifeln konnte. Bei den Männern, die aber deutlich in der Unterzahl waren, war es ähnlich. 92 setzte sich und ich fragte, was sie gerne hätte. Ich hatte schon immer gerne als Kellnerin gejobbt und auf dieses Weise viele nette Leute kennengelernt. Man war immer irgendwie dabei und bekam auch noch Geld dafür. Bis in die hohe Gastronomie hatte ich es nie gebracht, aber das hatte ich auch nicht angestrebt. Ich wusste was ein *Pot Kaffee* und was eine *Pizza Arrabiata* war. Außerdem konnte ich einige Drinks so mixen, dass sich einem nicht gleich die Fußnägel aufrollten, wenn man sie trank. Es war ein Buffet aufgebaut, ich stellte alles auf zwei Tabletts zusammen und wir genossen schweigsam den Kaffee.

Auf dem Weg hierher hatte 92 mir noch einiges erklärt, während sie hier kein Wort mehr sagte. An den anderen Tischen ging es ebenso still zu. Wir Neuen sahen uns verstohlen an, aber außer mit den Augen wagte keiner, Kontakt aufzunehmen.

Ich saß mit dem Rücken zur Tür und schaute 92 gerade in Gesicht, als ich sah, wie sich ihre Augen kurz weiteten.

»Guten Morgen«, hörte ich eine Stimme und ohne hinzusehen, wusste ich, dass Madame den Raum betreten hatte. Sie ließ sich von einer Zofe einen Kaffee bringen und setzte sich zu uns. Nummer 92 hielt den Atem an und versteifte sich sofort, als erwarte sie, eine schlimme Nachricht zu hören.

»Du bist also die Neue? Nummer 43, an dich werden besondere Anforderungen gestellt werden. Ich werde dich gut im Auge behalten!«

Sie grinste mich mit ihren makellosen Zähnen an und ich fror leicht beim Klang ihrer Stimme.

Nach dem Essen brachte 92 mich in einen Schulungsraum. Ein Beamer und eine Tafel standen sowie Tische und Stühle standen dort. Neben einem Pult, das der Lehrkraft zukam, stand ein massives

Metallgestell und ich erkannte auf den ersten Blick, dass es ein Instrument war, um jemanden zu fixieren. Meine Lehrzofe wies mir einen Platz zu und sagte, dass sie mich hier wieder abholen würde. Innerhalb weniger Minuten füllte sich der Raum mit den anderen Novizen und wir warteten schweigend ab. Schließlich erschien Madame und sah uns einen Augenblick von oben herab an.

»Ich sehe schon, dass hier noch viel Arbeit notwendig ist. Ich werde diesen Raum noch einmal verlassen. Wenn ich wieder hereinkomme, stehen alle auf und erwarten mich mit gesenktem Kopf.«

›Das ist ja wie in der ersten Klasse‹, dachte ich und erhob mich zusammen mit den anderen - aber nicht übermäßig schnell.

»43! Du warst die Letzte. Ich denke, dass deine Gedanken eben ganz woanders gewesen sind. Ich werde dich lehren, dich besser zu konzentrieren. Komm nach vorne und zieh dich aus.«

Die Augen des *Vampirs* wirkten plötzlich doppelt so groß. Mit mulmigem Gefühl im Bauch trat ich nach vorne und legte meine Kleider ab. Die anderen sahen mir stumm zu und in ihren Gesichtern konnte man ablesen, dass sie froh waren, nicht an meiner Stelle zu sein. Madame öffnete eine Kiste, die neben dem Pult stand, und holte breite Ledermanschetten hervor.

»34 und 55! Kommt her und geht mir zur Hand. Der Rest sieht zu, wie es gemacht wird.«

Meine Hände und Füße bekamen breite Lederriemen und um meine Taille wurde ein breiter Gürtel geschnallt. Madame hob einen Dildo aus der Schachtel und zog ein Kondom drüber.

»Führt sie hierher.«

Ich wurde neben das Gestell geschoben und Madame steckte den Dildo auf eine Stange, die aus einem kleinen sattelartigen Gebilde hervorragte.

»Setz dich«, lud sie mich freundlich ein, aber ich zögerte.

»Ein wenig zögerlich 43. Das bringt dir einen Termin beim Gericht ein. Rauf jetzt oder es setzt gleich hier was!«

Ihre Stimme war wie Eis und ich kletterte mit einer Gänsehaut auf den Dildo. Die ganze Szene hatte mich total heißgemacht und das Ding glitt wie von selbst in mich hinein. Meine Beine wurden abgespreizt und am Boden mit Federn befestigt, sodass die ganze Zeit ein Zug auf meine Beine einwirkte. Die Hände kamen hinter den Rücken und wurden mit einer Kette am Gestell befestigt. Ketten wurden in den Gürtel eingehakt und auch mein Halsband wurde mit straffen Ketten verbunden. Ausgestellt, wie ein Sklave auf dem Markt, saß ich hier und war geradezu bewegungslos.

»Seht her. Das passiert jedem, der hier der Langsamste ist oder die schlechtesten Leistungen bringt. Wenn einer von euch hier Platz nehmen darf, wird er mit doppelter Aufmerksamkeit dem Unterricht folgen. Wer wegen Schwatzens auf die *Stange* muss, so nennen wir das Instrument, wird obendrein noch geknebelt. Dem Unterricht muss der Betreffende trotzdem folgen, und wenn am Ende der Woche eure Prüfung ist, muss er den Stoff beherrschen. Für den Fall, dass es nicht so ist, verbringt er das Wochenende in der Lobby. Ihr hattet schon Gelegenheit jemand am *Empfang* zu sehen. Wer dort sitzt, hat die Aufgabe, jedem der hereinkommt, Auskunft zu geben. Die Strafe ist auf zwölf Stunden begrenzt, aber das kann eine lange Zeit sein.«

Ich hörte zwar mit aller Aufmerksamkeit zu, aber ich spürte, dass sich bei mir ein Höhepunkt ankündigte. Vorsichtig bewegte ich mein Becken, um den Druck auf den Kitzler etwas zu entlasten, aber die Fesselung war perfekt. Es wurde nur schlimmer.

»Jeden Tag abwechselnd morgens oder abends versammelt ihr euch hier und hört den Lehrern zu. Eine von euch wird im Wechsel Saaldienst haben und sich darum kümmern, dass der Raum vorbereitet ist. Der Betreffende fesselt einen ausgewählten Schüler auf die Stange und nimmt kurze Strafen nach Anweisungen der Lehrer vor. Gegen sechs ist für alle Schluss und ihr könnt euch in diesem Teil des Hauses frei bewegen. Das Schweigegebot ist dann bis zum Aufstehen aufgehoben. Am Freitagabend ist Gerichtstag. Dann werden eure Leistungen bewertet und es findet die Bestrafung für eure Fehler statt. Dazu versammeln sich alle im Keller. Folgt einfach den Lehrzofen, oder geht in den dritten Keller und folgt den Schildern zum *roten Raum*.«

Madame White sah, wie es um mich stand, und griff mir mit ihrer lederbehandschuhten Hand in den Schoß. Dabei sah sie mich an und ihr Grinsen erinnerte mich wieder an einen Vampir. Ihre Finger verstärkten den Druck auf mein Lustzentrum und ich kam ziemlich heftig. Leider konnte ich den leisen Schrei meiner Erleichterung nicht unterdrücken, woraufhin sich Madame einen Knebel reichen ließ, der auch gleich in meinem Mund verschwand.

»Hier ist ein Ort des Schweigens. Solange ihr nicht gefragt werdet, seid ihr still. Die Zofen müssen euch erklären was sie wollen, ohne dass es zu Nachfragen kommt. Lernt von ihnen. Missverständnisse können schwere Folgen haben. Auch für euch.«

Dann sah sie sich jeden von den Novizen einzeln an und es kam mir vor, als genieße sie es, wie den Leuten der Schweiß ausbrach, wenn sie ihnen in direkt in die Augen sah.

»Nummer 21! Du hast für drei Tage den Saaldienst. Lass dir von deiner Zofe zeigen was du zu tun hast und wo du alles findest. Nummer 43 bleibt heute Vormittag hier sitzen und kann darüber nachdenken, ob sie das nächste Mal etwas schneller auf den Beinen sein wird. Du machst sie nach dem Unterricht los, damit sie zu ihrer Zofe gehen kann. Gleich kommt euer erster Lehrer. Passt auf und merkt euch, was er erzählt. Dass ihr über alles, was in diesen Mauern geschieht, zu schweigen habt, ist wohl selbstverständlich. Einen schönen Tag noch.«

Madame wandte sich zum Gehen, nicht ohne mir noch einmal sanft übers Gesicht zu streicheln. Ich saß auf der Stange und mein Saft tropfte an dem Metall entlang. Sechs Augenpaare blickten mich an wie ein Tier im Zoo und bei einigen von ihnen sah man die Geilheit förmlich auf die Stirn geschrieben. Gab es noch etwas Demütigenderes? Nur selten im Leben hatte ich mich so sehr versklavt gefühlt, aber ich fand es auch ungeheuer erregend. Meine Gedanken flogen zurück nach Hamburg in meine alte Szenezeit und dass ich damals glaubte, bereits den Gipfel der Unterwerfung erreicht zu haben. Aber ich spürte, dass sich mir hier eine völlig neue Welt in Sachen SM auftat. Und ich fand das super.

Die Tür öffnete sich und der *Lehrer* erschien. Ein Mann in den Fünfzigern, der nur einen kurzen Blick auf uns warf und als Allererstes eine kurze Peitsche vorne an die Stange hängte. Er stellte sich mit Louis vor und schien mir keine besondere Beachtung zu schenken. Offenbar war es sein Alltag, eine Frau in einer derartigen Position zu sehen.

»Wer hat Saaldienst?«

Nummer 21 meldete sich zaghaft. Wahrscheinlich dachte sie gleich an das Schlimmste.

»Merken Sie sich für Morgen: Es muss immer eine Peitsche an der Stange hängen.«

Louis warf den Beamer an und zeigte uns zu seinem Vortrag verschiedene Bilder. Während wir schweigend zuhörten, rezitierte der Mann eine Abhandlung über Stilkunde beim Essen. Bestecke, Tischordnung, Speisenauswahl, Kleidung, Verhalten und vieles mehr. An sich nicht sonderlich schwer zu merken, aber unsere Aufmerksamkeit war irgendwie gespalten. Ich kämpfte während der nächsten Stunden mit dem Unterdrücken von zwei weiteren Höhepunkten, während meine Mitschüler mehr mich beobachteten, als die Bilder auf der Leinwand. Nach drei Stunden verschwand Louis und bedeutete Nummer 21, mich loszumachen. Ich trank eine ganze Flasche Mineralwasser leer und bemühte mich schnell in meine Kleider zu schlüpfen, denn draußen vor der Tür warteten bereits die ersten Zofen, um ihre Novizinnen abzuholen. Nummer 92 musterte mich, als ich meine Schürze schloss und meinte:

»Du hast dich ja gleich gut eingeführt. Ich hoffe, das wird nicht zur Gewohnheit. Dein Verhalten schlägt auch auf mich zurück und ich habe keine Lust, wegen dir am Freitag vor Gericht zu erscheinen. So jetzt spute dich und folge mir in die Besteckkammer«

Wir beide polierten gemeinsam unzählige Bestecke und sie erzählte mir zu jedem Stück, welchem Zweck es diente. Dann gingen wir in die Wäschekammer und sortierten die Bettwäsche und Tischdecken für das Hotel. Zu jedem Stück Stoff, das sie mir zeigte, erläuterte sie mir in aller Ausführlichkeit seine Verwendung und an welchem Platz sie abzulegen wären. Jedes Stück wurde auf unterschiedliche Art gefaltet und Nummer 92 bestand darauf, dass ich es bei jedem mindestens dreimal übte, um mir die Technik einzuprägen. Ich erkannte erst, wie wichtig es war, genau zu wissen, wo sich welche Falte befinden musste, als ich einen der Schränke öffnete, um einen Stapel abzulegen. Es sah aus wie in einem Schlafsaal der US Marines. Jedes Stück hatte seinen Platz. Die Falten wie mit dem Messer gezogen und zwischen den gefalteten Laken nicht mehr als ein Finger Platz. Wir arbeiteten bis zum Abend und ich fand es wenig interessant.

Um sechs gingen wir zum Essen und ich fragte mich schon, ob diese Sklavenarbeit jetzt die nächsten Monate so weitergehen würde, als Nummer 92 sagte:

»Für heute sind wir fertig mit der Arbeit. Wir gehen jetzt einmal durch das Hotel und ich zeige dir, wo du in Zukunft was findest. Folge mir und egal was du siehst, schweige einfach und geh vorbei.«

Wir gingen durch den Keller und kamen an eine Tür ohne Griff. Sie drückte auf einem Knopf und eine Stimme verlangte zu wissen, was wir wollten. Ich sah deutlich die Kamera über der Tür, die uns beide anvisierte. Es knackte und die schwere Stahltür öffnete sich. Ich folgte ihr eine Treppe hinauf und wir betraten einen Flur. Alles war sehr gediegen eingerichtet und was mir am meisten auffiel: Es war totenstill.

»Das hier ist der Privatteil des Hotels. Hier wohnt der Besitzer Herr Ravel und es kommen nur spezielle Gäste hierher.«

Wir bogen um eine Ecke und ich schaute eben auf den schön gemusterten Teppich, als ich an etwas stieß, was an der Wand hing. Ein Stöhnen war die Antwort und sofort packte mich Nummer 92 am Arm und zwang mich mit einem Ruck auf die Knie.

»Pass doch auf. Das gibt bestimmt Ärger für uns beide. Los. Heb dein Kleid an und leg deinen Arsch frei!«

Gehorsam schob ich das Kleid hoch und kniete mit erhobenen Hintern auf dem Boden. Nummer 92 zog eine Gerte aus ihrem Kleid und schlug mir dreimal auf meine Kehrseite. Als ich mich wieder erhob, sah ich, weswegen ich mir meine erste Strafe eingehandelt hatte. Ein junger Mann hing an einem Haken von der Wand und seine Füße berührten eben gerade noch den Boden. Sein Kopf war unter einer Vollmaske verborgen und sein Geschlecht war mit dünnen Schnüren abgebunden. Das Abbinden schien schon länger her zu sein, denn sein Schwanz war prall mit Blut gefüllt und stand waagerecht wie ein Flaggenmast ab. Er trug kein Halsband mit Nummer. Sicher gehörte er zu einem der Gäste. Ich wurde heiß bei seinem Anblick.

Er sah ausnehmend gut aus, auch wenn man sein Gesicht nicht sehen konnte. Ein ordentliches Sixpack zierte seine Vorderseite und auch der Rest war gut gewachsen. Nummer 92 sah sich vorsichtig um und zeigte auf ihn. Dabei hielt sie ein Kondom hoch.
»Los verschaff ihm ein bisschen Spaß und dann nichts wie weg hier, bevor sie noch etwas merken«, dabei grinste sie hintergründig.

Ich war unschlüssig. Fast zaghaft packte ich sein Glied und zog die stramme Vorhaut etwas zurück. Ein Stöhnen kam unter der Maske hervor. Ich spielte mit der Zunge leicht an der Spitze und verstärkte den Druck um das Stück Fleisch. Der Mann schüttelte sich vor Lust in seinen Fesseln. Ich schloss meine Lippen um seinen Schwanz und begann ihn zu stimulieren. Ich ahnte, dass mein leichtes Saugen sein Nervenkostüm arg strapazierte. Vorsichtig legte ich einen Finger an seinen Anus und ließ ihn mit Druck kreisen. Das Stöhnen wurde lauter, bis meine Zofe mich von dem Mann wegzog.

»Komm jetzt. Der ist aufgezogen wie eine Spielzeugmaus. Das reicht. Lass den Rest seine Herrin machen, bevor noch etwas passiert.«

Aber da war es bereits zu spät. Mit einem lauten Stöhnen ergoss er sich in das Kondom.

»Du solltest ihn etwas anstacheln, aber nicht gleich melken. Oh Gott. Das wird sicher hart am Freitag - und zwar für uns beide«, zischte sie und wir beide verschwanden in den nächsten Gang.

Durch eine Klapptür erreichten wir ein Foyer, das im Stil der Dreißiger Jahre eingerichtet war. Ein dunkler Tresen mit einem modernen Computer. Dahinter standen eine Frau und ein Mann in Lacklederoutfit und an einigen Säulen, welche die hohe Decke trugen, waren Personen angebunden. Viele Leute waren nicht in der Lobby, aber es schienen alle miteinander Anhänger von SM zu sein.

»Hier ist das schwarze Foyer. Einmal die Woche hat jede von uns Zofen hier Dienst. Die Gäste werden von den Zofen bedient und die Novizinnen helfen ihnen. Wenn du ins schwarze Foyer gerufen wirst, meldest du dich hier an diesem Tresen. Dort wird man dich dahin schicken, wo deine Dienste benötigt werden. Zuerst werden wir sicher zusammenarbeiten, denn eine Novizin arbeitet nicht allein in diesem Teil des Hotels. Was immer hier auch geschieht, unterliegt absoluter Diskretion. Mit niemand darfst du ein Wort darüber sprechen. Hast du verstanden?«

Ich nickte unbeholfen und erinnerte mich an die Ermahnungen von Robert. Wir gingen durch den großen Raum und betraten einen Gang, der mit einer schwarzen Tür abgesperrt war.

»Das hier sind die Kammern. Für fast jede Spielart ist ein speziell eingerichteter Raum vorhanden und wir haben die Aufgabe dort für Ordnung zu sorgen. Wenn man dich ruft, gehst du hinein und machst genau das, weswegen man dich gerufen hat. Sieh dich nicht um und denk dir deinen Teil aber enthalte dich eines jeden Kommentars. Alles wird gereinigt und an seinen Platz gehängt. Kleidung wird in diese Wagen geworfen und verschwindet in der Wäscherei.«

Ich erkannte einen dieser typischen Hotelwäschewagen, in dem bereits ein Haufen Gummizeug lag. Was die in der Wäscherei wohl dachten? Nummer 92 lauschte an einer Tür und trat ein. Wow! Als Kennerin der Szene und vor allen der Preise, die für manches Stück *Spielzeug* aufgerufen wurden, stockte mir kurz der Atem. Es war ein Fetischkabinett, wie man es sonst nur aus den großen Filmstudios der Branche kannte. Kleidung aus Latex, Lack, Leder und anderen Materialien hingen in verschiedenen Schränken nach Größen sortiert. Ein breites lederbezogenes Bett stand an der Wand und eine Menge Fesselutensilien hingen bereit. Eine Zofe und ihre Novizin waren gerade dabei, gereinigte Sachen wieder an ihren Platz zu legen. Jede Hausratversicherung hätte eine Zusatzpolice verlangt für die Vermögenswerte, die hier lagen.

»Es gibt drei Kammern dieser Art«, klärte mich 92 auf, »Wir haben noch Babyräume, drei Lederzimmer, drei Gummizellen und andere.«

Ich schaute sie fragend an.

»Kammern für die Gummiliebhaber natürlich. Der Name Gummizelle hat sich so eingebürgert.«

Zum ersten Mal grinste meine Zofe. Wir verließen den Raum und gingen weiter. Aus einem der Räume hörte ich das Klatschen einer Peitsche und eine Frau schrie sehr laut. Eben wollten wir vorbeigehen, als sich die Tür öffnete und ein großer Mann in einem Henkerskostüm herauskam.

»Los! Kommen Sie und machen Sie den Saukram weg. Sie hat sich angepinkelt und ich will weitermachen«, herrschte er uns an und Nummer 92 zeigte den Gang hinunter.

»Dort hinter der Tür findest du alles. Bring es herein und hilf mir. Mach schnell.«

Während ich einen Allessauger startete, um die Lache unter der Frau zu entfernen, wischte meine Zofe alles sorgfältig trocken. Das Kabel rollte sich langsam auf und ich sah mir die Frau an. Eine Dame in den besten Jahren hing mit erhobenen Armen mitten im Raum. Sie war mit einer Kette an Händen und Füßen gefesselt. Ein Knebel hing ungenutzt vor ihrem Hals. Offenbar wollte ihr Peiniger sie schreien hören. Ihr Rücken war schön gleichmäßig gestriemt. Hier war offensichtlich ein Experte mit der Peitsche am Werk. Na ja. Schließlich trug er ja auch eine Henkersuniform und die mussten wissen, was sie taten.

In Hamburg hatten wir auch einen *hauptamtlichen Henker*. Thomas war ein Experte, wenn es um Bondage ging. Als ehemaliger Seemann kannte er sich mit Knoten aus und das gezielte Schlagen von Mustern auf ein Stück Haut gehörte zu seinen Spezialitäten. Er selbst hatte keinen Partner, aber es gab genügend Herren und Herrinnen, die ihm Opfer zuführten, die er verzieren konnte. Herrin Daniela war eine langjährige Freundin von ihm und einmal lieferte sie mich ihm aus. Ein Muster wie ein Kaninchendraht hatte sie verlangt, und als die Tortur vorbei war, sah ich wirklich so aus, als ob ich auf solchem Draht gelegen hätte. Eine Linie lag exakt neben der anderen. Ein Meisterstück. Sie saß die ganze Zeit dabei und genoss meine Schreie.

Die Frau sah beschämt zur Decke, als ihr Henker zurückkehrte.

»Sie war so geil, dass sie sich völlig hat gehen lassen. Wo finde ich hier etwas damit ich sie zustopfen kann?«

Die Stimme des Mannes war dunkel und herrisch. Ich mochte ihn nicht. Nummer 92 zog eine Schublade auf und zeigte stumm auf ein Arsenal Dildos. Der Mann suchte einen kurzen Gummischwanz heraus, der mit einer Pumpe auf die richtige Größe gebracht werden konnte. Der Henker widmete sich wieder der Frau und wir zogen uns still zurück. Ich folgte meiner Zofe, stumm wie ein Fisch, ein paar Treppen hinunter in einen Gang, der mit rohen Steinen ausgemauert war.

»Das ist das Dungeon oder das Verlies, wie wir es nennen. Hier dreht sich alles um klassische Folter. Wenn du hierher gerufen wirst, wundere dich nicht. Es kann schon ziemlich hoch hergehen. Vor allen, wenn die Italiener hier sind.«

Als sie das sagte, verzog sich ihr Gesicht, als ob sie andeuten würde, dass damit ihre Grenze von Spaß und Geschmack erreicht wäre.

Aus einer Tür kamen klagende Geräusche und Nummer 92 zog mich sofort an ihr vorbei. Trotzdem konnte ich einen Blick auf eine Person werfen, denn die Tür hatte ein vergittertes Schauloch. Sie steckte in einem Pranger. Ich konnte das Geschlecht nicht ausmachen, aber jemand stand dahinter und bumste den oder die Betreffende ausgiebig. Den Geräuschen nach hatten beide viel Spaß. Dieser Rundgang machte mich total an. Für eingefleischte SMler war das hier wie in Alices Wunderland.

Wir betraten eine leere Zelle.

»Manchmal musst du jemanden losketten, oder hier unterbringen. Ein Sklave, der keine Manschetten trägt, wird nicht von dir angebunden. Du schließt ihn einfach nur ein und meldest es am Foyer. Fesselungen mit Seilen ohne Manschetten dürfen nur von fertig Ausgebildeten gemacht werden. Egal wie du sie auch immer vorfindest. Du tust nur, was dir befohlen wird.«

Ich nickte und sah mir die Ketten und Eisengestelle an, die sorgfältig an den Wänden aufbewahrt wurden. Alle waren an den Stellen, wo die Haut berührt wird, mit Leder überzogen. Sicher sündhaft teuer. Nummer 92 zeigte mir noch weitere Räume und führte mich in den zweiten Stock, wo die Gäste ihre Zimmer hatten.

»Morgens gehen wir durch die Zimmer und räumen auf. Merke dir: Nur dort wo ein Licht brennt, darfst du eintreten«, sie wies auf eine Lampe über den Türen.

»Wer kein Licht anschaltet, will nicht gestört werden. Wenn du einen Raum betrittst, mach nur deine Arbeit, die von dir verlangt wird. Liegt jemand gefesselt im Bett, lass ihn, wo er ist, es sei denn, man fordert dich auf, ihn zu lösen. Wir machen nur das, was ein Zimmermädchen tut. Aufräumen, Handtücher wechseln und im Bad für Ordnung sorgen. Ist das Zimmer leer, machen wir noch die Betten und nehmen die alte Bettwäsche mit. Wir helfen auch beim Anziehen oder Fesseln, aber nur wenn die Herrschaft zugegen ist. Lass dich nicht auf irgendetwas mit einem Gast ein, was nicht von Madame abgesegnet ist. Ihr fliegt beide sofort hier raus!«

Den letzten Satz flüsterte sie eindringlich. Die Zimmer waren unterschiedlich eingerichtet. Orientalische Suiten gab es genauso, wie welche die man komplett mit Fellen ausgelegt hatte. Moderne zeitgemäße Möblierung, japanisches Flair oder Räume, die aussahen, als ständen sie im Zauberschloss von Walt Disney. Für jeden Geschmack gab es etwas, aber als Nummer 92 mir etwas über die Preise mitteilte, holte ich tief Luft. Eine Nacht kostete so viel, wie ich früher in zwei Monaten verdiente. Wir gingen in den Hauptflügel des Hotels, wo sich die *normalen* Gäste befanden. Das Hotel beinhaltete auch eine Klinik, in der man sich unter anderem verschönern lassen konnte. Es war mittelmäßig besucht und Nummer 92 meinte, dass es für uns nur so weit interessant ist, wie man dort Personal in Stoßzeiten bräuchte.

»Wenn dort sehr viel los ist, helfen wir tagsüber beim Servieren und Abräumen. Aber es kommt selten vor. Es ist eine Abmachung, die Herr Ravel mit dem Zirkel getroffen hat.«

Alles war sehr prächtig ausgestattet und durch ein Fenster sah ich einen kleinen Privatflugplatz neben dem Hotel, auf dem gerade ein Hubschrauber landete.

»Dort kommt der Herr des Hauses. Wenn du ihn treffen solltest, sei nett und warte ab, ob er dir einen Befehl gibt. Führe ihn aus und gehe wieder an deine Arbeit. Er ist der Einzige neben Madame, der dir Anweisungen geben darf.«

Ich sah den Mann, der über den Landeplatz auf das Hotel zuging. Ein grauhaariger stattlicher Mann. Der aufrechte Gang strotze vor Vitalität und eine jüngere Frau, die ihn begleitete, hatte Mühe ihm zu folgen. Wir sahen beide eine Weile aus dem Fenster und die Zofe meinte mit Blick auf mich:

»Vielleicht hast du ja Glück bei ihm. Er steht auf Blonde.«

Wir gingen zurück und nahmen schweigend unser Abendessen ein. Ich sah auf die Uhr. Es war fast acht Uhr und ich war einigermaßen müde.

»Geh in dein Zimmer und wasch dich. Wir treffen uns um kurz nach acht wieder hier und ich zeige dir, wo die Sauna und das Schwimmbad sind.«

Ich nickte und fragte mich, wo in meinem Schrank sich ein Badeanzug finden ließe. Nummer 92 holte mich ab. Sie trug nur ein Handtuch über dem Arm. Ansonsten war sie nackt.

»Hey. Wo bleibst du denn? Komm, es ist wunderbar und die Anstrengungen des Tages werden wie weggewischt sein, wenn du erst aus dem Bad kommst.«

Was war denn das? Die Stimmung von 92 war plötzlich völlig anders. Ich schob es auf die Uhrzeit und folgte ihr.

»Das Schweigegebot für die Novizinnen ist jetzt bis Morgen vorbei. Du kannst dich völlig frei und normal bewegen und reden«, sagte sie und wir folgten einem Gang in den Keller, aus dem schon ausgelassene Stimmen zu hören waren.

Durch eine Pforte betraten wir einen grünlich gehaltenen Saal, in dem ein riesiger Pool eingelassen war. Männer und Frauen tobten ausgelassen durch das Wasser. Alle waren nackt und schnatterten durcheinander.

»Zofen und Novizinnen sind hier gleichgestellt. Es gibt auch kein Nachtragen der Strafen untereinander. Es gehört eben dazu. Madame passt schon auf, dass es gerecht zugeht.«

»Wie soll das gehen? Sie kann ihre Augen doch nicht überall haben?«, fragte ich, während meine Füße das Wasser prüften.

Nummer 92 zeigte an die Decke.

»Die ganze Anlage ist komplett mit Kameras überwacht. In jeden Winkel kann man sehen und Madame erhält die wichtigsten Ereignisse für jeden Tag zusammengestellt. Niemand hat bisher erfahren, wer die Auswahl trifft, aber sie ist für uns alle verbindlich. Beim Gerichtstag zeigt sie dir notfalls auch die Videos, wenn du an dem Grund für eine Strafe zweifelst.«

»Das heißt, sie hat auch zugesehen, wie ich dem Sklaven einen geblasen habe?«

Langsam stieg ich in das gut temperierte Wasser und kam mir irgendwie dumm vor.

»Vielleicht stimmt es sie ja etwas milde, wenn sie sieht, dass du dich bei dem Mann *entschuldigt* hast«, lachte 92 und machte einen Kopfsprung in den Pool. Entschuldigt? Na, die hatte Nerven. Wir schwammen ein paar Bahnen und legten uns nebeneinander auf geheizte Podeste. Zwei Männer erschienen und wir wurden von Kopf bis Fuß massiert. Alle Verspannungen wegen der ungewohnten Haltung am Vormittag waren hinterher verschwunden. Ich sah mir die anderen etwas näher an. Nummer 92 hatte einige Piercings. Ihre strammen Brüste waren mit Ringen verziert, genauso wie ihre Schamlippen. Andere trugen auch Ringe, aber alle Neuen so wie ich hatten keine.

»Was hat es mit den Ringen auf sich?«

»Wenn du eine Zofe wirst, erhältst du deine Ringe. Sie sind nur eine Auszeichnung und nach der Ausbildung kannst du sie wieder abnehmen.«

Wie? Ich sollte beringt werden wie ein Vogel? Peter hatte damals immer mal davon gesprochen, dass ich Ringe tragen sollte. Aber während er von teuren Schmuckstücken sprach, für die unser Geld nicht gereicht hätte, dachte ich an Fixierpunkte für ausgefallene Fesselungen. Die Sache erledigte sich dann durch unsere Trennung.

Ich lernte an diesem Abend noch andere Sklaven kennen und wir sprachen lange miteinander. Privat, und unter uns waren wir eine lockere Gruppe von Männern und Frauen. Außer mit der zugewiesenen Zofe hatten wir tagsüber nicht viel mit den anderen zu tun. Alle kamen aus Häusern, die dem Zirkel angehörten und sie erhielten dieselbe Ausbildung. Aber nicht jede wurde zur Domina weitergebildet so wie ich.

Die Zeit im Schloss war nicht nur als Schulung gedacht, sondern sollte auch eine Prüfung der Tauglichkeit für den Zirkel darstellen. Sehr oft wurden Leute aus dem Hotel entfernt, wenn sie nicht den Vorgaben folgen wollten oder konnten. Madame White allein entschied, wer bleiben durfte und wer gehen musste. Wer sich nicht völlig hingeben konnte, wurde nicht alt im Schloss. Eine Novizin hatte alles, was man ihr befahl auszuführen. Die Mitglieder des Zirkels konnten frei über einen verfügen, sofern es nicht gegen die Bestimmungen verstieß. Es gab gewisse Regeln, wie zum Beispiel nur geschützten Verkehr und dass vor jedem Verabreichen von Schlägen der Perlenring anzulegen war. Aber ansonsten war man eine Sklavin im wörtlichen Sinne ohne Rechte. Die ersten Monate waren der Härtetest.

Nummer 55, eine dralle Rothaarige aus der Schweiz, berichtete, dass man sie, nachdem sie gerade mal drei Tage hier war, in eine der Kammern befohlen hatte. Dort fickten drei Männer sie stundenlang nacheinander in alle Öffnungen. Danach hing man sie an die Decke und traktierte ihren Kitzler mit Vibratoren, bis sie beinahe ohnmächtig wurde. Damals war sie kurz davor aufzugeben und Madame zu bitten sie nach Haus zu schicken. Aber die redete ihr gut zu und sie sahen sich gemeinsam das Überwachungsvideo an. Hinterher fand sie es eher anregend, so behandelt worden zu sein. Für sie war es ein weiterer Schritt auf dem Weg zu einer gehorsamen Sklavin.

Die Zofen hatten die Aufgabe einem zu zeigen, wie man sich zu verhalten hatte, und schulten uns Novizen durch ihr Beispiel. Sie waren nur für Handreichungen bei SM zuständig und durften nicht angefasst werden, es sei denn, ein Gast bat Madame oder Herrn Ravel persönlich darum, dass eine Zofe ihm dienen sollte. Aber das kam offenbar sehr selten vor, denn die meisten Gäste brachten sich ihre *Spielzeuge* mit. Wer zum ersten Mal im Schloss arbeitete, machte in erster Linie Bekanntschaften. Sie waren wichtig für die spätere Zeit im Zirkel und sollten den Zusammenhalt untereinander fördern.

96

Nummer 92 war die Tochter eines Adeligen, sie hatte keinen Herrn, doch ihre Eltern gehörten zu den Gründern des Zirkels. Sie konnte sich vorstellen, einmal durch den Zirkel einen Herrn zu finden. Sie stand auf Gummi und freute sich darauf, während des nächsten Festes im Kreis des Zirkels, in standesgemäßer Kleidung bedienen zu dürfen. Dort würde sie sicher jemand ansprechen. Sie wollte nicht unbedingt eine Sklavin sein, aber sie wünschte sich einen Partner, der sie als Gummifrau benutzen würde und bei dem sie obendrein noch arbeiten könnte. Nicht, dass sie es nötig gehabt hätte, aber sie wollte ihr eigenes Geld verdienen.

Nummer 16 war ein Amerikaner, der eben sein College beendete hatte und von seiner Herrin geschickt wurde. Er war nicht so begeistert hier zu sein, weil es ihm vom Studium in Yale abhielt, aber seine Herrin zahlte ihm die Ausbildung und verwöhnte ihn obendrein so, dass er keine Wahl hatte. Außerdem kam er aus Kalifornien und konnte dem, um diese Jahreszeit so kühlen Italien, nicht viel abgewinnen. Sein Faible lag bei Leder und hartem Sex. Er war schon länger hier und einmal war seine Herrin zu Besuch gekommen und die beiden hatten eine Nacht gemeinsam in einer der Kammern verbracht. Danach konnte Nummer 16 drei Tage kaum laufen. Aber er meinte, es wäre wie, wenn man eine tolle Droge genommen hätte. Noch Tage danach fühlt man sich gut.

Nummer 34 war eine rassige Inderin mit langen schwarzen Haaren bis zum Po. Sie sprach außer Englisch und Hindi keine weitere Sprache und es fiel ihr schwer, dem Unterricht zu folgen. Vor allem mit den Franzosen hatte sie ihre Verständigungsprobleme, aber sie war eine von drei Sklavinnen eines Australiers und sollte am Ende ihrer Ausbildung die Hausherrin werden. Sie war für alle Spielarten zu haben und schien dem Begriff *dienen* noch eine weitere Dimension hinzufügen zu wollen. Sie zeigte uns voller Stolz ein Brandzeichen auf ihrem Hintern. Ihr Herr hatte sie und alle anderen Sklavinnen so gezeichnet und sie trug es mit Stolz, so als wäre es ein heiliges Zeichen. Mit Blick auf meinen Vormittag auf der Stange meinte sie, dass ihr Herr sie zur Bestrafung auf ein ähnliches Gerät setzt, aber es einen obendrein noch unregelmäßig fickt. Er hat es von einem Engländer bauen lassen, der nach ihrer Meinung in der Hölle einen besonderen Platz einnehmen wird, sollte er einmal sterben. Wir lachten noch viel aber, als eine von uns Novizen die Frage nach dem freitäglichen Gericht stellte, sahen sich die Zofen verschwörerisch um.

»Lasst euch überraschen, aber pflegt eure Hintern. Ihr werdet sie brauchen.«

Wir verbrachten die nächsten Tage damit, etwas über die Hohe Schule der Gastronomie zu lernen und ich hatte keine Mühe dem Stoff zu folgen. Die Art, wie mir 92 alles erklärte, gefiel mir sehr gut. Selbst komplizierte Dinge erklärte sie so, dass sie ganz einfach erschienen. Und das war auch gut, denn schon bald stellte ich fest, dass selbst kleine, kaum sichtbare Fehler hart bestraft wurden. Wir begegneten Madame auf einer Inspektionstour und waren zugegen, wie sie einen Wäscheschrank kontrollierte, der eben von einer Zofe eingeräumt wurde. Sie sah nur kurz hinein und zeigte auf einige Falten in den Stoffen, woraufhin sie ihrer Begleiterin ein Zeichen gab und alle verschwanden. Zufällig kamen wir durch das schwarze Foyer und fanden die Zofe auf der Stange wieder, wo sie als lebende Auskunft saß, bis man sie wieder befreite. Die Abende verbrachten wir meist gemeinsam und lernten uns so besser kennen. Und ich erfuhr, wie der weitere Werdegang sein würde.

Nachdem man sechs Wochen Novizin war und die Prüfungen bestanden hatte, erfolgte die Umwandlung zur Zofe. Man zog in ein anderes Zimmer und genoss einige Privilegien. Zum Beispiel konnte man seine Novizin vorschicken und musste nicht mehr alle Arbeiten selbst erledigen. Als Zofe konnte man seine untergebene Novizin auch auspeitschen oder zu sich mit ins Bett nehmen, wenn man darauf stand. Als Zofe durfte man sich aber auch weniger Fehler erlauben, denn das Gericht war für alle gleich, nur dass man als Zofe strenger bestraft wurde.

Nummer 16 berichtete, dass sie ihn wegen einer zerbrochenen Tasse ziemlich rangekommen hatten. Ihm war einer seiner Absätze abgebrochen, als er eine Treppe hochstieg. Dabei fiel die Tasse runter und zerbrach. Mit einem Dildo im Hintern saß er einen vollen Tag auf der Stange im Foyer und musste sich von allerlei Leuten anstarren lassen. Einige Gäste machten sich einen Spaß daraus, ihn in seiner Hilflosigkeit hochzubringen. Ein Herr befahl seiner Sklavin ihn zu reizen, während er an der Rezeption für beide eincheckte. Das Mädchen schob sich den Schwanz des Gefesselten tief in den Mund und saugte an ihm als ginge es um eine Meisterschaft. Nummer 16 musste gestützt werden, als man ihn abends losmachte, aber er grinste, als er davon erzählte.

Ich wurde an einem Freitagmorgen zu Madame gerufen und Nummer 92 meinte, dass es nichts zu bedeuten hätte. Vielleicht wollte sie nur ein wenig mit mir spielen.
Mit klopfenden Herzen ging ich in den Flur, wo sich das Zimmer der Direktrice befand und klopfte an die Tür. Ich wurde hereingebeten und Madame empfing mich in einem hautengen roten Kleid aus Seide. Sie war dabei zu frühstücken. Ich suchte vergebens nach ihrer ständigen Begleiterin.

»Nummer 43! Komm zu mir.«

Ich ging langsam auf sie zu und dachte schon, sie würde mit mir zusammen einen Kaffee trinken, als sie mich mit einem Wink auf die Knie befahl.

»Ich habe dich beobachtet. Du bist eine erfahrene Sklavin und voller Hingabe. Robert hat eine gute Wahl getroffen. Komm näher.«

Ich kroch auf den Knien zu ihr und sie ließ mich ihr Kleid öffnen. Unter dem Kleid war sie nackt. Schneeweiße Haut, ohne ein einziges Haar. Eine zartrosa Möse, die mit einem Edelstein verziert war. Sie packte mich am Kopf und zog mich zu sich, während sie in der anderen Hand weiter ihre Kaffeetasse hielt. Ihr Schritt roch nach Laurent Parfum. Ich begann sie zu lecken und meine Zungenspitze spielte vorsichtig mit dem Stein. Es dauerte nicht lange und der Atem von Madame wurde schneller und ihre Hand verstärkte den Druck auf meinen Kopf. Ich nahm ihre Schamlippen in den Mund und lutschte sie kräftig durch. Als ich den kleinen Knoten zwischen den Lippen wachsen spürte, biss ich zaghaft hinein und Madame heulte auf wie ein Hund, dem man auf den Schwanz getreten hatte. Aber sie entzog sich mir nicht und ich machte weiter. Meine Zunge umspielte ihren Kitzler, so wie ich es bei Herrin Daniela gelernt hatte und als ich ihn kräftig ansaugte, schrie Madame laut auf und kam. Sie fiel rückwärts

in die Poster und ich spürte einen heißen Schmerz, als ein Tropfen
Kaffee meine nackten Beine traf. Schwer atmend ließ sie mich los und
lag mit geschlossenen Augen auf ihrem Sofa. Den Kaffee hatte sie los-
gelassen und ich barg die Tasse vom Boden. Gehorsam, wie ich es
gelernt hatte, suchte ich mir etwas zum Saubermachen und entfernte
den Fleck auf dem Teppich. Madame kam langsam wieder zu sich.

»Sehr gut 43. Geh dort zum Schrank und hole meine Dienerin heraus.
Dann komm wieder zurück zu mir.«

Ich öffnete eine Schiebetür. In einem kleinen Drahtkäfig hockte ihre
Begleiterin. Die zarte rotblonde Frau verschwand wortlos im Bad und
im Weggehen sah ich noch, dass ihr Hintern einige Striemen hatte.
Madame winkte mich wieder zwischen ihre Schenkel und ich brachte
sie abermals zum Höhepunkt. Diesmal ließ ich mir etwas mehr Zeit
damit und ließ sie auf einer Lustwelle ein wenig tanzen. Sie dankte es
mir, indem sie meinen Kopf vor Erregung hin und her riss und offenbar versuchte, ihn sich komplett in ihre Möse zu stecken. Endlich kam
die Dienerin zurück und Madame winkte sie zu sich. Mich schob sie
weg.

»Das hast du sehr gut gemacht Nummer 43. Ich denke, ich werde mir
noch häufiger deine Dienste sichern. Geh jetzt und mach deine
Arbeit.«

Ich erhob mich und ging zur Tür, während die andere Frau meinen
Platz einnahm. Ich stand noch einen Moment da und ordnete meine
Kleider, während ich hörte, dass Madame mit ihr da weiter machte,
wo ich mit ihr eben aufgehört hatte.

Nummer 92 empfing mich einer Neuigkeit.
»Wir beide arbeiten am Wochenende. Es gibt eine Feier im schwarzen
Foyer und wir werden dort bedienen. Das bedeutet, wir brauchen
nicht am Gericht teilzunehmen. Aber sie werden unsere Verfehlungen
beim nächsten Mal dazuzählen. Also nur aufgeschoben, nicht aufgehoben.«

92 ging mit mir zu einer Kammer, in der Fetischkleidung aufbewahrt
wurde, und schob mich hinein.

»Du gehst als Pony-Girl und ich als Gummizofe. Such dir etwas Passendes heraus. Heute Abend, bevor wir Schluss haben, müssen wir unser Outfit Madame vorführen.«

Ich wusste, was ein Pony-Mädchen war und fand bald das, was ich suchte. Wir nahmen unsere Sachen mit und taten noch einige Stunden Dienst in der Küche, wo wir beim Herrichten des kalten Büfetts mithalfen. Ich fand es faszinierend, wie Hunderte von kleinen Figuren aus Obst, Gemüse, Fisch und Fleisch entstanden. Zusammen bildeten sie eine Seeschlacht nach, dessen Mittelpunkt zwei große Segelschiffe aus glasklarem Eis bildeten. Ein Kunstwerk. Die Köche waren sehr nett zu uns und nicht ein einziges Mal wurden wir anzüglich angegrinst oder sonst wie auf unsere Stellung im Hotel angesprochen.

Am Abend folgte ich Nummer 92 in ihr Zimmer und half ihr beim Anlegen ihrer Kleidung. Sie hatte sich für einen blauen Einteiler mit Kopfhaube entschieden und mit etwas Mühe zwängten wir ihren Haarschopf durch eine Öffnung am hinteren Teil der Haube. Wir zupften und zogen lange an dem engen Ding herum, bis es wie eine zweite Haut an ihr saß. Ein schönes Bild gab sie ab. Sie reichte mir einen handtellergroßen Ring.

»Mach mir einen Zopf und flechte den Ring straff hinein.«

Peter liebte es meine Haare zu flechten und mehr als einmal befestigte er an den Zöpfen Ringe, um mich in einer erregenden Position daran zu fixieren.

Die Zofe legte sich einen schmalen Gürtel um und zog einen dünnen Riemen durch ihren Schritt, der an dem Gürtel befestigt war. Tief drückte sich der Riemen durch das Gummi und zeichnete ihren Spalt nach. Nummer 92 hielt einen weiteren Riemen in der der Hand.

»Zieh ihn durch den Ring und befestige ihn am Gürtel. Stell die Schnürung so ein, dass der Kopf in Geradeausstellung fixiert ist.«

Ich tat ihr den Gefallen, sich selbst etwas zu quälen. Zum Abschluss reichte ich ihr einen engen schwarzen Gummirock und hohe schwarze Schaftstiefel, die ihr Aussehen für die Feier perfektionierten. Eine Schicht Silikonspray darüber und sie sah wirklich zum Anbeißen aus, wenn man auf Gummimädchen stand.

Dann wurde ich angekleidet. Meine Verkleidung nahm nicht viel Zeit in Anspruch. Über meinen nackten Körper wurde ein dünnes Ledergeschirr gelegt und festgeschnallt. Der übliche *Pferdeschweif* war an einem Dildo befestigt, den Nummer 92 mir mit Hilfe von etwas Gleitcreme zügig in den Po steckte. Er war so geformt, dass er nur mit einem kräftigen Zug wieder entfernt werden konnte und so konnten die Schnüre und Riemen für seine Fixierung unterbleiben. Eine Beißstange aus Gummi, die der Mundform angepasst war, verschwand zwischen meinen Zähnen und Nummer 92 schnallte mir das Instrument hinter dem Kopf fest. Der Knebel saß, aber das übliche Aufscheuern der Mundwinkel unterblieb. Kleine Schnürstiefel an den Füßen rundeten mein Kostüm ab. Während ich mich im Spiegel betrachtete, fand ich mich selbst ungemein anregend.

Die Zofe nahm die Zügel, die an der Trense befestigt waren und gemeinsam gingen wir zu Madame, um uns begutachten zu lassen. Wir klopften an ihre Tür und die Dienerin öffnete. Sie war nackt, etwas verheult und ich erkannte einige neue Striemen über ihren Brüsten. Madame war offenbar noch nicht fertig und suchte aus ihrem Arsenal eine weitere Peitsche heraus. Sie musterte uns mit wenigen Blicken und blieb bei mir stehen. Mit einem prüfenden Griff an meinen Schrittriemen kontrollierte sie, ob er auch eng genug saß und anschließend zählte sie die Löcher des Knebelriemens. Als sie fertig war, pfiff sie leise durch die Zähne.

»Eine außergewöhnliche Sklavin, das muss ich schon sagen. Alles ist gut und sicher geschnallt und sie klagt nicht ein bisschen. Du musst es gewohnt sein eng gebunden zu werden«, sie lachte leise und streichelte mir übers Gesicht.

»D! Bring mir ein Schloss!«, rief sie ihrer Dienerin zu und die Frau kam mit einem winzigen Schloss aus der Wohnung zurück.

Sie stellte sich hinter mich und ich hörte das Einrasten des Bügels irgendwo an dem Riemengeschirr.

»Geht ihr beide und viel Erfolg.«

Als wir die Tür zum schwarzen Foyer erreicht hatten, meinte Nummer 92 grinsend zu mir:

»Du musst sie irgendwie beeindruckt haben. Sie hat dein Geschirr abgeschlossen. Das heißt, niemand von den Gästen darf dich vögeln, allerdings musst du nach der Feier erst zu Madame, damit sie dich wieder befreit.«

Ich nickte und wir gingen auf die Feier. Es war eine Fetischparty mit mehr als hundert Gästen. Alle waren maskiert und das Verhältnis zwischen Frauen und Männern war verhältnismäßig ausgewogen. Auf Partys in Hamburg gab es immer Männerüberschuss. Die Meisten waren auf der Suche nach der passenden Partnerin, aber wer glaubte, dass sich dort *Freiwild* befand, war im Irrtum. Auf Partys ging man selten allein, und selbst wenn man nett miteinander umging, so wachten die *Herren* eifersüchtig darüber, dass ihren Sklavinnen niemand zu nahekam. Meist führte Peter mich blind auf ein Treffen und ließ es zu, wenn andere mich durch meine Kleidung streichelten. Ich trug dann einen teuren und aber oft geflickten Latexanzug und einen Lederslip darüber. Er kettete mich im Stehen neben sich an und sah zu, wie geile Hände über meinen Leib strichen.

Ich wurde jedes Mal total wild bei solchen Partys und je nachdem, wen wir dort trafen, ließ mein Herr es zu, dass ich dem betreffenden mit dem Mund diente. Natürlich musste ich dafür immer unter einem Tisch verschwinden, sonst hätten die Veranstalter wohl Ärger bekommen. Alle sprachen zwar vom *öffentlichen Verkehr*, aber wenn sich jemand traute, bekamen sie es mit der Angst zu tun. Es war schon eine irre Zeit.

Nummer 92 gab mir ein Tablett mit Sektgläsern und schickte mich los, um den Gästen neue Drinks anzubieten. Sie selbst machte sich hinter dem Tresen nützlich und war schon bald in ein Gespräch vertieft. Sie ließ es zu, dass ein Mann ihre Brüste durch das Gummi kneten durfte und ich war sicher, dass sie für später eine Verabredung traf. Während zwei Männer ihr Bedauern über das Schloss an meinem Geschirr ausdrückten, fragte ich mich, ob sie sich der Entdeckung durch die allgegenwärtigen Kameras bewusst waren.

Auf der Party wurde der Geburtstag einer Frau gefeiert und um Mitternacht erhielt sie ihr Geschenk. Die Frau war eine mollige Argentinierin, die von ihrem Herrn einen Besuch eines Studios in

Japan geschenkt bekam. Japanische Dominastudios genossen innerhalb des Zirkels einen hohen Stellenwert und die Frau freute sich zutiefst. Dem Geschenk war eine DVD beigelegt, die sie sich sogleich vorführen ließ. Der Titel war: *Was dich erwartet, meine Liebe.* Das Video zeigte einige Szenen von Frauen in verschiedenen Fesselungen und einer Japanerin, die sie mit Schnüren zusätzlich traktierte. Bei den Bildern wurde ich heiß und ein Speichelfaden lief mir an der Beißstange herab. Schade, dass ich verschlossen war. Einige der Herren hätte ich jetzt schon gern *genossen.* Der Druck des Riemens hatte mich bereits die meiste Zeit geil herumrennen lassen und ich gönnte mir einen kleinen Höhepunkt mitten unter den Leuten. Zum Glück merkten es nur die, die direkt neben mir standen. Der Knebel erstickte meinen spitzen Schrei weitestgehend und mein Zittern fiel kaum auf.

Die Frau fiel ihrem Mann um den Hals und küsste ihn von oben bis unten. Sie drehte ihm den Rücken zu, um sich fesseln zu lassen. Den Rest des Abends lief sie mit eng verschnürten Händen auf dem Rücken herum und ließ sich füttern oder etwas zu trinken geben. Bondagefreude par excellence.

Die Fete war für mich um drei Uhr vorbei, als mich Nummer 92 in Bett schickte. Sie selbst wollte noch bleiben, um beim Aufräumen zu helfen. Die anderen Gäste bedankten sich zum Teil persönlich bei uns und alles in allem hatten sie einen sehr freundlichen Umgang untereinander. Es war mir nicht entgangen, dass ein schlanker Mann in einem grünen Gummianzug lange Zeit Nummer 92 gefolgt war. Er sah mit seinem Dress und den vielen Muskeln, die sich darunter abzeichneten, wie eine Schlange aus. Vor allem in der Mitte. Wirklich ein hübscher Kerl. Ich wünschte ihr in Gedanken viel Spaß. Allein ging ich zurück zu Madame, und als ich klopfte, stand die Hausdame angezogen vor mir.

›Schlief Madame eigentlich nie?‹, dachte ich.

Ihre Dienerin war nicht zu sehen.
»Komm rein. Wir müssen dich ja noch öffnen, bevor du ins Bett kannst«, lachte sie.

Sie schloss mich auf und half mir beim Ablegen der Riemen, bis ich nackt war. Sie zeigte auf meinen Spalt und meinte:

»Du hattest einen Höhepunkt. Mach die Riemen hinterher wieder ordentlich sauber. Dein Saft schadet dem Leder.«

Ich nickte und wollte gehen, als sie mich anhielt.

»Komm noch einen Moment zu mir.«

Sie legte sich auf ihr großes Bett und ich folgte ihr. Eigentlich verspürte ich keine Lust mehr, Madame in den Schlaf zu lecken. Ich war zwar immer noch ein bisschen geil, aber auch hundemüde. Mistress White sah mir tief in die Augen.

»Du musst immer noch sehr erregt sein. Warte einen Augenblick. Ich werde dir helfen«, hauchte sie und zog sich mit einer Bewegung das Kleid vom Leib.

Dann griff sie in eine Schublade neben ihrem Bett und schlüpfte in ein Strap-On-Geschirr.

»Komm und leg dich in die Mitte.«

Sie zeigte auf das breite Bett. Als ich lag, drehte sie mich so herum, sodass ich auf den Armen und den Knien hockte, und begann an meiner Muschi herumzufingern. Ich war schlagartig wieder wach. Meine Säfte flossen wieder und eh ich mich versah drang sie mit dem dicken Kunststoffschwanz von hinten in mich ein. Sie hatte kaum dreimal zugestoßen, als ich mit einem lauten Schrei das erste Mal kam. Wir probierten alle Stellungen aus, die der menschliche Körper zulässt, und erfanden sicher noch ein paar neue dazu. Sie ritt mich, bis die Sonne aufging und wir erschöpft nebeneinander einschliefen.

Ich wurde in ihrem Bett wach, als ich stöhnende Geräusche hörte. Madame stand vor dem Bett und öffnete eine Truhe. Ich sah erschrocken auf die Uhr und sprang aus dem Bett. Es war bereits neun Uhr durch und Nummer 92 fragte sich bestimmt, wo ich blieb. Aus der Truhe erhob sich D vorsichtig, und als Madame ihr heraushalf, stöhnte sie laut unter ihrem Knebel. Sie war ziemlich stramm gefesselt.

»Bleib! Ich lasse uns Frühstück bringen. Ich möchte mich mit dir unterhalten. Mache D los und geht beide inzwischen duschen. Ich sage deiner Zofe, dass du heute frei hast.«

Während ich die Sekretärin aus ihren Lederfesseln befreite, dachte ich darüber nach, was das zu bedeuten hatte. Hatte Madame es auf mich abgesehen? Sie war eine charismatische Frau und ihre Art zog mich schon ein wenig an, aber im Vergleich zu Robert war sie undiskutabel. D sah mich schweigend an. Als wir im Bad waren und als sie die Dusche voll aufdrehte, flüsterte sie mir zu:

»Bist du in sie verliebt?«

»Nein. Sie hat mich heute Nacht hierbehalten. Deswegen bin ich noch da.«

»Sie hat mit dir geschlafen?«

»Ja und obwohl ich es eigentlich nicht wollte, war es toll.«

»Also wirst du mir versprechen, dich nicht zwischen uns zu stellen?«

»Nein. Ich habe einen Herrn und werde dieses Schloss nach meiner Zeit sicher wieder verlassen. Ich habe nicht vor, in Zukunft eine Beziehung mit Madame einzugehen.«

D lächelte ein wenig und bot mir Shampoo an.

»Wenn sie dich ruft, musst du ihre Befehle befolgen, aber du wirst nicht ihre Nähe suchen, wenn sie nicht nach dir verlangt?«

Bei diesen Worten hatte mich die Frau an den Schultern gefasst und eindringlich angesehen.

»Nein«, sagte ich schroff und beendete die Auseinandersetzung, veranlasst durch eine für mich grundlose Eifersucht. Wir seiften uns gegenseitig ein und D erzählte mir, dass die Dusche die Überwachungsmikrofone außer Gefecht setzte. Ich erwähnte, dass sich Nummer 92 nach der Feier mit einem Gast vergnügt hatte, aber sie beruhigte mich, als ich von dem Verbot sprach.

»Im schwarzen Foyer werden bei Veranstaltungen alle Kameras und Geräte abgeschaltet. Niemand vom Zirkel gestattet es, wenn man von ihm Aufnahmen macht.«

Ich hatte wieder etwas dazugelernt. Es gab also Ausnahmen vom System, man musste sie nur kennen und im richtigen Moment zu nutzen wissen.

Wir setzten uns mit Madame an einen Tisch und D bediente uns. Die zarte Frau war schon drei Jahre die Sklavin der Direktrice und schien ihr völlig verfallen zu sein. Wenn sie nicht gerade im *offiziellen* Hotel oder draußen unterwegs war, wurde sie nackt gehalten. Ihr zartrosa Teint war makellos, und obwohl ich überall auf der Haut blasse Abdrücke von Striemen entdeckte, konnte ich keine Narbe erkennen, wo die Peitsche die Haut verletzt hatte. Madame musste eine Meisterin sein. Sie genoss Beschränkungen und Madame ließ sie oft in der engen Truhe vor dem Bett schlafen. Es war ihre höchste Befriedigung erniedrigt zu werden und im Beisein von Mistress White gepeitscht, oder vergewaltigt zu werden. Sie war als Novizin ins Schloss gekommen, aber kurz nach ihrer Aufnahme kam ihr Herr bei einem Autounfall ums Leben. D wollte sich das Leben nehmen, aber Madame kam rechtzeitig und verhinderte die Verzweiflungstat. Behutsam brachte sie D über den Verlust hinweg, und als sie das Gröbste überstanden hatte, trat sie freiwillig in Madams Dienste. Sie diente ihr als Sekretärin und ständige Begleiterin auf Reisen oder Inspektionsgängen. Manchmal, wenn Madame es für angebracht hielt, schlief sie auf ihren Befehl hin mit Gästen, oder folgte einem der Zirkelmitglieder in die Kammer. Sie war Mistress White hörig und zeigte mir ihre Schamlippen, durch die man bei besonderen Anlässen einen Bleistift dicken Ring hindurchziehen konnte. D würde alles für ihre Herrin tun, wie sie sagte.

»Du bist eine gute Schülerin 43. Hast du schon einmal im Hotel gearbeitet?«, wollte Madame wissen. Ich erzählte ihr von meiner *Tresenzeit* und dass mir die Arbeit eigentlich Spaß machte.

»Was einem Spaß macht, erlernt man am schnellsten«, philosophierte sie und ihre Hand verschwand beiläufig im Schritt von D. Sofort stand die Sklavin auf und drehte sich so, dass Madams Hand frei in ihrer Scham wühlen konnte. Wir frühstückten weiter, und während D langsam auf Touren kam, unterbreitete mir Madam ein eindeutiges Angebot. Ich sollte meinen Herren bitten mich gehen zu lassen, um in ihre Dienste zu treten. Ich lehnte freundlich, aber entschieden ab. Madame wirkte ein wenig bekümmert, meinte aber, dass sie Robert von ihrem Versuch unterrichten würde, das sei so üblich unter den Zirkelmitgliedern. Sie würde ihm anbieten, sollte er meiner nicht mehr bedürfen, mich gerne zu übernehmen. Ich war geschmeichelt und wir besprachen noch einige andere Themen. Ich beobachtete, wie D zu schwitzen anfing und Madame verstärkte kurz den Druck auf die Schamlippen der Frau. Irgendwo in mir regte sich plötzlich ein Verlangen. Ein gieriges Stöhnen war die Antwort und die Direktrice grinste mich an.

»Möchtest du mit ihr schlafen. Sie ist wirklich gut.«

Ich war vom Anblick der Dienerin heiß geworden und sah unschlüssig zu D hin.

»Genieße sie ein wenig. Sie wird sich ebenfalls freuen.«

Madame stand auf und zog mit einem Griff Laken und Decken von dem breiten Bett. Die Matratze war mit feinem Glattleder bezogen.

»Komm leg dich nieder und gib dich ihr hin«, hauchte sie und drückte mich behutsam auf die lederbezogene Unterlage.

Es fühlte sich kühl und zugleich erregend an.

»Streck Arme und Beine aus«, sagte D freundlich.

Die beiden schlangen mir Seidenbänder um Hand- und Fußgelenke und banden mich an den Pfosten des Bettes fest. Ich schloss die Augen, als Madame mir einen Kuss auf die Stirn drückte und eine erregende Welle meinen Körper durchflutete. Der Geruch des Leders allein brachte mich schon hoch. Madame legte mir eine weiche Augenbinde über, während D auf das Bett kroch.

Sie begann, langsam an meinen Beinen emporzukriechen und ihre Zunge ließ keinen Quadratzentimeter meiner Haut aus. Madame blieb neben mir auf dem Bett sitzen und flüsterte mir leise zu, was sie gerade beobachtete. Ich spürte, wie ich zu schwitzen anfing und das Leder klebte an meiner Haut. D begann an meinem Oberschenkeln zu knabbern und ihr Mund folgte dem empfindlichsten Nerv des Beines, der im Zentrum endete. Es dauerte nicht lange und ich streckte ihr meinen Schoß entgegen, aber sie ließ sich Zeit.

»Wusstest du, dass ihre Zunge eine der Längsten im gesamten Zirkel ist?«, flüsterte Madame und ich grunzte vor freudiger Erwartung.

Herrin Daniela hatte nicht oft mit mir geschlafen. Sie gab einem Halt und Stärke in der Beziehung, und wenn es dazu kam, dass wir die Nacht miteinander verbrachten, so war ihre Befriedigung das Wichtigste für mich. Ich vergnügte mich auf ihren Befehl hin meistens mit den anderen Frauen und kam dabei auf meine Kosten.

Ich verlor jedes Gefühl für die Zeit, und als D endlich mit ihrer Zunge an meinem Kitzler angekommen war, schrie ich meinen ersten Höhepunkt heraus. Madame erstickte den Schrei mit einem Kuss und an ihren Atemzügen spürte ich, dass sie aufs Höchste erregt war. Ihre Hände massierten meine Brüste und hin und wieder nahmen ihre Fingernägel eine meiner brettharten Knospen zwischen sich. Blitze schossen durch meinen Kopf. Die Zähne der Sklavin hatten mein Lustzentrum erreicht und mit viel Gefühl kaute sie den Nervenknoten vorsichtig durch. Rote Flecken tauchten vor meinem Geist auf, und als D drei Finger zusätzlich in mich einführte, krampfte ich mich vor Geilheit zusammen. Wäre ich nicht angebunden gewesen, hätte ich um mich geschlagen.

»So ist es gut. Lass dich völlig gehen«, hauchte Madame und D nahm eine andere Position ein.

Ihr Mund saugte meine Scham tief ein und irgendwie berührte sie dabei einen Punkt, der mich zusammenzucken ließ, als stände ich unter Strom. Madame begann meine Brüste zu streicheln, wie spitze Nadeln krochen die Lustwellen durch meinen Kopf. Ich wusste nicht mehr, ob es Schmerz oder Lust war. Meine Sinne gerieten völlig durcheinander und ich wurde ohnmächtig.

Als ich wieder zu mir kam, war ich losgebunden und lag unter einer Decke auf dem Bett. D saß neben mir und reichte mir lächelnd etwas zu trinken.

»Du warst plötzlich weg und wir machten uns etwas Sorgen. Aber dann hast du zufrieden gegrunzt und wir haben dich schlafen lassen.«

Ich stürzte den Saft hinunter und sah auf die Uhr. Es war bereits Nachmittag. Madame war nicht zu sehen, und als ich mir D näher ansah, erkannte ich drei frische Striemen über ihrem Hintern. Sie war gezüchtigt worden. Ich schwang mich aus dem Bett und fühlte mich so fit wie selten zuvor.

»Wofür war das?«, fragte ich, während sie mir meine Sachen reichte.

»Madame meinte, ich hätte mir nicht genug Mühe gegeben«, grinste sie verschlagen.

»Also mir hat es gereicht. Danke.«

Ich streichelte ihr einmal über die Wange und machte, dass ich aus dem Zimmer kam. Wow, was für ein Vormittag.

Die Tage vergingen und einmal noch musste ich einen Vormittag lang auf der Stange Platz nehmen. Beim Abfragen der wichtigsten Weine brachte ich etwas durcheinander und empfing meine Strafe. Dann kam wieder ein Freitag und die Stimmung unter den Zofen und Novizinnen war gedrückt. Irgendwie hielt sich das Gerücht unter uns, das Madame sich eine neue Form der Strafe ausgedacht hätte, die ziemlich gemein sein sollte.

Am Abend kam Nummer 92 und eröffnete mir, dass ich auf der Liste des Gerichtes stand. Ich sollte nackt vor der Tür zum schwarzen Foyer warten, dort würde man uns abholen. Ich hatte versucht von ihr zu erfahren, wie ihr Aufräumen geendet hatte, aber sie schwieg wie ein Grab.

Wir waren zu siebt und auch Nummer 92 war dabei, als wir uns vor der schweren Stahltür trafen. Nummer 34 die indische Schönheit zitterte wie Espenlaub. Ich hatte gehört, dass man sie in den Kammern letztes Mal ziemlich fertig gemacht hatte und Madame persönlich ihre Bestrafung überwacht hatte. Die Tür knackte und wir wurden vor der Rezeption erwartet. Drei Männer in schwarzem Leder legten uns Handschellen an und führten uns an den Halsbändern in den Keller. Sie brachten uns in einen Raum, der rot ausgeleuchtet und in dem es sehr warm war. Die Männer stellten uns mitten in den Raum, das Licht und der künstliche Nebel blendete einen so stark, dass man kaum ein paar Meter weit sehen konnte. Eine Stimme erklang und meine Nummer wurde aufgerufen.

»Nummer 43. Du hast vier Verfehlungen in den Tagen deines Hierseins begangen. Wie bekennst du dich? Schuldig oder nicht schuldig?«

Die Stimme war dumpf und so verzerrt, dass es einen gruseln konnte. Ich hatte schon gehört, dass man sich besser schuldig bekannte. Nummer 16 hatte sich einmal die Beweise vorführen lassen, und wie er sagte, es bitter bereut

»Schuldig!«, rief ich dem Unbekannten zu und trotz der Wärme fröstelte es mich.

»Auf den Bock. Danach zwanzig Stockhiebe. Hinterher an den Pranger«, rief die Stimme und einige andere Stimmen im roten Nebel raunten zustimmend.

»Der Nächste!«

Ein Mann mit einer roten Kapuze wie sie früher die Foltermeister und Henker trugen, packte mich am Arm und zog mich durch eine Tür. Es war total dunkel in dem Raum, und als ein einsamer Scheinwerfer aufleuchtete, stockte mir kurz der Atem. Ein hoher vierbeiniger Bock stand vor mir und aus seiner Mitte ragte der kräftigste Dildo hervor, den ich je gesehen hätte. Das Ding sollte in mir versenkt werden? Nein! Das würde niemals passen. Ich würde vorher zerreißen. Trotzdem wurde ich sofort geil bei dem Gedanken und kniff die Beine zusammen, um das Gefühl zu verstärken.

»So Kleine, dann wollen wir mal. Mach schön mit, dann hast du es bald hinter dir. Ich nehme dir jetzt die Handschellen ab und bereite dich vor. Mach keine Zicken, sonst gibt's noch die Gerte zur Einstimmung«, brummte der Mann fast väterlich und seiner Stimme nach zu urteilen war er schon älter.

Die Handschellen wurden mir abgenommen und meine Arme über dem Kopf an eine Kette gefesselt. Ein Elektromotor brummte und ich wurde hochgezogen. Der *Henker* bugsierte mich über den Dildo und fesselte meine Beine an den Bock, sodass ich sie nicht schließen konnte. Sorgfältig rieb er den Phallus mit Gleitmittel ein, bevor er mich ganz langsam absenkte. Mit sicherer Hand teilte er meine Lippen, um der Spitze den Weg zu bahnen. Ich holte tief Luft, als der Monster anfing, meine Möse zu spalten. Stück für Stück bohrte sich der Dildo in mich hinein und bald schon saß ich mit einem saugenden Geräusch auf der Sitzfläche des Bocks. Ich zog die Luft mehrmals tief ein, so anstrengend war es. So stramm ausgefüllt war ich noch nie. Ich stand eigentlich auf große Schwänze. Sie berührten etwas tief in mir und ich kam jedes Mal, wenn mich ein besonders großer penetrierte. Meine Hände wurden an mein Halsband gekettet und an die Fußfesseln wurden Federn aus Stahl eingehängt. Sie sorgten für einen permanenten Zug auf den Beinen, sodass ich den Druck nicht verteilen konnte. Der *Henker* tätschelte meine Schenkel.

»Bis später Mädel«, lachte er dumpf und betätigte einen Schalter.

Die Tür fiel zu und ich blieb in dem stockfinsteren Raum zurück. Irgendwo hörte ich den Schrei einer Frau. War es die Inderin, die so tapfer von ihrem Brandzeichen gesprochen hatte? Welche Strafe hatte sie wohl bekommen? Sie hatte drei Tage nacheinander auf der Stange zugebracht, weil sie dem Unterricht nur schwer folgen konnte. Begriffe aus der Küche auf Französisch konnten sie kaum verstehen, geschweige denn sich merken. Im Bad konnte man sehen, dass ihr Hintern immer noch eine Menge Striemen vom letzten Freitag zierte.

Aber ich spürte, dass ich selbst ein Problem bekam. Der Dildo entwickelte plötzlich ein gewisses Eigenleben und tief in mir begann es, sanft zu brummen. Ich schnappte nach Luft, als die erste Welle mich durchflutete. Von meinem Bauch ausgehend spürte ich das sanfte Vibrieren nach kurzer Zeit in jedem Teil meines Körpers. Ich wusste nicht, ob ich geil war oder ob es anfing, mir wehzutun. Der Schwanz begann sich obendrein noch seitwärts zu bewegen und dann begann er auch noch, eine langsame Reinrausbewegung zu machen. Ich konnte irgendwann nicht mehr still sein, aber was als kleine gedämpfte Schreie begann, endete mit wildem Kreischen, als das Licht anging und der *Henker* zurückkehrte.

»Tapfer von dir Kindchen, fast eine Stunde und das ohne ohnmächtig zu werden«, witzelte der Mann und fesselte meine Hände wieder über dem Kopf.

Die Winde summte und langsam hob er mich von dem Teufelsding herunter. Mit einem schmatzenden Geräusch verließ der Dildo meinen Körper und ich stöhnte laut auf. Das Ding hatte mich fast wahnsinnig gemacht und meine Muskeln waren entsprechend gedehnt. Der *Henker* musste mich stützen, als ich am Boden ankam, aber meine Ruhepause dauerte nur Minuten. Das Licht wechselte in einen anderen Teil der Kammer und er führte mich dort hin. Er brachte mich zu einer Säule und ich wurde mit hoch erhobenen Händen angekettet. Meine Beine wurden zusammengebunden und der Mann zog mich ein Stück nach oben. Ich stand gestreckt mit dem Gesicht zu der Säule gewandt.

»Bis später und noch viel Spaß«, brummte der Mann und seine große Hand klopft mir freundschaftlich auf den Hintern.

Das Licht ging aus und ich hörte, wie die Tür zufiel. Ich war allein. Durch die Stille hörte ich deutlich spitze Schreie, aus einem Nebenraum und hin und wieder das Klatschen einer Peitsche. Jemand wimmerte auf Französisch und wurde in derselben Sprache beschimpft. Zwischen meinen Beinen begann es übel zu kribbeln. Das Gewebe, welches durch den Druck des Dildos mit zu wenig Blut versorgt worden war, begann wieder Leben zu zeigen. Ich spürte ein Stechen wie von tausend Stecknadeln, aber ich konnte absolut nichts dagegen tun. Bewegungslos stand ich an der Säule.

Irgendwann spürte ich einen Luftzug und ein schleifendes Geräusch. Jemand musste sich im Dunkeln bewegen. Ich nahm einen süßlichen Geruch wahr, den ich bereits kannte. Das Parfüm einer Frau. Hinter mir flammte ein Scheinwerfer auf und beleuchtete meine Kehrseite. Ich versuchte den Kopf etwas zu drehen, aber mich blendeten die Strahlen der Lampe.

»Hallo Nummer 43. Ich bin gekommen, um dich zu belohnen, ich hoffe, es wird dir so viel Vergnügen machen wie mir«, hauchte eine eisige Stimme hinter mir, die mich erzittern ließ.

Madame stand hinter mir und ich spürte die Berührung ihres Lederkleides an meinen nackten Beinen. Was redete sie da von Belohnung? Ihre Hand packte meine Haare und zog mir den Kopf etwas nach hinten.

»Das Gericht hat dich zu zwanzig Stockhieben verurteilt. Hast du schon den Stock gespürt?«

Ich nickte stumm.

»Man muss gut mit ihm umgehen können, sonst hinterlässt er hässliche Spuren. Möchtest du, dass man Spuren sieht?«

»Nein«, stammelte ich leise.

»Ich verspreche dir, man wird nichts sehen, aber ich erwarte, dass du dich bei mir bedankst. Wirst du dich bedanken?«

Es war brutwarm in der Kammer und trotzdem fror ich bei dem Klang ihrer Stimme und fragte mich, wie der *Dank* wohl aussehen würde. Gehorsam nickte ich, weil ich wusste, wie ein Stock wirkte.

»Sehr gut und so devot. Eigentlich eine Verschwendung«, hauchte sie und ich hörte das hohe Zischen eines Reitstocks in der Luft.

Sie zog an einer Kette und plötzlich stand ich knapp auf den Zehenspitzen. Ein leises Stöhnen kam aus meinem Mund, aber es wurde sofort von einem Schrei abgelöst, als der Stock das erste Mal meinen Hintern traf. Autsch! Was für ein Hieb. Und das nannte sie keine Spuren hinterlassen?

Peter hatte mich gelegentlich mit der Gerte gezüchtigt, aber niemals so heftig zugelangt. Glaubte diese Frau, ich sei ein Pferd? Meine Finger suchten nach der Perle auf meinem Ring aber ich spürte auch, dass ich so heiß wie schon lange nicht mehr war. Die Hiebe fielen schnell und alle mit derselben Stärke, was mich zu einer Mischung aus Brüllen und hemmungslosen Kreischen veranlasste. Dreimal war ich versucht die Perle fallen zulassen, aber immer wieder riss ich mich zusammen, und als der zehnte Hieb meinen Schenkelansatz traf, schrie ich mir einen Höhepunkt heraus, wie noch selten zuvor. Hätten mich die Ketten nicht gehalten, wäre ich sicher zusammengefallen. Die letzten Hiebe spürte ich kaum noch, wohl aber die Hand von Madame, die meinen geschundenen Hintern mit einer Salbe einrieb. Es brannte zuerst etwas, aber dann war es angenehm kühl.

»Wir sehen uns noch«, hauchte sie und ließ mich allein.

Ich schnappte nach Luft, so anstrengend war es gewesen. Mein Puls raste und rote Ringe wirbelten vor meinen Augen. Völlig erschöpft hing ich an der Kette, bis mein *Henker* zurückkehrte. Er verband mir die Augen und löste mich von der Kette. Ich fiel fast in seine Arme und er trug mich stumm in einen anderen Raum. Vorsichtig stellte er mich auf die Füße und lehnte mich an ein Gestell. Meine Finger tasteten Holz und Metall, und ehe ich deuten konnte, was dort stand, wurde ich vornüber gebeugt und Hände und Kopf in einem Pranger festgeklemmt. Handschellen sicherten meine Hände dagegen aus den Öffnungen heraus zu gleiten und meine Beine wurden auseinandergestellt angebunden. Dann verband er mir erneut die Augen.

Ich hörte Stimmen von Männern und Frauen, die sich über andere unterhielten. Offenbar war ich nicht allein in diesem Raum.

»Sie hat einen schönen Arsch. Wurde sie schon dort genommen?«

»Nein. Ihr Herr steht auf andere Dinge, aber wenn Sie wollen?«

Analverkehr? Ich war viel zu erledigt, um noch entsprechend mitzuspielen, aber als ich den erstickten Schrei einer Frau und die typischen Geräusche für Verkehr hörte, wusste ich, dass sie nicht von mir gesprochen hatten.

Ein Lederriemen wurde mir umgelegt und ein Zweiter zwischen meinen Beinen durchgezogen. Ein Keuschheitsgürtel? Ein Schloss rastete vor meinem Bauch ein. Offenbar wollte jemand verhindern, dass ich gevögelt wurde. Das war mir auch ganz recht, denn meine Scham brannte und juckte immer noch von dem Bock. Eine Hand streichelte meinen Hintern und hinter mir entbrannte eine Diskussion über die Qualität der Striemen, die der Reitstock hinterlassen hatte.

»Sehr schön. Sie sind eine wahre Meisterin darin«, lobte eine Frau die Arbeit.

»Hat es Ihnen gefallen?«, hörte ich deutlich die Frage von Madame und glaubte, dass sie mich meinte, aber die Frau antwortete:

»Wir waren ganz entzückt. Mein Mann hat es sehr genossen und ich hatte auch meinen Spaß.«

Hatte jemand zugesehen wir ich geschlagen wurde? War die Gerichtsgeschichte nur ein Zeitvertreib für den Zirkel? Lebten sich einige der Mitglieder während der Bestrafungen aus? War vielleicht sogar Robert mit dabei gewesen? Während ich langsam wieder in Fahrt kam und ein paar Hände vorsichtig meine Brüste zu kneten begannen, hörte ich irgendwo deutlich die Stimme von Nummer 92. Sie stand auch vor dem Gericht, aber ich wusste nicht, wie ihre Strafe ausgefallen war.

Ich hatte nicht mehr Zeit darüber nachzudenken, denn ein steifer

Schwanz berührte meine Lippen und ich öffnete gehorsam den Mund. Meine Zunge schmeckte Gummi und wurde wieder daran erinnert, dass man auf Sicherheit sehr viel Wert legte. Mein Kopf war durch den Pranger fixiert und wer auch immer, bohrte sich in meinen Mund. Es dauerte nicht lange und er spritzte in den Gummi ab, aber ich ließ meine Zunge weiter spielen, um ihn richtig leer zu saugen. Der Mann feuerte mich an und es gelang mir, ihn ein zweites Mal zum Stehen zu bringen. Er erhielt Beifall von einigen Umstehenden und selbst sparte er auch nicht mit Lob für meine Künste.

Einmal war ein guter Freund von Peter und mir zu Besuch und wir kamen auf das Thema Sex. Peter behauptete, dass man es schaffen könnte, jemanden in weniger als 5 Minuten zum Orgasmus zu bringen, wenn sich der andere nicht mit aller Gewalt dagegen wehren würde. Unser Freund wettete dagegen und war bereit seinen Porsche zu setzen. Ich werde nie sein erstauntes Gesicht vergessen, als ich mich vor ihn hinkniete und Peters Freund sein seinen Schwanz freilegte. Es dauerte nur wenige Minuten und er spritze mit einem lauten Schrei ab. Es war eine ganze Menge und ein bisschen davon tropfte auf mein Kleid. Vielleicht hatte er lange keine Frau gehabt. Während ich mich grinsend erhob, meinte Peter zu ihm:

»Sei froh, dass es nur eine Flasche Champagner war und nicht dein Sportwagen, um den du wetten wolltest. Niemand kann ihrem Mund widerstehen. Sie würde selbst einen impotenten schwulen Mönch hochbringen.«

Wir lachten noch viel und der Freund war in Zukunft in meiner Gegenwart etwas befangen. Wahrscheinlich hielt er mich für eine Nutte, dabei war ich nur eine gehorsame Sklavin.

Der Mann zog sich zurück und machte einem anderen Platz. Blind, wie ich war, nuckelte ich an dem Abend noch an einigen Schwänzen herum und lauschte angestrengt den Wortfetzen, die mir zu Ohren kamen. Irgendjemand lobte die enge Muschi von Nummer 55, die aber leider nicht mehr im Hotel zu Verfügung stand. Sie war bereits im letzten Jahr zu ihrem Herrn oder ihrer Herrin zurückgekehrt. Es wurde lange über eine Nummer 20 gesprochen, die nach hundert Nadeln noch weitere verlangt hätte, um ihren Körper in ein Nadelkissen zu verwandeln. Drei Frauen philosophierten über die Wirkungen von Imprägniermitteln auf Lederpeitschen und ob sich Farbstoffe in der Haut ansammeln könnten. Als Alternative wollte man Weidenruten ausprobieren. Das waren sicher ökologisch orientierte Herrinnen, dachte ich bei mir und hätte gegrinst, wenn meine Lippen nicht einen neuen Schwanz dazwischen gehabt hätten.

Irgendwo klirrten Ketten und es waren gedämpfte Schreie zu hören. Ich spürte, wie Hände an meine Beine griffen und langsam nach oben streichelten. Ölige Finger zeichneten die Striemen nach und ich begann, mit dem Hintern zu rollen. Ein Finger stahl sich an dem Riemen vorbei und bei der ersten Berührung meiner arg gestressten Muschi blitzte es in meinem Kopf wie bei einem Gewitter. Die Hand drückte fest auf die Lederriemen und mein Atem wurde unruhig.

»Mach weiter! Bring sie hoch!«, hörte ich einen Mann, während ein ziemlich dicker Schwanz Zugang zu meinem Mund suchte. Die Hand, die mich reizte, war schwielig. Sie packte den Riemen und zog ihn mir fest in die Spalte, während die andere Hand meinen Rücken streichelte. Die Hand ließ die Zonen mit den Striemen aus und die Finger kreisten mit einer Mischung aus Kratzen und Streicheln über die Haut. Gott war das gut. Ich war wieder auf dem besten Weg zu schreien. Der Schwanz in meinem Mund begann im selben Moment zu zucken, als sich bei mir die erste Welle ankündigte. Fast hätte ich in den Penis gebissen, aber mein Stöhnen schaffte es, sich einen Ausgang zu bahnen.

Wir kamen beide gemeinsam, aber die Hand auf meinem Rücken, schaffte es irgendwie den Zustand in mir länger beizubehalten. Zum Glück zog sich der Mann in mir zurück, während ich noch ein bisschen ungeniert vor mich hin kreischte. Man reichte mir etwas zu trinken und ich saugte eine riesige Menge Mineralwasser in mich hinein.

Spät wurde ich befreit und ich machte mich auf den Weg zu meinem Zimmer. Auf dem Weg kam ich an Nummer 92 vorbei. Sie klemmte in einem Gestell, dass ihr Dildos in alle Öffnungen drückte und so, wie sie stöhnte, taten ihr die Dinger gut. Sie war vollständig in Gummi eingeschlossen und eine feste Haube ohne Augenöffnungen machte sie blind. In ihrem Mund steckte ein fest aufgepumpter Ballonknebel und ich überlegte kurz, ob ich etwas Luft ablassen sollte, aber dann ließ ich es sein. Da sich niemand mehr in der Nähe aufhielt, nahm ich an, dass sie den Rest der Nacht in dem Gestell verbringen würde.

Ich schlief wie eine Tote, aber so befriedigt wie selten zuvor.

Dann kam endlich die Prüfung. Eine Stunde Fragen zu Themen der Gastronomie erledigte ich mit null Fehlern. Ich arbeitete einen Tag in der Küche und der Chefkoch lobte mich über den grünen Klee für den *Chefsalat*, den ich zubereitete. Dabei war es das popelige Rezept aus der Hamburger Kneipe, in der ich früher mal gejobbt hatte. Beim Servieren hatte ich Glück und vier Ausländer wollten bedient werden. Drei sprachen Englisch und einer Spanisch. Ich empfahl ihnen den richtigen Wein und beeindruckte alle damit, dass ich die Speisekarte auswendig kannte. Ich bestand mit Auszeichnung. Leider konnte man das nicht von allen Prüflingen behaupten und am folgenden Freitag fanden sich viele Novizen und ihre Zofen vor der Tür zum schwarzen Foyer ein. Nummer 92, ich und die anderen Glücklichen feierten währenddessen unsere bevorstehende Veränderung mit einer ausgelassenen Poolparty, an der, wenn auch spät, sogar Madame teilnahm.
In der folgenden Woche verabschiedeten wir diejenigen, die uns verließen, und wurden von Madame persönlich in unsere neuen Pflichten eingewiesen.

Für Nummer 92 hatte sich ihre neue *Herrschaft* etwas Besonderes einfallen lassen. Für die Reise kleidete ich sie in einen engen Anzug aus festem schwarzen Gummi, der keinen Zentimeter Haut freiließ. Damit sie nicht erstickte, war das Gummi so fein perforiert, das man es nicht sehen konnte. Zum Schwitzen reichte es aber trotzdem. Dann bat sie mich und Madame, sie zu fesseln.
Madame wählte ein Geschirr aus, das Nummer 92 in eine hockende Stellung zwang. Die Arme wurden an einen Gürtel gekettet und ein Riemen durch den Schritt sorgte dafür, dass er nicht verrutschen konnte. Riemen fixierten die Beine an der Brust und ihr Ringknebel wurde zusätzlich an den Knien mit einer Kette befestigt. Sie hatte auf einen Dildo verzichtet, dafür aber eine Windel unter die Gummihaut gezogen. Es war klar, dass sie unterwegs nicht *mal eben aufs Klo* gehen konnte. Bewegungsunfähig verpackten wir Nummer 92 in einen extra

für diesen Zweck herbeigeschafften Koffer und verschlossen ihn sorgfältig. Er war eine Sonderanfertigung und hatte innen Ringe und Laschen, wo wir sie zusätzlich gegen Umfallen und Verletzungen anbinden konnten. Zum Abschluss schoben wir ihr einen Schlauch in den Mund und klemmten ihn am Riemen des Knebels fest, sodass sie unterwegs etwas trinken konnte. Dann kam ein Spezialkurierdienst und nahm sie mit. Sie flog in die USA und ich rechnete damit, dass sie wenigstens zwei Tage in dem Ding zubringen würde. Was sie wohl beim Zoll sagen würden? Aber in Anbetracht des Auftraggebers war nicht damit zu rechnen, dass ein einfacher Zollbeamter diese Art von Fracht länger untersuchen durfte. ›Eine tapfere Sklavin‹, dachte ich.

Die neuen Zofen wurden am Abend vor der Ankunft der Novizen ins schwarze Foyer gerufen. Wir erschienen alle nackt und wurden an unserem Halsriemen an die Wand eines langen Flurs gekettet. Jede trug Handschellen und es war Schweigen befohlen. Es war warm und bald schwitzten wir vor uns hin. Endlich erschien Madame. Sie trug ein schwarzes Lackkleid mit hohem Kragen und verchromten Knöpfen. Mir war schleierhaft, wie sie bei dieser Hitze in dem Ding nicht einging.

»Heute erhaltet ihr eure Auszeichnungen. Wir holen jeden einzeln herein und versehen euch mit den Ringen, die eure Herren oder Herrinnen für euch bestellt haben. Ich bin sehr stolz auf euch und werde die Anbringung selbst vornehmen. Wenn ihr gezeichnet seid, geht ihr auf eure neuen Zimmer. Morgen beginnt der Rest eurer Ausbildung und wir erwarten am Abend die neuen Novizen.«

Zuerst holten sie Nummer 96. Er war der einzige Mann, der die Prüfung bestanden hatte. Als er wieder herauskam, zierten ihn zwei Ringe in den Brustwarzen und einer, den man durch die Haut des Hodensackes gezogen hatte. Er lachte etwas verzerrt, als er wieder herauskam.

D löste meine Kette und führte mich in den Raum. Sofort wurde ich an ein Balkenkreuz gestellt und bis zur Unbeweglichkeit gefesselt. Riemen wurden mir um Arme und Beine gelegt, ebenso um den Leib. Es gab kein Spiel zwischen den Fesseln und ich konnte mich keinen Millimeter rühren. Madam schien den Anblick zu genießen wie einen guten Wein. Sie roch an mir.

»Du bist erregt. Du hast keine Angst nicht wahr?«, hauchte sie und öffnete eine kleine Schachtel vor meinen Augen.

Drei Ringe lagen darin. Zwei von der Größe eines Eurostückes und einer der fast doppelt so groß war. Alle trugen einen Diamanten von wenigstens zwei Karat. Wow. Ein Vermögen.

»Robert hat sie selbst ausgesucht. Solche Ringe habe selbst ich selten gesehen. Brillanten aus Antwerpen, eingefasst in reinstes Platin. Er muss eine hohe Meinung von dir haben.«

Sie nickte kurz und D legte mir einen Knebel an, der meinen Mund weit aufzwang. Madame ließ sich einen Hocker bringen und nahm vor mir Platz. Ich konnte sie kaum sehen, weil selbst mein Kopf angeschnallt war. Ich spürte ihre Finger an meinen äußeren Schamlippen und wie sie sie mehrmals kräftig zusammenkniff und nach vorne zog. Der Kniff war heftig und ich grunzte laut, aber dann ließ es auch schon nach.

»So meine Liebe. Schon fertig mit dem ersten Ring.«

Sie stand auf und D hielt mir einen langen Spiegel vor, sodass ich mich sehen konnte. Der große Ring war am oberen Ende meines Spaltes angebracht worden und ich hatte es kaum gespürt. Der schmale Dorn war durch beide Lippen gezogen worden und mit einer kleinen Rastung in der anderen Seite des Ringes befestigt. Der Schmuckstein lag etwa einen daumenbreit unter der Klitoris und war, vor allem jetzt im rasierten Zustand, gut zu sehen.

›Die teuerste Muschi aller Zeiten‹, dachte ich und überlegte, ob ich in Zukunft mit den Dingern in einem Tresor schlafen sollte.

Einfach schick. Wenn Peter das jetzt sehen könnte. Er wollte immer, dass ich Intimschmuck trug, aber wir konnten uns nicht einigen. Ich wollte Ringe zum Fesseln und er irgendwas Teures, das ich vor anderen vorführen konnte. Dieser hier erfüllte sicher beide Zwecke. Der Ring war wenigstens 4 Millimeter dick und daran konnte man schon eine Kette befestigen, ohne Angst zu haben, dass er verbog.

Dann nahm Madame meine rechte Brustwarze und begann sie mit den Fingern zu zwirbeln. Schlagartig wurde ich spitz. Sie sah mir in die Augen und zum ersten Mal erkannte ich, wie sie es genoss, mir Schmerzen zu bereiten. Eine kleine Schweißperle entstand an ihrer Schläfe. Ohne mich aus den Augen zu lassen, sagte sie zu D:

»Sie ist heiß. Leck sie.«

Die Zunge der Sekretärin schob sich unter den Ring und teilte meine Lippen. Langsam tauchte sie tiefer ein. Sie schürzte die Lippen und saugte sich kräftig meinen Kitzler in den Mund. Der Ring behinderte sie nicht ein bisschen und bald spürte ich, wie ihre Lippen den kleinen Nervenknoten durchmassierten. Meine Zitzen standen mittlerweile im Feuer und ich stöhnte, während Madame weiter drehte. Dann zog sie plötzlich sehr kräftig und ich spürte den Stich der Nadel, während ich die Augen schloss. Mit der linken Brustwarze machte sie es genauso, nur dass ich dort keinen Stich spürte. Zwischendurch kam es mir beinahe und D leckte mich so kräftig, als wollte sie verhindern, dass ich auslaufe.

Ich hatte von der Prozedur kaum etwas gespürt und das war sicher nicht immer so. Ich kannte Freundinnen in Hamburg, die beim Piercen den halben Laden zusammengeschrien hatten. Aber das waren auch allesamt Amateure gewesen. Madame White war eine wahre Meisterin der Folter. D band mich los und Madam umarmte mich.

»Du bist eine Bereicherung für alle hier. Schade, dass du gehen willst.«

Ich blieb noch kurz vor dem Spiegel stehen und bewunderte mich, während D die Nächste hereinführte. Die Ringe sahen toll aus und ich trug sie für meinen Herrn, Robert Presch.

Der Herr der Ringe, ich musste schmunzeln, als ich daran dachte und an den Wartenden vorbeiging. Wahrscheinlich hielt mich jetzt jeder der anderen für komplett durchgeknallt. Als ich mein Zimmer betrat, lag meine neue Ausstattung schon bereit. Ich probierte sie kurz an und schaute erneut in den Spiegel. Mein Halsband mit meiner Nummer blinkte und warf einen Lichtstrahl aus dem Spiegel zurück in mein Auge. Schwarzer Rock, weiße Bluse mit kleinen Rüschen. Die kleine weiße Schürze und die Lackschuhe. Alles neu und in fünffacher Ausfertigung vorhanden.

Ich bürstete mein Haar und sah gedankenverloren in den Spiegel. Da war ich also. Sabine Zeiger, Zofe und Sklavin. Mit Schmuckstücken am Körper, die im Wert vermutlich meinem bisherigen Lebenseinkommen entsprachen. Vor wenigen Monaten stand ich noch am Rande der Armut und der wichtigste Mensch, den ich kannte, war der SM-Studiobesitzer in Lokstedt, der Kontakte zu Mitgliedern des Senats hatte. Und jetzt? Ich war mit einem Schauspieler, der wie ein James Bond Darsteller aussah, essen gewesen und im Hotel hielten sich mehr Prominente auf, als ich Haare auf dem Kopf trug. Überall um mich herum Wohlstand und Luxus. Was war bloß geschehen? Mein Herz klopfte, weil ich mein Glück kaum fassen konnte.

Am nächsten Tag kamen die Neuen. Die Haare streng zurückgekämmt und mit Kleid und Häubchen versehen, wartete ich zusammen mit anderen in der Halle. Nicht alle Zofen erhielten eine Novizin. Nur die besten bekamen eine Gerte, die einem zum Ausbilder ermächtigte. Es war Mitternacht, als die drei Neuen gebracht wurden. Zwei Frauen und ein Mann.

»Gott! Bloß nicht den Mann«, hoffte ich.

Ich dachte dabei an Nummer 16, der sich nicht eben geschickt angestellt hatte und seiner Lehrzofe manchen Freitag mit versaut hatte. Dreimal nacheinander verschwanden sie im schwarzen Foyer. Doch ich hatte kein Glück.

»Nummer 43 du erhältst Nummer 20«, sagte Madame und drückte mir die Kette seines Halsbandes in die Hand.

Ich hatte den Mann. Auch das noch. Widerspruchslos zog ich mit ihm davon. Während ich zu unserem Zimmern ging, kam D hinter mir her und flüsterte leise:

»Hör zu. Ich weiß etwas über ihn. Ich erinnere mich, dass er vor Jahren schon mal mit einem Pärchen aus Portugal hier war. Er ist eine Transe und sie wollen ihn zu einem Mädchen umerziehen. Er braucht eine strenge Hand.«

»Und warum erzählst du mir das?«

»Weil ich dich mag und du Madam in Ruhe lässt. Außerdem, wenn die Zofen zu lasch mit ihren Sklaven umgehen, werden sie zurückgestuft und öfter bestraft. Du sollst doch noch nach London zu Lady Pain? Sieh das hier als einen Test, ob du zur Herrin taugst. Madame hat ernstes Interesse daran, dass du es nicht schaffst und vielleicht doch noch in ihre Dienste trittst.«

Ich blieb vor Schreck stehen, sodass Nummer 20 gegen mich lief. Sofort nahm ich die Gerte und zog ihm einen Hieb über die Schenkel.

»Pass doch auf du Trampel«, herrschte ich ihn an und er sank sofort auf die Knie.

Also gab es eine Intrige gegen mich. Madame verfolgte offenbar ihre eigenen Ziele innerhalb des Zirkels. Man munkelte, dass sie die heimliche Herrin des Hotels war und es in der jüngeren Vergangenheit schon häufiger zum Streit mit Herrn Ravel über ihre Methoden und ihren Führungsstil gekommen war.

D lief eilig zurück. Ich sollte vorsichtig sein. Nur noch sechs Wochen und ich wäre hier weg. Bis dahin durfte ich keinen Fehler machen.

»Los komm hoch.«

Ich zog den Sklaven hinter mir her und genoss es meinen Zorn etwas abzubauen. Nummer 20 sah aus wie ein Sklave aus dem Katalog. Lange blonde Haare und eine Taille, für die manches Model viel Geld ausgeben musste. Feminine Züge, wohin man blickte, dazu eine straffe Muskulatur. Ein Hintern, auf dem man sprichwörtlich Nüsse knacken konnte. Das Vorderteil war ebenfalls gut bestückt.

Ich führte ihn in sein Zimmer und wies ihn in die wichtigsten Regeln ein, aber zu meinem Erstaunen war er bestens informiert. Seine Herrin war ebenfalls schon hier gewesen und hatte ihm davon erzählt.

»Na dann ist ja alles bestens. Morgen pünktlich in meinem Zimmer und vergiss dein Kleid nicht«, sagte ich und schwang zum Spaß drohend die Gerte.

Nummer 20 fiel sofort auf die Knie, aber ich ignorierte ihn und ging müde zu Bett.

Am nächsten Morgen stand Nummer 20 pünktlich vor meinem Bett. Ich pfiff leise durch die Zähne, als ich ihn in seinem Novizinnen-Outfit ansah. Die langen Haare streng zurückgekämmt, ein wenig Schminke. Total weiblich fand ich. Er half mir in mein Kostüm und machte mein Frühstück. Am Abend des ersten Tages gingen wir gemeinsam in das Bad und ich erfuhr ein wenig von ihm.

Seine Herrschaft hatte ihn auf seinen eigenen Wunsch hergeschickt. Er wollte Hauswirtschaft lernen, um später als *Frau* besser klarzukommen. Er war schon lange Transvestit und der größte Teil seiner Zeit ging damit verloren, sich eine passende Figur anzutrainieren. Er hatte Maschinenbau in Bern studiert und in der biederen Schweiz einen Skandal ausgelöst, als er in Frauenkleidern zum Examen antrat. Seine Herrschaft waren betuchte Leute und hatten ihm bei Abschluss der Ausbildung eine Geschlechtsumwandlung in Aussicht gestellt. Stolz hatte er mir ein Bild gezeigt, das ein Chirurg am Computer für ihn angefertigt hatte.

»Zuerst mache ich eine Hormonkur für die Brüste. Wenn sie etwas gewachsen sind, lasse ich mir etwas Silikon unterlegen. Das macht sie fester und gefälliger.«

Er zeigte mit den Händen die Größe, die er sich vorgestellt hatte.

»Sie verengen meine Augen und legen die Lippen in eine gefällige Form. Dann kommt der Hauptteil. Sie formen aus dem Fleisch eine richtige Vagina. Stell dir vor, der Arzt sagt, dass er mir eine Klitoris fertigen kann, die genauso funktioniert wie deine«, dabei leuchteten die Augen des Mannes wie zwei Taschenlampen.

Er hatte es nicht übermäßig eilig damit und meinte, dass er nicht zu den Trauerklößen gehörte, die ihren Körper hassten und von einer Depression in die nächste fielen.

»Ich weiß, seit ich dreizehn bin, dass ich eigentlich eine Frau bin. Jetzt bin ich fünfundzwanzig, und wenn es noch ein Jahr dauert, bis es so weit ist, sterbe ich daran auch nicht.«

Am nächsten Tag hatten wir Dienst im geschlossen Hotelbereich. Zusammen betraten wir das erste Zimmer und es war leer. Wir beseitigten die Reste einer offenbar wilden Orgie, die etwas mit Nylonstrümpfen zu tun gehabt haben musste. Überall lagen benutzte

Strümpfe in allen Farben herum. Nummer 20 roch an einigen und warf sie mit einem bedauernden Kopfschütteln in den Müllsack. Im nächsten Raum waren noch Gäste. Ein schwarzes Pärchen vergnügte sich auf dem Teppich miteinander und wir ignorierten sie. Der Mann nahm die Frau kräftig von hinten und ich bemühte mich ernsthaft, nicht von der Szene und den Geräuschen, die sie machten, abgelenkt zu werden. Wir bezogen eben die Betten neu, als der Mann nach uns rief:

»Wo kann man sie hier fesseln lassen?« Mit einem breiten Grinsen zeigte er auf die superaussehende Frau, die sich verschämt den feuchten Schritt kratzte.

»Hier finden sie die Fesselutensilien.«

Ich öffnete die Schränke und einige Schubladen und der Schwarze nahm einige davon in Augenschein. Ich zeigte ihm noch die drei Lederräume, die am Ende des Ganges waren und seine Augen rollten vor Freude darüber. Er war wohl zum ersten Mal hier.

»Sie kommen mit und werden sie für mich anbinden. Vielleicht werden Sie sie auch für mich peitschen. Mal sehen.«

»Wie Sie befehlen«, antwortete ich und der Schwarze brach in freudiges Gelächter aus.

Er schickte die Frau zum Duschen, während wir das letzte Zimmer herrichten. Hinterher trafen wir uns alle in dem Raum für Leder- und Bondagespiele wieder.

»Fesselt sie. Am besten so, dass sie steht.«

Der Schwarze schien wenig Ahnung zu haben, wie so etwas vor sich ging und ich schob die Frau unter den *Rahmen*. Der Rahmen war eine Holzkonstruktion, die in Abständen von zwanzig Zentimetern Ringe besaß, an denen man einen Körper in fast jeder beliebigen Position anbinden konnte. Ich wunderte mich selbst, wie leicht es mir fiel. Nummer 20 stellte sich ebenfalls geschickt an und bald war die nackte Frau aufgespreizt wie ein Adler. Breite Ledermanschetten um die Gelenke fixierten sie über kleine Spannvorrichtungen bewegungslos in dem Rahmen.

»Höher! Ihre Füße sollen in der Luft hängen«, ermunterte uns der Mann und wir zogen die Seile straffer, bis sich die Frau vom Boden hob.

Wir legten ihr ein breites Halsband um, sodass ihr Kopf nicht unkontrolliert pendeln konnte und sie sich nicht einen steifen Nacken holte. Der Mann trat zu ihr und beide lächelten sich verliebt an. Fast zaghaft fasste er ihr in den Schritt und zwirbelte ein bisschen ihre üppig behaarte Scham. Die Frau kam auf Touren, das konnte man deutlich sehen.

»Ist sie nicht schön? In ihrer Heimat ist sie eine erfolgreiche Geschäftsfrau, aber hier ist sie nur eine Sklavin«, stellte er sie uns etwas abfällig vor.

Dann riss er ihr mit einem Ruck ein kleines Büschel Schamhaare aus. Der folgende Schrei war so laut, dass ich vor Schreck zusammenzuckte. Nummer 20 reagierte schneller als ich und hielt dem Schwarzen einen Aschenbecher hin, damit er die Haare ablegen konnte.

»Mehr«, flüsterte die Frau mit kehliger Stimme und ich zog verwundert die Brauen nach oben.

Das war aber eine ganz Harte.

»Geben Sie mir eine Peitsche.«

Ich holte drei Modelle. Eine Hundepeitsche mit einem einen Meter langen geflochtenen Riemen, die er aber verschmähte. Eine *Neuner* mit langen roten Schnüren und einem Nieten beschlagenen Griff. Er schlug sie dreimal zur Probe durch die Luft und warf sie in die Ecke. Dann nahm er die Letzte in die Hand. Einen Ochsenziemer, der mit feinem Leder bespannt war. Eines der übelsten Instrumente, dass ich je kennengelernt hatte. Ein Hieb damit und die Haut platzte wie eine Eierschale auf.

In Hamburg gab es eine Gruppe schwuler Männer, die sich regelmäßig zu *Straftagen* auf einen Hof außerhalb der Stadt trafen. Jochen war einer von ihnen. Jochen war ein Arbeitskollege von Peter gewesen und gehörte zur ganz harten Sorte von Homos. Er hatte sich schon mit Stacheldraht fesseln lassen und sein Rücken trug vermutlich mehr Narben als die der meisten Afghanistankämpfer. Eines Tages rief einer seiner Freunde an und fragte, ob wir ihn abholen könnten. Peter und ich fuhren zu dem besagten Hof und fanden unseren Freund arg zerzaust auf einem Sofa vor. Er hatte dreißig Hiebe mit einem Ziemer ausgehalten und sah aus als wäre er durch einen überdimensionalen Eierschneider gelaufen. Damals warf ich einen Blick in den *Strafraum*, wo sich drei junge Männer anschickten, einen älteren vorzubereiten. Nie vergesse ich den ersten Schlag, den der Mann auf den Hintern bekam. Er schrie wie am Spieß und eine feine Blutrinne öffnete sich auf der Haut.

»Das ist das Richtige«, sagte der Schwarze und schlug den ersten Hieb ansatzlos über die Schenkel der Frau. Ein hoher Schrei war die Folge.

»Knebeln. Holen Sie einen Knebel.«

Ich stopfte der Frau einen Ball-Gag aus Schaumgummi zwischen die Zähne und war froh, dass uns der Mann aus dem Raum warf. Ich war so heiß geworden, dass ich am liebsten mitgemacht hätte.

An den nächsten Tagen arbeitete ich in der Küche und einmal fuhr ich mit dem Chefkoch nach Rom zum Einkaufen. Der Mann war ein echter Italiener, der mir seine Hauptstadt mit der tief verwurzelten Liebe eines Römers zeigte. Er schleifte mich von einer Sehenswürdigkeit zur nächsten und bestand darauf, dass ich im Vatikan einen Kardinal, den er wahrscheinlich über hundert Ecken hinweg kannte, begrüße. Der Würdenträger war sehr freundlich und musterte mich wie ein Stück Fleisch, das er am liebsten gleich verspeisen würde. Auch Gottesmänner sind nur Männer. Der Einkauf war fast Nebensache, doch die Pasta im Restaurant des Großmarktes war die köstlichste, die ich je gegessen hatte.

»Teure Restaurants hat Rom viele, aber gute Köche? Nein! Ein Koch kocht für die Menschen. Hier sind die Menschen«, meinte der Koch, dessen Kleider sicher eine längst fällige Wäsche vertragen konnten.

»Im Hotel wissen sie es nicht zu würdigen. Sie kennen uns nicht einmal oder haben Sie je erlebt, dass einer der Gäste in die Küche gekommen ist?«, beklagte sich unser Chefkoch mit leichter Bitterkeit in der Stimme.

›Irgendwie sind Köche wie Künstler‹, dachte ich, ›ständig meinen sie, dass ihr Tun nicht ausreichend gewürdigt wird.‹

Meine Gedanken wurden unterbrochen, da ich von einer merkwürdigen Straßenkontrolle überrascht wurde. Nachdem wir von der Hauptstraße abgebogen waren, stoppten uns drei wild aussehende Gestalten mitten in einem Olivenwäldchen. Alle waren bewaffnet, aber der Koch sprach einige ruhige Worte mit ihnen.

»Es sind Bewohner der umliegenden Dörfer. Sie bewachen das Anwesen schon seit Generationen.«

»Warum denn das?«

»Nun Sie kennen die Geschichte des Schlosses nicht. Vor langer Zeit, während des Krieges zwischen dem Papst und Kaiser Friedrich, stellten sich die Ravellis mit ihren Kriegern auf die Seite der Kirche. Zum Dank für ihren Anteil am Sieg gegen den Staufer erhielten sie vom Papst Schloss Ravel und alles Land darum als Erblehen.«

»Was ist ein Erblehen?«

»Das Land gehört praktisch der Familie und nicht mehr dem Staat. Sie ist nur dem Staatsoberhaupt gegenüber Rechenschaft schuldig. So war es zumindest, bis Garibaldi den König Italiens stürzte. Aber trotzdem gelten die Ravellis immer noch als eine der einflussreichsten Familien des Landes.«

»Und die Bauern?«

»Die Ravellis haben sich seither immer um die Bauern der Gegend gekümmert. Der Vater des jetzigen Schlossherrn hat eine Schule und ein eigenes Krankenhaus erbaut und es ist für alle kostenfrei. Die Abgaben sind gering, und obwohl der Boden nicht viel abwirft, hat keine Familie seit Jahrhunderten den Boden der Ravellis verlassen. Seine Unversehrtheit ist ihr bester Schutz. Niemand kommt an den Männern der Dörfer vorbei. Sie werden hier auch keinen Journalisten, oder wie wir sagen würden, Paparazzo sehen. Er käme kaum lebend in die Nähe der Anlage.«

Eben dachte ich noch an einen Hubschrauber, wie ihn vor allem amerikanische Fotografen benutzen, um Prominente beim Baden abzulichten, als ich die Waffen der Männer ansah, moderne automatische Gewehre. Diese Leute würden auch anderes in ihrem Besitz haben und ich vermutete, dass kein Polizist hier größere Nachforschungen anstellen durfte, wenn plötzlich ein unbeliebter Mitmensch verschwand. Wir wurden noch dreimal angehalten und langsam bekam ich eine Vorstellung, wie groß das Land der Ravellis war. Der Koch zeigte mir verschiedene Einrichtungen, die man hier erbaut hatte.

»Es gibt eine Tuchfabrik, in der die Frauen arbeiten. Sie weben in Handarbeit und ohne die Hast eines Industriebetriebes feine Stoffe für die Möbelindustrie. Wir haben ein eigenes Handelskontor für die landwirtschaftlichen Produkte und eine Seilerei. Aber die arbeitet nur für den eigenen Bedarf«, dabei sah er mich an und grinste breit.

Wir fuhren über einen Hügel und nun sah ich zum ersten Mal die ganze Schönheit des *roten Schlosses*. Sein Name kam von den Rosenranken, die sich über die gesamte Anlage hinzogen und während der Rosenblüte dem Schloss einen roten Mantel gaben. Es war eine richtige Ritterburg mit Türmen, die man in den letzten Jahren, sicher für nicht wenig Geld, komplett renoviert hatte.

Wir bogen vom Hauptweg ab und fuhren von hinten an das Schloss heran, wo die Küche untergebracht war. Ich half noch beim Ausladen, und da die Zeit weit überschritten war, ging ich zurück, um zu baden.

»Madame hat Sie gesucht! Sie sollen sich nach ihrer Ankunft sofort bei ihr melden«, empfing mich Nummer 20 und half mir aus den Sachen.

Ich roch nach Pizza und Imbissfett und beeilte mich fertig zu werden.

»Hat sie gesagt, was sie will?«

»Nein, aber ihre Sekretärin hat gemeint, dass es wegen Freitag ist. Sie wissen schon der Straftag.«

Mist! Jetzt kam die Retourkutsche für meine Verweigerung, ihr dienen zu wollen.

»Hast du irgendwelchen Mist gemacht?«

»Nein. Ich habe den ganzen Tag im Weinkeller zugebracht und gelernt. Mir ist nicht bewusst, was schiefgelaufen sein könnte.«

Nummer 20 sprach ein wenig gequält und konnte auch kaum eine Sekunde ruhig stehen.

»Was ist los? Musst du mal?«, lachte ich und schlüpfte in meinen Rock. Er zog stumm das Kleid hoch und ich sah, dass jemand seinen Hodenansatz mit einer feinen Kette stramm abgebunden hatte. Ein kleines Schloss zierte seine arg strapazierte Mannespracht.

»Madame?«

Nummer 20 nickte nur und ich unterließ es zu fragen, wofür es war. Ich zog den Rest an und klopfte an Madams Tür. D öffnete und in ihrem Mund steckte ein Schwanzknebel, der vorne aus dem Riemengeschirr herausragte. Er glänzte feucht und die Sekretärin war ziemlich außer Atem.

»Ah! Du bist es. Komm herein, wir waren sowieso gerade fertig«, hörte ich Madams erregte Stimme.

Die Mistress lag nackt mit gespreizten Beinen auf dem Bett und ich ahnte, wo das Schwanzstück eben noch gesteckt hatte. D verschwand im Bad und ich trat näher. Madame stellte sich hin und schenkte sich einen Tee ein.

»Du auch?«, fragte sie und ihr Lächeln erinnerte mich wieder an einen Vampir.

Ihre Eckzähne kamen mir heute besonders lang vor. Ich nickte.

»Setz dich. Wir haben etwas zu besprechen.«

D erschien wieder und reinigte den Schritt ihrer Herrin mit einem warmen Waschlappen, bevor wir uns setzten. Madame winkte und D entfernte sich sofort wie ein Hund.

»Du bist mit der Ausbildung für jetzt fertig. Dein Herr hat angerufen, weil er deine Dienste dringend braucht und mich gefragt, ob du die Kenntnisse erworben hast, die er verlangt hat. Ich habe nur zur Hälfte ja gesagt und du wirst später noch einmal hierher kommen und das Versäumte nachholen. Mir gefällt es zwar nicht, aber darüber bestimme ich nicht allein. Herr Ravel hat ebenfalls zugestimmt und damit ziehst du morgen in das Hotel um.«

Das war aber eine wirkliche Überraschung.

»Wann kommt Herr Presch und holt mich ab?«

»Er wird dich einen Tag vor dem Ball treffen.«

Der große Maskenball des Zirkels.

Am Ende der Woche würde das gesamte Schloss nur den Mitgliedern des Zirkels gehören. Niemand anderes konnte zu diesem Zeitpunkt ein Zimmer buchen. Man war sozusagen unter sich.

»Deine Novizin wirst du an Nummer 34 übergeben. Sie ist bereits informiert.«

Madame musterte mich mit einem kalten Blick, der mir ein wenig Furcht einjagte.

»Und noch etwas. Das Hotel im Rahmen seiner Pflichten zu verlassen, ist völlig in Ordnung, aber es steht dir nicht zu, lange Diskussionen mit den Bediensteten zu führen. Der Koch ist der Koch und nicht mehr. Er hat zu dienen wie alle hier und keine Moralphilosophien zu verbreiten. Merke dir für die Zukunft, es gibt Herrschende und Beherrschte. Und solltest du mal irgendwann zu den Ersteren zählen wollen, dann wahre etwas Abstand oder du wirst es bereuen!«

Ich senkte gehorsam den Kopf, weil ich Madame nicht noch zu schlimmeren herausfordern wollte. Trotzdem war ich empört. Herrschende? Beherrschte?
Nach meinem Empfinden bezog sich das auf eine spezielle Veranlagung und nicht auf die Menschheit. Dieser Koch war ein normaler Mann, mit Ansichten die sicher drei Viertel der Welt teilen würden. Was maßte sich Madam hier an? Wollte sie das feudale Mittelalter wieder einführen, wo es nur Herrschende und Rechtlose gab? Meine Vorstellungen von Unterwerfung hörten bei dem Respekt vor dem anderen auf, der meine Veranlagung nicht teilte und ich wusste, dass Robert das genauso sah. Vielleicht vergaß Madame auch wegen ihrer Position hier, wie das wirkliche Leben funktionierte. Was wenn sie plötzlich die *Unterworfene* sein würde? Ob sie dann auch noch so reden würde?

»Hier ist der Schlüssel für deine Novizin. Und sag ihm, dass er nie wieder mit einem Ständer durch die Gegend laufen soll, sonst geht es ihm schlecht!«

Wortlos nahm ich den Schlüssel für die Kette und ging wütend in mein Zimmer. Am nächsten Morgen zog ich um. Ich bezog ein Zimmer im *normalen Teil* des Hotels und ließ es mir einen Tag gut gehen.

»Alles ist für Zirkelmitglieder und deren Gäste inklusive. Machen Sie sich keine Sorgen«, sagte mir die Bademeisterin, während ich die aushängende Preisliste studierte.

Das war ja auch kein Wunder, eine Nacht kostete hier so viel, wie ich im Monat verdiente. Die Massagen und das Schwimmbad waren himmlisch, und als Robert und Nora eintrafen, hatte ich mir gerade eine Maniküre der Extraklasse gegönnt.

Ich berichtete von den vergangenen Wochen und musste den beiden meine Ringe vorführen. Dazu lud uns Robert zum Nachmittag in einen der *Schwarzen Räume*.

Pünktlich erwarteten wir unseren Herrn, nackt und fertig beringt auf dem Teppich kniend. Nora trug ebenfalls ihre Ringe und ich staunte. Rubine, so groß wie ein Fünfcent-Stück. Eingefasst in schweres Hartgold, zierten sie ihre Brüste und Schamlippen. Zusätzlich trug sie noch einen Nasenring und das schimmernde Gold war ein wirklich edler Kontrast zu ihrer dunklen Haut. Eine Sklavin wie aus *Tausendundeiner Nacht*. Ich dachte an das Märchen und fragte mich, ob wohl Harun El Raschid, der legendäre Kalif, von solchen *Fabelwesen* bedient worden war.

Nora hatte einige frische Striemen, wie ich erkennen konnte und als ob sie meine Gedanken lesen konnte, sagte sie:

»Die sind nicht von Robert. Ich war eine Woche zu Hause im Jemen. Meine Mutter hatte sich das Vergnügen nicht nehmen lassen, mir und meiner Schwester zu zeigen, was sie sich in der Zwischenzeit neu angeschafft hatte.«

»Sie schlägt dich?«

»Meine Mutter ist eine Sadistin der Extraklasse. Sie hat mich als junges Mädchen auf meine wahre Veranlagung aufmerksam gemacht und mich entsprechend gefördert. Ohne sie wäre ich vielleicht die Frau irgendeines kleinen Emirs geworden und wüsste gar nicht, was in mir schlummert.«

Und das im Jemen? Ich dachte immer an einen rückständigen Staat, der außer Wüste und Krummdolchen in den Schärpen der Männer nichts zu bieten hatte. Aber das hier waren ja richtig moderne Ansichten.

»Wie hat sie dich denn gefördert?«

»Oh. Meine Ma ist eine gute Beobachterin. Sie hat uns Mädchen zugesehen, wenn wir in den Kellern unseres Hauses spielten. Mein Lieblingsplatz war die Folterkammer, und nachdem sie uns halbwüchsige Mädchen dreimal dabei beobachtet hatte, wie wir uns gegenseitig fesselten, sprach sie uns darauf an. Bis wir aufs Internat gingen, wies sie uns sehr behutsam in die Welt von Schmerz und Lust ein und ich bin ihr heute sehr dankbar dafür. So verloren wir nicht frühzeitig den Kopf und machten eine Dummheit, die uns später einmal leidtun würde.«

»Folterkammer? Ist das noch üblich im Jemen?«

»Nein. Mein Vater ist ein moderner Emir. Mein Bruder sitzt sogar im Parlament und wird sicher irgendwann einen Ministerposten besetzen. Das Haus der Familie stammt aus dem 13. Jahrhundert und hat sogar noch ein richtiges Verlies.«

Dann öffnete sich die Tür und Robert erschien mit einer CD und mit einer Flasche Champagner unter dem Arm.

»So! Nun wollen wir uns mal zur Einstimmung unsere Sabine ansehen, wie sie vor dem Gericht stand«, lachte er und wir knieten vor dem Tisch, während er auf dem Sessel Platz nahm. Jede erhielt ein Glas Champagner und wir sahen uns den wirklich anregenden Film gemeinsam an. Ich sah aufgekratzt zu, wie ich auf den Dildo abgesenkt wurde. Ich konnte mich gar nicht daran erinnern, so laut geschrien zu haben. Der Ton war sehr gut ausgesteuert und laut genug, um das Einrasten der Federn an meinen Fußketten zu hören. Dann begann ich auf dem Bock herumzuturnen, soweit es die Fesseln zuließen, und stöhnte vor mich hin. Wahnsinn! War das wirklich ich? Ich hatte mich noch nie selbst dabei gesehen.

»Nora! Fessele sie in den Rahmen. Mit dem Kopf nach unten«, sagte Robert beiläufig und schenkte sich neuen Champagner ein.

Wir beiden Frauen standen auf und gingen zu dem Fesselgestell. Nora und ich hatten einen Trick ersonnen, um es uns leichter dabei zu machen. Dank des harten Sporttrainings konnten wir beide einen kontrollierten Handstand und so brauchten man nicht erst lange mit den Seilzügen aufgezogen werden. Ich half ihr, mir die Fuß- und Handfesseln anzulegen und stand geduldig, fast eine Minute Kopf, bis ich sicher in dem Rahmen angebunden war. Nora zog die Fesseln straff, so wie Robert es liebte und wartete ab.

»Hol mir die Gewichte.«

Sie holte aus einer Schublade einen Holzkasten mit kleinen polierten Eisenbarren, an die jemand kleine Haken angelötet hatte. Ich hing mit dem Kopf nach unten und konnte im Fernseher zusehen, wie Madame zu mir trat und meinen Kopf streichelte. Robert stand auf und nahm eines der Gewichte und hängte es an den großen Ring, der meine Schamlippen durchbohrte. Autsch. Das zog aber. Doch ich war schlagartig geil. Im Fernseher schlug mich Madame eben und ich brüllte, was das Zeug hielt. Ich konnte nichts dagegen tun, aber ich schrie kurz vor Lust auf. Die nächsten beiden Gewichte landeten in den Brustringen und ich fing an zu schnauben. Gott im Himmel! Meine Nippel explodierten förmlich vor Schmerz. Robert nahm einen von ihnen und bewegte ihn mit dem Finger langsam hin und her. Ich zog an den Fesseln. Für eine Hand in meinem Schritt hätte ich jetzt alles gegeben.

Es war so wie früher bei Herrin Daniela. Sie hatte ein Faible für Brustwarzen und drehte sie gerne zwischen Daumen und Zeigefinger herum. Ich kam zwar höchst selten dabei, aber es brachte einen schnell hoch.

Robert nahm weitere Gewichte und machte dasselbe bei Nora, die bewegungslos danebenstand. Sie verzog keine Mine. Auch nicht, als er ihr ein besonders großes Stück zusätzlich an die Lippen hängte. Wow. Die Dinger zogen das Fleisch ordentlich in die Länge und es musste sicher sehr unangenehm sein. Doch Nora ließ ihre Hände hinter dem Rücken. Robert senkte seine Hand in ihren Schritt und massierte den kleinen Knopf ihres Lustzentrums. Jetzt zeigte sie die erste Reaktion. Sie ging etwas in die Knie und stöhnte leise. Ich konnte deutlich den Schleimfaden sehen, der sich an ihrem Oberschenkel zu einem dicken Tropfen sammelte. Robert verstärkte den Druck und plötzlich schrie Nora vor Lust. Jetzt konnte sie sich auch nicht mehr halten und fiel auf die Knie. Robert öffnete seine Hose und schob mir seinen steifen Schwanz in den Mund. Während ich meine Zunge kreisen ließ, spürte ich seine Fingerspitze auf meinem Kitzler. Sehr vorsichtig drückte ich die Spitze das Fleisch zusammen und erhöhte den Druck. Ich kam ordentlich auf Touren und schmatzte an dem Penis in meinem Mund. Sein Fingernagel stand ein bisschen vor und als er anfing leicht zu rotieren, war es um mich geschehen. In meinen Schrei hinein entlud er sich und leider konnte ich es nicht verhindern, dass mir ein Teil aus dem Mund lief. Wir waren exakt zum gleichen Zeitpunkt gekommen. Mein Blick fiel auf den Fernseher, wo Madame gerade zu einem weiteren wuchtigen Hieb auf meine Kehrseite ausholte. Mein Schoß zuckte, als würde er unter Strom stehen und ich wütete in meinen Fesseln wie ein Berserker, um freizukommen. Gott hatte ich das vermisst.

Nora machte mich los und wir gingen zusammen noch auf einen Drink in die Hotelbar. Herr Ravel und sein Sohn schienen uns zu erwarten.

»Robert. Mein Freund!«

Die Männer und Nora umarmten sich. Dann fielen ihre Blicke auf mich.

»Das ist also deine Neue. Signora Zeiger! Herzlich willkommen bei uns. Ich hoffe, die ersten Wochen im roten Schloss haben Ihnen gefallen?«

Ich musste mich erst wieder daran gewöhnen nicht mit meiner Nummer angesprochen zu werden und sah einige Sekunden lang hilflos zu Robert. Der Alte gab mir die Hand und zeigte auf seinen Sohn. Die Ähnlichkeit war verblüffend und beide sahen super aus. Der einzige Unterschied waren die graustichigen Haare und einige Lachfalten mehr beim Senior, ansonsten hätten sie Brüder sein können.

»Danke Herr Ravel, dass ich bei Ihnen sein durfte.«

»Oh bitte Signora Zeiger. Nennen Sie mich Fabrizio und das ist Viktor, mein Sohn und Erbe.«

»Sehr gerne. Ich heiße Sabine«, antwortet ich in seiner Landessprache und ein Lächeln überzog das Gesicht des Alten.

»Mistress White hat nicht zuviel versprochen. Sie meinte, dass Sie die beste Schülerin seit Jahren sind. Kein Wunder, dass Madame Sie gerne übernommen hätte.«

Ich sah zu Robert.

»Nein. Keine Angst. Sie kriegt Sie nicht. Innerhalb des Zirkels müssen Herren und Sklaven zustimmen, um einander zu verlassen. Nur wenn beide Parteien einverstanden sind, ist es möglich.«

»Es sei denn, einer von beiden verkündet die Trennung«, hörte ich hinter mir plötzlich die Stimme des *Vampirs*.

Sie war so leise zu uns getreten, dass ich sie überhört hatte.

»Ja, aber es sieht im Augenblick wohl nicht so aus Madame«, antwortete Robert mit einer Spur Reserviertheit in der Stimme.

»Na ja. Vielleicht später«, gurrte die Mistress und sah mich an wie ein Raubtier die Beute, bevor sie weiterging.

D stolperte ihr hinterher. Ihr Gang sah etwas ungelenk aus. Vermutlich ließ Madame sie einen oder zwei Dildos tragen. Sie warf mir einen traurigen Blick zu. Die Männer gingen zum Billard und ich gönnte mir, mit Nora, einen *Tequila Sunrise*.

»Was ist die Trennung?«

Ich hatte schon von vielen Ritualen in der SM-Szene gehört und alle waren irgendwelche Gesetze, die man sich ausgedacht hatte, um die Begriffe Sklave und Herr zu definieren. Aber in der Regel brauchte man sie nicht ernst zu nehmen.

»Die Trennung bedeutet, dass du oder dein Herr nicht mehr mit dem Anderen zusammenleben will. Das kann aus persönlichen Gründen sein oder, was hin und wieder vorkommt, aus Altersgründen.«

»Und was macht man dann?«

»Auf der Jahreshauptversammlung des Zirkels werden solche Fälle geregelt. Es gibt eine Art Gericht und man muss seinen Fall vorher einreichen. Das Gericht wird jedes Jahr neu gewählt und hört sich die

Belange beider Parteien an und spricht dann das Urteil. Eine Sklavin möchte ihren Herrn verlassen, weil sie zum Beispiel heiraten will und ihr Herr aber zu alt oder schon verehelicht ist. Dann wird sie, wie vor einem ordentlichen Gericht, aus dem Sklavenstand entlassen und ihr Herr muss sich eine Neue suchen.«

»Und wenn sie trotzdem bleiben will. Sagen wir mal als Mitglied ohne Herrn?«

»Dann muss sie ihren Ehemann überzeugen, Mitglied zu werden. Natürlich nur, sofern sie es sich leisten können. Aber das ist selten der Fall. Meist geben Herren oder Herrinnen Sklaven ab, weil es ihnen zuviel wird oder sie einfach keine Zeit mehr füreinander haben. Sklaven allein gibt es nicht im Zirkel.«

Ich spürte, wie mir der Alkohol zu Kopf stieg.

»Was ist eigentlich, wenn ein Herr seine Sklavin überfordert. Sie übermäßig schlägt zum Beispiel?«

»Wenn solch eine Beschwerde erfolgt, reagiert das amtierende Gericht sofort und schickt Vertreter, um den Fall zu untersuchen. Sollte sich die Anschuldigung als wahr herausstellen, droht dem Herrn oder der Herrin der Ausschluss aus dem Zirkel.«

»Und? Das hilft dem Sklaven doch auch nicht.«

»Da sei beruhigt. In all den Jahren ist es noch nie vorgekommen. Du kannst dir kaum vorstellen, wer alles Mitglied ist und welche Geschäftsbeziehungen hier geknüpft worden sind. Für die meisten ist die Mitgliedschaft im Zirkel nicht allein ein Ort der Befriedigung, sondern sie sind auch Mitglied, um dazu zugehören. Ein Ausschluss aus diesen Kreisen wäre für viele der finanzielle und gesellschaftliche Selbstmord.«

»Werden *diese Leute* auch übermorgen bei dem Ball dabei sein?«

»Sicher viele von ihnen, aber wohl nicht alle. Die Prominenten, allen voran die Wirtschaftsbosse und Politiker können sich nicht mal ebenso frei machen, aber ich denke, dass die Mehrzahl der Künstler kommen wird. Es ist immer ganz lustig, auch wenn sie für sich noch einen eigenen VIP-Bereich im Schloss erhalten.«

»Werden wir sie kennenlernen?«, flüsterte ich neugierig und trank den Rest meines Drinks aus.

»Ich schon. Du nicht. Solange du kein vollständiges Mitglied bist, werden sie dich kaum in die Nähe des VIP-Bereichs lassen. Geheimhaltung! Das verstehst du sicher«, lachte Nora und trank ihren zweiten *Mai Tai* aus. Die Frau hatte vielleicht ein Stehvermögen.

»Aber ich könnte ihnen doch auch im schwarzen Foyer begegnen. Ich war sechs Wochen hier und ...«

»Du solltest dich nicht unbedingt darum reißen. Wenn es so weit ist, frage auf jeden Fall Robert vorher. Er ist für dich verantwortlich und ein falsches Wort von dir und er kriegt richtigen Ärger mit dem Zirkel. Im VIP-Bereich findest du Leute, die verstehen keinen Spaß, wenn es um ihren Ruf geht. Gar keinen. Verstehst du?«, sagte Nora ernst und bestellte uns noch zwei Cocktails.

Mein Kopf hatte genau die Schwere, die er für das Bett brauchte und ich wollte mich eben verabschieden, als die Männer zurückkamen. Mit einem weiteren Tequila in der Hand, sprachen wir noch über das, was Robert demnächst geschäftlich unternehmen würde.

»Wir feiern übermorgen den Ball mit und am Ende der Woche fliegen wir beide nach Japan. Dort werden wir einige Tage bleiben und mit Sato verhandeln. Nora kehrt derweil zurück ins Haus. Die Geschäfte werden wenige Tage in Anspruch nehmen. Sie fahren nicht nur zum Übersetzen mit. Wenn der Rahmenvertrag steht und das wird, wie ich Sato und seinen Vater kenne, nicht länger als drei Tage in Anspruch nehmen, möchte ich, dass Sie ihre Kenntnisse vertiefen. Daher habe ich veranlasst, dass Sie eine Woche bei Lady Sikura in die Ausbildung gehen werden. Sie ist die Bondage-Queen Asiens und es gibt keinen Knoten, den sie nicht kennt.«

»Bondage? Ich soll die Kunst des Fesselns lernen?«, fragte ich etwas erschrocken.

Ich dachte dabei an einige *dumme* Erfahrungen. In Hamburg gab es mehrere *Bondage-Meister*. Einer hat sogar mal ein Buch darüber geschrieben. Aber manche hatten keinen Schimmer von dem, was sie taten. Einmal stellte ich mich im *Molotow* für eine Session bereit. Das ganze Drama dauerte fast zwei Stunden und konnte erst unter Zuhilfenahme eines Springmessers wieder aufgelöst werden. Der Typ hatte mich mit vollkommen unkontrollierten Knoten zusammengeschnürt und konnte sie hinterher selbst nicht mehr lösen. Das Publikum tobte vor Lachen und ich fror mir fast was ab. Damals lernte ich, dass die Kunst des Knotenknüpfens hochkomplex ist und viel Konzentration erfordert.

»Es ist toll dort. Sie hat mitten in Kawasaki ein Penthouse, indem sich über vier Etagen verteilt ihr Studio befindet. Hypermodern und absolut stilvoll eingerichtet«, sagte Nora und winkte nach einem weiteren Drink.

»Warst du auch schon dort?«

»Ja und es waren zwei super Wochen. Du glaubst nicht, was sie alles drauf hat und nebenbei: Sie bringt dich so hoch, wie du noch nie warst.«

Noras Kichern beruhigte mich irgendwie.

»Keine Sorge Signora Zeiger. Ich kenne Lady Sikura auch und sage Ihnen, dass es eine Bereicherung für Ihr Leben sein wird sie kennenzulernen und von ihrem Wissen zu profitieren.«

»Genau! Nur keine Vorbehalte. Es unterstützt Ihre Ausbildung und Sie werden sehen, wie schnell die Tage um sind«, beruhigte mich Robert.

»Aber was ist mit hier? Ich meine ...«

»Später vielleicht. Das Wichtigste ist erledigt. Wenn wir in Japan fertig sind, fliegen wir in den Jemen. Dort treffen wir uns mit Noras Vater und bleiben ein paar Tage. Nora wird auch dort sein und kann Ihnen das Land zeigen, während ich mich um seine Internetstation kümmere. Ich denke, danach können Sie ihre Ausbildung hier abschließen.«

»Internetstation?»

Nora übernahm die Antwort.

»Mein Vater hat die Moderne in den Jemen gebracht und in einigen größeren Dörfern Internetcafés eröffnet, um der Jugend den Fortschritt zu bringen. Es ist ein großer Erfolg, doch leider ist es nicht unumstritten. Die Traditionalisten wehren sich dagegen und verteufeln das neue Medium. Es hat einen Anschlag gegeben und nun muss Robert das Rechenzentrum überprüfen.«

Die Männer gingen zur Bar.

»Werden wir auch deine Mutter kennenlernen?«, fragte ich neugierig.

»Ja sicher und wenn du willst, werden wir bestimmt ein bisschen Spaß miteinander haben,« grinste Nora hintergründig.

Die Männer an der Bar lachten und ich spürte, dass ich langsam betrunken wurde.

»Sag mal, eines habe ich noch nicht so richtig verstanden. Dieser Ball? Du hast gesagt, er ist nur für Zirkelmitglieder und doch gibt es einen VIP-Bereich? Ich denke, alle sind gleich?«

»Auf dem Ball erscheinen nur Mitglieder, aber sie dürfen auch in Begleitung kommen. Nun ist nicht jede Begleitung auch gleichzeitig Mitglied und wird es vielleicht auch nie werden. Deshalb hat man einen geschlossenen Bereich eingerichtet, in den nur Mitglieder hineindürfen.«

»Und was machen die dort so Geheimnisvolles?«

»Sie leben sich aus. Sie vögeln miteinander, fesseln sich gegenseitig oder dominieren andere. Je nachdem, was sich gerade anbietet. Und das alles im Kreise ihrer Freunde, ohne Angst zu haben, dass man am nächsten Tag über sie in der Zeitung berichtet.«

»Aber wenn einer der Mitglieder einmal einen Reporter mitbringt? Vielleicht sogar ohne es zu wissen?«

»Das wäre übel für beide. Das Mitglied ist für seine Begleitung voll verantwortlich und ich möchte nicht in seiner Haut stecken, wenn er ein Foto von Ravel Senior mit runtergelassenen Hosen zu verantworten hätte.«

Ich schaute Nora fragend an und sie sagte ernst:

»Du bist hier in Italien. Reim dir den Rest selbst zusammen.«

Die Männer kamen zurück und ich bekam von Viktor einen Amaretto-Cocktail serviert.

»Für Sie! Ein Geheimrezept meiner Familie. Man sagt, es weckt die Leidenschaften in einem.«

Misstrauisch schaute ich in die milchkaffeeähnliche Substanz. Cocktails konnten teuflisch wirken und ich hatte eigentlich schon genug.

»Ich weiß nicht. Ich muss morgen vielleicht arbeiten.« Hilflos schaute ich zu Robert, aber der winkte ab.

»Alles nach dem Ball. Morgen gehen wir ein wenig in Viktors Büro und schauen mal, was seine EDV so hergibt. Dann müssen wir noch mit den Amerikanern wegen eines neuen Projektes sprechen. Aber mehr auch nicht. In Japan wird es sicher heftiger zugehen. Genießen Sie den Abend.«

»Aber jetzt sind Sie bei uns und morgen möchte ich Ihnen meine Lieblingsstadt zeigen. Florenz! Die Perle der Kunst. Robert kann sich derweil um diesen langweiligen EDV-Kram kümmern. Morgen, Signora Zeiger, gehören Sie mir und Italien«, Viktor küsste meine Hand.

Der Mann war mir ausgesprochen sympathisch und ich sah verlegen zu Robert hinüber, aber der nickte nur und lächelte. Ich weiß nicht mehr, wie ich ins Bett gekommen war, aber am nächsten Morgen war ich etwas angeschlagen. Keine Drinks mehr nach Mitternacht. So viel war für die Zukunft klar.

Ich frühstückte alleine, weil Nora sich nach Rom aufgemacht hatte und Robert mit dem alten Ravel zum Golf spielen gefahren war. Viktor erwartete mich im Foyer und wir verbrachten einen fantastischen Tag in der Stadt der Künste. Er war ein perfekter Fremdenführer und brachte mich auch in die Archive, wo Statuen und Bilder zu sehen sind, die ein Normalsterblicher normalerweise nie zu Gesicht bekommt.

»Mein Vater ist ein großer Förderer der Kunst. Wussten Sie, dass *Benedetto da Maiano* Gast in unserer Burg war und dort ein Fresko hinterlassen hat?«

Ich war völlig berauscht. Schon früher hatte ich von einer Reise hierher geträumt. Die Kunstwerke der Renaissance hatten mich schon immer begeistert, aber das Problem war wie so oft das liebe Geld. Wir gingen in die Galerie der Kunstakademie und bestaunten lange *Michelangelos David*. Spät am Abend kehrten wir zurück und ich kam nicht umhin zuzugeben, dass Viktor mich total anmachte. Das Hotel war jetzt voll belegt und ein Tisch zum Essen war nicht zu kriegen. Viktor lud mich in seine Privaträume ein, wo ich Robert und Nora wieder traf.

Sie war offenbar zur *Unterhaltung* der anderen Anwesenden in ein Zofenkostüm gesteckt worden und servierte. Der Rock, der ihren Hintern kaum bedeckte, ließ ein Riemengeschirr blitzen und so wie sie sich bewegte, hatte man sie unten herum *ausgestopft*. Dazu trug sie ihren unsichtbaren Knebel.

Zwei weitere Frauen waren bereits zugegen. Eine etwas ältere Dame schaute streng dem Tun der Zofe hinterher und hatte neben sich auf dem Tisch eine Gerte liegen. Die andere, jüngere Frau hockte nackt unter dem Tisch. Ich sah nur ihre Füße und ahnte, was sie dort unten gerade tat. Sie musste zwischen den Beinen des alten Ravel knien, der fröhlich kaute, als würde nicht passieren. Viktor schob mir einen Stuhl heran und wir speisten köstliche Langusten.

»Das Hotel ist voll. Selbst die Hawaiianer sind gekommen. Du hast dich wieder selbst übertroffen Fabrizio«, lobte Robert die Vorbereitungen für den Ball.

»Ja. Es ist toll. Und hast du gesehen, welche Sängerin sich blicken lassen hat? Letztes Jahr hast du noch versucht sie ihrem Herrn auszuspannen.«

»Sie ist hier? Und ist sie noch immer mit diesem Texaner zusammen?«

»Ja, aber sie ist allein gekommen und trägt immer noch ihren Ring. Das heißt, sie ist seine Sklavin.«

»Aber sie wird oben zu finden sein?«

»Bestimmt nur oben. Du kennst sie ja. Unten eine Königin und oben ein gut dressiertes Mädchen. Das wird bestimmt ein super Fest.«

Von wem sprachen Sie nur? Victor schien mir meine Neugier anzusehen, beugte sich zu mir und flüsterte mir den Namen ins Ohr.

»Aber hier im Zirkel wird sie nicht mit diesem Namen angesprochen. Das ist ein Künstlername. Wir nennen Sie bei ihrem richtigen Vornamen, Diana«, fügte er mit etwas lauterer Stimme hinzu.

Träumte ich? Sprachen die beide gerade von einer der erfolgreichsten Sängerinnen der Welt? Die war ein Zirkelmitglied und noch dazu eine Sklavin? Ich sah sie vor mir aufgespreizt im Fesselrahmen stehen und ihre üppige Figur mit Peitschenstriemen bedeckt. Eine hübsche Vision.

»Zofe! Komm her!«, rief die ältere Frau und Nora tippelte zu ihr.

»Über den Tisch!«

Das Kommando kam so hart und präzise, wie die drei Hiebe, die sie Nora über den bloßen Hintern gab. Ich war erstaunt. Wofür, wusste ich nicht, aber das war offenbar auch nicht wichtig. Kurz darauf erschien Nora wieder und servierte die Nachspeise.

»Es ist kein Personal mehr übrig. Alle werden für die Gäste gebraucht. Daher hat Nora beschlossen uns heute Abend zu bedienen und ist in das Outfit der Hausdienerin geschlüpft. Hübsch! Nicht wahr?«, sagte Robert und streichelte ihr Gesicht.

Während ich meinen *Granatapfel mit Eis* genoss, sah mich Viktor die ganze Zeit an. Robert schien es zu bemerken.

»Wenn sie zustimmt, kann sie benutzt werden Viktor. Ihr seid Freunde und mit Freunden soll man teilen«, war sein knapper Kommentar und er widmete sich wieder dem Gespräch mit Fabrizio. Viktor kam zu mir.

»Ich möchte Ihnen noch den privaten Teil des Schlosses zeigen. Morgen werden wir keine Zeit mehr dafür haben. Wir haben auch eine eigene schöne Kunstsammlung.«

Ich sah ihm in die Augen und erkannte sofort, was er wollte.

»Lass uns hier abhauen und irgendwo Spaß haben.«

»Gehen Sie ruhig, aber morgen früh müssen wir arbeiten. Ich habe für zehn Uhr eine Videokonferenz mit den Amerikanern vereinbart. Da brauche ich Sie«, sagte Robert beilläufig, ohne uns anzusehen.

Ich warf einen letzten Blick auf Nora, die mir zustimmend den rechten Daumen zeigte und wir verschwanden. Der Weg führte an einer Reihe Gemälde vorbei und alle zeigten irgendwelche Vorfahren der Familie. Ritter, Kaufleute, Kardinäle, sogar ein König von Sardinien war dabei. Viktor legte den Arm um mich und in witzigen Anekdoten ließ er die Vergangenheit seiner Familie für mich wieder aufstehen. Dann schloss er eine Tür auf und wir gingen in einen kleinen Saal. Ravel Junior schaltete das Licht ein und ich atmete laut aus. Ein Fetischparadies.

»Unsere Privaträume. Alles über viele Jahre gesammelt und voll funktionsfähig«, sagte er und streichelte einen Stuhl mit vielen Riemen daran.

Ich ging zielstrebig auf ein breites Bett zu, das mit einem glänzenden Laken bespannt war.

»Schön! Genau das Richtige für jetzt«, lachte ich und klopfte neben mich auf die Kissen.

»Wie wäre es mit etwas Verpackung. Ich meine nur für den Reiz?«

Viktor zeigte auf die Wandschränke und wir suchten uns beide etwas heraus. Alles war nach Farbe und Größe sortiert.

Etwas später stand ich in einem schwarzen Gummieinteiler mit Kopfhaube vor ihm und ließ mir eine Vollgummimaske über den Kopf ziehen. Die Maske hatte hinten einen breiten Schlitz um die Haare hindurchzulassen. Er selbst hatte ein Kostüm in Rot angezogen und das straffe Latex überspannte seinen festen Hintern wie eine zweite Haut. Als er fertig vor mir stand, öffnete er den Reißverschluss meiner Mundöffnung und ich saugte mir sofort seinen prallen Schwanz ein. Als er merkte, wie er langsam unruhig wurde, entzog er sich mir und ich rollte mich auf das Gummibett. Seine Hände schlossen die Augenblende der Maske und dann fingen seine Finger an, meinen gummiumspannten Leib zu erforschen. Ich spürte seine Zunge, die jede noch so kleine Vertiefung auskundschaftete, und kam schnell auf

Touren. Immer tiefer glitt Viktor an mir herunter und ich mühte mich mit meinen gummibehandschuhten Händen, seine Erektion zu verstärken. Vorsichtig schloss ich die Hand und bewegte mich an seinem Freudenspender auf und ab. Leises Stöhnen war unter seiner Latexmaske zu hören. Viktor ging es offenbar gut. Mein Anzug ließ den Schritt offen und ich war so heiß, dass der erste Tropfen bereits über das Gummi lief, bevor wir richtig anfangen konnten. Er ließ kurz von mir ab und ich hörte das Aufreißen einer Folie. Er zog sich ein Kondom über, während ich mir mit den Fingern im Schritt wühlte. Gott war ich geil. Dann drehte er mich um und drang langsam in mich ein. Ich hörte das Quietschen des Gummis und der Ritt ließ uns beide gehörig ins Schwitzen geraten. Gummi und Latex rieben auf der Haut miteinander. Seine Hände hatten meine Brüste gepackt und kneteten sie zärtlich. Mit einem leisen Schrei kam er in mir, aber das hielt ihn nicht davon ab, weiterzumachen, bis es auch aus mir hervorbrodelte. Gedämpft durch die Gummimaske schrie ich meinen Höhepunkt heraus.

Am nächsten Morgen ging ich mit Nora zu dem riesigen Zelt, das man auf dem Schlossvorplatz errichtet hatte, um nach einem passenden Kleid zu suchen. Eines der größten römischen Theater hatte seinen Fundus an Kleidern aus der Zeit des Sonnenkönigs zur Verfügung gestellt, damit sich alle Gäste des Balls zum Thema passend einkleiden konnten. Nora und ich gingen durch die langen Reihen der Garderobenständer und suchten mit einigen anderen, fast verzweifelt wirkenden Frauen, nach etwas Passendem. Gegen Mittag hatte ich etwas in Safrangelb gefunden, was leidlich zu meinen Haaren passte, aber wie ein Sack an mir hing. Die Schauspielerinnen mussten alle eine Rubensfigur haben. Ich schlüpfte in das Ding, doch selbst mithilfe eines Schneiders kam ich mir immer noch vor, als würde ich damit zum Kölner Karneval gehen und nicht auf einen Ball der *Upper Class*. Mutlos nahm ich das Stück unter den Arm und ging auf mein Zimmer.

Nora fand etwas Hübsches in Weiß mit viel Spitze und sah darin aus wie eine Königin. Robert kam zu uns und kündigte einen Friseur an, den die Ravellis extra für uns hierher bestellt hatten. Er sah mein betrübtes Gesicht.

»Das Kleid? Ist es so schlimm, wie Sie den Eindruck machen?«, fragte er leise.

Wortlos zog ich das Kleid über und er nickte zustimmend.

»Sie haben recht. Ein Leichentuch ist kleidsam dagegen. Mal sehen, was ich tun kann.«

Wenig später erschien Fabrizio und winkte mich ihm zu folgen. Wir gingen in seine Privaträume und betraten einen etwas angestaubten Raum, in dem uns die ältere Dame vom Vorabend erwartete.

»Meine Tante Silvana. Sie ist etwas merkwürdig, aber von Kleidern versteht sie mehr als jede andere hier im Schloss. Als junges Mädchen war sie Kammerfrau beim letzten griechischen König, bevor er sein Land verlassen musste. Vertrauen Sie sich ihr an und sehen Sie über ihre Schrulligkeit hinweg. Wenn Sie fast hundert Jahre alt sind, ticken Sie auch nicht mehr so, wie mit dreißig«, lachte er und die Frau empfing mich mit einem strengen Lächeln.

»Fabrizio sagt, du sollst aussehen wie eine Königin. Dann wollen wir mal schauen, was dir steht.«

Sie öffnete drei Türen eines großen Schranks und zog mehrere Kleiderständer hervor. Mein Gott. Waren das etwa alles Originale? Sie nahm den Schutz von einem blutroten Kleid ab, an dem mehr Stoff vorhanden war, als vermutlich an allen Röcken zusammen, die ich besaß. Es war wunderschön.

»Es gehörte Sabrina der Zweiten, der Ehefrau des Grafen Giacomo Ravel. Sie hatte in etwa deine Figur. Zieh es mal über.«

»Meinen Sie? Immerhin ist es ein Familien ...«

»Familienerbstück? Ha! Es war das Hochzeitskleid der Ravellis bis in die Neuzeit. Die Letzte, die es trug, war Fabrizios Großmutter bei ihrer Trauung. Alle Ravellis haben in der Farbe ihres Wappens geheiratet, nur die jungen Dinger von heute wollen lieber in Weiß zum Altar gehen, obwohl sie kaum noch Grund dafür haben.«

In der Wand über mir war ein Wappen eingelassen. Es zeigte die Burg in Rot. Ich wollte mir das Kleid überwerfen, als ihre scharfe Stimme ertönte.

»Nein. Zurück. Erst dies hier anziehen.«

Nackt, wie ich war, nahm sie mir das Kleid wieder ab und hatte plötzlich ein Korsett in der Hand. Ich hasste Korsetts. Ohne mich zu fragen, legte sie mir das fischbeinsteife Ding um die Taille und schnürte mich darin ein.

»Man muss wissen, wie man es macht, sonst verliert man das Bewusstsein, wenn man tanzt«, sagte sie leise und zog Lage für Lage der Bänder immer wieder ein Stück nach.

Als es ihr endlich gefiel und ich zu meinem Erstaunen keinen unangenehmen Druck spürte, zog sie mir das Kleid an. Roter Samt mit golddurchwirkten Fäden und einer Borte aus feinster Spitze, die mit Goldfäden durchsetzt war. Was ich hier trug, war ein Vermögen wert.

Das Kleid bedeckte meine Füße und ich könnte wunderbar meine Tanzschuhe tragen, ohne zeigen zu müssen, wie abgelaufen sie schon waren. Wir standen gemeinsam vor dem Spiegel.

»Siehst du? Das Korsett hat dich gleich viel hübscher gemacht. Es ist die Taille, die uns Frauen vom Mann unterscheidet. Sie zu betonen ist das Geheimnis der Verführung.«

Mein Busen wurde durch das Korsett nach oben gedrückt und ich hatte plötzlich ein Dekolleté wie ein Filmstar. Ich kam mir vor wie eine Prinzessin und befühlte den kostbaren Stoff. Silvana nahm ein Tuch und rieb die Goldfäden nach, sodass sie noch mehr glänzten, und gab mir zusätzlich noch einen passenden Fächer und ein Handtäschchen dazu.

»Gefällt es dir?«

Ich nickte wortlos. So mussten die Frauen am Hof von Versailles ausgesehen haben.

»Gut dann wollen wir prüfen, ob du auch damit umgehen kannst. Hebe deinen Rock.«

Ich war etwas überrascht, trotzdem bemühte ich mich, die Massen von Stoff zu greifen.

»Nein! Nein! So nicht! Ich sehe schon, du kennst nicht die Geheimnisse der alten Schneider.«

Sie kniete zu meinen Füßen und suchte eine bestimmte Falte des Kleides. Dann öffnete sie mit viel Geschick einige Haken und klappte den langen Rock bis zum Bauch auseinander. Dasselbe machte sie auch hinten und legte meinen Po frei.

»Man trug früher keine Unterwäsche und frieren wirst du kaum unter dem Kleid.«

›Wie praktisch‹, dachte ich und überlegte, ob die Gäste das Geheimnis wohl auch kannten. Dann beugte sie mich nach vorne.

»So macht man das. Früher nahm man sich auf einer Feier nicht die Zeit, sich völlig auszuziehen. Es war auch bei Bestrafungen einfacher«, mit diesen Worten schlug sie mir mit einer Kordel einmal über den Hintern und lachte dabei schelmisch.

Ich ging zurück und Nora pfiff anerkennend durch die Zähne.

»Hey. Du willst wohl mit Gewalt den ersten Preis gewinnen?«

»Welchen Preis?«

Ich ließ mich auf dem Stuhl nieder, damit der Friseur anfangen konnte.

»Na der Preis für die Ballkönigin. 25.000 Euro.«

»Wie?« Der Friseur wusch meine Haare und ich dachte erst, ich hätte mich unter dem Wasserstrahl verhört.

»Ja. Es ist üblich, bei den Bällen des Zirkels einen Preis zu vergeben. So wie du aussiehst, hast du alle Chancen zu gewinnen.«

Meine Haare wurden zu großen Locken eingedreht und eine Frau machte mir ein tolles Make-up. Eine Stunde vor dem Ball waren wir fertig. An den Preis dachte ich schon nicht mehr, so aufgeregt war ich.

Nora hatte sich dafür entschieden, ihre lackschwarzen Locken lang hängen zu lassen und sah in dem weißen Kleid einfach spitze aus. Auch ihre Taille war geschnürt und betonte ihre Figur. Die sichtbare Haut glänzte wie Ebenholz. Viktor erschien und machte einige Fotos von uns. Dabei grinste er die ganze Zeit und lobte unser Outfit über den Klee. Schließlich kam Robert, um uns abzuholen. Er sah aus wie ein französischer Marquis aus den alten Mantel-und-Degen-Filmen und trug eine Art blauen Frack.

»Hier sind eure Halsbänder. Vergesst sie nicht«, sagte er.

Es waren typische Sklavenhalsbänder. Ein flacher, daumenbreiter Metallring, der mit Leder eingefasst war. Hinten mit einem kleinen kaum sichtbaren Schloss und vorne mit dem großen Stahlring. Er hakte in jeden der Ringe eine Kette und wir folgten ihm schweigend hinunter zum Ballsaal, wo eben die Eröffnungsfanfare ertönte. Wir schritten im Kielwasser von Robert langsam in den großen Festsaal und wie im Film folgten wir den Gästen zum *Thron* des alten Ravel.

Fabrizio saß neben seinem Sohn und zwei Frauen standen an seiner Seite, jeweils an den hohen Stuhl angekettet. Jeder wurde persönlich willkommen geheißen, und während Robert artig einen Diener machte, versaute ich beinahe meinen Hofknicks. Wir stellten uns ziemlich nahe an die Ravellis und Fabrizio hielt eine kurze Ansprache, dann erklang leise Walzermusik. Auf einem Balkon über dem Saal hockte ein ganzes Orchester und spielte leise den Kaiserwalzer von Strauß. Ich lauschte andächtig mit geschlossenen Augen, bis ich Roberts leise Stimme hörte.

»Er will mit Ihnen den Eröffnungstanz machen. Ich hoffe, Sie können Walzer, ich nämlich nicht.«

Fabrizio stand lächelnd vor mir und Robert löste meine und auch Noras Kette.

»Darf ich bitten Signora Zeiger?«

Durch ein Spalier des Geldadels aus der ganzen Welt gingen wir hindurch und dabei ließ ich mich von Ravel Senior führen. Er war ein begnadeter Tänzer, und während wir uns im Takt der Musik drehten, sah ich an die Decke. Dort war ein Sternenhimmel aufgemalt, in dem Engel herumflogen und auf Instrumenten spielten. Ich kam mir gerade vor, als wäre ich einer dieser Engel, so glücklich war ich. Immer mehr Paare stiegen in den Tanz ein und am Schluss brachte mich Fabrizio zurück zu seinem Thron. Die beiden Frauen waren ebenfalls losgemacht worden und tanzten irgendwo im Gewühl. Von dem erhobenen Punkt aus konnte man über den ganzen Saal blicken und es schien, als sei die Zeit des Sonnenkönigs zurückgekehrt. Grandiose Kleider und Farben, wohin man schaute.

»Sie sehen ganz entzückend aus Sabine. Ich denke, der Preis wird Ihnen nicht mehr zu nehmen sein«, lachte Fabrizio und reichte mir ein Sektglas.

Nora tanzte mit Robert, und als Viktor mich entdeckte, forderte er mich ebenfalls auf. Ich tanzte gut eine Stunde am Stück, bis sich einer der Herren erbarmte und mich zum Büfett brachte, das man soeben eröffnete. Mir blieb fast die Luft weg. So etwas hatte ich noch nicht gesehen. Es gab kein Gericht, das nicht verziert war. Auf jedem Tisch war ein anderes Motto aufgebaut.
Der Petersdom zu Rom war zu sehen, er war komplett aus Risotto gefertigt. Der Turm zu Pisa aus Nudelteig stand dort inmitten der aus Fleischspeisen realistisch nachgebauten Stadt. Es sah so toll aus, dass man sich kaum traute davon zu essen. Die Seeschlacht von Lepanto, nachgestellt aus Meeresfrüchten und viel Eis. Kleine Galeeren aus Hummerzangen und Thunfischstücken und über allem wachte ein Eisklotz, der den *Admiral Andrea Doria* darstellen sollte. Das Auge wurde ebenso überfordert, wie der Magen.

Die Gäste klatschten laut Beifall als der Name des Küchenchefs und seiner Helfer bei der Eröffnung fiel. Ich genoss einen Hummer und ein netter Argentinier zeigte mir, wie man die Scheren perfekt leer räumt. Überhaupt bemühten sich viel Männer um mich und sie machten keinen Unterschied, ob sie Sklaven so wie ich waren und ein Halsband trugen, oder Herren. Man ging sehr respektvoll miteinander um.

Der Ball verteilte sich über mehrere Säle und ich fragte mich schon, wo denn die VIPs abgeblieben waren, als ich die drei Wächter an der Treppe zur nächsten Etage entdeckte. Drei Männer in schwarzem Leder, die mit Schild und Schwert bewaffnet den Aufgang bewachten. Ein bisschen sehr aufgetragen fand ich das, aber es passte irgendwie dazu. Am Geländer erkannte ich einige Personen, die miteinander lachten und einer von ihnen war Viktor. Er winkte mir und kam die Treppe herunter.

»Ah Sabine. So allein? Sie langweilen sich hoffentlich nicht?«

»Nein. Ich war nur auf dem Rückweg und sah die Wächter. Das hier ist sicher der VIP-Bereich. Nicht war?«

»Ja hier findet die Privatparty einiger Mitglieder statt. Aber keine Angst, es nicht so schlimm wie Sie vermuten.«

»Was vermute ich denn?«, fragte ich schnippisch.

»Ich weiß nicht. Orgien? Blutrausch? In den Zeitungen steht doch dauernd so ein Schwachsinn.«

»Es sind sicher auch nur Menschen«, antwortete ich und wollte weitergehen als Viktor mich zurückhielt.

»Wollen Sie nicht mitkommen?«, flüsterte er.

»Äh ... Ich? Nein. Robert hat gesagt, dass es nur für Vollmitglieder ist. Er hat es mir verboten.«

»Es besteht keine Gefahr. Ich bin ja bei Ihnen«, sagte er verschwörerisch und schob sich lachend eine Casanova-Maske über die Augen. In seinen Händen tauchten Handschellen auf.

»Ich möchte lieber Robert fragen. Ich habe gehört, dass er Ärger kriegen kann.«

»Bitte. Gehen Sie zu Robert. Er ist im ...»

»Er ist hier.« Mein Herr stand plötzlich hinter uns.

»Ich habe es mir gedacht. Die Neugier wird wohl größer mit jedem Tag«, sagte er und schaute mich fragend an.

»Ich habe nicht davon angefangen. Viktor hat ...« stammelte ich.

»Ich kenne Viktor und weiß, dass er ein vorsichtiger Mann ist. Deswegen nehme ich es ihm auch nicht übel. Wollen Sie denn unbedingt dorthin?«

»Nun. Äh ...«

Mein Gott war ich neugierig. War Diana, deren Musik ich so sehr liebte, vielleicht wirklich dort?

»Hören Sie genau zu. Sie gehen als Sklavin mit. Keine Widerrede und Sie tun, was immer man Ihnen sagt. Und keine Kommentare, was immer Sie auch zu sehen bekommen. Jetzt nicht und nie. Haben Sie das verstanden?«

Es war die Art, wie er mit mir sprach, die mich störte. Egal ob Sklavin oder nicht, niemand sollte meine Loyalität anzweifeln. Meine Herr schon gar nicht.
»Ja ich habe Sie verstanden Herr Presch. Ich werde schweigen, und wenn ich bisher kein Wort darüber verloren habe, so werde ich es auch in Zukunft nicht tun«, entgegnete ich schnippisch.

»Hören Sie zu. Da oben gibt es Leute, die nehmen es Ihnen bis auf den Tod übel, wenn Sie etwas über sie verlauten lassen. Ich möchte nur sichergehen, dass Sie das begreifen«, seine Stimme klang väterlich, fast besorgt.

»Ja Herr.«

Ich senkte den Kopf und hielt Viktor meine Hände auf dem Rücken hin. Der kalte Stahl umschloss meine Gelenke und ich ging langsam neben ihm die breite Treppe hinauf. Hohes Lachen war aus einem der Türen zu hören und irgendwo klatschte eine Peitsche. Ein Mann schrie und ich bemerkte ein leises Kribbeln in mir. Viktor öffnete die erste Tür.

Eine Gruppe stand um einen Tanzbären herum, der von einer rassigen Frau an einer Nasenkette herumgeführt wurde. Ich war ein bisschen erschrocken, so echt tanzte der *Bär* und er verhielt sich auch so. Offenbar trug er einen echten Pelz, während sie in einem Zigeuner-Outfit steckte, das ihr langes schwarzes Haar wunderbar betonte. Sie war etwas älter, aber die Jahre hatten sie nicht schlechter, sondern nur reifer und anziehender gemacht. Eine tolle Frau.

»Ornella und ihr Bär. Sie werden jedes Jahr besser. Irgendein Kinderheim wird sich sicher bald freuen«, lachte Viktor und klatschte den Takt der Musik mit. Ich schaute zu Boden. Der *Bär* hüpfte auf einigen Tausend Dollar und Euros herum. Spenden für die Darbietung und die Leute warfen noch mehr zu Boden. Gott! So viel Geld.

»Der Bär ist ihr Sklave und sie treten regelmäßig bei Feiern des Zirkels auf. Wenn sie nicht gerade arbeitet, lebt sie auf einem riesigen Anwesen in Süd-Italien und lässt sich von ihm bedienen.«

Ein Mann kam zu uns.

»Ah das ist doch die Neue von Robert! Schick. Darf ich?«

Mit geübten Griffen öffnete er mein Kleid und schaute interessiert meine beringte Scham an. Er drehte sanft den Ring und fühlte meine Lippen, als ob er ihre Festigkeit prüfen wollte.

»Robert hält wohl viel von ihr? Diese Steine? Himmel! Ich sollte in EDV-Systemen investieren«, lachte er und hakte den Stoff wieder zu. Wir gingen weiter.

An einer Säule wurde eben eine junge Frau festgebunden. War das nicht ...? Diese Sängerin aus den Staaten. Die schon, kaum volljährig, mehr Plastik im Körper hatte als Cher? Mir fiel der Name nicht ein, da ich sie zwar kannte, aber ihre Musik nicht sonderlich mochte.

»Das scheint interessant zu werden. Bleiben wir einen Moment. Sie schreit immer so wunderbar«, sagte Viktor und ließ mich kurz stehen, um den Männern und Frauen bei der Fesselung zur Hand zu gehen.

Viktor und ein älterer Mann öffneten das weite Kleid der Frau und klappten die Teile so zur Seite, dass ihr Unterleib freilag. Anscheinend war es vom selben Schneider wie mein Eigenes. Ihre Hände wurden stramm zusammengebunden und ebenso ihre Füße. Ein Seil von oberhalb der Säule streckte sie in die Länge und ihr entzückender Po verkrampfte sich zu einem kugelrunden Halbmond. Sie trug dasselbe Halsband wie ich. Also war sie eine Sklavin des Zirkels.

»Drei Durchgänge. Mehr nicht. Dann will ich, dass sie auf den Bock kommt«, hörte ich einen älteren Mann rufen, der ihr kurz sanft übers Haar strich, bevor er eine lange *neunschwänzige Katze* an eine Frau in einem gelben Abendkleid übergab.

Die Frau schlug den ersten Hieb quer über die stramme Kehrseite und, wie immer sie auch hieß, schrie mit glockenheller Stimme. Viktor kam zurück und wir hörten eine Weile dem *Konzert* zu, bevor wie weitergingen.

»Dabei heißt es immer, sie hat keine Stimme«, lachte er hintergründig und wir ließen die Schreie hinter uns. Wir kamen in einen kleinen Saal, in dem viele Menschen miteinander tanzten. Ein bunter Harlekin tanzte auf mich zu und umrundete uns beide stumm. Das Gesicht war vollständig verhüllt und sein schwarz-weißer Seidenanzug schillerte in dem Licht wie eine Schlangenhaut. Er fasste meinen Halsring und sein Kopf näherte sich meinem Hals. Wie ein Tier schnüffelte er an mir und sagte schließlich leise:

»Neugier! Sie ist neugierig, aber sie hat keine Furcht. Stellen wir sie auf die Probe.«

Ich sah verunsichert zu Viktor, aber der schob mich wortlos in die Hände des Mannes.

»Prüfen Sie sie. Sie wollte es unbedingt kennenlernen.«

Der Harlekin packte meinen Arm und tanzte mit mir langsam quer durch den Saal und ich merkte, wie sich uns eine Menge Leute anschlossen. Wir blieben vor jemanden stehen, der eine Halbmaske trug und in einen roten Umhang gehüllt war. Ich konnte das Gesicht nicht genau erkennen, aber es kam mir irgendwie bekannt vor. Vor allem das Lachen. Der Saal, in dem wir uns befanden, war offenbar dem Sport gewidmet und ich wurde mit drei anderen Frauen an eine Ballettstange geführt. Der Harlekin schlang ein Seil um die Stange und band das andere Ende an meinem Halsring fest. Dann zog er mich nach vorne, sodass ich mich vornüberbeugen musste. Mein Kleid wurde geöffnet und eine Hand strich über meine Backen.

»Sie ist neu und sie ist gierig. Wollen wir sie einführen?«, rief der Mann gegen die Musik an und einige klatschten spontan zustimmenden Beifall.

Ich sah zu den beiden Frauen neben mir. Links von mir stand eine Mulattin. Ihr schulterfreies Kleid offenbarte ein Brandmal und ich konnte sehen, dass ihr Rücken Spuren einer frischen Züchtigung trug. Sie sah mich grinsend an und gurrte, als sie die Worte des Harlekins verstand. Die rechte Frau war sehr jung und schaute ein wenig verlegen zu mir. Ihre üppige Oberweite drohte ihr aus dem Kleid zu fallen und ich fragte mich, wie eine derart zierliche Person solch einen Busen haben konnte.

154

»Machen wir ein Spiel! Wer die Sklavin in drei Minuten zum Schreien bringt, bekommt den Preis.«

Ich sah nach hinten, wo der Harlekin einen goldenen Gegenstand hochhielt. Mein Hintern wurde gepackt und plötzlich drängte sich ein Schwanz gegen meine tropfnasse Muschi. Der Schwanz glitt ohne Widerstand in mich hinein und begann mich kräftig zu vögeln. Meine linke Nachbarin wurde ebenfalls hart durchgeritten und sie biss sich auf die Lippen, um sich zu beherrschen. War das auch ein Wettbewerb für uns? Was bekamen wir, wenn wir nicht *fertig* wurden? Der Mann bewegte sich mit großer Übung, aber ich war so verwirrt, das ich vergaß mich selbst auf den Höhepunkt zu konzentrieren, sodass er den Wettbewerb nicht gewann.

»Wer möchte jetzt?«

Der Harlekin tanzte um uns herum und schaute der jungen Frau neben mir ins Gesicht. Fast zärtlich leckte er eine Schweißperle von ihrer Schläfe und lächelte. Eine Hand fingerte nach meinem Spalt und etwas spreizte meine Beine. Ich sah einen blonden Haarschopf und spürte eine Zunge an meinem Kitzler hinaufzucken. Bei den Frauen neben mir hatten ebenfalls Frauen die Initiative ergriffen und ihre Münder bearbeiteten uns konzentriert. Schaffte ich es bei dem Mann noch, mich zurückzuhalten, so hatte ich bei der Blonden keine Chance. Ihre Zähne hatten meinen empfindlichsten Punkt gepackt und ließen ihn mit sanftem Druck über die Kanten der Schneidezähne rollen. Die erste Welle kam in mir hoch wie ein Feuerwerkskörper und ich riss an meinen Fesseln. Dabei tat ich mir ein wenig den Hals weh. Sie trieb mich schnell nach oben, und bevor es mir kam, saugte sie sich meine Scham in dem Mund und genoss meinen Orgasmus anscheinend in vollen Zügen. Die Blonde gewann den Wettbewerb und ich fiel auf meine weichen Knie. Viktor machte mich los und zog mich weiter. Woraus der Preis bestand, den die Blonde gewann, habe ich nie erfahren, aber sie hatte ihn sich verdient, fand ich.

In einer Ecke zog man gerade eine Frau aus. Drei Männer beschäftigten sich intensiv damit, ihr das Kostüm langsam vom Körper zu ziehen und es schien ihr sehr zu gefallen. Die Männer sparten nicht mit Komplimenten, als sie die entblätterte Haut betrachteten. Wunderschöne Tätowierungen bedeckten den Körper und sie trug eine Menge Piercings. Ehe wir gingen, konnte ich noch sehen, wie man anfing die Frau zu fesseln und sie ermutigte die Männer geradezu, sie möglichst eng zu binden.

»Sie hat sich extra drehfrei genommen, um hier dabei zu sein«, lobte Viktor die Schauspielerin, die ich sofort erkannt hatte, aber deren Namen mir nicht einfiel.

Der junge Ravel sprach mit verschiedenen Leuten und ich musste mir auf die Lippen beißen, so viele Gesichter konnte ich trotz der Masken erkennen. Eine Frau mit langen schwarzen Haaren zog an einer Kette ein nacktes Pärchen hinter sich her, um sie nebeneinander in einem Pranger zu stecken. Ihr strenges Gesicht verhieß nichts Gutes für die beiden weiß glänzenden Hinterteile, die durch die Fixierung so schön drapiert waren. Sie nahm eine schwere Peitsche von einem Haken und ließ sie wie ein Cowboy gekonnt in der Luft knallen. Dann sprach sie kurz mit den beiden Delinquenten und küsste jeden von ihnen leidenschaftlich auf den Mund, bevor sie ihnen eine breite Kette durch den Mund zog, auf die man einen Lederschlauch gezogen hatte. Die Kette wurde am Pranger eingehakt und fertig war der Knebel. Mit einem Schrei voller Lust warf die Frau ihre Haare zurück und holte zum ersten Hieb aus. Wow! Was für ein Bild. ›Wie ein weiblicher Zorro‹, schoss es mir durch den Kopf und ich spürte schon wieder ein leises Kribbeln in mir. Das war es. Jetzt erkannte ich auch ihr Gesicht. So nah und ich hatte keine Gelegenheit sie um ein Autogramm zu bitten.

Das Klatschen der Peitsche geleitete uns aus dem Raum und wir kamen auf die Galerie zurück. Unter uns tanzten die Paare und es war ein Meer von Farben auf der Tanzfläche.

»Wir müssen bald zurück. Ich würde noch gerne mit Ihnen tanzen, bevor die Ballkönigin gewählt wird.«

Viktor führte mich in den nächsten Raum. Dort war eine Gruppe Frauen und Männer um eine Frau versammelt, die ein Lied sang. Diese Stimme. War das nicht ... Ich machte einen langen Hals, doch Viktor schob mich durch die Leute, sodass ich direkt nach vorne sehen konnte. Eine üppige Figur und alles gut gebaut. Verpackt in einem schneeweißen Kleid. Das war sie! Ich suchte nach Robert aber er war nicht zu sehen. So! Die beiden hatten mal etwas miteinander? Schon eine irre Vorstellung. Das Lied war beendet und alle, die klatschen konnten, spendeten lauten Beifall. Eigentlich genoss ich es, Handschellen zu tragen aber jetzt wäre ich sie gerne kurz los gewesen. Mit einem strahlenden Gesicht rief sie den Leuten zu:

»Nun? Wer spielt mit mir?« Sie hielt ihr Hände dabei nach vorne gestreckt.

 Viktor trat nach vorn.

»Ich möchte Diana, aber ich habe einen Gast, der dich gerne begleiten würde.«

Galant zeigte er auf mich und meine Wangen wurden rot, als die Sängerin zu mir hersah.

»Wirklich?«

Ich nickte verlegen, obwohl ich nicht ahnte, was auf mich zukam.

»Warum nicht.«

Ihre Augen tasteten mich förmlich ab und sie grinste mit so weißen Zähnen, dass man meinen konnte, sie wären unecht. Viktor nahm ein kurzes Seil und schlang es fest um Dianas behandschuhte Hände. Dann zog er sie zu einem Stahlrahmen, der geschickt im Raum angebracht war.

»So wie im letzten Jahr?«, lachte er und löste einige Knoten an den Seiten des Rahmens.

Diana sagte nichts. Viktor stellte mich ihr genau gegenüber und löste meine Handschellen.

»Kann uns jemand helfen?«, rief er und legte erst Diana und dann mir eine Augenbinde um.

Meine Arme wurde mit Lederriemen gefesselt und weit auseinandergezogen. In den Riemen waren Griffe angebracht und ich nahm sie, um den Zug von meinen Armen etwas zu entlasten. Jemand öffnete mein Kleid und es fiel zu Boden. Hände trafen meine Finger und Diana wurde in gleicher Weise gefesselt. Ich tastete nach ihr und sie nahm meine rechte Hand in die ihre. Meine Beine wurden zur Seite gezogen und ebenfalls fixiert. Wir standen jetzt so dicht beieinander, dass sich unsere Gesichter berührten.

»Küss mich«, hauchte sie mir zu und unsere Münder fanden sich. Wir tauschten einige leidenschaftliche Küsse aus und die Leute raunten. Eine Hand schob sich zwischen uns und mir wurde ein Lederknebel eingeschoben. Ich hörte Diana grunzen und vermutete, dass man sie ebenfalls stumm gemacht hatte. Unsere Knebel schienen miteinander verbunden zu sein, denn jede Bewegung ihres Kopfes übertrug sich auf mich. Ein bisschen was zum Eingewöhnen.

»Mit den besten Grüßen deiner Fans, Diana«, flüsterte Viktor.

Dann stöhnte Diana laut auf und kurz danach spürte ich den schmerzhaften Biss einer Klammer an meiner Scham.

»Fangen wir an. Ich denke, es macht den beiden mit Rhythmus etwas mehr Spaß!«

Die Leute fingen an, im Takt zu klatschen und ich brüllte, als der erste Hieb einer Weidenrute meine Kehrseite traf. Die Hiebe fielen abwechselnd und entsprechend stöhnten wir. Diana wurde geradezu wild in ihren Fesseln und zog und zerrte wie ein Löwe in Ketten daran. Die ganze Situation brachte mich derart hoch, dass ich bald nicht vor Schmerz, sondern vor Geilheit schrie. Plötzlich hörte das Klatschen auf und es fielen auch keine Hiebe mehr. Diana tobte immer noch und rüttelte mich gehörig durch. Dann war ein leichtes Zischen in der Luft zu hören und etwas Weiches traf meine Haut. Ehe ich über die vermeintlich *gute Tat* nachdenken konnte, brannte es wie Feuer.

Brennnesseln! Viktor schlug uns zum Abschluss mit Nesseln, aber nur auf unsere Hintern und Geschlechtsteile. Diana schrie immer lauter in ihren Knebel und ihr Speichel tropfte auf meinen Busen. Sie hatte offenbar gerade den Höhepunkt ihres Lebens und ich dachte daran, was sie wohl mit einem Mann im Bett anstellte, wenn sie so in Fahrt war. Meine Muschi brannte wie Feuer, doch ich war so heiß, dass ich es kaum bemerkte. Mein Hintern bewegte sich hin und her und vor meinen Augen flackerten Sterne. Endlich zuckte Diana nur noch und hing schwer atmend in ihren Fesseln, als man uns losband. Jemand sprühte eine Flüssigkeit auf meine Haut und der Juckreiz wurde deutlich weniger. Viktor half mir, mich wieder anzuziehen und gab mir ein Glas mit Grappa, damit ich wieder zu mir fand.

›Diana ist dabei ganz schön in Fahrt gekommen. Ich frage mich, wie Robert mit ihr fertig geworden ist?‹, sinnierte er und wir gingen weiter.

Vor einer kleinen Rundbogentür standen zwei mit Schlössern gesicherte Kästen, aus denen die Köpfe von zwei Männern hervorschauten. Die Köpfe waren an den Haaren festgezurrt und stark nach hinten gezogen. Ihre Gesichter starrten die ganze Zeit nach oben. Das Ganze hatte etwas von einer Kunstausstellung. Um die Köpfe waren gepolsterte Ringe eingesetzt, die eine Handbreit über den Kastenböden befestigt waren. Sie sahen aus wie kleine Sitzgelegenheiten. Der junge Ravel sah mich an und lächelte.
»Sie möchten sich bestimmt reinigen. Ich habe eine Idee. Kommen Sie.«

Viktor schob mich zu einem der Kästen und schloss meine Hände auf.

»Setzen Sie sich.«

Jetzt erst erkannte ich den Zweck dieser Einrichtung und wurde verlegen. Neben mir bestieg eine bekannte Fernsehmoderatorin gerade den anderen Kasten und schob mit einem genüsslichen Grinsen ihren Unterleib in die richtige Position. Ich hob meinen Rock und bugsierte mich vorsichtig auf den gepolsterten Ring. Viktor nahm meine Hände und schloss sie mir wieder hinter dem Rücken zusammen und befestigte sie zusätzlich mit einer kurzen Kette an dem Kasten, sodass ich nicht ausweichen konnte. Meine Beine wurden auseinandergestellt und mit Riemen an den Kästen befestigt. Der Mann unter mir fing sofort an, meine Muschi mit der Zunge zu bearbeiten und ich musste kurz quietschen vor Anspannung.

»Nein! Nicht so. Du sollst sie säubern«, wies Viktor ihn zurecht und die Zunge glitt meine Innenschenkel und Schamlippen auf und ab.

Die Spitze suchte jede Vertiefung und lutschte sogar den Ring in meiner Scham ab. Eine bemerkenswerte Leistung, wenn man bedachte, wie weit die Zunge trotz der Fesselung reichte. Ich wurde ausgiebig *gereinigt* und konnte dabei zusehen, wie die Fernsehmoderatorin schwer in Fahrt kam. Sie ritt förmlich auf dem Gesicht herum und gab kleine spitze Schreie von sich, bis sie sich aufbäumte und beinahe vorn übergefallen wäre. Viktor lachte mir ins Gesicht, als er sah, wie viel Mühe ich hatte, mich zu beherrschen. Dabei war meine Libido bereits ziemlich ausgereizt.

»So ich denke, das reicht. Wir müssen uns beeilen. Die Ballkönigin wird gleich gewählt. Und wer weiß? Vielleicht macht sich Robert schon Sorgen?«

Er band mich los und wir gingen zurück zu den Tänzern.

Ich sah kurz in einen Spiegel und bekam einen Schreck.

»Wo ist hier ein Bad? Am besten mit einem Spiegel«, flüsterte ich.

»Natürlich! Vergeben Sie mir. Kommen Sie, ich bringe Sie dahin, wo man Ihnen hilft«, rief Viktor sichtlich erschüttert und schob mich in einen Raum, wo schon andere Frauen saßen und ihr Make-up oder die Frisur wieder auffrischen ließen.

Ich nahm auf einem freien Sessel Platz und in wenigen Minuten erstrahlte ich in alter Pracht, sodass einige der Damen neidisch murmelten. Viktor lud mich zum Tanz ein und ich wurde viermal *abgeklatscht*, bis mich einer der Herren mitleidig zur Bar führte und mir einen Drink besorgte. Nora kam zu mir und pfiff leise durch die Zähne.

»Du siehst so gut aus. Ich denke, dir ist der erste Preis nicht mehr zu nehmen. Die anderen Mädchen hatten recht«, sagte sie leise und nahm sich ein Sektglas.

»Ich? Wie kommst du darauf?«

»Warte ab und fall nicht gleich in Ohnmacht, wenn du den Scheck kriegst. An deiner Stelle würde ich schon mal darüber nachdenken, wem du das Geld spenden willst. Irgendwas in Italien wäre sicher nicht verkehrt.«

»Spenden?« ich sollte 25000 Euro spenden? Ich sah Nora wie ein Mondkalb an.

»Aber ich kann mir das nicht leisten. So viel Geld? Nein. Einen Teil behalte ich. Ich bin selbst arm wie eine Kirchenmaus.«

»Du und arm? Wann hast du das letzte Mal auf deine Konten geschaut Sabine?«

Das hatte ich tatsächlich schon lange nicht mehr getan. In Robert Nähe hatte ich bislang kaum Geld verbraucht.

»Tröste dich. Ich weiß über deine Finanzen bestens Bescheid und sage dir, das was du heute weggibst, hast du morgen schon doppelt und dreifach verdient.«

»Du weißt, was ich verdiene? Du kennst meine Konten?«

Ich war verwirrt.

»Lange bevor du bei Robert angefangen hast, habe ich die Büroarbeit mit erledigt. Lohnbuchhaltung gehörte auch dazu. Du kannst selbst jederzeit nachschauen, was ich verdiene, obwohl es kaum von Interesse ist, weil mein Vermögen im Jemen deponiert ist. Hör auf meinen Rat, spende das Geld für irgendwas. Das ist so Brauch bei dieser Art von Festen. Das sind, wie sagte der Typ von der deutschen Bank so treffend, Peanuts.«

In Noras Worte hinein ertönte eine Fanfare und eine Durchsage bat alle Frauen, in den Büfettsaal zu kommen. Ich stolperte neben Nora her und zupfte verlegen an meinem Kleid herum.

»Sie gehen einfach nacheinander durch die Tür und einmal über die Tanzfläche und zurück zu mir. Das wiederholen wir dreimal und entscheiden am Applaus, wer gewonnen hat«, lachte der Ansager und ordnete die Damen in eine Reihe. Es waren alle Altersklassen vertreten und jede hatte angeblich die Chance zu gewinnen, wobei mir schleierhaft war, wie auf diese Weise der Sieger ermittelt werden sollte.

»Wie soll das gehen? Ich denke, es wird für einige furchtbar peinlich«, flüsterte ich Nora zu und reihte mich ein.

»Ach, mach keine Panik. Nach der ersten Runde sind wir nur noch eine Handvoll. Alle Frauen machen mit, um die Tradition nicht zu brechen aber die meisten kommen eh kein zweites Mal auf die Tanzfläche.«

Ein Fanfarenstoß dröhnte und die Tür wurde geöffnet. Die Gäste standen rund um den Saal und klatschten verhalten, als die Erste von uns heraustrat. Sie ging in ihrem schicken Kleid an den Männern vorbei und wedelte dabei verlegen mit ihrem Fächer. Eine dralle Rothaarige folgte ihr, die mit einem Lächeln mehr Zähne zeigen konnte als ein Tiger.

Endlich war ich an der Reihe und kaum hatte ich den Saal betreten, klatschten die Männer, dass die Wände erzitterten. In der besten weiblichen Gangart stolzierte ich an ihnen vorbei und fühlte mich wie die Prinzessin eines Märchens. Als ich das zweite Mal an der Reihe war, hatte sich die Anzahl der Frauen halbiert und vor dem letzten Durchgang waren wir nur noch zu acht. Nora hatte recht behalten. Robert stand in der ersten Reihe und als ich zum letzten Mal vorbeiflanierte, schrie er laute Hochrufe, in welche die anderen Männer einstimmten.

Auch viele Frauen waren mittlerweile dabei und klatschten begeistert mit. Es war so laut wie bei einem Rockkonzert. Ich wusste gar nicht, wie mir geschah als mich Fabrizio durch das Getrampel und Geklatsche in die Mitte führte und zum Sieger erklärte. Der Krach ebbte langsam ab und er reichte mir den Scheck. Mein Gesicht war sicher so rot wie eine reife Tomate.

»Nun Signora. Haben Sie schon entschieden was Sie mit dem Geld machen wollen?«

Die Frage traf mich wie einen Fausthieb. Ich sollte zum ersten Mal in meinem Leben eine Entscheidung über so viel Geld treffen. Und ich sollte es auch noch verschenken. Wenn es eine Hölle für mich gab, dann steckte ich gerade mittendrin.

Am besten eine Organisation in Italien, hatte Nora mir geraten. Aber welche? Ich blickte Hilfe suchend zu Robert, der Gottlob in der ersten Reihe stand. Er schien mein Dilemma zu erkennen und machte mir verstohlen Zeichen mit der Hand. Kleine ..., Niedrige ..., was wollte er? Endlich fiel der Groschen.

Kinder!

Ich sah Fabrizio lächelnd an und sagte leise auf Italienisch:

»Ein Kinderheim. Ich möchte es einem Kinderheim in der Gegend spenden.«

»Signora Zeiger! Ich danke Ihnen im Namen der Kinder.«

Applaus brandete auf und ich fühlte mich, als ob ich eben einen Schluck Säure getrunken hätte. Nicht dass mir Kinder egal waren, aber ich hatte schließlich auch ein Leben.

»Und ich werde den Betrag verdoppeln«, rief Robert aus der Mitte heraus und erhielt ebenso großen Beifall. Die Musik setzte wieder ein und Robert führte mich zur Tanzfläche, wo wir einen langsamen *Slowfox* genossen.

»Sehr gut. Sie haben es hervorragend gemeistert, Sabine. Heute Abend haben Sie sich das Anrecht auf einen Platz unter diesen Leuten verdient.«

»Und wie das?«, fragte ich und zog gerade noch meine Schuhe unter seinen Fußspitzen heraus.

»Viele hier wissen, woher Sie kommen und welche Entscheidung man Ihnen gerade abverlangt hat. Sie haben Größe und Charakter bewiesen und das ist wichtiger als Besitz.«

Ich seufzte nur und legte meinen Kopf an seine Brust.

Ich genoss den Abend und weitere Tänze in vollen Zügen und lernte an diesem Abend eine Menge Frauen und Männer des Zirkels kennen. Hatte ich bisher geglaubt, dass eine Stange Geld allein die entscheidenden Kriterien waren, um dabei zu sein, so stellte ich fest, dass sich, wenn auch wenige, normale Handwerker und Angestellte unter ihnen befanden. Sie waren meist über Beziehungen dazugestoßen und hatten ihre Loyalität und Hingabe für den Zirkel auf ihre Weise bewiesen. Jeder von ihnen sagte einhellig, dass er das Geld ebenso gespendet hätte. Schließlich hatten sie es ja nicht aufbringen müssen und so würden die Kinder gewinnen und nur einer, dem die Summe nicht viel ausmachen würde, verlor ein bisschen. Ich versuchte, mich mit der neuen Denkweise langsam anzufreunden. Aber es war schwer.

Den Scheck hatte ich auf Fabrizios Rat hin in eine große Schale auf dem Kaminsims gelegt, der an der Nordwand des Tanzsaales platziert war und im Laufe des Abends fanden sich weitere Schecks und Bargeld dazu ein. Es war bereits früher Morgen, als ich meinen letzten Drink nahm und dann aufs Zimmer ging. Ich hatte alle Mühe den Ausgang des Saales zu erreichen, so viele Männer wollten mit mir etwas zusammen trinken, oder wenigstens noch einmal tanzen. Als ich endlich die Tür erreichte, war ich ziemlich erledigt. Mit einer Flasche Mineralwasser unter dem Arm erreichte ich den Gang zu meinem Zimmer und hörte plötzlich Roberts Stimme und die einer Frau durch eine Tür.
War dies Diana? Ich wurde neugierig. Sollte ich an der Tür lauschen? Überall hingen Kameras, aber ich wusste, dass sie bei Zirkelveranstaltungen abgeschaltet waren. Sie war also seine Favoritin gewesen, bis sie sich trennten.

Ich wusste nicht, wie lange sie zusammen gewesen waren, doch Nora meinte, dass sie es beide sehr bedauert hätten, ihre Lebensweisen nicht aufeinander abstimmen zu können. Merkwürdig. Normalerweise stimmte die Sklavin oder der Sklave sein Leben auf das seines Herren ab.

Schon früh hatte ich von Herrin Daniela erfahren, was es bedeutete, eine richtige Sklavin zu sein. Sie rief an und nannte den Ort und den Termin. Alles andere war meine Sache. Einmal rief sie mitten in der Nacht an und befahl Fatime zu sich. Die junge Perserin verursachte beinahe einen schweren Unfall mit ihrem Auto, so sehr beeilte sie sich, um den Wunsch ihrer Herrin zu erfüllen. Als sie ankam, musste sie sich sofort nackt ausziehen und wurde im Keller von Herrin Daniela die halbe Nacht gezüchtigt. Am Morgen band sie Fatime los und schickte sie ohne ein weiteres Wort nach Hause. Als sie zurück in ihr Auto stieg, fand sie eine Rose und eine duftende Karte vor, auf der *Danke* stand. Warum sie es tat, haben wir nie erfahren.

Ich hörte eine Frau kichern und wie jemand an die Tür kam. So schnell es mein Kleid zuließ, lief ich hinter die nächste Biegung und hörte hinter mir, wie beide aus dem Zimmer gingen. Sollte ich ihnen folgen? Nein. Das war nicht meine Sache. Trotzdem schaute ich kurz hinter der Biegung hervor und sah, wie Robert Diana mit einer kurzen Kette am Halsband hinter sich herzog.

›Die gehen sich bestimmt Vergnügen‹, dachte ich und ging auf mein Zimmer.

Im Flur schwebte ein süßlicher Geruch und ich dachte noch darüber nach, wem er wohl gehöre, als ich das Licht anschaltete und beinahe leise aufschrie. Madame saß in meinem Zimmer.

»Hallo guten Morgen! Du kommst spät Nummer 43!«

»Ich wusste nicht, dass Sie auf mich gewartet haben«, sagte ich ruhig und begann mit klopfendem Herzen mein Kleid abzustreifen.

»Oh ich sehe, du hattest ein bisschen Spaß heute Nacht. Hat dich Dianas Mann mit seinem Spiel überrascht?«

Wer war überhaupt der Mann von Diana? Ich hatte ihn nicht gesehen, doch dann fiel es mir ein. Der Harlekin!

»Madame! Ich bin sehr müde. Was gibt es so Wichtiges, dass Sie hier auf mich warten?«, rief ich gereizt aus dem Bad und schminkte mich eilig ab.

Ich wollte sie so schnell wie möglich loswerden. Sie stellte sich in den Türrahmen und flüsterte leise.

»Möchtest du sehen, was er mit ihr macht?«

»Wer macht was mit wem?«

»Nummer 43! Tu nicht so, als wenn du nicht wüsstest, wovon ich rede. Robert Presch und diese Sängerin natürlich. Ich beobachte euch schon den ganzen Abend und in deinen Augen sehe ich eine kaum beherrschbare Neugier.«

»Ich bin kein Spanner«, sagte ich laut und deutlich und es fiel mir schwer, der Frau gegenüber unfreundlich zu sein.

So sehr erinnerte ich mich an den Respekt, den ich ihr zu erweisen hatte. Konnte sie nicht einfach abhauen? Madame schaltete den Fernseher ein und spielte kurz an der Fernbedienung herum, bis ein Bild aus dem Folterkeller des Schlosses zu sehen war. Sie drückte einige Knöpfe und plötzlich war das Bild völlig klar.

»Dort ist dein Herr und diese Sängerin ist bei ihm. Schau einfach nicht hin, wenn du nicht willst. Gute Nacht!«

Madame verschwand ohne ein weiteres Wort, und während ich mir eine Bürste durch die Haare zog, schaute ich auf den Bildschirm. Es war nichts zu sehen, außer dem leeren Zimmer und ich wollte eben das Gerät abschalten, als Robert mit ihr im Bild auftauchte. Verdammt! Madame war ein echtes Miststück. Das war ja pure Folter nicht hinzusehen. Ich wand mich ab und ging noch mal zur Toilette. Auf der Schüssel hörte ich, wie sie miteinander sprachen. Robert stammelte etwas auf Englisch und Diana quietschte nur. Die nackte Vorfreude war aus ihr zu hören. Als würde ich gerade irgendwo einbrechen, schaute ich um die Ecke der Badezimmertür und warf einen Blick auf den Schirm. Sie stand nackt im Raum und Robert fesselte ihre Hände vor der Brust. Ich konnte deutlich die Striemen erkennen, die sie noch von ihrem Einsatz während des Festes trug. Diese Frau konnte wohl nicht genug kriegen. Ein Elektromotor surrte und Dianas Arme wurde an einem Haken befestigt, der von der Decke herab kam. Er fesselte ihre Füße mit zwei breiten Klettbändern und legte einen Riemen um ihre üppigen Oberschenkel, sodass sie wie eine verzierte Kerze aussah. Der Motor surrte wieder und sie wurde langsam nach oben gezogen, bis ihre Fußspitzen eben noch den Boden berührten.

»No Gag, please«, hörte ich sie keuchen und Robert legte den Knebel wieder zur Seite. Er dämpfte das Licht und ließ nur einen Deckenstrahler auf sie gerichtet scheinen. Ihre langen lockigen Haare fielen über ihre Schulter fast bis zum Ende des Rückens. Dann nahm er eine Haarklammer und steckte sie so fest, dass der frisch verstriemte Rücken frei blieb.

»All right Baby?«, hörte ich ihn flüstern und sah ein Feuerzeug in seiner Hand aufblitzen.

166

Diana nickte, so gut es die Fesseln erlaubten. Der erste Schrei war noch verhalten, als die Flammenzunge ihr Schamkleid traf und einige Haare in Rauch aufgingen. Meine rechte Hand bewegte sich in meinem Schritt und ich war so fasziniert von dem, was ich sah, dass mir der Schweiß ausbrach. Aber ich empfand auch so etwas wie Eifersucht. Warum vergnügte er sich mir ihr? Gut, er war der Herr und konnte so viele Sklaven haben, wie er wollte, aber irgendwie stach es mir ins Herz zu sehen, wie er ihr das antat, was mir zustand. Die Flamme wanderte langsam an ihrem Körper hoch und Diana stieß spitze Schreie aus, wenn die Flamme länger an einem Ort verweilte. Ich sollte es abschalten. Es war ein massiver Verstoß gegen die Regeln des Zirkels. Die Flamme erreichte ihre linke Brust und mir kam es vor, als würde er die empfindliche Stelle regelrecht braten wollen. Diana schrie mittlerweile ungehemmt, und als ich schon dachte, dass es mehr war, als ein Mensch ertragen konnte, wurde die Flamme fortgenommen und er saugte ihre gepeinigte Brust in seinen Mund. Ich war sicher, dass die Sängerin gerade einen heftigen Orgasmus erlebt hatte, denn sie schüttelte sich und rang stoßweise nach Atem, sodass Robert sie festhalten musste, um die Brust nicht aus dem Mund zu verlieren. Er ließ von ihr ab und schien den Anblick lange zu genießen.

Am nächsten Morgen ging der Ernst des Lebens wieder los. Robert und ich verbrachten den Vormittag in Viktors Büro und erledigten die Korrespondenz der vergangenen Tage. Ich schrieb seitenweise E-Mails mit Terminbestätigungen in aller Welt und Robert telefonierte stundenlang.

»Japan wird sich verschieben. Satos Vater hatte einen Schwächeanfall und braucht ein paar Tage, bis er auf die Füße kommt. Aber wir können zwischendurch die Araber erledigen. Schreiben Sie eine Mail nach Katar, ob sie damit einverstanden sind, dass wir uns im Mittelmeerraum treffen.«

Robert verschwand mit Fabrizio und ich schrieb und übersetzte viele Briefe und Anfragen. Ich ging zu Mittag und speiste zusammen mit einer Frau aus Ghana die am Fest teilgenommen hatte. Sie war eine echte Königin und zusammen mit ihrem Mann angereist.

In ihrer Familie war es Tradition im Zirkel zu sein, und auch wenn nur ihr Mann die Leidenschaft des SM teilte, begleitete sie ihn hin und wieder. Er war offiziell ihr Sklave und sie hatte schnell gelernt, wie er außerhalb des Hofes behandelt werden wollte. Sie hatte kein Problem damit ihn als *Hund* an einer Kette auf Fetischpartys auszuführen und er freute sich, wenn sie gemeinsam *Gassi* gingen. Zu Hause wusste nur ihre unmittelbare Umgebung von der Veranlagung des Königs und sie schwieg, weil es besser war zu schweigen, als spurlos zu verschwinden.

»Er steht auf Hundepeitschen aus Portugal. Vor Jahren lernten wir bei einer Reise einen alten Sattler kennen, der sich noch auf das Handwerk verstand, und kauften drei dieser Dinger zu einem horrenden Preis. Aber mein Mann meinte, sie seien das Beste, was auf dem Markt zu kriegen sei.«

»Und wie geht das bei dem Hofstaat, der ständig anwesend ist?«

»Nun ja. Sie wissen schon, was so läuft, aber zu gewissen Zeiten kriegen alle frei und wir haben den Palast für uns alleine. Nur die Wachen bleiben und laufen vor der Tür herum. Dann spielen wir drei Tage lang miteinander. Wir haben einen privaten Wohntrakt, den niemand außer uns betreten darf, dort gibt es ein eingerichtetes Spielzimmer.«

›Wow. Eine Königin als Domina. Was für eine Karriere‹, dachte ich und fing mit der Nachspeise an.

»Zweimal im Jahr gönnen wir uns eine professionelle Herrin und einmal war Lady Sikura aus Japan bei uns. Der Zahlmeister des Palastes hat zwar jedes Mal fast einen Anfall bekommen, wenn er die Rechnung begleichen sollte, aber wozu ist man schließlich König. Sie hat ihn vier Tage bearbeitet. Zuerst hat sie ihn in den Käfig gesperrt. Natürlich in seinem Hundekostüm. Normalerweise kann er es alleine an- und ausziehen aber die Domina hat die Verschlüsse sorgfältig mit Schlössern gesichert, sodass er die ganze Zeit darin gefangen war. Sie hat ihm ein breites Halsband mit Stacheln mitgebracht, das ziemlich gefährlich aussah. Als Krönung des Ganzen hatte sie einen speziellen Maulkorb dabei, der ihn daran hinderte, den Mund allzu weit aufzumachen. Das war ganz schön hart für ihn tagelang den Mund halten zu müssen.

Aber er hatte Überraschungen verlangt und sie hatte ihm welche geboten. Dreimal am Tag holte sie ihn hervor und machte mit ihm eine Hundedressur. Sie scheuchte ihn über Hindernisse und ließ ihn Bälle apportieren wie einen Spaniel. Zur Belohnung gab es jedes Mal eine gehörige Portion Hiebe. Und das alles in der Zeit, wo bei uns Hochsommer herrscht. Es ist stellenweise so warm, dass das Gras von alleine anfängt zu brennen. Ich glaube, in diesen Tagen hat er gut fünf Kilo an Gewicht verloren.«

Die Frau lachte dabei und war ansonsten auch ziemlich locker. Wir verstanden uns gut. Sie war die Erste, die ich innerhalb des Zirkels kennenlernte, die nicht auf SM stand.

Als ich ins Büro zurückkehrte, lag eine Videokassette auf meinem Tisch. Ich hatte zwar nicht abgeschlossen und dachte es wäre für Viktor, aber es stand mein Name drauf. Im Zimmer war eine Video-Komplettaustattung und ich schob die Kassette in den Schlitz. Mir stockte der Atem. Ich sah, wie Diana und Robert sich vergnügten, aber es war keine direkte Aufnahme, sondern die Kamera hatte ein Fernsehbild aufgenommen. Es dauerte keine Minute, da schwenkte die Kamera und ich erkannte, von wo aus man die Aufnahmen gemacht hatte. Es war mein Zimmer. Mit stierem Blick glotzte ich in den Fernseher und hatte die Anwesenheit der Kameras in meinem Zimmer völlig ignoriert. Autsch. Wer immer das auch aufgezeichnet hatte, musste es auch gesehen haben. Das war ein Hinweis. Ein Erpresservideo vielleicht? Ich suchte den Schreibtisch ab, aber konnte keine weitere Nachricht entdecken. Ein Zirkelmitglied wurde ausspioniert und ich war darin verwickelt. Oh Gott. Wenn Robert das erfuhr, war ich mit Glück nur meinem Job los, wenn nicht mehr. Das hier war Italien und ich dachte an die Männer, die um die Burg herum postiert waren. Verflucht! Ich biss mir vor Wut in die Faust. Das war sicher das Werk von Madame und sie hatte sicher alle ihre Spuren bereits verwischt. Aber was konnte der Frau daran liegen, mich zu demütigen? Sie musste doch wissen, dass es zu meinem sofortigen Ausschluss aus dem Zirkel führen würde und dies, obwohl ich noch nicht einmal richtiges Mitglied war.

Oder war sie so versessen drauf mich zu kriegen, dass sie auch vor solchen Machenschaften nicht zurückschreckte. Ich fror, wenn ich nur an ihr Lachen dachte. Wie ein Vampir. Ich erledigte den Rest der Arbeit und als Robert zurückkehrte stand mein Entschluss fest. Ich würde mich dumm stellen. Sollte doch wer auch immer, aus seiner Deckung heraustreten und mich anzeigen. Mal sehen, was er oder sie vorbrachte.

»Die Araber haben sich gemeldet. Sie sollen den Ort angeben, wo sie sich treffen wollen. Aber es sollte ein Flugplatz in der Nähe sein«, rief ich ihm zu und er ging an die Landkarte im Zimmer, die den Mittelmeerraum zeigte.

»Tranicos! Schreiben Sie ihnen, dass wir uns in drei Tagen auf Tranicos treffen. Und schreiben Sie eine Nachricht an Costas Demuplizos, dass Robert Presch auf Tranicos ist und er eine Landegenehmigung für die Insel ausstellen möchte.«

Ich suchte die Namen aus der Datenbank und bekam fast im selben Augenblick die Antworten der Araber.

»Die hocken ja förmlich vor dem Computer. Warum haben die es so eilig?«, fragte ich und konnte meine Nervosität kaum im Zaum halten. Dieses verdammte Video.

»Keine Ahnung, es geht um ein Radiosatellitenprogramm für einen religiösen Sender. Ihre Steuerung hat üble Lücken und ich soll ihnen eine Programmergänzung schreiben. Sieht nach einem guten Geschäft aus.«

Wir gingen Kaffee trinken.

»Wer ist dieser Costas?«

»Ein General, den ich gut kenne. Tranicos ist militärisches Sperrgebiet und ohne seine Einwilligung sollte dort niemand landen, es sei denn, er ist lebensmüde.«

»Und wir dürfen das?«

»Das ist eine lange Geschichte. Die erzähle ich ein anderes Mal«, lachte mein Herr und begrüßte Fabrizio und Viktor, die mit ernsten Gesichtern an den Tisch kamen.

Beim Anblick der Männer kam mein Herz kurz aus dem Takt und ich atmete plötzlich schwer. Die sahen nicht nur sauer aus. Die hatten Mordlust in den Augen.

»Robert! Wir müssen uns unterhalten. Komm bitte mit in mein Büro.«

Wir gingen alle in Fabrizios Büro und dort warteten bereits Madame und D auf uns.

»Madame White hat Informationen, dass deine Sklavin eine illegale Videoaufnahme von einem Gast mitgeschnitten hat.«

Robert sah die Frau abschätzend an.

»Tatsächlich. Wo hat sie die her?«

»Das wird mein Geheimnis bleiben, aber ich habe hier das Band in der Hand. Das sollte als Beweis genügen.«

»Mir nicht. Aber das können wir später noch klären. Was viel interessanter wäre, wen zeigt es denn?«, Robert lächelte kalt.

Madame grinste überheblich zurück und entblößte ihre Eckzähne.

»Sie natürlich Herr Presch. Sie und Diana im Dungeon.«

Während Robert das Lachen verging, reichte Madame Viktor das Band und er schob es in den Rekorder. Ich sah zu D hinüber, aber die würdigte mich keines Blickes. Ich spürte meine Knie kaum noch, denn sie hatten sich eben in Weichgummi verwandelt. Mein Herz schlug bis zum Hals und eben überlegte ich noch, ob es an der Zeit wäre mit der Wahrheit rauszurücken, da flimmerte das Fernsehbild auf. Man konnte einen Flur des Hotels sehen, und nachdem fünf Minuten vergangen waren, ging tatsächlich ein Gast in sein Zimmer. Madame wurde sichtlich nervös.

»Ich denke, ich sollte es vorspulen.«

Fahrig hantierte sie an dem Rekorder herum und drückte auf Schnelldurchlauf, aber außer zwei weiteren Gästen, die vorbeigingen, zeigte das Band nichts als den leeren Flur. Ich musste meine gesamte Willenskraft aufbringen, um mir nichts anmerken zulassen.

Ein aufmerksamer Beobachter hätte die Schweißperlen entdeckt, die auf meiner Stirn auftauchten wie Pickel in der Pubertät.

»Und? Das war ein Werbefilm für die Teppiche im Hotel Ravel. Wo bleiben denn Diana und ich, oder war das der Vorfilm?«, Roberts Stimme triefte vor Sarkasmus.

»Madame? Ich hoffe, dass dieses hier nicht alles war und ich Robert und seine zauberhafte Sabine umsonst hierher bitten musste!«

Die Stimme des alten Ravel klang wie die eines launischen Löwens und auch Viktor hatte seine Augen zu Schlitzen geformt.

›Gott sei Dank, sie hat das falsche Band mitgebracht‹, dachte ich und betete zum ersten Mal seit Jahren leise vor mich hin.

»Verdammt. Ich hatte ein Band, da waren Sie drauf zu sehen. Und auch wie Nummer 43 vor dem Fernseher hockte und alles mit ansah.«

Madame riss das Band aus dem Rekorder und warf es wütend D zu, die Mühe hatte es zu fangen. Ihre Sklavin stolperte durch den Raum und blieb direkt vor mir stehen. Ich sah ihr ins Gesicht und erntete ein siegesgewisses Lächeln. Da wusste ich es. Sie war es gewesen.

Das Band im Zimmer war von ihr ausgetauscht worden. Sie wollte verhindern, dass ich entlassen würde und in Madams Dienste trete. Die Liebe dieser Frau zu ihrer Herrin hatte mir vermutlich heute sprichwörtlichen den Arsch gerettet. Ich atmete auf und wir beide taten so, als würde uns das alles nichts angehen. Während Madame sich einen Anpfiff der Extraklasse einfing, sprach Robert kurz mit Viktor und wir verließen den Raum.

»Langsam wird Madame exzentrisch. Ich denke, Fabrizio sollte sich nach einer Alternative umsehen«, merkte mein Herr trocken an und ich schwor mir, mich niemals mehr von meiner Neugier derart reiten zu lassen.

Wir gingen zurück ins Büro und ich erledigte die Restarbeiten, während Robert mit Fabrizio eine Partie Golf spielen ging. Ich suchte gerade etwas im Internet, als plötzlich jemand eine Mail schickte, die an mich adressiert war:

Das Band war von mir. Ich habe es in ihrem Zimmer ausgetauscht, als sie schlief. Sie wird mich dafür verantwortlich machen, aber ich werde es schon aushalten, weil ich sie liebe. Bitte komm nie wieder zurück in dieses Schloss. Gez. D

Ich löschte die Nachricht und entfernte auch die temporären Dateien, die einen Rückschluss auf die Herkunft hätten geben können. Das war eine deutliche Warnung. In Zukunft sollte ich das Schloss besser meiden, weil ein Vampir mich begehrte und offenbar vor nichts zurückschreckte, um mich zu kriegen.

Wir standen zeitig auf und beim Frühstück eröffnete uns Viktor, dass die italienischen Fluglotsen streikten und wir nicht fliegen könnten.

»Und wie lange wird der Streik andauern?«

»Ich schätze bei der Stimmung, die zwischen dem Ministerpräsidenten und den Gewerkschaften herrscht, mindestens eine Woche, wenn nicht länger. Ich sage es dir Robert. Kein Verlass auf Angestellte. Jeden Tag wollen sie mehr. Mehr Geld, mehr Mitsprache und am Ende wollen sie alles allein haben aber trotzdem die Viertagewoche pflegen«, ätzte Fabrizio.

»Vater? Wir haben uns noch nicht bei Sabine für Madams Verhalten entschuldigt.«

Der Alte Ravel stand auf und nahm meine Hand. Dann sagte er sehr förmlich:

»Signora Zeiger im Namen meiner Firma und allen Angestellten des Schlosses, sowie den Mitgliedern des Zirkels, bitte ich Sie um Verzeihung für den ungeheuren Verdacht, der gegen Sie erhoben wurde. Ich hoffe, Sie nehmen diese Entschuldigung an.«

Ich schaute verlegen zur Seite. Gott war das peinlich.

»Natürlich Fabrizio. Ich nehme Ihnen nichts krumm«, flüsterte ich und lächelte so süß ich konnte.

Viktor zog ein Scheckheft hervor und schrieb.

»Ich hoffe, dass diese Summe als Schmerzensgeld über den Kummer des Verdachtes hinweghelfen wird. Ich weiß ja, wie kurz Robert seine Mitarbeiter hält«, lachte er und schob mir den Scheck rüber.

Fünfzigtausend Dollar! Ich kam mir vor, als würde sich die Erde öffnen und ich im Morast von Lügen und Verrat endgültig versinken. Jetzt reichte es. Ich nahm den Scheck und schob ihn verlegen zurück, dabei brannten meine Fingerspitzen, als hätte ich glühende Kohle vor mir hergeschoben.

»Nein. Ich denke, das ist nicht angemessen. Wir, nein, Sie und Robert sind Freunde und Freunden muss man keine Entschuldigung abkaufen.«

Die Männer sahen sich an und Robert fand als Erster die Worte wieder.

»Es ist Okay, wenn Sie das Geld behalten. Das ist so üblich hier. Sie brauchen sich ...«

»Nein! Wenn, dann spende ich das Geld für einen guten Zweck aber behalten kann ich es nicht.«

In dem Moment hätten mir Brandblasen auf der Zunge wachsen sollen, so wenig ernst gemeint waren meine Worte aber ich wollte nicht noch tiefer sinken.

»Gut Sabine. Wie Sie meinen. Und wen sollen wir damit beglücken?«

Ich überlegte und außer dem Kinderheim fiel mir nichts ein, bis ...

»Gibt es hier ein Institut für Ethik?«

Griechenland

»Natürlich! Wir nehmen die Jacht. Ob du eine Woche hier rum sitzt, oder wir in neun Tagen auf Tranicos sind. Wo ist da der Unterschied?«, fragte Fabrizio und wischte Roberts Einwände beiseite. Der Anruf bei der Fluggesellschaft war ernüchternd gewesen.

»Ende der Diskussion. Ihr fahrt mit mir und Viktor übers Meer zu eurem Treffpunkt. Diese Araber können eh nicht auf Tranicos landen und brauchen einen Tag, um dorthin zu gelangen. Das heißt, ihr habt genug Zeit, um mit uns eine kleine Kreuzfahrt zu machen.«

»Sind Sie seefest?«, fragte Robert und ich nickte.

Im Kopf meines Herrn schienen die Gedanken zu rasen. Pünktlichkeit war eine Maxime seines Geschäftsprinzips.

»Also gut, aber ich will nicht, dass wir nur segeln. Du musst aber mit dem Motor fahren, damit ich auf jeden Fall pünktlich ankomme. Auf den nötigen Wind für die Segel kann ich nicht warten, die Araber sind ziemlich pedantisch, wenn es um Termine geht. Und wir müssen noch heute auslaufen.«

»Aber Robert mein Freund. Es ist bereits seit dem Frühstück alles arrangiert. Seit vorgestern wissen wir von dem bevorstehenden Streik und die *Bella Imperia* ist zum Auslaufen bereit. Deine Koffer sind bereits verladen und eigentlich warten wir noch auf euch«, Fabrizio lächelte treuherzig.

Er freute sich auf die ruhigen Tage mit Robert und es schien fast so, als ob er den Fluglotsen selbst Geld gegeben hätte, um das hier zu bewerkstelligen.

»Einverstanden, aber denk daran, keine Angeltour wie im letzten Jahr«, lachte Robert.

Zwei Stunden später waren wir in einem kleinen Fischerort an der Ostküste Italiens angelangt. Am Meer war es noch empfindlich kalt und ich machte mir bereits Sorgen um meine unpassende Kleidung für eine Seefahrt bei diesen Temperaturen, als Fabrizio vor einem Laden für See- und Jachtausstattung anhielt.

»Nehmen Sie, was Sie benötigen. Der Laden gehört Fabrizio und Sie wollen doch wohl nicht an Bord als Eiszapfen herumlaufen«, sagte Robert und zog einen warmen Pullover über.

Viktor stand mir bei und ermutigte mich, zu den beiden Garnituren warmer Kleider eine weitere zu nehmen.

»Es ist zwar nicht Lagerfeld, aber es hält auch warm«, meinte er etwas abschätzend über die Sachen und ich warf einen vorsichtigen Blick auf die Preise.

 Autsch! Ein einfaches Hemd kostete ein Vermögen und es war mit oberhässlichen Farben bedruckt und auch nur aus Flanell. Ich stieg in einen grauen gefütterten Einteiler, der trotz des dicken Materials meine Figur gut zur Geltung brachte. Irgendwo im Laden pfiff jemand zustimmend und ich hatte das erste Stück gefunden. Zwei Troyer, die schon länger im Regal lagen, sich aber wunderbar auf der Haut anfühlten und ein Paar kniehohe wasserfeste Stiefel mit Pelzfütterung beendeten meinen Einkauf.

Ich sah aus, als wollte ich zum Nordpol auswandern. Fabrizio stülpte mir dazu eine Fellmütze über die Ohren und ich sollte noch dankbar sein, dass ich sie mitnahm. Das Schiff lag an einem eigenen Pier und die Besatzung hatte es bereits zum Auslaufen fertiggemacht, als wir kamen. Ich hatte nicht viel Erfahrung mit Schiffen. Meine letzten Erlebnisse mit einer *Seefahrt* war der Alsterdampfer, der mich in die Hamburger City brachte. Aber gegen dieses Schiff hier war er bestenfalls ein Beiboot.

»Es ist ein Nachbau des Schiffs von *Admiral Andrea Doria*. Die Fregatte, mit der er gegen die Piraten von Algier im sechszehnten Jahrhundert in den Krieg zog«, informierte mich Fabrizio stolz und nahm meinen Arm, um mir an Bord zu helfen.

Das Schiff hatte drei Masten und sah wirklich aus wie eine Requisite aus dem Film *Piraten der Karibik*. Vieles war mit Gold überzogen und hübsch bemalt. Doch hinter der antiken Fassade verbargen sich modernste Technik und luxuriöse Kabinen. Es war ein Traum von einem Schiff. Die Leinen wurden gelöst und unter den Planken fing der Schiffsmotor zu brummen an. Zusammen mit Robert bezog ich eine großzügige Kabine mit Blick hinaus aufs Meer und freute mich darüber, dass die Räume eine funktionierende Heizung besaßen. Ich war von der Seeluft ziemlich müde und ging schlafen, während die Männer sich mit Angelruten bewaffneten.

Stunden später ging ich an Deck und der Wind ließ mich frösteln. Die *Belle Imperia* hatte die Segel gesetzt und lag etwas schräg, wohl um den Wind voll mitzunehmen.

»Wir machen 15 Knoten. Wenn wir weiter so schnell sind, könnten wir es in sieben Tagen schaffen, die Insel zu erreichen«, sagte Viktor hinter mir und nahm mich in den Arm, weil ich vom Wellengang schwankte.

Robert und Fabrizio saßen auf großen Stühlen am Ende des Schiffes und hielten stumm ihre Angeln in die See. Sie waren in Rettungsanzüge eingepackt, um nicht zu erfrieren. Ich konnte dem Angeln nichts abgewinnen und folgte Viktor auf die Brücke. Das Schiff hatte eine Stammbesatzung von zehn Mann und sie sahen alle ein bisschen verwegen aus. Sie warfen mir interessierte Blicke zu, aber keiner ließ auch nur einen dummen Spruch los. Alle versahen ernst ihren Dienst.

»Signora! Einen Kaffee?«

Der Kapitän reichte mir einen Becher und ich wärmte mich auf. Dann bekam ich eine mit reichlich italienischem Seefahrerstolz gewürzte Einweisung in das Schiff und das Verhalten während der christlichen Seefahrt. Die Männer freuten sich, dass ich ihre Sprache verstand und bis zum Abend lachten wir die meiste Zeit.

Das Schiff verfügte über alle Seeinstrumente, die man für Geld kaufen konnte und der Kapitän bedauerte es, das man mindestens einmal im Jahr die gesamten Antennen und das Radar abmontieren müsste, damit die *Belle Imperia* bei einem Kinderfest als Schiff des berüchtigten *Captain Hook* mitspielen konnte. Er bezeichnete es als Mordschinderei und die Männer teilten seine Meinung.

Am Abend ließ mich Robert meinen *Spielzeugkoffer* hervorholen und befahl mir mich auszuziehen. In der Kabine verlief ein Längsbalken und ein großer Haken baumelte von der Decke.

›Dort hingen früher bestimmt die Papageienkäfige der Piraten‹, dachte ich, während Robert meine Hände fesselte. Ich hatte gelernt, dass es nicht üblich war, Fragen zu stellen. So wie Nora kam ich den Befehlen stumm nach und ließ mich mit einem Seil unter die Decke ziehen, bis meine Füße frei hingen. Robert öffnete eine Kiste und holte eine Eisenkugel mit einer Kette daran hervor. Meine Füße wurden zusammengebunden und die Kugel daran gehängt, sodass ich ziemlich gestreckt wurde. Ich stöhnte zum ersten Mal auf. Ich liebte diese Stellung.

Früher auf Partys genoss ich es, wenn man mich auf diese Weise ausstellte und die Leute an mir vorbeigingen. Peter liebte das Spiel: *Wer findet noch einen Platz*. Dabei malte er mit einem Lippenstift verschieden Kreise auf meinen nackten Körper und stellte eine Kiste mit Wäscheklammern vor mich. Dann durften die Gäste so lange Klammern in den Kreisen an mir anbringen, bis einem eine herunterfiel. Die Strafe dafür war, meinen Platz einzunehmen oder für alle die Getränke zu bezahlen. Es waren zum Teil recht lange Abende für mich, aber ich liebte es.

Robert verließ die Kabine und ich sah auf Meer hinaus. Das Schiff schwankte leicht in der Dünung, die zum Abend leicht zugenommen hatte und nur das unablässige leichte Brummen des Motors war zu hören. Ich dachte daran, wie man wohl früher miteinander umgegangen war. Piraten gehörten zum Mittelmeer so wie die Thunfische, wenn Letztere auch unter der Überfischung litten.

Hatte man gefangene Frauen hier in den Kapitänskabinen so wie mich angebunden, damit sie den Offizieren zu Willen sein mussten? Viele Europäerinnen waren nach der Kaperung ihrer Schiffe auf dem Sklavenmarkt von Algier verkauft worden. Ich dachte daran, mit einem Eisenring um den Hals, nackt mit anderen Frauen zusammen vor einer schreienden Menge zu stehen und zu hören, wie um mein Fleisch geboten wurde.

Irgendwo draußen über dem Meer ging eine Sternschnuppe nieder, und ehe ich mir etwas wünschen konnte, kam Robert herein und verband mir die Augen mit einem Tuch. Ich hörte leise das Scharren von Leder, und wie eine Peitsche durch die Luft pfiff. Dann traf mich unvermittelt der erste Hieb quer über den Hintern. Ich schrie laut auf, und ehe richtig Luft holen konnte, fetzte der nächste Schlag zwischen meine Schulterblätter. War das wirklich Robert? Wieder zischte die Peitsche und diesmal traf es meine Schenkel. Das Leder rollte sich wie eine Schlange um meine Beine und ich riss vor Schmerz die Beine nach oben, sodass die Kette laut klirrte. Mein Körper drehte sich und ein Hieb fegte wie ein heißer Blitz über meine Brüste. Ich kreischte grell auf und meine Muschi meldete bereits Überflutung, als der nächste Schlag meine Vorderseite verzierte. War das eine Strafe? Noch nie hatte mich Robert derart heftig geschlagen. Nur Nora schien nie besondere Rücksichten zu nehmen, wenn es um Züchtigungen ging. Ihre Hiebe zogen immer gleich hart. Wieder zischte das Instrument und diesmal war mein Hintern das Ziel. Die erste Welle rollte durch mich hindurch und jemand packte meine Brüste und begann sie kräftig zu kneten. Ich spürte die Hände und war mir nicht sicher, ob sie Robert gehörten. Etwas Metallisches streifte mich. Ein Ring vielleicht? Meine Brustwarzen wurden plötzlich in die Länge gezogen und ich schrie laut auf.

Robert trug keinen Schmuck. War es Viktor, der sich mit mir vergnügte? Die Hände wanderten tiefer und etwas kniff mich kräftig in eine Schamlippe, sodass ich brüllend die Beine anzog. Ich spürte den Ruck durch den ganzen Körper gehen, als die schwere Eisenkugel ihren Dienst tat und mich wieder streckte. Ein Finger berührte meine Lippen und mit der Zunge schmeckte ich meinen eigenen Saft. Ein weiterer Finger kam dazu und ich lutschte sie beide ab, als würde ich einen Schwanz blasen, den ich jetzt gut abgekonnt hätte. Meine Libido lief auf vollen Touren. Zwei Finger packten meine Muschi und suchten gezielt die kleine Perle an ihrem Eingang. Vorsichtig rollte sie zwischen den Fingern und ich sah die ersten Sterne vor den Augen. Dann hörte die Hand wieder auf und massierte meine Perle nur mit leichten kreisenden Bewegungen.

Ich stöhnte mir die Seele aus dem Leib und das Spiel schien mir ewig zu dauern. Die Hand spielte wie ein Geiger auf seinem Instrument mit mir. Eine Welle lief in mir hoch, und bevor ich fertig war, ließ der Unbekannte sie wieder fallen. Selten wurde ich so gemein gefoltert. Ich kam völlig außer Atem und trotz der Fesselung zuckte ich so stark, dass die Kette laut klirrte. Es dauerte, bis die Hand ein Einsehen hatte und mich zu Orgasmus kommen ließ. Mein Schrei musste bis weit auf See zu hören gewesen sein, und als ich langsam wieder meine Umgebung wahrnahm, waren die Hand und der Mann verschwunden. Ich war so erschöpft, dass ich in den Fesseln einnickte und kaum bemerkte, wie Robert mich später ins Bett brachte.

Als ich wieder aufwachte, spürte ich sofort die Veränderung zu früher. Mir tat kaum etwas weh und ich schlief nicht wie sonst auf dem Bauch, wenn meine Kehrseite lange strapaziert worden war. Ich schlug die Decke zur Seite und suchte die Striemen. Merkwürdig. Gestern Nacht hatte man mich ziemlich stark gezüchtigt, aber außer einigen schwachen roten Linien war nichts zu erkennen. Ich ging ins Bad und schaute mir den Rücken an. Genauso, kaum etwas war zu sehen. Hatte ich geträumt? Früher konnte ich nach solchen *Sessions* eine Woche oder länger kaum sitzen und an ruhigen Schlaf war auch kaum zu denken. Ich duschte und ging zum Frühstück.

Das Wetter wurde merklich schlechter und durch die großen Fenster am Heck des Seglers konnte ich die grauen Wogen sehen, die größer geworden waren. Fabrizio kam zu mir und wir tranken gemeinsam Kaffee.

»Geht es Ihnen gut?«

»Ja, ich kann nicht klagen.«

»Gut. Ich hatte schon gedacht, die letzte Nacht hätte Ihnen etwas zu sehr zugesetzt. Sie sind es anscheinend gewohnt, dass man mit Ihnen härter umgeht.«

»Wenn mein Herr es für richtig hält«, antwortete ich leise und fühlte ein leises Kribbeln.

Sicher war er es gewesen, der mich in der Nacht gepeitscht hatte. In den Augen des Mannes war ein zufriedenes Glitzern zu sehen. So wie bei Katzen, die gerade eine Maus verspeist hatten.

»Schön, vielleicht möchten Sie es irgendwann ja mal wiederholen. Aber nun? Wie gefällt Ihnen mein Schiff?«, wechselte er das Thema.

»Fantastisch. Ich habe so etwas noch nie gesehen. Geschweige denn, dass ich je mitgefahren wäre.«

Es folgte eine lange Abhandlung über den Bau und die vielen Reisen des Seglers in alle Welt und so wie der Italiener erzählte, fand ich es sehr unterhaltsam.

»Sagen Sie mir Fabrizio? Was ist dieses Tranicos eigentlich?«

»Oh die Insel! Na ja. Eine Insel wie jede andere auch. Sie liegt im südlichen Mittelmeer an der Grenze zwischen Griechenland und der Türkei.«

Er holte eine Seekarte hervor und zeigte auf eine Inselgruppe nahe Rhodos.

»Es ist etwa so groß wie ihr Fehmarn in der Ostsee, aber gilt als militärisches Sperrgebiet. Dort betreiben die Griechen eine Abhöranlage und ein Radargerät, oder so ähnlich, jedenfalls gilt ein Lande- und Ankerverbot für Schiffe im Kreis von einer Seemeile. Und ein striktes Überflugverbot. Die Insel hat drei Landzungen, von denen eine unserer Freundin Lady Marie gehört. Wie genau das zustande gekommen ist, weiß nur die Generalität von Athen und sie selbst vermutlich, jedenfalls sind sie und ihre Gäste die Einzigen, die sich auf der Landzunge der Insel aufhalten dürfen.«

»Und was tut sie dort?«

»Sie betreibt eine Art Freiluftstudio. Ein Domina-Studio, das einen ganzen Landstrich umfasst, wenn Sie so wollen.«

Ich schaute ungläubig. Eine Nutte mit einer eigenen Insel? Noch dazu im militärischen Sperrgebiet. Ich hatte schon von den mehr oder weniger offenen Feindschaften zwischen Türken und Griechen gehört, die sogar Zypern in zwei Teile gespalten hatte wie einst die Bundesrepublik.

»Schauen Sie nicht so. Sie ist eine langjährige Förderin des Zirkels und Sie werden sehen, was sie alles auf die Beine stellt, um ihre Gäste zufriedenzustellen.«

»Und was tut sie so?«

Ich war neugierig und schenkte uns neuen Kaffee ein.

»Zunächst mal kommt nicht jeder auf die Insel. Man muss sich lange vorher anmelden. Sie wählt jeden speziell aus und es kann sein, dass man ein Jahr gar nicht dran kommt. Ist man ausgewählt, erhält man seine Reisedokumente und fliegt nach Rhodos. Von dort fährt man auf eine kleine Insel, die Tranicos vorgelagert ist. Dort gibt es ein Hotel, das ihr gehört und man wartet, dass man gemeinsam rübergebracht wird.«

»Warum so ein Umstand?«

»Ganz einfach. Wie Sie wissen, gibt es innerhalb des Zirkels Menschen die aus vielerlei Gründen einen Auftritt in der Öffentlichkeit meiden müssen und dort können sie sicher sein, dass ihnen niemand folgt, der nicht zu den Gästen von Lady Marie gehört.«

»Na ja. Reporter sind doch sehr erfinderisch.«

»Stimmt. Aber nicht kugelfest. Sie können gerne fragen. Kein Pilot, der bei Verstand ist, wird sie zum Fotografieren auch nur in die Nähe der Flugverbotszone bringen, es sei denn, er fliegt einen Überschalljet. Die Griechen fragen nicht erst. Sie holen die Maschine herunter und wenn der Pilot, oder wer auch immer überlebt, wandert er für alle Zukunft in den Knast.«

»Und dann? Wenn man auf der Insel ist?«

Vor lauter Neugier kippte ich mir aus Versehen drei Löffel Zucker in den Kaffee.

»Alle Gäste sind ausschließlich devote Männer oder Herrinnen mit ihren männlichen Sklaven. Die Männer ziehen ihre Sklavenkleidung an und versammeln sich auf Befehl an einem kleinen Landungssteg. Es kommt ein Ruderschiff. So wie eine Galeere, nur kleiner und die von der Insel zurückkommen tauschen die Plätze mit den Neuankömmlingen. Drei Frauen fragen jeden, ob er es sich noch einmal anders überlegen möchte, aber das ist meines Wissens nach noch nie vorgekommen. Sie legen die Männer an die Kette, dann legt das Schiff ab und man hört nur noch das Platschen der Ruder und die Peitschen der Frauen. Es ist der einzige Weg auf die Insel und wieder zurück. Das Schiff muss einen exakten Kurs halten und darf nicht davon abweichen, sonst kriegt Lady Marie Ärger mit den Griechen oder mit den Minen, die es dort im Wasser geben soll. Sie sehen, ein wirklich sicherer Ort.«

»Und wenn sie Besuch erhält? Wir sollen uns doch auf Tranicos mit jemandem treffen?«

»Sie sind angemeldet und dürfen mit dem Schiff übersetzen. Ich werde Sie auch dort absetzen. Nicht mal ich darf dort landen und ich kenne den Mann, der die Nutzung diese Insel durch Lady Marie ermöglicht, sogar persönlich.«

»Und was passiert dann? Mit den Männern meine ich?«

Irgendwie machte mich die Geschichte total heiß.

»Die Männer steigen aus und sind nur noch Sklaven. Alle tragen ein Halsband mit Nummer und sie geben für die Dauer ihres Aufenthaltes ihre Identität auf. Sie dürfen nur noch dienen.«

»Und wie? Wem dienen sie?«

»Lady Marie und ihren Damen und Gästen. Sie ist sehr einfallsreich bei ihren Aktionen. Lassen Sie sich überraschen. Sie fahren als Roberts Mitarbeiterin mit. Das heißt, Sie dürfen vielleicht zusehen, aber wohl kaum selbst mitmachen. Sie müssen wissen, dass die Männer die ganze Zeit dort zu ihrem Vergnügen verbringen, und sie das auch entsprechend honorieren.«

»Geld? Sie tut es für Geld?«, fragte ich misstrauisch.

»Nein! Sie verlangt nie etwas, aber wenn die Männer zurück ins Hotel gebracht werden, steht dort eine Vase. Man nennt sie Pandoras Vase. Jeder wirft hinein, was er meint und geht, ohne je auf die Summe angesprochen zu werden.«

»Und davon kann man leben?«

Fabrizio lachte schallend.

»Oh Sabine. Sie sind süß, aber man merkt doch, dass Sie noch nicht lange dabei sind. Bei Lady Marie könnten manche Kleinstaaten Kredite aufnehmen, ohne dass es sie groß belasten würde!«

Robert kam auf die Brücke und er sah ziemlich durchnässt aus.

»Der Wind nimmt zu und der Kapitän meint, wir kriegen einen heftigen Sturm.«

»Sollen wir anlegen?«

»Wegen mir nicht. Ich habe schon Schlimmeres erlebt, wie du weißt, aber was sagt denn Sabine?«

»Wenn mein Herr keine Angst hat, dann habe ich auch keine«, antwortete ich nicht ganz so sicher, wie es klang und beide Männer schauten mich wohlwollend an.

Robert setzte sich zu mir und streichelte kurz über meinen Rücken.

»Ah! Ich sehe, die Salbe wirkt. Wie fühlen Sie sich?«

»Gut. Mir fehlt nichts, aber wie haben Sie das gemacht?«

»Einer der Mitglieder ist ein Pharmaproduzent. Er hat vor Jahren eine Heilsalbe entwickelt, die es aber nicht durch die Zulassungsprüfung der Behörden geschafft hat. Sie können eine Hautwunde damit einreiben und innerhalb weniger Stunden gehen Schwellungen und Schmerzen fast vollständig zurück, sodass man nichts mehr spürt und sieht. Ich denke jeder im Zirkel benutzt dieses Wundermittel mittlerweile.«

»Und warum lässt es sich nicht vermarkten?«

»Sobald eine Wunde zu bluten beginnt oder ein Riss in der Haut entsteht, verliert die Salbe ihre Wirkung und kann obendrein bei starker Vermischung mit dem Blut sogar gefährlich werden.«

»Also muss man ziemlich aufpassen, was man tut«, stellte ich hintergründig fest.

»Genau! Man sollte immer wissen was man tut und vor allem was man besser nicht tut«, antwortete Robert und sah mich mit harten Augen an.

Spielte er auf den Vorfall mit dem Video an? Ahnte er etwas? Konnte er in mir lesen wie in einem Buch, oder hatte er einfach Möglichkeiten, die ich nicht kannte, der Wahrheit auf die Spur zu kommen? Der Mann war immerhin ein Computerexperte. Ich beschloss, nichts dazu zu sagen und wechselte schnell das Thema, als das Schiff sich zur Seite neigte.

»Müssen wir nicht mit anfassen? Ich dachte, auf einem Segler ist das bei Sturm so?«

»Nein, es sind ausreichend Männer an Bord. Bleiben Sie unter Deck. Oben ist es jetzt eiskalt. Kein Ort für Frauen.«

Eine Welle krachte laut gegen die Bordwand und das Holz ächzte. Die beiden Männer verschwanden und ich zog mir meinen Wärmeanzug an. Das Ding war wasserdicht und in meiner Naivität fühlte ich mich damit sicherer, falls das Schiff untergehen würde. Im Geiste stellte ich mir den Film Titanic vor. Wie ich auf dem steil aus dem Wasser ragenden Heck des sinkenden Schiffes stand und mit Robert gemeinsam unterging.

Etwas später fauchte der Wind so heftig, dass ich begann, mich in der Kabine unwohl zu fühlen. Ich ging die Treppe hoch und gesellte mich zu den Männern auf die Brücke. Dort war es wirklich eisig und ich war froh über meinen Anzug. Der Steuermann kämpfte mit dem Ruder wie ein Ringer und durch die Fenster sah ich, dass kein Segel mehr gesetzt war. Die Wogen spülten übers Deck und jeder, der sich jetzt dort draußen befand, würde sicher über Bord gespült. Alle waren angespannt und auch Robert schaute immer wieder durch ein Fernglas, als ob er dadurch mehr sehen würde. Der Regen und die Gischt waren so dicht, dass man zum Teil nicht mal mehr den Bug erkennen konnte. Der Himmel vor uns war Schwarz wie die Nacht, obwohl gerade mal Mittag vorbei war. Viktor nahm mich in den Arm und sagte:

»Keine Angst. Das Schiff kann das ab. Mit solchen Seglern sind die Italiener nach Amerika und zurückgefahren und die waren ein Einbaum gegen unseres hier.«

Alle beobachteten konzentriert die Instrumente und es ärgerte mich, dass ich nur herumstehen konnte. Der Kapitän sah ziemlich müde aus und ich schaute mir die restliche Mannschaft an, der es offenbar ebenso ging. Leise verließ ich die schaukelnde Brücke und ging in die Kombüse. Der Koch war auf dem Schiff unterwegs, weil es Probleme im Maschinenraum gab und niemand hatte Zeit zu kochen. Ich fand mich schnell zurecht und zum ersten Mal im Leben hielt ich einen Wasserkessel mit den Händen fest, während das Wasser kochte. Ich fand ein Tablett mit Aussparungen, in dem man Becher tragen konnte, ohne dass der Seegang sie herunterwischen konnte. Im Kühlschrank entdeckte ich Frühlingsrollen zum Aufbacken und schob reichlich davon in die Mikrowelle. Die Rollen flogen zwar in dem Gerät hin und her wie Wäschestücke in einer Wäschetrommel, aber trotzdem wurden sie gar.

Als ich mit dem Kaffee auf der Brücke auftauchte, wurde ich bejubelt wie ein Fußballstar und innerhalb weniger Sekunden war die Stimmung weniger angespannt. Die Männer sprachen den Frühlingsrollen reichlich zu und lobten mein Geschick, unter diesen Bedingungen etwas zu kochen. Der Sturm dauerte die ganze Nacht an und ich schlief genauso wenig wie der Rest der Mannschaft. Noch zweimal kochte ich in der Nacht Kaffee und am Morgen war ich als Mitglied der Crew anerkannt.

Der Rest der Reise verlief weniger aufregend. Bei schönstem Wetter erreichten wir rechtzeitig den Hafen von Rhodos und gingen an Land. Hier im Süden erreichten die Temperaturen schon über zwanzig Grad und zu meinem Vergnügen befand Fabrizio, dass es mir an Sommerkleidung mangelte. Schließlich war es in Italien noch ziemlich kalt gewesen. Robert stöhnte gespielt, weil wir uns drei Stunden in verschiedenen Boutiquen aufhielten, sagte aber nichts, als er selbst eine der schweren Tüten tragen sollte.

Wir verabschiedeten uns voneinander und ein Taxi brachte uns zu einem kleinen Fischerhafen an der Küste. Weitab des Haupthafens.

»Ich habe gehört, dass sie eine Domina ist und dass nur Frauen auf der Insel geduldet werden die auch Herrinnen sind. Was ist mit mir?«

»Sie reisen als meine Mitarbeiterin. Das ist schon in Ordnung. Ich selbst teile auch nicht die Veranlagung der Gäste und bin trotzdem Gast dort. Wir wickeln unser Geschäft ab und verschwinden wieder.

Lady Marie und ich kennen uns schon lange. Sie wird Ihnen gefallen. Ich treffe mich mit den Arabern in ihrem Landhaus. Das ist schon eine große Ausnahme, die sie nur für mich macht. Wenn ich Sie zum Übersetzen brauche, hole ich Sie. Ansonsten können Sie herumlaufen und sich die Insel ansehen.«

»Ich dachte, sie ist größtenteils gesperrt?«

»Nun. Nur soweit wie der Zaun reicht, aber am besten ist, Sie nehmen sich einen Führer mit. Männer gibt es reichlich dort und wer weiß, vielleicht lernen Sie noch etwas dazu bei ihr. Schließlich schicke ich Sie noch zu Lady Pain nach London, und wenn Sie vorher schon ein wenig Erfahrungen sammeln, schadet es bestimmt nicht.«

Wir gingen zum Hafen, und während wir einen Salat verspeisten, ruderte tatsächlich eine richtige Galeere in den Hafen. Mir blieb vor Staunen ein Salatblatt zwischen den Lippen stecken, als ich die Peitschen und die Stimmen der Frauen hörte.

Gekonnt legte das lackschwarze Schiff mit der Spitze am Kai an und drei Männer in schwarzen Shorts liefen los und holten unsere Koffer an Bord. Offenbar war Robert hier bekannt. Keine der drei Damen fragte uns, wer wir waren. Die Frau am Steuer lud uns sogar freundlich ein, unter dem Sonnensegel Platz zu nehmen und die Fahrt zu genießen. Robert legte sich auf eine Art Liege und ich sah fasziniert den zwei Reihen der Ruderer zu. Wie auf ein Kommando schoben sich die Riemen ins Wasser und die Sklaven bewegten das Schiff in Richtung der offenen See. Zwei in schwarzes Leder gekleidete schlanke Frauen verteilten mit ihren langen Peitschen Hiebe an die Faulen, oder solche, die es nicht schafften, im Takt zu bleiben. Die Männer mühten sich nach Kräften und einige stöhnten vor Anstrengung, weil eine starke Strömung in den Hafen hineinwirkte.

»Schneller!«, rief die Frau am Ruder und plötzlich schlug ein Mann, den ich bisher nicht wahrgenommen hatte, eine Trommel. Die Männer erhöhten die Taktzahl und die Peitschen wurden öfter benutzt. Einer der Ruderer schrie auf.

»Säcke in den Mund!«, befahl die Rudergängerin und alle Sklaven nahmen einen kleinen Lederbeutel, der ihnen an einem Band um den Hals hing, und steckten ihn sich zwischen die Zähne.

»So können sie nicht brüllen. Ich finde es lästig, wenn sie jammern. Sie nicht auch?«, lachte die Frau und stellte sich als Cora die Schiffsführerin vor.

»Ich weiß nicht, manche finden Jammern ganz reizvoll«, antwortete ich verlegen.

»Stimmt. Aber doch nicht bei so ein bisschen rudern. Wenn sie am Haken hängen und man ihnen das Fell gerbt, dann können sie schreien, aber hier? Ich bitte Sie! Sklaven sollten schon etwas belastbarer sein.«

»Ich bin keine Herrin. Ich bin die Mitarbeiterin von Robert ...«

»Ich weiß, wer Sie sind. Wir haben uns auf dem Maskenball gesehen. Ich trug allerdings eine Maske. Sie waren gerade mit dieser Sängerin beieinander, als ich vorbeiging. Nebenbei bemerkt ein schönes Bild, wenn man Sklavinnen mag.«

Bald hatten wir den Hafen verlassen und die Ruderer bewegten sich in einem gleichförmigen Takt.

»Rechte Ruder auf!«, schrie sie und das Schiff umrundete einen Felsen, der aus dem Wasser ragte.

Wir hatten Tranicos erreicht und in der Ferne sah ich ein Kriegsschiff liegen, das uns sicher beobachtete.

»Es sind die Griechen. Sicher haben sie wieder alle Ferngläser auf uns gerichtet, das geile Pack«, sagte eine der Peitschenfrauen, die sich mit Sonia vorstellte.

»Zeig ihnen doch etwas. Den ganzen Tag aufs Wasser starren, muss einen Mann ja trübsinnig machen«, lachte Cora und Sonia nickte lächelnd.

Sie pellte sich aus ihrem hautengen Anzug und ging nackt an den Bug des Schiffes. Einige Sklaven, die ihr einen lüsternen Blick zuwarfen, spürten dafür sofort die Peitsche. Sonia kletterte langsam auf den Fockmast und glitt rittlings auf ihm nach vorne. Wahrscheinlich war auf dem Kriegsschiff jetzt bereits der Teufel los. Mit lasziven Bewegungen rieb sie ihren Unterleib über das Holz und schien tatsächlich in Fahrt zu kommen. Sie bewegte ihren Oberkörper vor und zurück, bis sie sich anscheinend *fertig* und erschöpft ins Wasser gleiten ließ. Ein langes Hornsignal des Schiffes war die Antwort und ich konnte nicht anders und musste lachen.

»Männer kann man leicht glücklich machen«, sagte Sonja, während ich ihr aus dem nicht eben warmen Wasser half und ein Handtuch reichte.

Eine Kutsche mit zehn *Pferden* erwartete uns. Es war ein schwarzer Wagen mit hohen Speichenrädern und drei ledergepolsterten Sitzbänken hintereinander, der unser Gepäck aufnahm. Bevor wir uns setzten, musterte ich die *Zugpferde* genauer. Zehn kräftige junge Männer waren mittels Ledergeschirren an eine Deichsel gefesselt. Ihre Hände waren vor der Brust, an kräftige Querstreben gekettet, damit sie ihre Kraft voll entfalten konnten. Über den Köpfen trugen sie Ledermasken und nur die beiden vorderen *Pferde* hatten die Möglichkeit zu sehen. Sie trugen keine Knebel, denn ich hörte sie laut und angestrengt unter dem Leder atmen. Sie trugen kurze Hosen, die den Schritt freiließen und ihre Schwänze standen allesamt waagerecht nach vorne. Ein hübscher Anblick fand ich. Eine dünne Kette war um jeden Hodensack gelegt und endete in zwei Zügeln, die in den lederbehandschuhten Händen der Kutscherin endeten.

»Man muss nur leicht ziehen und ich schnüre ihnen die Eier ab. Das bringt sie sofort zum Stehen«, sagte die Lenkerin des Wagens, als sie mein Interesse bemerkte.

Ich schaute mir die Kette genauer an. Ein schmaler Lederriemen um die Taille hielt eine feine Schlinge immer in leicht gelockerter Lage und an dieser Stelle war die Kette zusätzlich mit feinen Spitzen versehen. ›Autsch‹, dachte ich. Das mit dem *Stehen*, hatte es wirklich in sich. Wir nahmen Platz und Robert ging mit der ganzen Sache sehr locker um. Er scherzte mit den Frauen und hatte auch lobende Worte für die Sklaven, die mit geradezu herzlicher Hingabe um uns herumwieselten. Wir nahmen Platz und die Kutscherin namens Lily, schwang die lange Peitsche über den Kopf und ließ sie wie einen Gewehrschuss knallen. Der Zug setzte sich in Bewegung und in einem langsamen Dauerlauf liefen die *Pferde* durch einen Korkeichenwald unserem Ziel entgegen.

»Lady Marie ist auf Rhodos. Sie kommt aber heute Abend zurück. Wir haben für Sie das Gästehaus an den Klippen fertiggemacht. Dort sind Sie ungestört und können in Ruhe ihren Geschäften nachgehen«, meinte Lily und schlug mit großer Präzision einem Sklaven zwischen die Schultern.

Es war warm draußen und ich sah mit Erstaunen, dass die Frau ganz in weißes Leder gekleidet war. Schenkelhohe schwarze Stiefel und ein Ledergeschirr rundeten das Bild der strengen Herrin gekonnt ab.

»Aber bitte keine bärtigen Zofen dieses Mal«, lachte Robert.

»Nein. Wir haben zwei *Mädchen* bei uns, die sind genau das richtige für Sie. Wenn man sie nicht gerade mit dem Röntgengerät untersucht, könnten es sogar wirklich welche sein«, lachte die Frau und knallte mit der Peitsche.

Sofort liefen die Männer schneller und wir fuhren zügig eine kleine Erhebung hinauf. An einer Stelle lichtete sich der Wald etwas und ich sah in der Ferne den Zaun einer militärischen Anlage. Ich zeigte ihn Robert.

»Dort ist die Grenze. Am besten Sie gehen erst gar nicht die Nähe.«

»Wie kommt es, dass in dieser Nähe ein solches Camp ist?«

»Nun ja. Lady Marie ist mit dem General der Streitkräfte verwandt und sie hat das hier zu ihrem Zuhause bestimmt. Der Mann ist eine große Nummer in der Politik des Landes und ist selbst hin und wieder Gast hier.«

›Wahnsinn‹, dachte ich und sah den weißen Strand in der Ferne, den niemand betreten konnte. Wir erreichten eine große Wohnanlage. Die Kutsche fuhr eine Steigung hoch und die *Pferde* mussten sich ganz schön ins Zeug legen, um nicht langsamer zu werden. Lily herrschte die Männer an und sparte nicht mit der Peitsche, bis wir aus dem Wald herauskamen und auf ein Holzhaus zufuhren, das man an den Rand der Klippen gebaut hatte.

»Steh!«, rief die Frau und zog kräftig an den Zügeln, was von den *Pferden* mit lautem Stöhnen beantwortet wurde. Aber die Kutsche stand tatsächlich sofort. Sie schirrte zwei Männer aus, und während diese unsere Koffer ins Haus trugen, holte sie eine Kiste Mineralwasser aus einem Staufach.

»Wollen Sie mir helfen? Wir müssen die Gäule tränken, sonst kippen sie vor Anstrengung um.«

Ich nahm einige der Flaschen und reichte sie an die Männer weiter.

»Sie müssen den kleinen Dorn vorne aus der Deichsel ziehen. Sonst können sie ihre Hände nicht benutzen«, rief die Kutscherin mir zu und ich zog einen Bolzen aus dem Holz, damit sie die angeketteten Hände hochnehmen konnten. Die Männer zogen die Reißverschlüsse der Masken auf und tranken gierig. Zufällig berührte meine Hand einen der steifen Schwänze und der Mann zuckte plötzlich.

»Danke Herrin«, hörte ich ihn unter der Maske sagen und war irritiert.

»Sie ist nicht deine Herrin, Nummer 12. Du bist schon so geil, dass du anscheinend jeden anbetest, der dein Schwanzstück berührt, was? Warte ab, heute Abend werde ich dich an die Melkmaschine anschließen, während wir essen. Da kannst du dich den ganzen Abend bedanken und uns zusätzlich dabei unterhalten«, sagte Lily, die neben mir auftauchte und mich erwartungsvoll angrinste.

»Ich muss zurück und ihre Mädchen holen. Wollen Sie mich begleiten?«

Ich schaute nach Robert aber der war schon auf einer der Klippen und versuchte mit seinem Handy, Empfang zu bekommen. Er sah uns, und als ob er ahnen würde, was ich fragen wollte, winkte er, dass ich mitfahren sollte. Die Kutsche fuhr zurück zur Wohnanlage und mir fiel sofort die große Menschenmenge auf, die sich um ein Podest versammelt hatte.

»Wir haben Glück. Der Markt hat gerade begonnen. Da ist immer etwas los. Warten Sie und halten Sie so lange die Zügel. Ich hole uns etwas zur Erfrischung.«

Lily verschwand und ich schaute dem Treiben zu. Auf das Podest wurde ein Mann geführt. Um den Hals trug er wie alle Sklaven ein breites Lederhalsband mit einer Scheibe, auf der eine Nummer eingraviert war. Genau so eines hatte ich auch im *roten Schloss* getragen. Namen bedeuteten hier offenbar nichts. Eine Frau in einem roten Lederkleid packte den Sklaven und zog ihn nach vorne, wo ihn eine Horde Frauen in Augenschein nehmen konnte.

»Nummer 72. Kräftig und intelligent. Er hat keine Herrin und ist noch zu haben. Ich höre die Gebote.«

Die Frauen riefen Summen und er wurde für dreitausend Dollar an eine rassige Rothaarige verkauft.

Der Nächste war ein älterer Mann. Sein Bauch war schon auf dem Weg nach ganz weit vorne und der Rest sah auch nicht toll aus. Trotzdem wurde er für tausend Dollar an eine junge Blondine verkauft. Sie legte ihm Handschellen an und band ihn mit seinem Halsband an einen Wagen, der von drei Sklaven gezogen wurde. Dann ließ sie ihn hinter dem ziemlich schnellen Gefährt herlaufen.

»Nummer 63. Ein Bild von einem Sklaven. Sehen Sie selbst. Und was das Beste ist? Er ist Masseur. Das Anfangsgebot liegt bei dreitausend Dollar für drei Wochen, sonst behalte ich ihn selbst«, lachte die rote Herrin und ein wüstes Geschrei begann. Lily kehrte zurück und reichte mir ein Cocktailglas.

»Sie werden gerade angezogen. Es dauert noch etwas. Na? Wie finden Sie es?«

Die Frau zeigte auf die Versteigerung.

»Interessant. Aber wie läuft das hier. Ich meine woher kommen die Leute und wo bleiben sie?«

»Zu Beginn der Spielsaison bringt das erste Schiff immer eine Ladung Männer. Vor ein paar Tagen sind die Ersten angekommen. Zurzeit haben wir ungefähr sechzig Sklaven hier und zwanzig Frauen. Dort unten sind die meisten von ihnen. Jede hat auch noch einen oder zwei Männer mitgebracht, die sich hier einreihen können. Dieses Jahr hat Lady Marie verfügt, dass alle Sklaven, egal an wen, versteigert werden. Das heißt, die ganze Zeit über, in der sie hier sind, werden sie jemanden dienen. Die Vorgabe ist, dass jeder Mann eine Herrin bekommt und die armen Teufel, die übrig bleiben, kommen in Madams Obhut. Die Blonde, die eben den fetten Mann ersteigert hat, wird wohl eine Absprache mit ihm haben. Ich denke, dass bei denen Erotik als Grund wohl ausfällt.«

»Und dann. Was machen die Sklaven den Tag über?«

»Uns bedienen und befriedigen. Was sonst? Jede Herrin hat ein kleines Gästehaus irgendwo im Wald, wohin sie sich mit ihren Sklaven zurückziehen kann. Dort leben sie zusammen, sofern es die Herrin will. Wer lieber allein bleiben möchte, kann die Sklaven auch dort drüben im Haupthaus von Lady Marie abgeben, wo man sich um sie kümmert, wenn die Herrin anderweitig beschäftigt ist. Das Haus ist dreifach unterkellert und jede Menge Zellen und Räume für alle Spielarten sind dort untergebracht.«

»Und die Frauen? Woher kommen sie?«

»Wir sind alle auf Empfehlung hier. Ich zum Beispiel bin aus London zusammen mit meinem Ehemann gekommen. Wir sind bereits ein paar Tage vor der Saisoneröffnung gekommen, um Lady Marie etwas bei den Vorbereitungen zu helfen. Mein Mann ist Koch und wird in seiner Zeit hier die Gemeinschaftsküche leiten.«

»Empfehlung? Von wem denn?«

»Ich kenne Lady Pain sehr gut und mein Mann auch. Wir haben Lady Marie vor einigen Jahren bei ihr kennengelernt und waren seither zweimal auf Tranicos. Es hat sich so ergeben, und da wir uns gut verstanden haben, helfen wir ihr jetzt.«

Zwei Männer wurden gerade an drei Frauen in hohen Stiefel und grauen Militäruniformen übergeben. Sie ließen die Männer den Weg zu ihrem Haus in *liegender Gangart* zurücklegen, so hatte Peter dieses Kriechen immer bezeichnet. Dabei schrien sie die Männer an und traktierten sie mit ihren dünnen Rohrstöcken, ganz wie üble militärische Ausbilder.

»Und? Arbeiten Sie auch für Lady Pain?«

Lily lachte schallend.

»Nein. Ich bin Börsenmaklerin und mein Mann auch. Er mag es im Bett gerne devot und mit den Jahren bin ich ebenfalls auf den Geschmack gekommen. Man ahnt ja nicht, was in einem steckt, wenn es niemand weckt. Er ging mit mir zusammen zu Lady Pain und sie bezog mich irgendwann in seine Behandlung mit ein, weil sie sah, dass es in unserer Ehe etwas kriselte. Seither mache ich den Spaß mit und genieße meinen Teil.«

Ein Sklave mit einer Fliege um den Hals erschien und läutete eine Glocke.

»Das Essen ist fertig. Kommen Sie. Wir essen zuerst und sehen dann nach, wo die beiden *Hübschen* bleiben.«

Lily sprang vom Bock und mit wenigen Handgriffen wurden die *Pferde* ausgeschirrt. Gemeinsam gingen wir in einen geräumigen Speisesaal und suchten uns einen Platz.

»Hier. Hier ist der Bereich für Gäste und Herrinnen. Setzen Sie sich. Es wird für alles gesorgt werden.«

Ein Sklave erschien, auch er trug nur eine Fliege um seinen Hals, lediglich das weiße Handtuch über seinem Arm unterschied ihn von den anderen.

»Was darf ich Ihnen bringen, Herrin?«

Das Essen war fantastisch. Robert erschien im Speisesaal und setzte sich zu uns. Er sah genervt aus.

»Die Araber hängen auf Rhodos fest. Irgendwas wegen dieser leidigen Al-Kaida-Sache. Als Araber zu reisen, ist im Augenblick wohl nicht so ganz einfach«, fluchte er leise und schenkte sich Wasser ein.

»Ich dachte, die könnten hier landen?«

»Dachte ich auch, aber unsere Freunde haben sich anders entschieden. Die Landebahn der Insel ist gesperrt und ich muss morgen nach Rhodos, um die beiden abzuholen. Das passt mir gar nicht.«

»Soll ich fahren?«

»Nein. Das geht nicht. Diese Araber arbeiten für einen streng religiösen Sender und sehen Frauen mit anderen Augen als wir. Die würden Ihnen wahrscheinlich nicht mal die Koffer zum Tragen anvertrauen. Das muss ich schon selbst machen.«

»Warum treffen wir uns eigentlich hier? Ich meine, das ist nicht der beste Ort, um strenggläubige Menschen zu empfangen.«

»Taktik! Die wollen etwas von mir und das möglichst schnell. Ich will ihnen zeigen, dass ich bestimme, was geschieht. In diesem Punkt muss man mit Orientalen anders umgehen als mit Europäern oder Amerikanern, sonst hat man während der Verhandlung ganz schnell schlechte Karten.«

»Drehen die Typen nicht durch, wenn sie das hier mitkriegen?«

»Keine Sorge. Lady Marie hat einen Jeep, der uns am Steg abholt. Ich werde ihnen erzählen, dass unser Gästehaus mir gehört und ich mir die Insel mit anderen teile. Das ist auf vielen griechischen Inseln normal, außerdem hauen die bald wieder ab, dafür sorge ich schon. Mein Problem ist nur, wie komme ich am schnellsten nach Rhodos. Fabrizio ist sicher schon weit weg.«

»Lady Marie kommt morgen früh mit dem Motorboot zurück. Wenn Sie es nehmen, sind Sie in wenigen Stunden auf der Insel«, sagte Lily und kaute an einer Languste herum.

Ein Sklave erschien und Robert bestellte bei ihm gegrillten Feta–Käse.

»Und was soll ich tun?«

»Abwarten und alles vorbereiten. Wir treffen uns mit den Arabern im Gästehaus und ich zeige ihnen, wie meine Programmsteuerung funktioniert. Wenn alles gut geht, sind sie am nächsten Abend schon wieder weg und wir können endlich nach Japan reisen.«

›Was gab es da vorzubereiten?‹, dachte ich. ›Das Notebook in die Steckdose stecken und sich wichtig danebenstellen, wenn Robert den Arabern etwas erklärte?‹

Vielleicht würde ich übersetzen müssen, so hoffte ich.

»Heute Abend, wenn die Glocke schlägt, ist *Free-Time*. Kommen Sie auch?«, fragte Lily beiläufig.

Robert nickte und suchte etwas in der Datenbank seines Handys
»*Free-Time*?«

»Ja. Freizeit! Alle Sklaven haben dann bis morgen frei und wir nutzen
die Gelegenheit, um uns alle kennenzulernen. Es ist immer ganz witzig. Wir trinken etwas miteinander und tanzen. Ich habe gesehen,
dass drei Mitglieder einer Band auf der Insel sind und es verspricht,
ein lustiger Abend zu werden.«

»Ich haue ab. Ich will morgen früh nicht so spät in Rhodos auftauchen. Sabine, Sie bleiben hier und können sich amüsieren. Ich lasse Sie
in den Händen von Lady Lily oder auch Lady Marie, wenn sie zurück
ist. Lily? Nehmen Sie sich bitte ihrer an und zeigen Sie ihr schon mal
das eine oder andere. Sie soll auch noch zu Lady Pain, um sich fortzu-
bilden. Ich denke, es kann nicht schaden, wenn sie selbst ein wenig
Hand anlegt.«

Fragend schaute ich meinen Herrn an.

»Ich soll diese Männer peitschen? ... und ...«

»Natürlich. Sie erinnern sich an den Vertrag? Es soll ja nicht gleich
eine Metamorphose werden, aber Sie müssen schon genug davon verstehen«, Robert beugte sich zu mir und flüsterte, »ich bin mir sicher,
Sie können das und Sie werden es genießen. Ich habe Sie beobachtet.
Lassen Sie es einfach auf sich zukommen und nehmen Sie es so, wie
es kommt. Sie werden schon sehen, es lohnt sich.«

»Aber ich bin eine Sklavin, keine Domina.«

»Noch nicht. Sie sind eine der besten Sklavinnen, die es im Zirkel gibt
und wenn ich Lady Sikura zitieren darf: Nur eine gute Sklavin kann
auch eine gute Herrin werden, weil sie weiß, was Hingabe und wahre
Unterwerfung ist.«

»Lily? Können Sie mich zur Galeere bringen lassen? Ich möchte mit
der Flut loskommen.«

Die Frau pfiff und sofort standen zwei Sklaven neben ihr.

»Die Kutsche! In drei Minuten ist sie abfahrbereit«, sagte sie leise und
sofort sprangen die *Pferde* von ihren Tischen auf und rannten aus dem
Speisesaal.

Was hatten manche Männer doch für gute Ohren. Ich wartete im Speisesaal, bis Lily zurückkehrte.

»Komm wir holen eure *Zofen*. Außerdem möchte ich dir die Räume der Sklaven zeigen, damit du siehst, was wir hier machen«, die Frau sah mich prüfend an. Sie schüttelte den Kopf und fuhr fort:

»Nein! So nicht. Du brauchst erst mal ein passendes Kostüm. Komm mit, ich denke, wir haben das Passende für dich.«

Die Domina führte mich in einen hellen Raum im Haupthaus, dessen Wände aus Wandschränken bestanden.

»Was magst du lieber? Leder oder Latex?«

Mir war zum Mittag schon ziemlich warm geworden und ich entschied mich für einen Lederbody mit hohem Beinausschnitt. Nackt schlüpfte ich in das teure Ding und streifte mir passende schenkelhohe Stiefel über. Der Body hatte im Schritt einen breiten Reißverschluss, dessen Zipper in Form eines herzförmigen Ringes über meinem Hintern lag, als ich ihn zu zog.

»Ich denke, die Handschuhe können wir weglassen. Man schwitzt nur unnötig«, lachte Lily und ich fragte mich, wie sie in ihrem weißen Lederanzug nicht vor Hitze einging.

»Hier. Die brauchst du bestimmt, aber pass auf, dass du niemals das Gesicht triffst. Das ist tabu. Ihre Hintern und Rücken gehören uns, aber niemals ihr Gesicht.«

Sie reichte mir eine biegsame Gerte mit einer breiten Lederklatsche. Keine besonders eindrucksvolle Peitsche. Ich hatte schon härtere gespürt, aber sie schien trotzdem brauchbar. Sie schminkte mich etwas stärker und frisierte mir das Haar aus dem Gesicht. Als ich in den Spiegel sah, schaute mich eine *sehr strenge* Sabine Zeiger an.

Gemeinsam gingen wir in den ersten Keller des Hauses und fanden zwei *Mädchen, die* an Ringen im Flur angekettet waren. Sie trugen Latexkleider, die zwei handbreit über dem Knie endeten, und ein weißes Häubchen. Ihre Haare waren topgestylt und auch ihre Figur und die Schminke ließen sie sehr weiblich erscheinen. Klassische Shemales. Von Weitem hätte man sie sogar für richtige Frauen halten können, wenn da nicht ihre beiden Schwänze gewesen wären, die prall und steif unter dem Kleid vorstanden. Um die Hoden hatte man eine Handschelle gelegt und das Ende an die Wand gekettet. Ihre Münder waren mit breiten Latexbändern zugeklebt und sie sahen uns traurig entgegen.

»Na ihr Schlampen? Ihr seid wohl schon lange hier, so wie eure Wurzeln vorstehen?«, lachte Lily zur Begrüßung und packte einen der Männer am Geschlecht.

»Üppig, nicht wahr?«, lachte sie und schob ihre lederbehandschuhte Hand vor und zurück, sodass der Sklave unruhig wurde. Das Glied schwoll stärker an und ich gab ihr Recht. Wirklich ein schöner Schwanz. Mir lief der Speichel im Mund zusammen. Ich konnte nichts dagegen tun. Lily zog die Klebestreifen von den Mündern ab und stellte mich vor.

»Das ist für die nächsten Tage eure Herrin. Ihr werdet ihr dienen und auch ihrem Herrn, denn sie ist nur hier auf der Insel eine wahre Gebieterin. Ihr geht in das Gästehaus und sorgt dafür, dass es ihnen an nichts fehlt oder eure Hintern werden es bereuen.«

Lily löste die Fesseln der beiden *Mädchen* und ließ sie frei.

»Komm wir gehen zu den Zellen. Einige der Herren warten sicher schon sehnsüchtig auf uns.«

Andere Frauen in zum Teil skurrilen Outfits liefen umher und kümmerten sich um ihre Schützlinge. Eine Frau, die in ihrem gelb-schwarz gestreiften Lackanzug aussah, als sei sie eine Wespe, trieb einen Mann mit einem spitzen Stock vor sich her und summte dabei vor sich hin.

Eine Domina in einem violetten Latexanzug mit weitem Umhang, die den Eindruck eines schwarzen Magiers erweckte, zog ein Pärchen an ihren Halsbändern hinter sich her. Beide wiesen deutliche Bissspuren am Hals und an der Brust auf. Ihre Rückenpartien hatten ein hübsches Karomuster vom Gebrauch der Peitsche.

Lily öffnete eine Zelle. Ein Ledersack, aus dem oben ein Männerkopf herausschaute, hing von der Decke herunter. Der Sack war mit Riemen und Schnüren so zugebunden, dass eine Flucht unmöglich war und als wir eintraten, wachte der Insasse auf.

»Oh. Herrin. Endlich kommt ihr und ...«

Lily reagierte gar nicht auf das Gejammer, sondern nahm einen Klebestreifen und verschloss den Mund des Opfers.

»Lass ihn herunter. Dort ist die Kurbel.«

Ich drehte und der Ledersack kam zu Boden. Wir holten den Mann mittleren Alters aus dem Sack und sogleich legte Lily ihm Handschellen an.

»Hier schau mal. Immer mit dem Schloss nach außen. Dann kommst du am besten wieder ran«, wies sie mich ein und wir führten den Mann gemeinsam in eine Klinikzelle.

»Unser Melkstand. Wie gefällt er dir?«, lachte Lily und der Sklave wurde lauter. Ich sah mich verwundert um.

»Schau nicht so. Hier werden sie gemolken. Das ist die beste Einrichtung für die Gewinnung von Samen, die du in der Welt finden wirst. Alles ist computergesteuert.«

Wir schoben den Mann zu einem Gerüst und banden ihn mit gespreizten Armen und Beinen daran fest. Lily machte sich an den Armaturen zu schaffen und beschriftete ein großes steriles Glasröhrchen mit der Nummer des Sklaven.

»Dort liegt der Knebel. Leg ihn um seinen Kopf. Manche schreien so laut, das es die anderen nervt.«

Ich schob dem Mann einen aufblasbaren Knebel in den Mund und knüpfte das Geschirr am Kopf fest. Seitlich ragte ein Schlauch in den Knebel und versorgte das Opfer mit Flüssigkeit. Wir zogen die Fesselung straff und der Mann war bereit.

»Der Penis muss strammstehen, wenn er gemolken wird. Würdest du ihn bitte vorbereiten?«, grinste sie und zeigte mit einem übergroßen Kondom auf den halb erhobenen Schwanz des Mannes.

Ich zögerte. Sollte ich über den Höhepunkt dieses Mannes bestimmen dürfen? Irgendwie war ich spitz geworden und fasste vorsichtig nach den Eiern des Opfers. Gemächlich knetete ich die Haut und ließ die Hoden durch meine Finger gleiten als wären es glatte Billardkugeln. In den Sklaven kam Bewegung und er stöhnte trotz des Knebels so laut, dass ich dachte, ich hätte ihm wehgetan. Der *Fleischspieß* füllte sich stetig mit Blut und mit der anderen Hand packte ich die Vorhaut und schob sie sachte vor und zurück. Früher hatte ich auf verschiedenen Partys beobachten können, wie Sklaven ganz langsam von ihren Herrinnen auf diese Weise fast in den Wahnsinn getrieben wurden. Fest gebunden und völlig wehrlos vergnügte sich jeder Gast, der es wollte, an den Opfern und bescherte ihnen einen Orgasmus nach dem anderen. Manchen machte es einfach Spaß, wenn Sklaven vor Lust brüllten, andere schlossen Wetten ab und machten einen Wettbewerb daraus, wann der Sklave das Savewort von sich gab, bevor sein Schädel zu explodieren drohte.

Auch ich war hin und wieder Opfer solcher Praktiken geworden. Einmal band mich Herrin Daniela während eines Treffens an einen Treppensockel und ließ mich allein. Viele Frauen und Männern gingen an mir vorbei und fast den ganzen Abend schien sich niemand für mich zu interessieren. Ich trug eine Vollmaske aus Leder und konnte weder sehen noch sprechen, dafür war der Rest meines Körpers nackt. Ich hörte jemanden seufzen, dass mit mir noch niemand an diesem Abend *gespielt* hätte und er sich offenbar meiner *erbarmen* müsse. Dieser, wer auch immer, wusste genau, wo und wie er mich anfassen musste. Ich erlebte eine Orgie von roten Kreisen vor den Augen, bis ich erschöpft in meinen Fesseln hing und der Unbekannte verschwand. Ich hatte noch drei Tage hinterher Herzrasen.

Das Glied des Sklaven war jetzt prall und Lily schob das merkwürdige Kondom über den Schwanz, das sich sofort schmatzend um das Fleisch legte. Der Sklave stöhnte lustvoll auf. Sie befestigte einige Elektroden an seinem Körper und legte einen Schalter um. Ein Summen ertönte. Durch die Glocke wurde Unterdruck auf seinen Schwanz ausgeübt.

»Es ist so, als ob man ihm einen blasen würde, ohne aufzuhören. Wenn er kommt, bemerkt der Computer über die Elektroden den Orgasmus und das Saugen wird stärker, bis er abgemolken ist«, erklärte mir Lily die Funktion.

Ich sah, wie sich die *Glocke* an seinem Schwanz festsaugte und es schien dem Sklaven offenbar zu gefallen.

»Komm. Wir lassen ihn. Er war lange in der Zelle und dürfte einen ziemlichen Stau haben. Ich denke, dass die Maschine drei oder vier Durchgänge braucht, bis er leer ist.«

»Und woran erkennt der Kasten, ob er noch kann?«

»Die Elektroden machen es möglich. Sie erkennen sogar, ob er anstatt Sperma Urin abgibt. Dann hört das Saugen kurz auf, bis die Werte wieder normal sind.«

Während wir die Tür schlossen, hörte ich den Sklaven einmal lang gezogen stöhnen. Eine wirklich ausgefallene Art des *Abmelkens* dachte ich mir.

»Hier ist Nummer 569. Er kommt schon seit Jahren und will es immer besonders hart. Er hat jetzt Feierabend, nachdem er seit dem frühen Morgen als *Pferd* gearbeitet hat. Wir werden ihn für den Rest des Tages in Fesseln legen.«

Lily schob den Riegel der nächsten Zelle auf und ein winselnder Mann empfing uns auf den Knien.

»Na? Bereit für die Strafe, Sklave?«

Der Mann antwortete nicht, sondern ließ sich von Lily an den Haaren hochziehen und vor eine stabile Holzpritsche stellen. Das *Bett* war mit einem kräftigen Rahmen versehen und seine Liegefläche ein flaches Brett. Ringe und Haken waren rundherum angebracht und so wie es konstruiert war, konnte es einen Elefanten festhalten. Lily nahm von einer Ablage eine Matte herunter und rollte sie auf dem Brett aus. Die Gummimatte, mit kleinen üblen Spitzen versehen, war seine Decke.

»Damit du es etwas bequemer hast, mein Schatz«, lachte sie und küsst den Sklaven auf den Mund.

Was ging denn hier ab?

»Dort auf dem Gang ist ein Schrank. Hol bitte alles, was dort liegt, herein und hilf mir«, sagte sie und ich trug drei gefüllte Kästen mit Riemen und Ketten in die Zelle.

Lily befestigte die Gummimatte auf dem Brett und befahl dem Sklaven sich mit den Rücken darauf zu legen. Gemeinsam legten wir ihm am ganzen Körper Manschetten und Gurte an.

»Das ist übrigens mein Mann. Einen normalen Sklaven würde ich niemals küssen«, lachte sie herzlich und kniff dem Mann beiläufig fest in die Eier.

Wir banden zuerst die Arme an den Enden des Bettes fest und strafften die Ketten so, dass keine Bewegung mehr möglich war. Ich konnte nicht anders, aber ich wurde heiß bei dem Anblick des gefesselten Mannes, der mir trotz der Lage, in der er sich befand, aufmunternd zulächelte. Dann legten wir drei breite Riemen über Brust und Bauch und schnallten ihn auf der stacheligen Matte fest.

»Na mein Schatz? Etwas unbequem? Warte ich, ich habe ein Mittel, das es dir gleich viel besser geht«, flüsterte die Frau und holte eine Salbe aus einer Tasche.

Während ich die Beine mit zusätzlichen Riemen sicherte, zog sie einen Gummihandschuh über und verteilte eine walnussgroße Menge von dem geruchslosen Zeug ausgiebig auf seinem Geschlecht. Es dauerte keine Minute und der Schwanz des Mannes stand wie eine Kerze.

»Gib mir bitte das kleine Geschirr dort«, sagte sie zu mir und ich reichte ihr eine lederne Schwanzfessel mit kleinen üblen Spitzen.

Mitleidlos schnallte sie die vielen kleinen Riemen um die Lustwurzel und zog sie grausam straff. Jedes Mal ruckte der Sklave an den Fesseln und stöhnte ausgiebig. Zum Abschluss besahen wir uns unser Werk.

»Er möchte sich bedanken. Hock dich über sein Gesicht. Das kann er wirklich gut, glaub mir.«

Ich öffnete zögernd den Reißverschluss im Schritt meines Lederbodys und stellte mich über den Kopf des Mannes. Langsam ging ich in die Knie und kaum hatte ich die richtige Position erreicht, spürte ich die Spitze der Zunge meine Lippen teilen.
Tatsächlich. Das konnte er wirklich. Ich war nach wenigen Momenten so geil wie schon lange nicht mehr und dabei hatte ich noch nicht mal einmal eine Peitsche oder den Stock gespürt. An dieses Domina-Dasein konnte ich mich gewöhnen. Ich ging tiefer und die Zunge suchte sich wie ein Ertrinkender meinen Kitzler. Ich half ihm und beugte meinen Unterleib etwas nach vorne und sofort fing sein Mund

an, den kleinen Knopf an einzusaugen. Ich ließ ihn gewähren, entschloss mich dann aber, im Beisein seiner Frau nicht zum Höhepunkt zu kommen. Was mir ehrlich gesagt schwerfiel, denn lecken konnte der Sklave wirklich gut. Ich zog mich zurück und entfernte die *Spuren*, während Lily an das Bett trat. Sie stellte ihren Stiefel auf seinen Bauch und drückte ihn zusätzlich in die Stacheln. Mit der Spitze schabte sie über die Schwanzfessel und der erste gedämpfte Schrei kam über die Lippen des Sklaven. Lily nahm eine kurze Schnurpeitsche und schlug ihrem Mann mehrmals über die Schenkel und ließ auch den erigierten Schwanz dabei nicht aus. Sein steifer Penis schien trotz der Fessel noch zu wachsen.

»Viel Spaß Schatz und brüll nicht so laut. Denk daran, du bist nicht allein«, lachte sie höhnisch und küsste den Wehrlosen zum Abschied noch einmal auf dem Mund.

Wir schlossen die Zellentür und gingen in eine Art Hof, wo Männer in verschiedenen Vorrichtungen gefesselt waren.

»Was war das für eine Salbe?«

»Ach die kennst du noch gar nicht? Es ist ein Spezialprodukt. Du findest es nur bei uns im Zirkel, denn sie haben gar nicht erst versucht, sie auf den Markt zu bringen.«

Wir lösten einen der Sklaven von seiner Halskette und führten ihn zu einem Strafbock, wo er sich vornüber drauflegen musste.

»Es ist eine durchblutungsfördernde Substanz. Einmal auf die Haut aufgetragen, kommt der Blutkreislauf in Wallung und es beginnt, zu jucken und warm zu werden. Alles schwillt an. Ich habe mir einmal etwas auf die Brust geschmiert, als ich nicht aufpasste. Hölle. Habe ich gekratzt und gerieben, um es wieder abzubekommen. Man reibt die Geschlechtsorgane damit ein und durch die übermäßig starke Durchblutung wird man so spitz, dass man sterben möchte. Bei Lady Pain haben wir mal ein Pärchen gefesselt und beide damit eingerieben. Die beiden kannten sich gar nicht und lagen auf ihren Wunsch hin zusammen in einer Gummizelle. Wir schafften es gerade noch, dem Mann ein Kondom überzustreifen, bevor sie beide in ihren Fesseln aufeinander losgingen.«

Ich dachte an die Qualen, denen ihr Ehemann gerade ausgesetzt war.

Unser Sklave wurde nun an Armen und Beinen festgebunden und musste ein Schwanzstück aus Gummi in den Mund nehmen, welches Lily ihm tief in den Rachen schob. Dann befestigte sie es mit einer Klemmschraube am Bock und holte zwei Rohrstöcke.

»Siehst du? Der Schwanz steckt so tief drin, dass er ihn nicht loswird, selbst wenn er den Kopf hochreißt. Eine gute Erfindung dieser neue Strafbock.«

Sie ließ den Stock durch die Luft zischen und stellte sich seitlich auf.

»Du musst auf die andere Seite. Er kriegt dreißig, aber nicht zu hart. Schau her. Es muss immer die obere Hälfte des Stockes treffen. Nie mit der Spitze. Denn sonst ist es zu hart.«

Ich ging ein paar Schritte und baute mich auf. Meine Hände waren schweißnass. Was tat ich hier? Warum lag ich nicht dort? Vor meinem Kopf zogen die unzähligen Straftage vorbei, an denen ich auf so einem Ding meinen Hintern verzieren ließ. Konnte ich das wirklich tun? Trotz allem fand ich es ungemein anregend.

»So Sklave. Freust du dich schon?«, rief Lily und hob den Arm.

Der erste Hieb pfiff durch die Luft und traf quer den stramm gespannten Hintern. Ein hoher Ton war die Folge, doch ich schlug ebenfalls zu und der Ton brach ab und verebbte zu einem Keuchen.

»Sehr gut, nur noch ein bisschen näher und hol ruhig weiter aus. Etwas mehr kann er schon vertragen«, ermunterte sie mich und wir schlugen beide abwechselnd.

Nach dreißig Hieben sah der Arsch des Sklaven aus, als hätte er auf einer Herdplatte gesessen, trotzdem dankte er uns höflich, als Lily ihm den Knebel herausnahm und wir ihn gefesselt auf dem Bock zurückließen.

»Nummer 411 ist sehr dankbar. Ein netter Typ und ein guter Tänzer, aber ich fürchte, er wird alt. Früher verlangte er noch, dass man in die Striemen Salz hinein rieb.«

»Du hast mit ihm getanzt?«

»Ja. Wenn *Free-Time* ist, treffen wir uns meistens am Strand und feiern eine Party. Alle sind gleich und dann gibt keine *Standesunterschiede*. Alle gehen herzlich miteinander um und man bespricht, was man Neues ausprobieren will.«

Zwei Frauen in engen Lederkostümen gingen vorbei und führten ihre Sklaven mit sich. Sie grüßten stumm, aber ihr Blick blieb unnahbar.

»Farah und Soraya. Ich nenne sie nur *Jekyll und Hyde,* weil sie wirken als wären sie ein bisschen irre. Es sind fest angestellte Frauen, die für Lady Marie arbeiten und manchmal glaube ich, dass sie schon ein wenig zu lange hier sind.«

»Und was tun sie?«

»Sie halten alles in Ordnung. Wenn sie nicht gerade die Männer *verwöhnen*, pflegen sie die Geräte und erledigen, was halt so anfällt. Farah leitet nebenbei ein afrikanisches Förderungsinstitut. Sie hat in England Volkswirtschaft studiert und spricht einige afrikanische Sprachen, aber manchmal steht sie irgendwie neben sich.«

»Förderinstitut?«

»Ja Förderung. Alle Zirkelmitglieder zahlen in einen Topf ein und unterstützen verschiedene Programme in aller Welt.«

»Und was wird dort gefördert?«

»Nachwuchs für den Zirkel natürlich. Ich erkläre es dir. Komm wir trinken was und ich kann eine Fußmassage gebrauchen. Diese Stiefel sind zwar teuer, aber lange getragen, werden sie trotzdem zur Qual.«

Wir gingen in einen schattigen Garten und legten uns auf zwei Liegen, woraufhin sofort zwei Sklaven erschienen und nach unseren Wünschen fragten.

»Zweimal Saft mit Eis und für die Füße eine Massage«, sagte Lily bestimmt.

Schon sehr bald saßen zwei junge Männer zu unseren Füßen und mühten sich, unsere Füße zu verwöhnen.

»Wir haben viele Beobachter in den Ländern. Wenn sie jemanden finden, der seine spezielle Veranlagung dort nicht entwickeln kann, so geht man auf ihn zu und bietet ihm an, eine Ausbildung innerhalb des Zirkels zu machen.«

»Eine Ausbildung zum Sklaven?«

»Nein das nicht. Alles beginnt damit, den Menschen selbstständig zu machen. Es dauert natürlich seine Zeit. Vor allem die Frauen aus den Ländern der Dritten Welt erhalten eine Schulausbildung und können studieren oder einen Beruf erlernen. Das legt der jeweilige Förderer fest. Wenn sie einigermaßen gefestigt sind, tritt man an sie heran und bietet ihnen ein Leben als Sklave oder Sklavin innerhalb des Zirkels an. Die meisten machen davon Gebrauch und brauchen sich nie wieder Sorgen um ihre Existenz zu machen.«

»Aber sie bleiben von ihrem jeweiligen Herrn abhängig. Was geschieht, wenn sie den Zirkel verlassen wollen?«

»Jeder kann gehen, wann er will, aber bisher ist das noch nicht vorgekommen. Glaub mir.«

»Wer sucht die Kandidaten eigentlich aus?«

»Zum Beispiel Farah. Sie leitet verschiedene Gruppen in Afrika und hat ein gutes Händchen herauszufinden, wer nur vorgibt devot zu sein und wer es wirklich ist.«

»Aber sie spielt auch ein bisschen Schicksal, nicht wahr?«

Lily lachte laut auf.

»Schicksal? Na ja, wenn du das so siehst. Ich war drei Wochen auf einer Safari im Sudan und in Ägypten. Ich habe gesehen, wie Frauen dort teilweise behandelt werden und dabei ist die Verstümmelung nicht mal das Übelste. Wenn eine aufgeschlossene Frau diese Existenz mit unserer Hilfe verlassen kann, so denke ich, dass sich das *Schicksalspielen* für sie gelohnt hat.«

Von See her war ein Hornsignal zu hören.

»Ich muss los. Lady Marie kommt und ich muss sie abholen. Lass dich noch ein bisschen verwöhnen. In einer Stunde ist *Free-Time*. Dann sehen wir uns am Strand. Aber zieh dich vorher um. In dem Aufzug kannst du unmöglich mittanzen«, lachte sie und ließ mich nachdenklich zurück.

Ich schlenderte zu unserem Haus und kam an einigen Sklaven vorbei, die vor den Häusern ihrer Herrinnen angebunden waren. Einer steckte in einem Gummianzug, der ihm das Aussehen eines Tigers gab und er knurrte so schlecht, dass ich leise lachen musste. Um seinen Hals lag eine Eisenschelle und sorgte dafür, dass er nicht zu weit laufen konnte. Ein Anderer war an ein drehbares Gerüst gefesselt und stand mitten in der Sonne. Seine Herrin lag in einem knappen Lederbikini daneben und las ein Buch. Während der Sklave in seinen Fesseln stöhnte, hatte die Frau eine Hand in ihrem Schritt vergraben und schien sich vorsichtig zu reiben. Als ich vorbeiging, grüßte sie höflich und widmete sich wieder ihrem Roman als wäre das hier ein normaler Campingplatz. Der Schwanz des Sklaven war mit drei dünnen Lederriemen umwickelt worden und erst jetzt erkannte ich die Folter, die hier praktiziert wurde. Man hatte die Riemen vor der Fesselung nass gemacht und ließ sie sich nun in der Sonne zusammenziehen. Der stramme Schwanz des Sklaven musste ganz schön was aushalten. Aber so wie er stöhnte, litt er gerne.

Ich duschte und während ich mich umzog, ertönte vom Haupthaus her ein Gong. Die *Free-Time* war angelaufen. Robert war noch nicht zurück und so ging ich allein.

»Guten Abend. Sie müssen Sabine sein? Die Begleitung von Robert«, begrüßte mich eine stattliche, schwarzhaarige Frau in einem Trachtenkleid. Ich nickte.

»Ich bin Marie. Die Herrin der Insel. Ich habe schon von Lily gehört, dass Sie sich gut eingelebt haben. Schön, dass Sie hier sind.«

Die Frau wirkte wie ein Model für Walküren. Hätte sie eine Schuppenrüstung getragen, so könnte sie leicht als Komparsin bei Wagners Götterdämmerung mitspielen. Diese Frau war der lebende Beweis für Selbstbewusstsein. Ihr folgten zwei Sklaven sowie Farah und Soraya.

»Wir sehen uns nachher noch. Ich muss mich jetzt umziehen. Von Robert soll ich Ihnen sagen, dass er erst morgen früh mit den Arabern kommt und Sie sich im Haus bereithalten sollen.«

Am Strand war ein Büfett aufgebaut und ein paar Männer waren dabei, Kabel und Instrumente für die Band zusammenzustellen. Alle kamen in normaler Kleidung oder halb nackt und wir feierten eine der besten Strandpartys, die ich je erlebt hatte. Die Band bestand tatsächlich aus drei Mitgliedern einer bekannten Boy-Band und nicht nur mir lief bei dem Anblick ihrer hübschen Körper das Wasser im Munde zusammen. Lady Marie hatte sich ein leichtes Leinenkleid übergelegt und tanzte ausgelassen mit. Jeder bediente sich selbst und alle gingen wirklich völlig zwanglos miteinander um. Ich sah Lily, die mit ihrem Mann eng umschlugen, der Band zuhörte. Sie waren offenbar sehr verliebt ineinander und ich unterließ es, sie zu stören aber ein Blick auf die Hose des Mannes ließ erahnen, was er in den letzten Stunden mitgemacht hatte. Er hatte immer noch eine gewaltige Erektion. Diese Salbe musste die Hölle sein. Aber hier hatten sich offenbar die zwei Richtigen gefunden.

Ich tanzte mit einem Bankier aus Chile und flirtete etwas mit einem charmanten australischen Opalschürfer, der mich ein bisschen an *Crocodile Dundee* erinnerte. Er machte einmal im Jahr drei Wochen Urlaub und das meistens hier. Da, wo er herkam, konnte man sich nicht vorstellen, dass der Boss von dreihundert Schürfern darauf stand, von einer Frau in Lederfesseln gehalten zu werden.

Robert kam am frühen Morgen und die beiden Araber waren schon gereizt, als sie das Haus betraten und ich sie begrüßte. Sie sprachen in einem mir fremden Dialekt miteinander, und obwohl ich Arabisch gut verstand, konnte ich nicht deuten, was sie verstimmte. Irgendetwas störte sie. Die Männer gingen auf die Terrasse, und während sie sprachen, schaltete ich die Computer ein. Einer von ihnen ging an mir vorbei zur Toilette, und als unsere Blicke sich begegneten, sah er mich an, als ob er mich fressen wollte. Was hatten die denn? Die beiden *Mädchen* servierten das Frühstück und beim Anblick der beiden Sklaven entspannten sich die Araber wieder.

›Wenn die wüssten, wer ihnen den Tee und das Gebäck servierte‹, dachte ich und musste grinsen.

Robert trank einen Kaffee und wirkte etwas nervös. So kannte ich ihn gar nicht und ich war froh, als er ins Haus kam, um eine Unterlage zu holen.

»Stimmt irgendetwas nicht?«

»Diese Typen machen mich wahnsinnig. Sie haben keine Ahnung, aber wollen überall mitreden. Außerdem ist ihr Deutsch so schlecht wie mein Englisch, trotzdem weigern sie sich, dass ich Sie als Übersetzerin dazu hole. Da werde einer aus diesen Arabern schlau.«

»Ist das Geschäft denn so wichtig?«

»Nein. Eigentlich kann ich darauf verzichten, aber ein alter Freund im Jemen hat mich empfohlen und ich möchte vermeiden, dass er sein Gesicht verliert, wenn ich diesen beiden nicht alle Aufmerksamkeit zukommen lasse.«

Robert nahm seine Papiere und ging zurück.

Lady Marie klopfte und ich erinnerte mich, sie während der Feier versehentlich zum Frühstück eingeladen zu haben. Sie erschien in einem weißen Lackkleid, das mittels Schnüren am Rücken perfekt auf ihre Figur abgestimmt war. Dazu hohe Stiefel mit breiten versilberten Schnallen an den Seiten. Sie begrüßte mich herzlich, und als die beiden Sklaven sie erblickten, senkten sie sofort den Kopf und machten einen artigen *Knicks*. Wir schwatzten eine Zeit miteinander und mochten uns auf Anhieb. Die *Mädchen* bedienten uns vorzüglich und ich war immer wieder erstaunt, wie echt ihre Verkleidung wirkte. Ihre schlanke Beine und ihre knackigen Hintern wurden durch die Lackkleider zusätzlich betont. Oben herum war ihr *Busen* hübsch ausgefüllt und um ihre Taille hätte ich sie beneidet. Ihre Schwänze waren mit engen Gummihöschen so gut wie unsichtbar gemacht worden.
Ich berichtete Lady Marie kurz von ihnen und sie rief die beiden zu uns.

»Ihr habt eure Sache gut gemacht. Zur Belohnung wird euch Lady Sabine später im Keller persönlich betreuen. Ihr dürft einen Wunsch äußern und euch bedanken«, sagte sie und die beiden *Mädchen* sanken vor uns auf die Knie.

»Danke Herrin. Aber wir sind wunschlos glücklich, wenn wir Ihnen dienen dürfen.«

»Das ist gut. Dann wird sich eure Herrin später etwas Nettes für euch ausdenken. Geht jetzt!«

Marie nahm ihren Kaffee und sah nach draußen auf die Terrasse, wo die Männer sprachen.

»Ich dachte, Sie sind seine Übersetzerin?«

»Die Araber wollen mich offenbar nicht dabei haben. Robert passt es auch nicht, aber ich habe es angeboten und er hat abgelehnt.«

Marie ging an die Tür und beobachtete die Männer eine Weile.

»Die können sich ja kaum verständigen. Was tut Robert sich da an? So kenne ich ihn gar nicht«, flüsterte Marie leise.

Ich erzählte ihr von dem Freund im Jemen und sie nickte nur leise. Dann stand sie nur da und starrte aus dem Fenster.

»Ich habe das Problem erkannt. Kommen Sie. Wir werden Robert helfen.«

Marie zog mich ins Schlafzimmer. Sie öffnete einen der Einbauschränke und suchte ein paar schwarze Kleider und einige Tücher heraus.

»Legen Sie ihre Sachen ab und ziehen Sie den Fummel hier über.«
Zwanzig Minuten später ging ich vermummt wie ein Terrorist ins Gästehaus und kniete mich wortlos zu Roberts Füßen nieder. Der schaute mit einer Mischung aus Verwunderung und Belustigung, ließ mich aber gewähren. Als ich mich nun anbot, die Sprache der Araber zu übersetzen, hatten die plötzlich kein Problem mehr damit. Ich kam mir vor wie in *tausendundeine Nacht*. Von Kopf bis Fuß schwarz vermummt, nur ein Schlitz für die Augen blieb frei. Diese *Lappen* waren eine Beleidigung für meine Weiblichkeit und die passende Uniform für entartete männliche Dominanz. Was konnte es noch Erniedrigen-

deres geben? So gekleidet schien ich aber in das Weltbild der beiden zu passen und das Gespräch entspannte sich zusehend. Sie sahen mich zwar kaum an, aber ihr Ton war sehr viel freundlicher. Robert verhandelte mit viel Geschick und nach drei Stunden waren sie sich einig. Ein Deal von einigen Hunderttausend Dollar war abgeschlossen. Die beiden Araber verschwanden, ohne mich weiter wahrzunehmen, und überschlugen sich förmlich mit Danksagungen und Segenswünschen für Robert und seine Erben. Sicher konnten damit nur seine Söhne gemeint sein. Sofern er denn welche hatte. Er brachte die Araber persönlich ans Festland und ich schälte mich wieder aus dem Schador heraus. Mit den Tüchern in der Hand blieb ich nackt vor dem Spiegel stehen. Die Frauenverachtung dieser beiden Figuren, die eben die Insel verließen, war zum Glück nicht typisch für das Denken in der ganzen islamischen Welt. Wenn ich nicht Nora und einige muslimische Freunde in Hamburg kennen würde, so würde ich sicher alle Araber für so engstirnig halten.

Mir tat alles weh und es kam mir gerade recht, dass meine *Mädchen* erschienen und mich sehr devot nach meinen Wünschen fragten.

»Ein heißes Bad, einen eisgekühlten Orangensaft und hinterher eine Massage. Mittelhart bitte«, lachte ich und die beiden ließen sofort das Wasser ein.

Ich hatte es eigentlich als Witz verstanden, aber meine *Dienerinnen* richteten tatsächlich ein Bad mit entspannenden Essenzen und seiften mich mit Naturschwämmen ausgiebig ab. Ich lag in der Marmorwanne, die so groß war wie mein gesamtes Badezimmer in Hamburg und nippte hin und wieder an dem Saft während der Eine mein Gesicht und der Andere gekonnt meine Füße massierte. Irgendwo spielte leise Musik und ich schwebte wie auf einer Wolke.

Sie rubbelten mich sanft mit weichen Handtüchern ab und ich legte mich auf eine vorgeheizte Liege. Mein Kopf ruhte in einer Vertiefung und die Hände der beiden *Mädels* nahmen ihre Arbeit auf, als ob sie nie etwas anderes gemacht hätte. Millimeter für Millimeter kneteten sie mich durch und ich konnte nicht umhin und wurde geil. Die beiden hatten keine Anstalten gemacht mich zu *berühren*, aber ich rollte mich auf den Rücken und ließ sie meine Vorderseite bearbeiten. Mit der Zeit wurden sie mutiger. Eine Hand strich vorsichtig an meinem Innenschenkel herauf und ich spürte ein leichtes Zittern, als meine Nerven anfingen zu vibrieren. So müssen sich Götter fühlen - oder Dominas.

Robert sah beim Frühstück ziemlich geschafft aus, trotzdem ließ er keinen Zweifel darüber aufkommen, dass wir sofort abreisen würden.

»Der Deal hat geklappt. Diese Araber zahlen fast eine Million für das Steuerprogramm und das nur dank ihrer Mitarbeit. Alle Achtung. Wie sind Sie eigentlich auf die Idee mit dem Schador gekommen?«

Ich erzählte ihm von Maries Idee und er schmunzelte.

»Bei den Griechen soll es ja Ähnliches geben. Super Idee auf jeden Fall.«

»Wie geht es jetzt weiter?«

»Wir fahren nach Rhodos und nehmen den nächsten Flieger nach Athen oder nach Ankara. Egal. Hauptsache wir kommen bis morgen Abend nach Japan.«

»Zu Mister Sato?«, fragte ich und biss wehmütig in die Obststücke, die meinem Frühstück beilagen. Unsere *Mädchen* hatten sich solche Mühe mit uns gegeben. Vor allem das Frühstück. Ich würde die Insel vermissen.

Hin und wieder kreuzte weit draußen ein Kriegsschiff der Griechen und ich winkte ab und zu, während ich mir den köstlichen äthiopischen Kaffee schmecken ließ. Ich erfuhr während der *Free-Time*, dass eines der *Mädchen* Inhaber einer Kaffeerösterei war und immer einen großen Vorrat auf die Insel brachte.

»Die Brasilianer können tun was sie wollen, afrikanischer Kaffee ist die Krönung. Weniger Koffein, sanfter im Geschmack und viel mehr Aroma«, meinte er zu mir.

»Ist mit dem Auftraggeber wieder alles okay?«, fragte ich Robert.

»Ja. Sato Senior ist aus dem Krankenhaus entlassen und sie brennen darauf uns zu treffen.«

»Uns?«

»Ja. Die ganze Familie ist Mitglied des Zirkels und sehr traditionsbe-wusst. Es wird eine neue Erfahrung für Sie sein.«

»Was genau werden wir oder ich tun?«, fragte ich vorsichtig.

»Ich werde mit Sato Junior über die Errichtung eines Überwachungs-programms für deren EDV verhandeln. Sie müssen die Verträge und einige Konferenzmitschnitte ins Deutsche übersetzen. Ansonsten gehen Sie mit seiner Frau spazieren oder schauen sich die Stadt an. Wir werden sicher mit dem Aufsichtsrat zusammensitzen und Sie werden als meine Übersetzerin dabei sein. Das kann ein bisschen skurril werden. Aber keine Angst. Das ist Japan. Ich werde danach vermutlich mit Sato in den Norden reisen, um die Installationen vor-zubereiten und mich in die Materie einarbeiten. Sie werden unterdes-sen einige Tage bei Lady Sikura verbringen, wo Sie ein bisschen was dazulernen können, wie ich schon mal erwähnte.«

»Fesselungstechniken?«

»Sicher. Das auch. Japan ist das Land des Fesselns und ich erwarte, dass Sie viel dazulernen, womit Sie später meine Gäste verwöhnen können.«

Ich hatte schon von japanischen Spielarten gehört, die in Europa gänz-lich unbekannt waren. Bondage war nichts Neues, aber jetzt würde ich eine Meisterin kennenlernen, die zudem noch aus dem Land selbst stammte. Nicht wie die Amateure bei uns.

Robert stand auf und wie aufs Stichwort erschienen die *Mädchen* und räumten ab. Ich packte meine Sachen, als einer der Blicke der Mädels mich traf. Autsch. Ich hatte fast vergessen, dass ich mich noch *erkennt-lich* zeigen sollte. Ich suchte mir eilig die Sachen aus dem Schrank und sprang wieder in den Lederbody und in die hohen Stiefel hinein. Jetzt hieß es aber schnellmachen. In der Küche klapperte das Geschirr, als ich endlich meine Gerte wiederfand und mich den beiden widmete.

»Mädels! Ich denke, wir haben noch etwas zu besprechen.«

Beide senkten artig den Kopf. Sie trugen ihre Lackkleider und überall wo es nötig schien, breite Lederriemen, die mit Ringen bestückt waren. Ich fesselte beiden die Hände auf den Rücken und schnallte ihnen die Knebel, die einsatzbereit um ihre Hälse hingen, fest in die

Münder. Es waren breite Latexriemen, die ein dickes Lederstück hatten, das im Mund verschwand. Von außen sah es aus wie ein breites Tapeband und mir gefiel vor allem, dass es nicht in die Mundwinkel kniff, egal wie straff man sie festzog.

Ich klinkte zwei Hundeleinen in ihre Halsbänder und wir gingen zum Haupthaus. Dort schaute ich mich ein bisschen unbeholfen um, aber niemand nahm Notiz von uns. Eine Frau schlug zwei Sklaven, die sie vor ihrem Haus an eine Art Teppichklopferstange gehängt hatte. Sie stöhnten so laut in ihre Knebel, dass sie fast das Zischen der Peitsche übertönten. Zwei *Mädchen* steckten nebeneinander in einem Pranger. Ihre Eier waren mit Seilen und Spanngurten straff abgebunden und ihre Schwänze standen in tiefstem Purpurrot wie Kleiderhaken von ihnen ab. Zwei Frauen standen dahinter und ließen sanft irgendein elektrisches Gerät über ihre Nervenbahnen gleiten. Das eine der *Mädels* hatte schon richtig entwickelte Titten und trug Ringe, mit denen man ihre Warzen durchbohrt hatte. Ich erschauderte leicht, als ich das Gewicht entdeckte, dass sie schmerzhaft nach unten zogen. Quer über den Brustansatz liefen dicke Striemen.

Wir erreichten das Haupthaus und ich ging mit den beiden in den Keller. Was sollte ich mit den beiden jetzt nur tun? Sie fesseln und in eine Zelle sperren? Das kam mir noch am logischsten vor. Schließlich konnte ich ja nicht einfach jemanden verprügeln. Ich drehte mich zu meinen *Schützlingen* um. Ich hatte schon Frauen im Auftrag meiner Herrin Daniela geschlagen, aber da war sie meist in der Nähe oder sogar dabei gewesen. Aber hier? Noch dazu zwei Männer. Ich war doch eigentlich die Sklavin? Meine Hände zitterten ein bisschen, als ich die Karabiner ausklinkte und beide an Haken an der Wand festmachte. Ich öffnete eine Tür und sah in eine Folterkammer. Was tun? Es stand ein Kreuz an der Wand. Da konnte ich schon mal einen unterbringen. Eine breite Liege mit vielen Ösen und Schnallen? Nein. Bis ich jemanden darauf fest hatte, würde mich Robert mit einer Hundertschaft suchen lassen. Ein Stuhl mit verschiedenen Fesselungsmöglichkeiten. Ein wenig merkwürdig sah er aus und ich brauchte ein bisschen, um zu erkennen, wozu er sich eignete. Das war genau das Ding. Ich löste meine Mädels von den Haken und befahl ihnen sich auszuziehen. Der eine musste sich auf den Stuhl setzen und ich fesselte seine Arme über dem Kopf an die Lehne. Die Beine wurden an

214

die Stuhlbeine gebunden und weit auseinandergespreizt. Der andere hatte sich davor zu knien und ich sicherte seinen Kopf mit einer Eisenschelle um seinen Hals. Ihm band ich Hände und Füße auf dem Rücken straff zusammen, sodass eine Bewegung kaum möglich war. Sein Kopf war keine Handbreit vom Schritt seines Freundes entfernt, als ich ihm den prallen Schwanz in den Mund schob. Ich musste etwas pressen und das Fleisch kneten, bis er ihn fast zur Hälfte im Mund hatte. Er grunzte etwas und ich betrachtete mein Werk. Das *Mädchen* nahm seinen Job auf und der am Stuhl Gefesselte ließ den ersten Kommentar ab, bis ich ihm den Mund mit einem Knebel verschloss, der praktischerweise mit einer Kette direkt am Stuhl befestigt war. Ich fand einen passenden Vibrator und das *Mädel* mit dem Blowjob bekam ihn mithilfe einer kleinen Portion Gel hinten reingeschoben. Sozusagen als ausgleichende Gerechtigkeit. Ich fand, dass ich mich nun ausreichend erkenntlich gezeigt hatte.

»Ein hübsches Arrangement«, begrüßte mich Marie auf einem Lehnstuhl sitzend, als ich wieder das Haupthaus betrat. Alle Räume wurden rund um die Uhr von Kameras überwacht und eine der Frauen hatte abwechselnd die Aufgabe aufzupassen. Trotzdem wollte ich nicht einfach so abhauen.

»Ich bin sehr in Zeitdruck. Robert will los und ich ...«

»Keine Sorge. Es gibt Wichtigeres als seine doofen Programme. Komm. Wir trinken noch einen Kaffee zusammen. Die nächste Stunde ist Ebbe und die Galeere fährt eh nicht. Und das Boot ist in Rhodos und kommt erst am Nachmittag wieder.«

Ein Sklave brachte Kaffee und ich setzte mich. Marie saß in voller Montur am Tisch. Ein bodenlanges, bis zum Hals geknöpftes Lederkleid. Dazu hohe Stiefel, mit spitzen Absätzen.

»Und, wie gefällt es dir? Ich meine als Herrin?«

»Es gibt Schlimmeres, aber so richtig kann ich mich nicht dran gewöhnen.«

»Das ist schon Okay. Ich war auch mal eine Sklavin und bin erst spät zu Herrin geworden. Mein Ex-Mann, der diese Insel für uns seinerzeit eingerichtet hat, hielt mich, seit wir uns kennenlernten als Sklavin. Nun ist in Griechenland der Unterschied zwischen einer Sklavin und einer Ehefrau nicht so groß und ich fand beizeiten Gefallen daran. Doch wir sind Mitglieder des Zirkels und irgendwann lernte ich andere Frauen und meine eigentliche Begabung und Neigung kennen.«

»Und wie hat er reagiert?«

»Wie ein Ochse im Stall. Er hat sich aufgebläht und rumgebrüllt aber ich habe die Trennung verkündet und mich hierher zurückgezogen. Noch vor Jahren hätte er am liebsten die Insel und mich im Meer versenkt, aber ich weiß zu viel über ihn, als dass er das Risiko eingehen würde, vor einen Untersuchungsausschuss zu landen. Aber mittlerweile kommen wir wieder leidlich miteinander aus.«

»Und Sie haben ihre Neigung einfach so abgelegt?«

»Natürlich nicht. Hin und wieder genieße ich auch mal wieder den Pfad der Unterwerfung. Es gibt einige Männer, denen ich das Vergnügen gönne, mich gelegentlich zu dominieren und ich genieße jede Sekunde. Es gibt ein altes Schloss in den Karpaten. Zweimal im Jahr fahre ich dorthin und treffe mich mit drei Männern und liefere mich ihnen als Sklavin des Mittelalters aus. Ich werde in ein Verlies gesperrt und mit schweren Ketten gesichert. Am Tage werde ich im Burghof gefoltert und vergewaltigt. Sie benutzen die gesamten Foltermittel, die sich in der Burg finden lassen. Zangen, um die Brust zu quetschen, Daumenschrauben, Spanische Stiefel, Nagelfässer und vieles andere. Die Burg gehörte früher einem Sammler von Folterinstrumenten, bis er im Zuge des politischen Umschwungs verschwinden musste. Der Typ muss das menschliche Schwein schlechthin gewesen sein. Wir haben Spuren von echten Gefangenen gefunden und die Leute im Dorf flüsterten uns zu, dass es dort jahrelang zugegangen sei wie bei Dracula. Viele gingen hinein, aber selten kam wieder einer raus.«

Ich fror bei dem Gedanken, dass eine solche kranke Fantasie an mir ihre Erfüllung finden könnte. Robert erschien und in seinem Schatten schleppten drei Sklaven unser Gepäck.

»Also wenn Sie in dem Aufzug nicht in Rhodos den Verkehr lahmlegen wollen, dann ist es an der Zeit etwas anders anzuziehen«, lachte er.

Ich wurde rot. Ich saß immer noch in Lederbody und hohen Stiefeln hier rum.

»Schon gut. Ich habe sie aufgehalten. Sie hat sich nur noch von euren *Dienern* verabschiedet«, sagte Marie zu Robert und ich ging mich umziehen.
Am späten Abend saßen wir im Flieger nach Japan.

Japan

Wer schon einmal mit Cathay Airlines geflogen ist, kann nachvollziehen, warum man Fliegen für die angenehmste Art zu reisen hält. Ich war bisher nur Last-Minute-Flüge gewohnt und es war eine Wohltat seine Beine nach vorne strecken zu können, ohne sie dem Vordermann in den Rücken zu bohren. Das Essen schmeckte nicht nach Cellophan und die Getränke waren frisch und nicht aus der Dose. Der Flug war für mich ein echtes Erlebnis. Robert arbeitete anfangs noch etwas, legte sich dann aber zum Schlafen hin. Ich schaute mir im Bordkino *Der mit dem Wolf tanzt* an. Kevin Costner war mein absoluter Lieblingsschauspieler und ich hatte endlich mal die Gelegenheit seine Originalstimme zu hören.

Es regnete wie aus Eimern, als wir in Kawasaki landeten. Die Industriestadt, die manche nur von den dort produzierten Motorrädern kennen, lag unter einer dichten Wolkendecke, sodass die Landung zu einem Abenteuer wurde. Der Pilot stieß so kurz vor dem Boden durch die Wolkendecke, dass alle an Bord »Ahhh« riefen und ich vor Angst fast in den Polstern versank. Als wir gelandet waren, lachte Robert mich aus.

»Das machen die immer so. Haben Sie die anderen Passagiere nicht beobachtet? Die Leute, die hier häufiger landen, kennen das nicht anders. Hier ist so oft schlechtes Wetter, dass dieses »Ahhh« schon eine Tradition geworden ist.«

Bleich wie ein Laken schob mich Robert durch die Kontrollen, bis unsere Koffer auf dem Tisch vor den Zöllnern lagen. Ich öffnete meinen Koffer wunschgemäß und der Beamte schob seine Hände durch die Kleidung. Dann holte er ein Lackhöschen hervor und hob es hoch in die Luft. Dabei rief er mit schriller Stimme seinen Kollegen etwas zu und winkte aufgeregt mit dem Ding, als ob er eine Trophäe gewonnen hätte.

Gott war mir das peinlich. In dem Koffer waren noch mehr *Goodies* und es war nur eine Frage der Zeit, bis dieser Kretin einen Dildo oder Lederfesseln herausziehen würde. Die anderen Gäste wurde ebenfalls aufmerksam, aber so schnell, wie es begann, so schnell endete es. Ein bulliger Asiat drängte nach vorne und nahm dem Zöllner den Slip aus der Hand. Mit einem kräftigen Schlag vor die Brust beförderte er ihn weit vom Tisch weg und nahm unsere Koffer an sich. Ein zweiter Japaner erschien und redete kurz auf die Beamten ein, die schuldbewusst ihre Köpfe senkten.

»Robert mein Freund! Sorry, dass ich etwas zu spät gekommen bin. Das hier war unentschuldbar. Sei versichert, dass die Schuldigen kriegen, was sie verdienen.«

Mein Herr war die ganze Zeit völlig ruhig geblieben und stellte mir den schlanken, gut aussehenden Japaner vor, der sich gemessenen Schrittes näherte, während die anderen Männer unser Gepäck an sich nahmen.

»Sato. Benjamin Sato. Mein Freund. Auch wenn er keine Uhr lesen kann.«

Der Mann schaute mich freundlich an und nahm meine Hand.

»Sie müssen Sabine Zeiger sein? Lassen Sie sich von diesem geizigen und wenig gebildeten Datenjockey keine Lügen über mich auftischen. Wussten Sie, dass die Japaner die Uhr überhaupt erst erfunden haben?«, lachte er und führte mich durch die Empfangshalle zu einer großen Limousine.

»Du und deine Japaner. Ihr habt die Uhr nicht erfunden. Das waren wir Deutschen und …«

»Ja. Aber nur die Mechanische. Die ging schon falsch, als ihr wirklich noch auf dem aktuellen Stand der Technik gewesen seid. Nein Sabine! Die wahren und genauen Uhren hat Seiko-San erfunden. Die Digitaluhr ist ein japanisches Produkt. Oder haben Sie schon mal gesehen, dass ein Computer eine mechanische Uhr besitzt?«

Der *Zwist* dauerte die ganze Fahrt zum Haus der Satos und ich hatte Tränen vom Lachen in den Augen, als wir ankamen.

»Miko ist noch im Studio. Sie kommt später. Ich denke, ihr zieht erst mal in eure Zimmer und wir treffen uns im Garten zum Essen.«

Sato stellte uns drei Japanerinnen in klassischen Geisha-Kostümen zur Seite und wir bekamen eine fantastische Suite.

Das Haus der Satos war auf einem Hügel am anderen Ende der Hafenbucht erbaut und lag fast hundert Meter über dem Meer. Durch eine gigantische Scheibe konnten wir die fahrenden Schiffe betrachten und zuschauen, wie sich über uns ein Sturm zusammenbraute. Alles war aus edlen Hölzern und geschliffenen Steinen gebaut und man musste sich erst daran gewöhnen, wohin man trat. Alles machte einen strengen, aber eleganten Eindruck. Durch den Regen patrouillierten zwei Männer in Samurai-Rüstungen und das Wasser, das in Sturzbächen von ihrem kunstvollen Helmen rann, gab ihnen das Aussehen von Dämonen oder Wassergeistern.

»Die Satos haben mehr Geld als Gott, aber vor allem der alte Takashi ist ziemlich schwierig, wenn es um Traditionen geht. Wenn ihm etwas nicht in den Kram passt, wird der ganze Deal platzen wie eine Seifenblase.«

»Was soll ich tun?«

»Hier in Japan kommt zuerst der Mann. Passen Sie sich einfach an.«

Robert zog einen weiten Mantel und ein luftiges Unterkleid an und ich ließ mir von den Frauen in einen Kimono helfen, der extra für mich bereitlag. Sie steckten mir die Haare kunstvoll auf und begleiteten uns nach unten. Wir kamen an einem Zimmer vorbei und ich hörte deutlich den Klang einer Peitsche. Ich blieb stehen und horchte, bis eine der Frauen die Tür öffnete und ich hineinsehen konnte.

»Jennifer-San aus Amerika. Eine Praktikantin wie man bei Ihnen sagen würde. Sie hat eine Tasse fallen gelassen und erhält ihre gewünschte Bestrafung.«

Die junge Frau hing an den Armen von der Decke herab und wurde von einer zierlichen Japanerin in einem Kimono gezüchtigt. Der ganze Rücken war bereits von feinen roten Linien gezeichnet und die Hiebe wanderten langsam hinab zu den Schenkeln.

»Ist alles in Ordnung. Das ist so bei Sato. Er nimmt Zirkelmitglieder bei sich auf und gibt ihnen die Möglichkeit in Japan zu studieren. Kostenfrei wohlgemerkt.«

Wir gingen weiter und wurden von zwei älteren Japanern, die mir
Robert als die Eltern vorstellte, empfangen. Der alte Sato sah mich
prüfend an und nickte nach einer Weile zufrieden. Wir Frauen folgten
den Männern gehorsam in den Speiseraum, wo sich schon eine Menge
Menschen versammelt hatten. Wir setzten uns zu Sato Junior und ich
lernte seine Frau Miko kennen. Sehr zum Ärger ihres Schwiegervaters
war sie keine klassische devote Japanerin, sondern hatte Jura studiert
und einige Jahre als Staatsanwältin gearbeitet, bevor sie als Rechts-
beraterin ihres Mannes ins Unternehmen einstieg. Als ihr Kimono ver-
rutschte, sah ich einige rote Spuren an den Handgelenken.

»Oh das? Ich war vorhin im Studio. Wir haben etwas Neues ausprobiert und wir haben wohl einen Fehler bei der Auswahl der Stricke
gemacht. Na ja. Nicht so wild. Mein Hintern sieht schlimmer aus«,
lachte sie verschwörerisch.

»Sie waren im Studio einer Domina?«

»Ja. Hin und wieder gehe ich zu Lady Wong und unterziehe mich
einer Behandlung. Es ist jedes Mal ein irres Erlebnis und ich bin froh,
wenn ich einen Termin bei ihr kriege. Sonst wäre ich zum Flughafen
mitgekommen.«

»Und? Weiß Ihr Mann davon?«, flüsterte ich.

»Na klar. Ab und zu kommt er mit und geht ihr zur Hand, oder sieht
einfach nur zu. Wenn ich völlig fertig in den Fesseln hänge, nimmt er
mich meist noch mal. Ich komme dann immer heftig. Es ist einfach ...
nur klasse.«

Das Essen begann und ich legte, wie die anderen Frauen ihren Männern, Robert die Speisen vor. Es war irgendwie merkwürdig. Die
Männer lachten und verhandelten zum Teil recht lautstark und
aggressiv miteinander. Die Frauen hockten still daneben und schenkten Reiswein nach oder blickten die Männer an als wären sie Heiligtü-
mer.

»Was war das eigentlich für eine Nummer heute Morgen am Flughafen? Der Zöllner sah aus, als ob er Gift genommen hätte, als dieses
Kraftpaket plötzlich auftauchte?«, fragte ich Robert leise.

»Satos Leute. Ich nehme an, er wird einem seiner Freunde Bescheid gesagt haben, uns die lästigen Zollkontrollen zu ersparen. Der Kraftmensch war sicher ein Yakuza. Ich habe auf seinem Arm Tätowierungen gesehen. Der andere war wohl ein Unterführer. Ich möchte nicht in der Haut dieses Zöllners stecken, der Ihren Koffer durchwühlt hat. Vor Sato hat der hiesige Oyabun versagt und das ist in Japan eine üble Sache.«

»Oyabun?«, fragte ich leise und ahnte schon, dass ich die Antwort nicht unbedingt hören wollte.

»Ein Boss. Ein hohes Tier in der japanischen Mafia. Hier geht nichts ohne die Yakuza. Sie sind Teil der Gesellschaft und meist ist es schwierig herauszufinden, welcher Teil eines Wirtschaftsbosses kriminell oder nur geschäftstüchtig ist. Versuchen Sie es gar nicht erst zu verstehen. Das schaffen nicht mal die Japaner selbst. Nehmen Sie es, wie es ist. Andere Länder, andere Sitten«, sagte Robert und hob seine Schale mit Reiswein, um mit auf den Kaiser zu trinken.

Nachdem man auf jedes Mitglied der kaiserlichen Familie getrunken hatte, nahm die Lautstärke der *Sitzung* stark zu und ich übersetzte Robert so gut ich konnte das japanisch-englische Kauderwelsch. Die Männer waren so betrunken, dass sie Takashis strenge Order vergaßen, aus Respekt vor Robert nur englisch zu sprechen und entsprechend schwer war es für mich. Aber eigentlich plapperten sie nur dummes Zeug. Es ging kaum mehr ums Geschäft. Die Entscheidung war eh in den ersten Minuten gefallen, als Ben den Vorschlag machte, das neue Programm im Rechenzentrum von Sapporo probehalber zu installieren. Alle starrten auf den großen Boss am Kopf der Tafel, und als der kaum merklich nickte, machten alle Vorschläge wie man es am einfachsten bewerkstelligen konnte. Mit einem letzten *Toast* auf Takashi und die Weisheit der japanischen Industrie ließ Robert eine letzte Schale Reiswein in sich hineinlaufen und kippte volltrunken nach hinten in meine Arme. Er war beileibe nicht der Erste, aber die *Überlebenden* lachten trotzdem und tranken auf den Ohnmächtigen, wie auf einen besiegten Feind. Als Takashi endlich umkippte, erschienen Diener und halfen uns Frauen, die Männer ins Bett zu bringen. Miko schloss die Tür des Schlafzimmers und lud mich in die

Küche zu etwas weniger Gehaltvollem ein. Wir tranken einen süßen warmen Wein. Miko war eine tolle Frau. Sie stammte aus armen Verhältnissen und hatte es mit einem Stipendium unter die zehn besten Absolventen ihres Jahrgangs an der Universität geschafft.

Als einzige Frau hatte sie parallel die Rechtssysteme Europas und Japans studiert und in beiden, mit Auszeichnung, ihren Abschluss gemacht. Sie konnte vier Fremdsprachen und wäre fast in die Politik gegangen, als sie Ben auf einer Zirkelparty traf und sie sich verliebten. Ben hatte im Gegensatz zu Sato Senior mit aktivem SM nicht sehr viel am Hut. Er sah am liebsten zu, wenn Miko gebunden und gepeitscht wurde. Es dauerte einige Jahre, bis sie zueinanderfanden und er Freude und Befriedigung dabei empfand, sie selbst zu fesseln und zu martern.

Wir *tratschten* die halbe Nacht miteinander und verstanden uns prima.

»Und wir fahren nach Kyushu. Du wirst es mögen. Vulkane und ein geniales Heilbad«, sagte Miko, als Robert mir eröffnete, dass er mit Ben am Nachmittag für einige Tage in den Norden fahren würde.

»Aber ich sollte doch zu dieser Lady Sikura?«

»Ja. Wenn wir wiederkommen. Unser Aufenthalt hier dauert wahrscheinlich eh länger und wir stehen derzeit nicht unter Zeitdruck. Haben Sie schon die Post geöffnet?«

»Heute Morgen kam eine Mail von Nora. Zuhause ist alles in Ordnung und sie schreibt, dass uns ihr Vater für den Frühsommer in den Jemen eingeladen hat. Und da war noch eine US-Firma. Sie hat sich gemeldet und möchte eine Terminbestätigung für ein Gespräch.«

Ben lachte und schlug sich auf die Schenkel.

»Wollen diese Apple-Typen dich immer noch übernehmen?«

»Ja. So oft wie die es schon versucht haben, träumen sie wohl schon davon. Sie haben sogar in meinem Privatleben geschnüffelt und mir eine bezahlte Sklavin geschickt. Alles nur, damit ich meine Firma an sie verkaufe. Die lernen es nie. Ich bleibe ein freier Mann.«

»Der Absender war nicht Apple. Es war General Dynamics.«
Plötzlich schwieg Sato und Robert hielt seine Kaffeetasse abwartend in der Hand.

»Der Rüstungskonzern? Die arbeiten fast ausschließlich für die Regierung. Was wollen die denn von uns?«, Robert überlegte eine Weile und sagte dann:

»Schicken Sie eine Antwort. Wir sind interessiert, aber möchten mehr Informationen über den Auftrag, um uns vorzubereiten.«

Ich schrieb einen Vermerk auf meinen Tablett-PC und wir beendeten unser gemeinsames Arbeitsfrühstück. Dafür, dass Robert und Ben gestern einen klassischen *Absturz* hinter sich hatten, ging es beiden verhältnismäßig gut. Miko klärte mich darüber auf, dass es an der Qualität des Sake liege. Nur die besten und teuersten Weine erzeugten keinen Kater, und wenn ein Gast am Morgen Nachwirkungen spüren würde, so wäre das schändlich für den Gastgeber.

Ich zog mich an und fragte mich, was ich hier eigentlich tat. So wie ich arbeitete, würden viele andere Menschen eigentlich gerne Urlaub machen und mir kam es vor, als steuerte ich ein Schiff bei schönstem Wetter auf ein Riff zu, das ich nicht sehen wollte oder konnte. Das Leben einer Sklavin hatte ich mir schon immer anders vorgestellt, aber nie so wie jetzt. Mein Herr *benutzte* mich kaum und wenn, taten es meistens andere. Er ließ mir so viele Freiheiten, auch mit anderen rumzumachen, das war mir fast unheimlich. War das eine Belohnung für irgendetwas? Hatte ich in einem früheren Leben so viel gelitten, dass es mein Schicksal jetzt so gut mit mir meinte? Ich nahm die Schachtel mit meinen Ringen und öffnete sie. Die Steine hatten ein Vermögen gekostet. Solchen Schmuck schenkte man nicht einfach so, auch wenn alle im Zirkel das andauernd betonten. Da steckte noch mehr dahinter, aber ich kam nicht darauf was. Wo war der Haken an der Sache? Ich dachte an diese ominöse Lady Sikura. War das der Haken? Sollte ich dort eine Domina werden und zukünftig als *Nutte* im Zirkel arbeiten? Wir waren in Japan und bei den Verhältnissen hier konnte ich einfach von der Bildfläche verschwinden, ohne dass es jemand bemerken würde. Wurde ich hier gerade auf sehr nette und eigenwillig Weise entführt?

›Nein. Da konnten sie sich auf den Kopf stellen. Ich würde niemals für Geld ...‹, dachte ich und zog den Reißverschluss meiner Wollhose zu.

Aber im selben Augenblick kam mir der Satz absurd vor. Wir taten alle etwas für Geld. Es ging um Gefühl und die Frage war, wie viel Gefühl war man bereit einzubringen. Lady Marie hatte mir gesagt, dass eine Domina ihren Kunden nicht zu lieben braucht, aber sie muss ihn respektieren. Dann könnten alle beide Spaß an der Sache haben, ohne dass der Eine dem Anderen nur das Geld dafür aus der Tasche zieht. Ich setzte mich an den Computer und schrieb um mich zu beruhigen eine Mail an Magda, meine Hamburger Freundin, bei der ich mich schon lange nicht mehr gemeldet hatte.

Die Männer verschwanden mit dem Firmenhubschrauber und wir flogen auf die Insel Kyushu. Wir mieteten uns in einem Hotel ein und Miko bestellte ein Doppelzimmer. Als wir unsere Koffer auspackten, staunte ich nicht schlecht, was sie so an *wichtigen Sachen* für zwei Tage mitnahm. Handschellen, zwei Peitschen, Seile und ein paar Gummispielzeuge beanspruchten einen Teil ihres Koffers.

»Man weiß ja nie, was sich ergibt«, gluckste sie und legte alles in eine Schublade neben dem Bett.

Ein Taxi brachte uns zu der Heilquelle. Wir genossen gemeinsam das warme schwefelhaltige Bad. Zwischendurch gingen wir in unsere Mäntel gehüllt in ein Teehaus und tranken aromatischen Tee und kosteten von kleinen süßen Reisbällchen.

»Zarashi. Sie bestehen nur aus Reis und Zucker. Außer, dass sie einen dick machen, taugen sie zu gar nichts«, lachte Miko, die sich fortwährend darüber beklagte, auf ihre Figur achtgeben zu müssen.

Für eine Japanerin war sie kräftig gebaut und hatte ausnehmend große und feste Brüste. In Deutschland würde man von einer Topfigur sprechen, aber hier im Land der zierlichen Püppchen, war sie schon fast eine Ausnahmeerscheinung. Genau wie ich war sie beringt und sie trug die Ringe, wann immer es sich machen ließ. Dadurch wollte sie verhindern, dass die Piercinglöcher wieder zuwachsen würden. Sie hatte zwei Ringe in den Schamlippen und jeder war mit einem Smaragd verziert. Takashi Sato hatte sie ihr geschenkt. Sie hatten bereits das Geschlecht seiner Großmutter geziert und waren, wie die beiden dazu passenden großen Ringe in den Brustwarzen, ein unbezahlbares Stück Familientradition.

Miko hatte mir von der Zeremonie erzählt, als man sie ihr übergab. Sie wurde von einem Bondage-Meister an ein Bambusgerüst gefesselt. Ihre Arme wurden mit Schnüren fest an die Stäbe gebunden und ihre weit gespreizten Beine ebenso. Um jede Zehe und jeden Finger wurde eine dünne Schnur gelegt und auch sie wurden zusätzlich gefesselt, bis sie völlig bewegungslos war. Allein die Anordnung der Knoten und Schnüre war ein Meisterwerk. Dann nahm der Mann ein Öl und massierte es kräftig in ihre Brüste und ihre Schamlippen ein. Es war ein uraltes Rezept aus der Zeit der Tokugawa und schon bald begannen ihre Brüste, anzuschwellen und warm zu werden. Genauso verhielt es sich mit ihrer Scham und nur die Fesselung verhinderte, dass sie sich mit den Händen Linderung verschaffte. Um sie herum standen viele Zirkelmitglieder, aber sie durfte niemanden anflehen, ihr zu helfen.

Der Bondage-Meister nahm eine Brustzwinge und legte die beiden schmalen Leisten um ihren Brustansatz und begann ihre Attraktionen zusammenzupressen, bis sie laut schrie. Dasselbe tat er mit einem ähnlichen Instrument an ihren Schamlippen. Er zog sie weit nach unten und klemmte beide mit den kaum fingerdünnen Leisten zusammen, die er fest mit Bambusschnur zusammenband. Man ließ sie ein bisschen stehen und die Männer und Frauen lobten die Arbeit des Meisters, während sie sich auf die Lippen biss, um nicht zu explodieren. Sie hätte auch einen Knebel verlangen können, aber sie wollte es so durchstehen. Das Fleisch begann zu pulsieren und Miko erinnerte sich noch daran, dass sie glaubte, vor Geilheit und Schmerz gleich zerplatzen zu müssen, als sie wie durch einen Nebel wahrnahm, wie der Mann ihre Warzen mit einer Nadel durchstieß und ihr die Ringe einsetzte. Den Schmerz spürte sie kaum und schaute zu, wie der Bondage-Meister ihre arg gequetschten Lippen noch weiter in die Länge zog und mit einem Stich durchbohrte. Ben küsste sie dabei leidenschaftlich und Takashi nickte zustimmend. Für ihn war sie damit in die Familie aufgenommen.

Der Meister löste die Leisten, doch man ließ sie noch eine Weile alleine die Fesselung *genießen*. Das Zurückfließen des Blutes in ihre gefolterten Körperteile ließ sie mehrere Höhepunkte erleben und sie schrie sich an dem Gerüst fast die Seele aus dem Leib.

Sie hatte erst recht spät ihre Neigung entdeckt. Während des Studiums hatte sie aus Geldnot einen Zofenjob bei einer Edeldomina angenommen und irgendwann entdeckt, dass Fesselung und Unterwerfung ihr Befriedigung verschafften.

Mit Zöpfen versehen, meistens gefesselt und mit der typischen japanischen Schuluniform versehen, kniete sie vor den Kunden und ließ sich ohrfeigen oder zum Oralverkehr bewegen. Während sie so die Männer befriedigte, spürte sie, wie sich ihre Libido in Wellen aufbaute. Einmal musste einer der Männer ärztlich behandelt werden, als sie ihm in unkontrollierter Geilheit in den Schwanz biss. Die Domina band sie zur *Strafe* im Beisein des geschädigten Mannes auf einen Bock und der durfte ihr zur *Schadensbegrenzung* eine Tracht Prügel mit dem Rohrstock verabreichen. Mit straff aufgespannten Armen und Beinen lag sie auf dem Lederpolster. Ihr Hintern war gespannt wie eine Trommel und Ihre Brüste waren mit dünnen Riemen zusätzlich an dem Bock straff festgebunden, als der Mann erschien, um seine *Wiedergutmachung* einzufordern. Sie genoss jeden Hieb des Stockes, und während ihr der Saft aus der Muschi tropfte, erlebte sie einen gigantischen Höhepunkt. Die erfahrene Frau bemerkte es und fortan nahm sie Miko in eine sanfte Ausbildung. Sie war wahrscheinlich das meist beschäftigte Schulmädchen auf Honshu, während der drei Jahre, in der sie an der Universität ihr Examen machte.

Eine Bloßstellung brauchte sie auch später, als sie Staatsanwältin wurde, nicht zu befürchten. Bei der Herrin gingen alle ein und aus, die Rang und Namen hatten. Und wer legte sich schon mit Wirtschaftsbossen, Politikern und Yakuza-Killern an, die sich gerne an das *Mädchen von einst* erinnerten.

Hier im Bad verfehlten wir auch nicht unsere Wirkung auf die Männer. Eine Gruppe, wahrscheinlich eine Geschäftsleitung, die hier ein *Meeting* abhielt, hockte in einem Sprudelbad und sah die ganze Zeit zu uns herüber. Ich konnte sie nicht verstehen, aber die Blicke, die sie uns durch ihre Hornbrillen, *Marke Erich Mielke*, zuwarfen, sprachen Bände. Einige atmeten bereits mit offenem Mund. Japan, das Land des *Hechelns*, fiel mir dazu als Analogie zu dem Buch *Land des Lächelns* ein.

»Schau sie dir an. Gleich tauchen ihre Schwänze aus dem Wasser auf wie die Periskope eines U-Bootes. Zuhause kriegen sie von ihren Frauen schon Feuer, wenn sie nur eine andere Frau ansehen und hier tun sie so, als wären sie unwiderstehliche Könige, deren Blick genügt, um einen ins Bett zu kriegen«, lachte Miko und zeigte mit dem Kinn auf sie.

»Pass mal auf!«

Sie stand auf und drehte den Männern den Rücken zu. Dann öffnete sie mit langsamen Bewegungen den Gürtel ihres Kimonos und ließ ihn zu Boden gleiten. Mit einer Handbewegung zog sie die Haarspange heraus und ihr polanges Haar entrollte sich wie ein schwarzer Tsunami. In dem *Spannerplanschbecken* war es ruhig geworden. Die Männer sahen stumm und mit stieren Blicken dem Treiben der Juristin zu. Wie einst Kim Basinger in *Neuneinhalb Wochen*, stellte sie gekonnt die linke Schulter auf und zog sich mit lasziven Bewegungen den Kimono nach unten, bis er die Hüfte erreicht hatte. Die Augen der Männer klebten förmlich an Mikos Rücken, und als sie sich ruckartig umdrehte, stöhnte einer voller Vorfreude auf. Aber sie hatte die Arme vor der Brust verschränkt und lachte sie aus. Eilig zog sie sich wieder an. Wir gingen an dem Pool vorbei und die Männer schauten verschämt zur Seite und mühten sich, Schaum über ihrer Körpermitte zu erzeugen.

»Von denen traut sich jetzt keiner aus dem Wasser. Wetten?«, lachte sie und wir gingen zur Massage.

Dort legten wir uns auf heiße Steine und zwei Frauen massierten uns kräftig durch, bis mein Handy klingelte. Es war Robert.

»Haben Sie Lust Ski zu laufen? Wir sind in Sapporo und hier ist es fantastisch. Kaum einer da und der Schnee liegt meterhoch.«

»Äh ..., ja gerne. Aber ich fürchte, ich habe keine passenden Sachen. Meine Ausrüstung liegt zu Hause.«

»Gib ihn mir mal«, ich reichte Miko das Telefon.

»Klar kommen wir. Ben soll morgen früh den Heli zum Nagasaki Airport schicken. Wir sind spätestens am Mittag bei euch im Hotel. Und Robert. Sabine soll doch wohl nicht in geliehenen Sachen über die Piste fegen. Oder?«

»Aber es gibt hier im Hotel einen Leih ...«

»Alter Geizkragen. Die Götter der Armut über dich. Wir gehen beide in Nagasaki einkaufen und ich werde mit Bens Karte bezahlen. Hinterher soll er es einfach von deinem Honorar wieder abziehen.«

»Ja. Aber wir haben doch in ...«

»Super! Ich wusste, dass du einverstanden bist. Bis morgen. Und grüß meinen Schatz von mir.«

Miko gab mir das Handy zurück und stand von der Massage auf.

»Komm. Wir haben noch etwas Zeit. Zuerst fahren wir nach Nagasaki und shoppen zusammen, was wir für den Ski-Urlaub brauchen. Dann stürzen wir uns ins Nachtleben, und wenn die Sonne aufgeht, fahren wir direkt zum Airport«, sagte sie aufgekratzt.

Ich bezahlte die Massage und schluckte über den Preis. Japan war ziemlich teuer. Hoffentlich war das mit der Karte ernst gemeint, sonst konnte ich mir höchstens einen Schal für den Schnee leisten. Miko und ich tobten bis zum Ladenschluss durch die Einkaufsmeile der Großstadt, und mit Unmengen Tüten versehen, suchten wir uns ein Restaurant. Es war ein wahrer Kaufrausch. Die Gold-Card einer der größten japanischen Banken war hier so etwas wie ein Stück Freiwild, das sich verirrt hatte. Sobald man sie zeigte, bliesen die Verkäufer zum Halali und strömten von überall herbei, um möglichst viel vom *Wild* abzukriegen.

Miko meinte, dass eine *einfache Ausstattung* ausreichen würde. Sie kaufte für uns beide je zwei schicke Ski-Anzüge. Zwei sündhaft teure Lederkostüme, mit den dazu passenden Schuhen und drei Garnituren feinster Seidenunterwäsche. Die Auswahl an Pullovern und anderer *wärmender Kleidung* fand hierbei kaum noch Erwähnung. Sie lachte über meine Bedenken und meinte, dass Takashi für einen Kimono mehr ausgebe, als die meisten Arbeiter im Jahr verdienten.

»Wozu hat man Geld, wenn man es nicht ausgeben kann. Vom Sparen allein ist noch niemand glücklich geworden.«

Nach einem guten Essen gingen wir tanzen. Japans Nachtleben war ein Erlebnis der besonderen Art. Wir hatten beide unsere neuen Lederkostüme angezogen und schlenderten unter den begeisterten Pfiffen der männlichen Nachtschwärmer durch die Glitzerwelt Nagasakis. Es war mitten in der Woche, trotzdem waren die Straßen voller Menschen, so als wäre es Wochenende.

Die Stadt war nach dem Atombombenangriff der Amerikaner wieder neu aufgebaut worden. Die Einkaufzentren der Stadt reihten sich aneinander wie eine Schlange und sie waren gespickt mit Diskotheken, Restaurants und Spielhöllen. Auf den Tanzflächen waren viele Frauen zu sehen. Lack und Leder war gerade absolut in und manche Disco sah aus wie eine überfüllte Fetischparty.

»Schau mal die beiden.«

Miko zeigte auf ein Lesbenpärchen. Eine Frau zog ein junges Mädchen an einer Kette hinter sich her. Während die *Herrin* auf einem Barhocker Platz nahm, kniete die *Sklavin* brav daneben. Solche eine Szene in einer normalen deutschen Disco und es wäre ein Skandal vorprogrammiert. Hier schien es niemanden zu stören. Ein paar Männer gingen vorbei und machten offenbar anzügliche Bemerkungen, aber das war es auch. Viele junge Männer bemühten sich um uns und vor lauter Schmeichelei konnte einem fast schwindelig werden. Wir tanzten wie die Verrückten und völlig erschöpft, erreichten wir gegen vier Uhr morgens den Flughafen.

»Komm! Der Pilot darf erst um sechs Uhr landen. Gönnen wir uns etwas Schönheit.«

Miko zog mich zu einem Friseursalon, der rund um die Uhr geöffnet hatte und wir ließen uns müde in die Sessel fallen. Als ich von der Angestellten wieder geweckt wurde, war es kurz vor sieben und der Pilot stand neben Miko und stöhnte über die vielen Taschen und

Tüten. Ich schaute in den Spiegel vor mir und staunte nicht schlecht. Eine Topfrisur, manikürte Fingernägel und ein schönes dezentes Make-up, ließen mich so frisch aussehen als hätte ich zehn Stunden geschlafen. Trotzdem fühlte ich mich ziemlich schlapp. Miko meinte, dass viele Japanerinnen sich morgens vor der Arbeit auf diese Weise *wiederherstellen* ließen, weil ein ungepflegtes und übermüdetes Erscheinen am Arbeitsplatz verpönt sei. Sie zahlte einen ungehörigen Preis und ich fragte mich, wovon die Frauen noch leben sollten, wenn sie mehr als einmal im Monat eine Nacht durchmachten.

»Mach dir keine Sorgen. Was denkst du, werden die Männer sagen, wenn wir wie die Nachteulen angeflogen kommen? Ich denke, das Geld ist gut investiert.«

Sie sah Klasse aus. Ihr schwarzes Lederkostüm glänzte wie frisch poliert. Ihre üppige Oberweite kämpfte gegen die Einschnürung der spitzenbesetzten Lederkorsage vergeblich an. Und in ihren High Heels sah sie wirklich zum Anbeißen aus. Wir kämpften uns gegen den Wind zur Maschine durch und halfen dem Piloten die Sachen im Helikopter zu verstauen.

Bei strömenden Regen donnerten wir nach Norden. Miko besaß die beneidenswerte Eigenschaft, anscheinend überall schlafen zu können. Ihr Kopf lehnte kurz nach dem Start an der gepolsterten Bordwand und pendelte im Tiefschlaf hin und her, während ich mit dem Inhalt meines Magens kämpfte. Die Maschine schaukelte in den Windböen wie eine Jahrmarktattraktion und mehr als einmal glaubte ich, meine letzte Stunde hätte geschlagen. Mein Magen gab sich irgendwann geschlagen und ich übergab mich schließlich in eine bereitliegende Tüte. Aber es löste auch meine Verkrampftheit und trotz des Unwetters, in dem wir flogen, schlief ich endlich ein.

Wir landeten bei schönstem Wetter im tief verschneiten Sapporo. Das Hotel hatte praktischerweise einen eigenen Landeplatz und so brauchten wir nur ein paar Meter durch den Schnee in unsere Zimmer zu gehen. Ich war todmüde und ließ mich, so wie ich war, auf mein Bett fallen. Aber mein Schlaf dauerte keine zwanzig Minuten, als Miko in meinem Zimmer stand und mich wieder hochscheuchte.

»Komm. Zieh dich um. Draußen liegt der schönste Schnee und wir haben die Piste fast für uns alleine.«

»Ich bin halb tot. Schlaft ihr Japaner eigentlich nie?«, stöhnte ich.

»Doch, aber immer am Ende des Monats«, lachte sie und kam zu mir.

Ich spürte ihre Hände an meinen Kleidern und in Windeseile lag ich nackt da. Ich hätte sonst was gegeben, jetzt liegen bleiben zu können, so müde war ich. Plötzlich spürte ich ihre Hand oberhalb von meinem Schoß. Ihre Finger zeichneten eine bestimmte Linie auf meiner Haut nach und ein Beben ging durch meinen Körper.

»Bleib so. Ich wecke nur neue Energien in dir«, hörte ich sie flüstern, während ihre Hand weitere Pfade beschritt.

»Energielinien. Sie zu aktivieren ist eine uralte asiatische Kunst. Gleich bist du fit. Glaub mir.«

Ihr Finger wanderte vom Hals zwischen meine Brüste, um dann wieder tief hinab zwischen meine Schenkel zu wandern. Ihre Finger teilten meine Lippen nur kurz und mit sanftem Druck berührte sie meinen Kitzler. Es war, als ob jemand in meinem Kopf eine Lampe angeschaltet hätte. Mir wurde warm und mein Kreislauf kam in Rotation, sodass ich mich aufrichtete. Diese *Energielinie* kannte ich schon.

»Na? Jetzt besser?«, lächelte sie und ließ ihre Hand auf meinem Oberschenkel liegen.

Meine Müdigkeit hatte einem anderen Gefühl Platz gemacht und ich konnte nicht anders und zog mir ihre Hand zwischen die Beine, wo es schon lange nicht mehr trocken war.

»Noch nicht wirklich«, flüsterte ich mit geschlossenen Augen und spürte, wie mir der Speichel im Mund zusammenlief.

Sie nahm meine Muschi zwischen die Finger und fing an, sie sanft zu kneten. Mit Daumen und Fingernagel massierte sie meine Klitoris und ich musste mich aufbäumen, als die erste Welle in mir hochkam. Gott war das gut. Ich hörte ein Rascheln, als sie blitzschnell ihren Overall abstreifte und sich nackt zu mir legte. Ihre Zungenspitze begann mein Brustbein herauf zu kriechen und wie eine winzige Schlange züngelte sie sich am Kehlkopf vorbei zu meinem Hals. Von Müdigkeit konnte keine Rede mehr sein. Ich wollte meine Hände ebenfalls auf Tour schicken, aber sie schob sie beiseite und hauchte, ich solle mich ihr ganz hingeben. Während eine Hand meine Schamlippen teilte und sanft an ihnen rieb, knabberte sie vorsichtig an meinem Ohr und folgte Nervenbahnen an Hals und Kopf, die mir bisher völlig unbekannt waren. Mein Hirn pulsierte und alles an mir fühlte sich plötzlich kochend heiß an. War das etwa Schweiß, was ich an meinen Innenschenkeln fühlte, oder lief ich gerade vor Verlangen aus? Mein Unterleib stemmte sich ihrer Hand entgegen, und ehe ich laut aufschreien konnte, verschloss sie meinen Mund mit einem Kuss. Jetzt war ich hellwach. Miko hatte nicht zuviel versprochen. Ich wollte ihr etwas zurückgeben, aber es reichte nur für einen Kuss, bis sie wieder aus dem Bett sprang.

»Später«, war ihr Kommentar, während wir in unsere Skianzüge schlüpften.

Nachdem wir festgestellt hatten, dass unsere Herren irgendwo auf dem Gletscher unterwegs waren, nahmen wir den nächsten Lift, um wenigstens noch eine Abfahrt zu schaffen. Ich hatte meine Mütze vergessen und wedelte neben Miko mit offenem Haar den Hang hinab. In einem Land, wo Schwarz die Standardhaarfarbe ist, war ich, zusammen mit dem neuen Anzug, wahrscheinlich die Attraktion auf der Piste. Ich rauschte mindesten zehnmal mit Vollgas in den Schnee und sofort stürmten willige Helfer herbei, um mich aus der misslichen Lage zu befreien. In zwei Stunden erhielt ich vier Einladungen zu kostenfreiem Skiunterricht, zwei Einladungen zum Essen auf einer einsamen Berghütte und eine Möglichkeit in einem nahen Hotel mal schnell tausend Dollar nebenbei zu verdienen. Auf der letzten Ebene vor dem Hotel hielten wir an einem Kiosk und hatten Mühe, total abgefüllt von den Cocktails, zu denen man uns einlud, zurückzufinden. Japan gefiel mir jeden Tag besser.
Robert und Ben trafen wir dann zum Essen im Hotel und ich konnte sehen, dass beide Männer eine innige Freundschaft verband, denn sie sprachen kaum übers Geschäft. Sicher lag es am Alkohol, dass ich den halben Abend aus dem Lachen nicht herauskam, nachdem sie anfingen, Anekdoten über den anderen zu erzählen.

Wir kamen spät ins Bett, und bevor ich schlafen durfte, ließ mich mein Herr noch auf dem Bett knien und nahm mich ausgiebig von hinten, sodass ich das halbe Hotel zusammenschrie. Zutiefst befriedigt und halb tot von den Anstrengungen der vergangenen Tage, pennte ich bis mittags. Ich duschte und bestellte mir mein Frühstück auf Zimmer. Es war schon erstaunlich, wie schnell man sich an den Luxus gewöhnen konnte, wenn da nicht die kleinen Dinge im Leben gewesen wären. In einem weißen Traum aus flauschigem Frottee öffnete ich dem Kellner und ließ mir, ganz Dame von Welt, das Frühstück auf dem Tisch aufstellen. Als alles erledigt war, stand der lächelnde Japaner kurz vor mir und sah mich erwartungsvoll an. Autsch! Trinkgeld! Das Schmiermittel der Gastronomie hatte ich ganz vergessen. Verlegen suchte ich meine Börse und fand nur Dollarscheine, alle ab zwanzig aufwärts. Miko hatte sie mir für den Fall gegeben, dass wir unerwartet unsere Drinks selbst bezahlen mussten, was sich aber als unnötig erwies. Da kam wieder der *arme Hund, der ich eigentlich immer gewesen war,* in mir hoch. Zwanzig Dollar? Das waren fast zwanzig Euro nur für einen gedeckten Tisch. Dafür hatte ich früher zwei komplette Essen bekommen. Mit klopfendem Herzen überwand ich mich. Mit spitzen Fingern zog ich einen Schein aus der Geldbörse und reichte ihn dem Kellner. Mit unbewegtem Gesichtsausdruck verschwanden das Geld und der Kellner aus dem Zimmer. Zwanzig Dollar Trinkgeld! Wenn ich das Magda zuhause erzählte, würde sie mich wahrscheinlich einweisen lassen.

An der Rezeption erfuhr ich, dass die anderen drei bereits auf dem Gletscher waren und ich sollte sie zum Essen auf einer Hütte treffen. Mit dem Lift und einer lebhaften Unterweisung in die Koi-Haltung durch einen Mitfahrer im Rücken traf ich sie im Restaurant und wir verbrachten einen schönen Tag im Schnee.

»Heute Abend ist eine Besprechung im Hotel. Satos EDV-Chef ist da und wir müssen sehen, wie wir ihn auf unsere Seite ziehen. Der Deal ist zwar perfekt, aber wenn er nicht voll kooperiert, könnte das Ganze ein Desaster werden«, sagte Robert, als wir an der letzten Abfahrt noch etwas tranken.

»Und soll ich übersetzen?«

»Ja. Er spricht kein Deutsch, aber vielleicht können Sie noch etwas tun. Ich weiß von Ben, dass er ein Fan von Latexkleidung ist. Tragen Sie bitte etwas Entsprechendes beim Essen. Das könnte ihn bestimmt für uns einnehmen.«

»Aber warum haben Sie Sorgen, das es ein Desaster werden könnte?«

»Das Programm und die Änderungen sind sehr komplex. Der Typ ist nicht doof, aber wenn er uns ärgern will, könnte er jederzeit den Dummen spielen und ich wäre in den nächsten drei Jahren mehr in Japan als sonst wo.«

Ich schluckte. Vermischte sich hier gerade das eine mit dem anderen? War das jetzt Geschäft oder wollte er mich darauf vorbereiten, als Sklavin verliehen zu werden? Oder bat er mich einfach nur um meine Hilfe?

»Los und ab. Gleich wird es dunkel und wer zuletzt kommt, muss das Essen bezahlen«, lachte Ben und stieß die Stöcke in den Schnee.

Während die Männer sich ein Rennen lieferten, wedelten Miko und ich nicht ganz so schnell hinterher. Es war der letzte Abend und wir wollten den Schnee genießen.

Robert war bereits an der Bar und empfing den Computerspezialisten von Sato-Industries, als ich meinen *Goodi-Koffer* öffnete und überlegte, was ich anziehen sollte. Den Latexrock mit dem eingearbeiteten Dildo legte ich beiseite. Das Ding war für andere Gelegenheiten. Die hautenge Lackjeans war zum Essen genauso wenig geeignet, wie das Zofenkostüm, das ich aus Italien mitgebracht hatte. Der schwarze Einteiler fiel mir in die Hand. Ich hielt das sündhafte teure Stück an mir hoch. Der Kragen hatte einen Reißverschluss, um eine Maske anzusetzen, aber den konnte man mit einem Halsband tarnen. Zum Ausgehen war es höchstens für eine Fetischparty geeignet, aber hier im Hotel? Ob die an der Rezeption nicht durchdrehen würden, wenn ich so bei Tisch erschien? Aber hier tickten die Menschen anders als in Europa und ich entschied mich für dieses Teil. Es war auf Maß gearbeitet und ich musste mich gehörig einpudern, um hineinzukommen. Nach schier unendlichem Ziehen und Zerren saß das Kleidungsstück an mir wie eine zweite Haut und schlug kaum Falten. Mit etwas Silikonspray ließ ich den Anzug wie frisch lackiert glänzen und machte mir die Haare zurecht. Ich war stolz auf mich. Ich hatte schon Sorge, dass ich für das Teil etwas zu Dick geworden wäre, aber im Spiegel sah ich aus wie die lebende Verführung. Zumindest wenn man auf Latex stand.

Sorgfältig zupfte ich noch hier und da etwas herum und fragte mich zum ersten Mal, worin wohl der äußerliche Unterschied zwischen Domina und Sklavin bestand? Ich hatte mich für eine Föhnwelle entschieden und meine Mähne entsprechend gestylt. Würde ich noch kniehohe Stiefel tragen, könnte ich glatt als Herrin durchgehen. Ich machte einen strengen Gesichtsausdruck und schob mir die Haare nach hinten. War ich jetzt eine Sklavin? Der breite Ring am Halsband warf das Licht des Raumes gegen den Spiegel und blendete mich kurz. Was war ich? Und wo wollte ich hin? Ging ich nun zu Lady Sikura und wäre dann hinterher eine Herrin? Ich verwarf den Gedanken unwillig und schüttelte mein Haar zurecht.

Dezent geschminkt betrat ich den Speisesaal. Ich spürte die Blicke der Leute auf mir wie die Pfoten von Dagmars Katze, wenn sie sich ankuschelte.

»Guten Abend Sabine. Das ist Hirotho-San, der EDV Administrator von Sato-Industries«, stellte uns Ben vor.

Miko saß in einem traditionellen Kleid am Tisch und die Männer trugen dunkle Anzüge. Roberts Blick traf mich und ein kurzer Gesichtsausdruck verriet Zustimmung für mein Erscheinen. Hirotho reichte mir die feuchte Hand und die Augen des *Bit-and-Byte-Ritters* schienen an seiner Brille anklopfen zu wollen. Ich setzte mich Robert so gegenüber, dass der Programmierer direkt neben mir saß. Wenn er beim Anblick von Latex manipulierbar wurde, dann wenigstens richtig.

Ich erinnerte mich an meine Jugend, wo wir vor den Fußball spielenden Jungs am Spielfeldrand nur den Rocksaum etwas hochziehen mussten, um dafür zu sorgen, dass sie den Faden im Spiel verloren. Einer stieß sogar mal mit einem anderen zusammen, weil beide ihre Augen nicht vom Slipansatz meiner Freundin nehmen konnten, der unter dem Minirock hervorblitzte. Wir lachten uns halb tot und freuten uns, wenn unsere Mannschaft gewann. Es dauerte keine Minute, da spürte ich, wie das Bein des Japaners sich gegen meinen Schenkel drückte und er, wie zufällig die linke Hand nach unten gleiten ließ, um irgendetwas Wichtiges aus seiner Sakkotasche zu fingern. Die Fingerspitzen berührten das Latex und der massige Körper des Mannes erzitterte förmlich. Er bemühte sich, nach vorne zu Robert und Sato zu schauen, aber wenn er gekonnt hätte, hätte er sich ein zusätzliches linkes Auge aus dem Ohr wachsen lassen.

Robert erläuterte ihm, was es für Änderungen im System geben würde, aber ich war im Laufe des Abends sicher, dass ich sonst etwas hätte übersetzen können, der Japaner hätte alles geglaubt und getan, was Robert sich von ihm wünschte. Dreimal noch fiel seine Hand *zufällig* nach unten und einmal gönnte ich es ihm, sie einige Sekunden auf meinem Bein verweilen zu lassen, bevor ich mich kurz bewegte und er sie rasch zurückzog. Beim letzten Mal hinterließ er einen saftigen Schweißfleck auf dem Latex und ich dankte Gott, dass es nicht meine nackte Haut war, die er berührt hatte. Beim Nachfüllen einer Speise rieb ich gekonnt meinen Ärmel über seinen Handrücken und hörte, wie er anfing, außer Atem zukommen. Miko musste sich alle Mühe geben, um nicht laut zu lachen. Als das Essen beendet war, sprach Sato kurz mit dem Ober und lud uns alle zum Abschluss in die Sauna des Hotels ein. Der Programmierer stimmte sofort zu und ich sah Robert fragend an. In Latex in der Sauna? Einer von uns würde irgendwann einen Kreislaufschock erleben und ich war sicher, dass es der Japaner wäre, so wie er mich von der Seite ansah. Trotzdem spielte ich mit und ließ mich von dem Mann in den Keller führen. Die ganze Zeit brabbelte er davon, wie super die Idee mit der Umstrukturierung doch sei und dass er es als persönliche Ehre betrachtete, die Sache zum Erfolg zu bringen. Er gestikulierte dabei mit den Händen und bei jedem dritten Satz landete seine Hand auf meinem Arm. Selten hatte ich einen nervöseren Menschen gesehen. Wir waren langsam vorangekommen und vor der Sauna wurden wir bereits erwartet. Eine dritte Frau hatte sich dazu gesellt. Sie trug einen langen Bademantel und ein Saunahandtuch unter dem Arm. Außer ihrem Kopf mit der üppigen schwarzen Haarmähne ragte nichts aus dem Mantel hervor. Sie hatte ein hübsches aber irgendwie auch hartes Gesicht, fand ich. Mit einem Blick schätzte sie uns ab und ging voran in die Sauna.

»Was jetzt kommt, ist Japanisch. Es hat nichts mit dem Zirkel oder uns zu tun. Wenn es Sie anwidert oder sonst wie nervt, hauen Sie einfach ab. Keiner wird Ihnen böse sein.«

Und mit dem ersten Kuss, den er mir in der Öffentlichkeit gab, fügte er hinzu:

»Großartig. Das haben Sie toll hingekriegt.«

Zu meinem Erstaunen gab es eine Privatsauna im Hotel, die von den Gästen gemietet werden konnte. Miko half mir aus dem Einteiler und wir gackerten ein wenig herum, bevor wir nackt den luxuriösen Raum betraten. Robert, Sato und Hirotho saßen nebeneinander auf einer Bank, die man aus grünem Stein gehauen hatte, und hatten heiße Tücher auf ihre Gesichter gelegt. In die Wände waren japanische Motive eingelassen und ein geschnitzter Drache zog sich über die grünen Wandfliesen. Aus der Mitte des Raumes dampfte es und ein feiner Nebel hüllte uns ein. Alles wirkte etwas mystisch, so als ob man eine verborgene Gruft betreten hätte. Irgendwo kam aus einem Deckenlautsprecher leise Musik.

Miko schöpfte mit einer Kelle etwas Wasser aus einem Eimer und goss ihn über die heißen Steine in der Mitte. Die Luft roch ein bisschen nach Balsam und ich setzte mich zu der dritten Frau, die noch immer ihren Mantel trug und etwas abseits auf den Steinen saß. Miko und die Frau tauschten zwei, drei Sätze in Japanisch aus und die Frau ließ daraufhin ihren Mantel fallen. Holla! Was war denn das? Sie trug einen Latexbody mit hohem Beinausschnitt und lange Lackstiefel, die bis weit über die Schenkel richten. Der Body war eng geschnürt und drückte ihre kleinen Brüste weit nach oben. Lange Handschuhe, die über den Ellenbogen endeten, rundeten ihr Kostüm ab. Wortlos kniete sie sich vor Hirotho und mit ihren Latexhänden rieb sie sein Glied, bis es steif war. Sie war also eine Nutte und für diesen Programmierer bestellt.

»Komm. Lassen wir die anderen nicht warten«, flüsterte Miko und gesellte sich vor Satos Beine.

Mit dem Instinkt des Herdentieres folgte ich ihr und schon bald lutschten wir die Schwänze der Männer, die unter ihre Tüchern lustvoll stöhnten. Für einen Außenstehenden musste es grotesk ausgesehen haben, aber in Japan war es offenbar völlig normal. Der Programmierer kam in wenigen Minuten und die Nutte fing seine Ladung gekonnt in einem Tuch auf, das sie in einer Hand verborgen bereithielt. Robert ließ sich etwas mehr Zeit und als gehorsame Sklavin schluckte ich alles, was er mir gab. Sato wurde von Miko offenbar ziemlich aufgepuscht. Beide hatten wohl viel Spaß dabei, denn der Japaner kam kurz darauf noch mal und schoss seine Ladung, während die Nutte sich an Hirotho schmiegte. Er sprach nun in einer Tour davon, dass sich niemand zu sorgen brauche und er alles in die Hand nehmen würde. Roberts Arbeit würde bei ihm in den besten Händen sein und Sato-Industries könne sich voll und ganz auf ihn verlassen. Miko gab der Frau mit den Augen ein Zeichen und die Nutte nahm den EDV-Experten bei der Hand und zog ihn mit aus der Sauna.

»Die ist gut. Der schwebt ja im siebten Himmel«, lobte Miko die Frau, die ihren Mantel aufnahm und eben die Tür verschloss.

»Die einzigen Frauen, die er vermutlich sonst flachlegt, sind solche, die er mit dem Auto vorher umfährt«, ätzte Ben, der den Mitarbeiter eigentlich nicht ausstehen konnte.

Miko stand neben mir, vor dem Areal mit den heißen Steinen und goss neues Wasser hinein. Robert kam und drehte mich mit dem Rücken zu sich herum. Sanft drückte er meinen Oberkörper nach vorne und ich fand Halt an der Steinumfassung. Willig öffnete ich die Beine, als ich seinen steifen Schwanz an meiner Kehrseite spürte und schon drang er in mich ein. Während wir beide in Fahrt kamen, folgten Ben und Miko unserem Beispiel. Das Gesicht der Juristin und meines berührten sich fast, so dicht standen wir vornübergebeugt zueinander. Ab und zu berührten sich unsere Zungen, wenn wir sie weit genug herausstreckten. Der heiße Dampf stieg uns ins Gesicht und schon bald lief Miko und mir der Schweiß in dicken Tropfen aus den Haaren. Bei der ersten Welle, die in mir hochkam, verkniff ich mir einen leisen Schrei und genoss weiter ihren erregenden Anblick. Sie sah mit ihrer triefenden schwarzen Haarpracht wie die Leidenschaft höchstpersönlich aus, und obwohl ich gerade einen selten guten Fick erlebte, wünschte ich mir, ihre Zunge würde meinen Körper erkunden, während sie aus dem Schlitz einer Ledermaske hervorschaute. Ich hatte keine Zeit den Gedanken zu Ende zu bringen, denn ein Höhepunkt ließ mich schreien und erschöpft auf die Knie sinken.

Am nächsten Morgen brachen wir früh auf. Wer noch nie einen Piloten gesehen hat, dem während des Fluges der Schweiß auf der Stirn stand, der hat keine Ahnung davon, was die Worte *Angst vorm Fliegen* bedeuten.

Wir gerieten mit dem geräumigen und geradezu luxuriösen Firmenhelikopter direkt in die Ausläufer eines Taifuns hinein und ich war heilfroh, dass mein Herr die ganze Zeit eine gelassene Ruhe an den Tag legte. Er nahm mich in den Arm und erzählte mir leise witzige Geschichten vom Fliegen, die alle immer gut ausgingen, und lenkte mich so von dem Sturm ab, der von außen die Haut des Hubschraubers marterte. Als wir den privaten Landeplatz vor Satos Landhaus anflogen, fand ich endlich den Mut, einen Blick nach draußen zu werfen. Wir waren noch über dem Meer und in der Hafeneinfahrt von Kawasaki tanzten die großen Containerschiffe wie Spielzeugboote in den meterhohen Wellen.

Bevor wir die hundert Meter zum Haus zurückgelegt hatten, waren wir alle bis auf die Knochen durchnässt. Diener empfingen uns und wenig später trafen wir uns bei einem heißen Tee im Konferenzraum des Hauses wieder.

Satos Haus war eine Replik einer alten japanischen Festungsanlage. Sie war fünf Stockwerke hoch und mit den typischen geschwungenen Dächern versehen. Der Konferenzraum lag an der Seeseite und vier meterlange Panoramascheiben gaben vom letzten Stockwerk aus einen fantastischen Blick auf den Hafen und die bleigraue See frei. Die Anlage war auf einem steilen Felsen erbaut und die Brecher warfen wütend ihre Gischt in die Höhe, als wollten sie gegen die Anwesenheit des Felsens protestieren. Warmer Tee oder nicht. Mir war vom Flug immer noch ganz flau im Magen und ich schwor mir, so etwas nie wieder mitzumachen.

»Ich habe dem Piloten tausend Dollar extra gegeben. Das war ein Meisterstück. Ich hätte schwören können, er würde uns wegen der Wetterverhältnisse in Tokio runterbringen«, sagte Ben und begrüßte Miko mit einem Kuss.

»Ja und wir wären erst übermorgen hier gewesen. Sag ihm noch mal schönen Dank auch von mir.«

Robert gab Ben einen Geldschein. Ich schlürfte völlig groggy vom stundenlangen Flug meinen Tee und sah erstaunt, wie Takashi Sato plötzlich auftauchte. Er zeigte aus dem Fenster und rief etwas in scharfem Ton. Sofort griff Ben zum Telefon. Miko rief etwas auf Japanisch, aber Sato Senior wiegelte ihre Worte mit einem scharfen Wort ab, als würde er einen Wasserhahn abdrehen.

»Was war denn?«

»Er hat die Wachen gesehen, die sich in den Schutz der Häuser zurückgezogen haben, und hat Ben angewiesen dafür zu sorgen, dass sie ihren Job machen sollen.«

Ich sah aus dem Fenster und Miko zeigte auf drei Gestalten in altertümlichen Rüstungen, die aus dem Schutz einer Hütte heraustraten und sich in unsere Richtung verneigten.

»Warum lässt er sie bei dem Wetter da draußen exerzieren?«

»Sie halten einfach Wache. Takashi hat sie angeworben und bezahlt sie dafür. Wie ein Wachdienst, nur eben in den traditionellen Rüstungen der Samurai. Er steht auf dem Standpunkt, dass ein Samurai im Sturm nicht weniger wachsam sein sollte als bei gutem Wetter.«

›Na Super‹, dachte ich, ›traditionelle Erkältungskrankheiten - eine Berufskrankheit der Samurai in den Diensten der Satos. Man lernte eben nie aus.‹

»Habt ihr schon eine Reisemöglichkeit für Sabine erwogen?«, hörte ich ihn plötzlich in Englisch rufen und er strahlte mich mit väterlicher Freundlichkeit an.

»Nein noch nicht. Aber ich würde Ihren Vorschlag gerne hören Sato–Sama«, antwortete mein Herr trocken und winkte mich zu sich.

Miko kniete neben Ben und ich nahm ebenfalls eine kniende Haltung ein.

»Wir haben in den alten Zeiten eine Frau aus Hohem Hause, die zu den Geishas geschickt wurde, in einer speziellen Sänfte transportiert. So war ihre Identität geschützt und niemand konnte Rückschlüsse auf ihre wahre Herkunft ziehen. Meine Familie ist noch im Besitz solch einer Sänfte und es wäre mir eine Freude, Sabine von meinen Dienerinnen für die Reise zu Lady Sikura vorbereiten zu lassen.«

Dabei zeigte er auf zwei weiß geschminkte Frauen in traditionellen Kimonos, die hinter ihm standen.

»Gerne nehmen wir Ihr Angebot an Sato-Sama.«

Robert verneigte sich und ich sah zu Miko, die mir einen prüfenden Blick zuwarf.

»Ich weiß, dass Sie müde sind, aber wir wollen keine Zeit mehr verlieren. Ich muss morgen ins Rechenzentrum und Sie können sich zwei Wochen bei Lady Sikura erholen. Wenn Sie schon gehen, dann am besten gleich.«

Ich nickte gehorsam und stand auf. Miko nahm mich bei der Hand und führte mich zu den beiden Dienerinnen.

»Die Sänfte. Na viel Spaß auf der Reise Sabine. Ich sehe dich bei Lady Sikura.«

Sie küsste mich sanft auf den Hals und ich hatte die Ironie in ihrem Ton deutlich gehört. Was kam da jetzt wohl auf mich zu? Ich war zwar tot wie ein Stein und eigentlich kam mir im Moment kein erotischer Gedanke mehr, aber die beiden Frauen nahmen mich in ihre Mitte und führten mich in den Keller des Hauses. Sie badeten mich und ich wurde von ihnen zusammen mit allerlei Ölen massiert, bis ich wieder voll da war. Ihre Hände hatten jeden Muskel an meinem Körper einmal gedehnt, gezogen und gestreichelt, sodass ich nach der Behandlung voller Tatendrang war. Ich konnte mich nicht mit ihnen unterhalten und alles musste mit Zeichensprache abgewickelt werden. Sie baten mich, auf einen lederbezogenen und gepolsterten Tisch zu klettern und ich legte mich flach auf den Rücken. Das Leder fühlte sich kalt aber auch erregend an. Meine Beine wurden angewinkelt und mit breiten Seidenbändern so fixiert, dass ich sie spreizen musste. Meine Hände wurden an Ringen befestigt und eine der Frauen machte sich daran, mich im Schritt einzuseifen. Es gab zwar kaum Haare zu entfernen, aber die Rasur dauerte trotzdem ziemlich lange. Sehr sorgfältig und offenbar mit viel Erfahrung strich sie mit dem Messer an meinen Lippen entlang und berührte nicht einmal meinen Ring. Ich konnte nichts dagegen tun, aber die Situation begann mich schon wieder zu erregen. Dasselbe geschah mit meinen Beinen und Armen. Vom Kopf abgesehen, war ich völlig glatt geschoren. Dann wurde mein Intimbereich mit einer merkwürdig riechenden Salbe eingerieben. Sehr lange massierte die Dienerin das Mittel in meine Haut und ihre Finger machten mich immer geiler. Das Gleiche machte die andere mit meinen Brüsten und sah mich mit kaltem Lächeln dabei an. Ihre Gesichter wirkten wie Masken. Ich wurde losgebunden und sie zogen mir ein Kleid an, das wie ein Tuch mehrfach um mich herum gewickelt wurde und auf der Haut unangenehm kratzte. An meine Füße kamen kleine Sandalen, an deren Spitze einen Ring eingenäht war. Mit mehreren Bändern wurden sie an den Füßen festgewickelt und ich konnte kaum noch Laufen. Sie steckten mir die Haare hoch und flochten aus meinem blonden Haar einen stabilen Zopf. In diesen Zopf knüpften sie noch ein Ring ein. Dann schminkten sie mein Gesicht so, dass ich wie eine waschechte Geisha aussah. Die beiden Frauen gingen hinaus und ich sah mich im Spiegel an. Kirschroter Mund und eine weiße Maske, die mir irgendwann wie Putz von der Wand aus dem Gesicht fallen würde. Arme Japanerinnen, die so rumlaufen mussten. Außerdem juckte das Zeug und ich musste mich beherrschen, nicht zu kratzen. Die beiden Frauen kehrten zurück und schoben auf einem Rollbrett eine schwarze Holzkiste herein. Die Wände konnten zu drei Seiten weggeklappt werden und der Boden war mit einer dünnen Matte bedeckt.

Sie legten mir einem Seidengürtel um, der mehrfach um meine Mitte geschlungen wurde. Dann fesselten sie damit meine Hände und Arme bequem auf dem Rücken. Sie zeigten auf die Matte und ich mühte mich, in dem eng gewickelten Kleid zu sitzen. Sie zogen eine Schnur durch die Ringe an den Sandalen und banden sie an einen Ring, der aus der Matte hervorstand. Hinter meinem Rücken wurde die Wand befestigt und der Ring in meinem Haaren wurde ebenfalls fixiert. Die anderen Wände schlossen sich und ich hörte, wie die Verschlüsse einrasteten. Links und rechts neben mir wurden kleine Behälter mit Reis und Wasser an die Wände gehängt, und ehe ich mich fragte, wie lange die Reise wohl dauern würde und wie ich aus den Dingern essen oder trinken sollte, schoben sie mir ein Bambusrohr zwischen die Lippen. Ein Riemen wurde hinter meinem Kopf befestigt, der verhindern sollte, dass ich den *Knebel* ausstoßen konnte. Nun erkannte ich den Zweck der Behälter. Das Rohr ragte so weit aus meinem Mund hervor, dass ich meine Nahrung aus den Behältern heraussaugen konnte, wenn ich mir viel Mühe gab.

»Sayonara«, hörte ich die Frauen sagen, dann schloss sich der Deckel über mir und es wurde dunkel.

Ich ruckte ein bisschen an den Fesseln, aber mir blieb kaum Spielraum. Plötzlich hörte ich ein schabendes Geräusch und die Kiste wurde hochgehoben, sodass ich zum ersten Mal den Zug an den Haaren spürte. Sie trugen mich nach oben und stellten die Kiste draußen im Regen ab. Sie hatten mich vor die Tür gesetzt. War es so Tausenden Frauen im alten Japan ergangen?

Die Regentropfen prasselten auf das Holz und zum Glück war die Box wasserdicht, aber ein anderes Problem baute sich auf. Das Kleid allein war schon so bequem wie feines Schmirgelpapier zu tragen, aber nun fingen meine Scham und meine Brüste an, zu jucken. Ich erinnerte mich an die Salbe auf Tranicos und fluchte bei den Gedanken, damit hier allein gelassen zu sein. Ich war so spitz wie lange nicht und grunzte zum ersten Mal. Der Juckreiz wurde immer stärker und ich spürte, wie das Blut durch mein behandeltes Fleisch pulsierte. Zweimal konnte ich nicht anders und schrie vor Verlangen. Ich hätte sonst etwas dafür gegeben, meine Haut mit einer Bürste bearbeiten zu dürfen. Es war unbeschreiblich und eine Qual der besonderen Art. Es schien mir ewig, bis ich Schritte hörte und hoffte, man würde mich befreien. Stattdessen hörte ich ein Auto kommen und die Kiste wurde in den Laderaum geschoben. Die Tür fiel zu und wir fuhren stundenlang durch die Gegend. Hatte ich mich am Anfang noch in Zurückhaltung geübt, so verlor ich sie während der Fahrt völlig. Ich quietschte und grunzte vor Lust ungeniert in das Bambusrohr und hätte der Fahrer nachgesehen, was er geladen hatte, so hätte ich ihn ganz sicher auf der Stelle vergewaltigt. Mit was sie mich da eingerieben hatten? Das Rezept musste direkt aus der Hölle stammen.

Einige qualvolle Höhepunkte später hielt der Wagen und die *Sänfte* wurde in ein Haus getragen. Ich hörte einen Fahrstuhl ziemlich lange fahren und gab mir die größte Mühe nicht allzu sehr zu stöhnen und in der Box hin und her zu rucken. Ich hörte Stimmen auf Japanisch und die Box wurde weiter getragen und auf etwas Weichem abgesetzt. Eine weitere Fahrt mit dem Fahrstuhl folgte. Ein Mann öffnete den Deckel und sah kurz hinein. Ich legte den hilfebedürftigsten Blick auf, den ich zustande bringen konnte, aber er rief etwas auf Japanisch nach hinten und schloss dann den Deckel wieder. Ich blieb im Dunkeln zurück und versuchte zu schreien.

Als sich der Deckel wieder öffnete, schaute eine Frau herein.

»Ich sehe, dass Takashis Humor immer noch der Alte ist. Eine Geisha-Box. Armes Ding. Wusstest du, dass man früher mit den Kisten oft wochenlang im Land unterwegs war? Stell dir vor, einen Monat oder länger in der Box, ohne dass sie jemand öffnete, denn das war verboten. Viele Frauen haben es nicht überlebt.«

Ich schaute die Unbekannte nur an und wünschte, sie würde mich endlich von dem unerträglichen Juckreiz befreien. Die Salbe hatte meine Muschi zum Pochen gebracht und hätte ich reden können, so wäre meine Wortwahl sicher obszön ausgefallen. Meine Erregung hatte ein unerträgliches Stadium erreicht.

»Was für ein hässlicher Fetzen. Sie haben dir ein Betteltuch umgelegt. Wie gemein. Weißt du, warum sie es so nennen? Wenn man es länger trägt und der Schweiß gerät hinein, fängt es an zu kratzen. Ist das so? Natürlich ist es so. Deswegen nennt man es Betteltuch. Man bettelt, dass es einem abgenommen wird. Nicht wahr?«

Dieses Weib sprach so beiläufig über meine Qual, dass ich wütend in den Knebel grunzte. Sie hielt einen Monolog über mich und meine Gefühle und ich fand, dass es an der Zeit war, mir zu helfen und nicht zu schwatzen.

Zwei schwarz gekleidete Gestalten tauchten vor der Kiste auf und die Frau sagte etwas auf Japanisch, worauf hin ich aus der Kiste geholt wurde. Sie entfernten die Wände und lösten meine Fesseln so langsam und bedächtig, dass ich beinahe geschrien hätte. Als ich frei war, riss ich mir nahezu panisch das Kleid vom Körper und es interessierte mich nicht, dass ich plötzlich nackt vor den Fremden stand. Nur endlich diesen elenden Juckreiz loswerden. Die beiden Gestalten, die regungslos neben der Frau Aufstellung genommen hatten, entpuppten sich als ein Mann und eine Frau, die man in hautenges festes Gummi gezwängt hatte. Sie trugen Gesichtsmasken, die nur einen schmalen Spalt für die Augen freiließen und unter der Maske konnte man den Abdruck eines Knebels deutlich erkennen. Beide trugen lederne Keuschheitsgürtel und Fesselmanschetten um Hand- und Fußgelenke. Sie wirkten auf mich wie gut dressierte Hunde.

»Willkommen im Haus der Sinne. Ich bin Lady Sikura. Du musst Sabine Zeiger sein.«

Ich nickte und griff mir ohne jede Scham in den Schritt und massierte die kleine Perle meines Lustzentrums. Gott! Was für eine Wohltat. Lady Sikura, die ganz in schwarzes Leder gekleidet war, fasste mich an der Hand und zog mich zu einer Tür.

»Du hast wenig Disziplin, aber das ändern wir noch. Geh dich baden, dann ist es mit dem Reiz vorbei. Ich lasse dir die beiden hier. Sie werden dir helfen dich anzukleiden. Wir sehen uns nachher in meinem Büro.«

Als mich der warme Wasserstrahl traf, kam es mir vor als würde ich eine dünne Haut von mir abwaschen. Ich rieb und schrubbte an mir herum und es war kaum der Juckreiz, der mich dieses tun ließ, sondern die Nachwirkungen der Nervenreizung, den diese verfluchte Salbe auslöste. Der Naturschwamm kratzte über meine arg strapazierte Muschi, bis der Reiz endlich etwas nachließ. Wahnsinn, niemand hatte Verkehr mit mir gehabt, aber ich fühlte mich aufgezogen, als hätte ich drei Nächte nacheinander Matratzensport gemacht. Ich hoffte inständig, dass Robert seine Sklaven nicht des Öfteren mit diesem Zeug strafte. Die beiden schweigsamen Gummigestalten halfen mir in ein langes ledernes Schlauchkleid, das vorne mit verchromten Knöpfen geschlossen wurde. Der hohe Kragen war gewöhnungsbedürftig, aber die schwarzen kniehohen Stiefel waren kein Problem.

Sie flochten meine Haare zu einem strengen Zopf und halfen mir mein Gesicht streng aber dezent zu schminken. Je länger die Prozedur dauerte, desto mehr kamen mir Bedenken. Im Spiegel konnte ich meine langsame Verwandlung zur Domina verfolgen. Mit einem flauen Gefühl im Magen ließ ich mich von den Sklaven in das Büro führen, wo die beiden sofort rechts und links der Tür am Boden knieten und gehorsam nach unten sahen.

In dem Raum saßen drei Frauen und tranken Tee. Lady Sikura saß hinter einem Glasschreibtisch und winkte mich heran. Sie steckte in einem weißen Lederkleid und ihre spitzen Stiefel lagen auf der Tischplatte.

»Schön das du hier bist. Das sind Lady Hurt, Madame Zenobia und Lady Z., setz dich. Möchtest du einen Tee?«

Ich nickte befangen und verfluchte den steifen Kragen des Kleides. Vorsichtig setzte ich mich und musste das Kleid ziemlich weit hochschieben, so eng war es geschnitten.

»Das ist Sabine Zeiger. Sie ist die Serva unseres Freundes Robert und wird bei uns in die Kunst des traditionellen Bondage eingeführt. Da wir nicht die Zeit haben, sie an die Hausgepflogenheiten zu gewöhnen, wie es bei uns Tradition ist, wird eine von euch sie täglich als Assistentin mitnehmen.«

Sie reichte mir einen Tee und das warme Getränk vertrieb ein wenig die Befangenheit, die mich fast lähmte. Die Frauen musterten mich und ich konnte ihren Blicken nicht standhalten. Bisher waren es solche Dominas, denen ich als Sklavin vorgeführt wurde. Mein Geist schrie förmlich danach, mich auf den Boden zu werfen und auf ihre Befehle zu warten.

»Unser Freund ist nur kurz hier und wir müssen die Zeit ausnutzen. Ich habe bereits erfahren, dass du auf der Insel warst und dort eine Kostprobe deines Könnens abgegeben hast. Lady Marie war zufrieden, wie sie mir sagte.«

Alle sahen mich an. War das jetzt eine Frage oder eine Feststellung? Ich nickte zustimmend.

»Fühlst du dich in dem Kleid nicht wohl?«

Die Frau, die die Frage an mich richtete, war Lady Z. Sie trug einen hautengen Hosenanzug aus silbernem Lycra mit dazu passenden glänzenden schenkelhohen Stiefeln.

»Es ist ..., es ist irgendwie ungewohnt.«

Sie öffnete mir die oberen drei Knöpfe des Kragens und schon fühlte ich mich besser.

»Eine dominierende Frau muss Härten ertragen lernen. Wie soll sie sonst den Unterworfenen als Beispiel dienen. Der Sklave, der ein Stachelhalsband trägt, wird für sein Gejammer bestraft, wenn ihn die Dornen peinigen. Du musst über solchen Dingen stehen.«

Und mit einem Augenzwingen fügte sie hinzu:

»Das Ding ist wirklich die Hölle. Schön zum Ansehen, aber völlig unbequem.«

»Wir zeigen dir nachher dein Zimmer. Dort findest du Kleidung zum Wechseln. Am Anfang wirst du noch das tragen, was wir dir vorschlagen, aber ich denke, du wirst schnell selbst herausfinden, was du brauchst.«

»Wir ziehen uns am Tag bis zu zehnmal um. Je nachdem, was die Arbeit gerade verlangt. Aber keine Sorge. Du hast eine ständige Zofe, die dir zur Hand gehen wird. Halte dich an das, was wir dir sagen. Wir wissen, dass du kein Profi werden willst, daher darf dich kein Kunde anfassen und du musst es auch nicht tun. Es steht dir frei dich anzupassen, dein Herr hat es dir ausdrücklich freigestellt. Aber du musst schnell lernen, wie gesagt, die Zeit ist knapp.«

»Ich habe um zehn Uhr den Uhrmacher. Soll ich Sabine für den Anfang mitnehmen?«, schlug Lady Hurt vor und die Chefdomina nickte zustimmend.

»Gut. Zeig ihr das Haus und weise sie ein. Und denkt alle an Donnerstag nächste Woche. Da kommt Takashi-Sama. Sagt bitte alle, eure Termine für diesen Tag ab. Ihr wisst, das Haus ist dann geschlossen.«

Die Damen nickten und erhoben sich. Ich folgte Lady Hurt und sie zeigte mir mein Zimmer. Für eine Japanerin war die Frau sehr groß und ihr rotes Kleid mit dem ausladenden Kragen gab ihr das etwas schräge Aussehen einer eleganten Rose. Das Zimmer entpuppte sich als Dreizimmerwohnung mit einem begehbaren Kleiderschrank voller *Dienstkleidung.*

»Das ist deine Wohnung. Die Fenster sind übrigens beschichtet und man kann nur hinaus, aber nicht hineinsehen.«

Die Sonne fiel in das Zimmer und alles leuchtete in warmen Orangetönen. Von der Straße war kein Laut zu hören. Nur eine Klimaanlage summte ganz leise.

»Lady ... Lady Hurt ... Ich ...«

»Wenn kein Kunde zugegen ist, dann nenn mich einfach Ling. Was ist denn?«

»Was soll ich anziehen?«

»Ach ja. Wir werden den Uhrmacher empfangen. So nennen wir einen Kunden der Uhren herstellt und mit seiner Frau hier regelmäßig auftaucht. Er möchte zusehen, wenn wir sie fesseln. Nimm den grauen Rock und das dazu passende Sakko. Ein bisschen businessmäßig. Frauen in Bürokleidung haben es ihm angetan und sie mag es auch eher gepflegt.«

An der Tür klopfte es und Lady Hurt ließ die Person eintreten. Eine Frau in einem geishamäßigen Lackkostüm kam herein und verneigte sich tief.

»Das ist Nage. Deine Zofe für die Zeit, in der du unser Gast bist. Sie hilft dir bei allem, was du brauchst.«

Die Frau tippelte heran und half mir aus dem Kleid. Sie wirkte wie eine gut geölte Maschine und sprach kein Wort. Mit Kennerblick wählte sie das richtige Kostüm aus und half mir beim Umziehen. Als ich mich bedankte, lächelte sie nur hintergründig, ohne das Gesicht zu verziehen.

Ich trug jetzt einen knielangen steingrauen Nadelstreifenrock mit passender Jacke. Der Stoff war aus Kammgarn und fühlte sich edel an.

»Ist sie eine Angestellte?«, fragte ich und strich das Kostüm glatt.

»Sie ist eine bezahlte, aber echte Sklavin. Ihr devoter Charakter kann sich hier ausleben und sie kann ihre Rechnungen damit begleichen.«

Ling zupfte noch ein wenig an mir herum und ich folgte ihr zum Aufzug. Die geräumige Kabine brachte uns fünf Stockwerke nach oben und wir stiegen auf einer riesigen Dachterrasse aus. Wow. Zwei Drittel des Daches waren mit Glas überdacht. Ein großer Pool war von weißem Sand umgeben und das Grünzeug, was überall zu finden war, war so dicht wie ein Dschungel. So konnte man leben.

»Unser Ruheraum. Hier kommen nur wir her. Es gibt fünf Frauen, die hier fest arbeiten. Das Haus gehört Lady Sikura und wir alle haben hier eine Wohnung. Der Fahrstuhl fährt nur bis zum zehnten Stock. Danach muss man umsteigen, um zu uns hinauf zu kommen. Unter uns sind verschiedene Firmen eingemietet, aber wir hören kaum voneinander.«

»Und wann sind ... wir ... hier oben?«

»Wenn du frei hast. Ihre Termine legt jede Frau selbst fest, aber sie muss ihren Beitrag zum Haus leisten. Je nachdem, was wir für Kunden bedienen, zahlen wir in einen Fond ein. Aber Geld ist hier kein Thema. Es ist mehr als ausreichend. Glaub mir.«

Wir fuhren eine Etage tiefer, wo viele Zellen und Spezialräume waren.

»Hier sind die Aufbewahrungsräume. Es sind immer drei Zofen zugegen, um die Eingeschlossenen zu betreuen. Die Räume sind alle mit Kameras ausgestattet, um alles zu kontrollieren.«

Ling öffnete eine Tür und ich atmete tief ein. Mir stach der Geruch von verbrannten Jasminstäbchen in die Nase, aber der Mann, der an der Decke hing und wie ein Fisch am Haken zappelte, erschreckte mich. Sein Gesicht war unter einem schwarzen Sack verborgen und dem Stöhnen nach zu urteilen war er geknebelt. Seine Füße hingen in der Luft und unter ihm stand eine Schale mit glühenden Kohlen.

»Einer der Gäste. Er hängt seit drei Stunden hier und bald wird die Dienerin kommen und das Feuer neu entfachen.«

Autsch. Die Füße des Mannes waren weniger als einen halben Meter über der Schale und mussten gehörig schmerzen.

»Schau nicht so. Er zahlt gut für eine Feuerfolter, und wenn es ihm nicht gefiele, würde er nicht seit Jahren wiederkommen.«

Lady Hurt schloss die Tür und zeigte mir weitere Räume.

»Ist Ling ein japanischer Name?«

»Nein. Ich bin Chinesin. Meine Großmutter wurde als Gefangene nach der Einnahme Shanghais von den Japanern nach Kobe gebracht und zwangsprostituiert. Meine Mutter, ihre Tochter, heiratete einen GI und wurde von ihm verlassen. Ich wuchs in Nagasaki und Tokio auf und habe bei meiner Oma die Kunst des Bondage erlernt.«

Sie zeigte mir einen großen Raum, wo ich Lady Z wiedersah, die in ihrem Lycra-Outfit einen stark tätowierten Mann auf eine Bank fesselte. Alles war aus lackiertem Holz gefertigt und wirkte irgendwie alt und gediegen.

»Das Holz-Zimmer. Wir nennen es *Wodden Heart*, es ist absolut schalldicht. Hier kommen die hin, die sich richtig traditionell gehen lassen wollen.«

Lady Z grüßte uns mit einem erhobenen Rohrstock und bei der Vorstellung was den Japaner erwartete, wurde ich kribbelig.

Wir gingen weiter in ein Krankenzimmer. Zwei *Schwestern* und eine *Ärztin* in Latexkleidung waren gerade dabei einen Mann zu verbinden. Sein Gesicht war unter einer Atemmaske verschwunden und um Arme und Beine waren Segufix-Bandagen gelegt, die ihn auf das *Krankenbett* fesselten.

»Ich denke, der Raum spricht für sich. Hier tobt sich Florence aus. Sie ist tatsächlich Ärztin, aber hier muss sie weniger Überstunden machen und die Patienten klagen auch weniger.«

»Florence?«

Wir betraten einen neuen Raum und mein Fuß blieb in dem dicken Teppich hängen, der den Boden bedeckte.

»Ja Florence Nightingale. Wie die berühmte Krankenschwester. Eigentlich heißt sie Mariko Tanaka und ist Internistin, aber der Name klingt so schön Englisch und kommt bei den Kunden besser an.«

Lady Hurt schob einen Vorhang beiseite. Die Szene, die sich mir bot, war so komisch, dass ich mich wegdrehen musste, um nicht laut loszuprusten.

Vier große *Laufställe* mit den dazu gehörenden *Babys* standen vor uns. Eine *Kinderfrau* war gerade dabei, einem von ihnen die Flasche zu geben. Die Männer trugen rosa und blaue Babykleider aus Gummi und schwangen Rasseln und benahmen sich wie kleine Kinder. Die *Kinderfrau* trug ein strenges Kleid wie Mary Poppins und auf ihrer Schürze waren noch Flecken vom Babybrei zu sehen, den sie vorher verabreicht hatte. Einem *Kind*, das nach ihrer Schürze griff, schlug sie auf die Finger und kraulte einem anderen kurz den Bart.

»Nimm dich zusammen. Es mag dir witzig erscheinen, aber hier sind sie für wenige Stunden glücklich und sehr dankbar dafür. Mit so einer Fantasie zu leben, kann dir eine Menge abverlangen. Mehr, als manch einer ertragen kann.«

Die Domina zeigte mir noch andere Räume, die aber zurzeit unbenutzt waren. Ein Klassenzimmer mit dem obligatorischen Katheder und einer Sammlung Stöcke an der Wand. Ein Folterkeller mit geradezu bizarren Instrumenten und ein Verhörraum, der nur graue Wände und einen einzelnen Stuhl aufwies. Einige Räume enthielten Kleidung und Bondage-Utensilien aller Art. Aber es gab auch Gefängniszellen und andere *Aufbewahrungsräume*.

»Es wird Zeit. Komm wir müssen unseren Kunden holen.«

Wir fuhren in die Empfangsetage, wo der *Uhrmacher* und seine Gattin bereits warteten.

»Sag einfach kein Wort. Wenn wir mit ihm oben sind und er in seinem Sessel Platz genommen hat, dann hilfst du der Frau beim Ausziehen. Der Rest ergibt sich dann von allein.«

Wir gingen in einen luxuriösen Büroraum, in dessen Mitte ein großer stabiler Ring von der Decke hing. Die Frau wirkte sehr gepflegt und ich schätzte sie auf Anfang fünfzig. Während ich ihr das Kostüm auszog, sah ich kleine graue Strähnen in den rückenlangen Haaren. Ihre Haut hatte wenig Falten und über ihrem rasierten Venushügel war eine aufwendige Tätowierung zu sehen. Sie schwieg die ganze Zeit über, aber lächelte mich freundlich an, als ich ihr die Strümpfe von den Beinen rollte. Während Lady Hurt mit dem Mann sprach, überdachte ich, was ich hier gerade tat. Ich hatte überhaupt keine Hemmungen gehabt, die Frau auszuziehen, dabei war sie eine Kundin. Die Anwesenheit der Domina gab mir Sicherheit. Ich fühlte mich eher wie jemand, der den beiden einen Gefallen tat, nicht wie eine bezahlte Liebesdienerin oder eine Nutte.

Der große Ring senkte sich auf den Boden und die Frau stellte sich hinein. Offenbar kannte sie die Prozedur, denn sie tauschte im Vorfeld einige Sätze mit Lady Hurt aus. Die öffnete eine Schublade des Schreibtisches und holte einen Haufen sorgfältig aufgerollter Seile hervor und begann die Frau mit gespreizten Gliedmaßen an den Ring zu fesseln. Der Ring hatte rundherum kleine Dornen, damit die Seile in jeder gewünschten Position Halt fanden und einen Durchmesser von mindesten drei Metern. Sie zeigte mir einen kunstvollen Knoten, der sich nicht zuzog, aber dennoch fest war. Ich half ihr, die Arme und Beine der Frau weit auseinander zuziehen. Der Ring war eine Spezialanfertigung eines Museumsschmiedes. Ich war ganz fasziniert von der Arbeit der Herrin und half ihr, wann immer ich eine Gelegenheit sah. Mit großer Finesse wob sie ein Muster aus Stricken und kunstvollen Knoten, in dessen Zentrum die Frau hing und leise vor sich hin stöhnte. Zuerst verstand ich das Prinzip nicht, aber bei jedem *Gast*, den ich in Zukunft mit ihr zusammen behandelte, wurde ich etwas sicherer in der Bondage-Technik. Das Ganze schien mir irgendwie zu liegen. Der letzte Knoten fand seinen Platz direkt über dem Lustzentrum der Japanerin und an ihren Atemzügen konnte man sehen, dass sie erregt war. Ihr schien es also auch zu gefallen.

Als das *Bild* fertig war, wirkte es, als ob eine Spinne die Frau in ihr Netz eingesponnen hätte. Ein Meisterwerk der Knotentechnik. Der Ehemann war mit dem Schwanz in der Hand eingeschlafen. Aber die Flecken auf seiner Anzughose zeugten von dem Vergnügen, das er hatte. Wir verließen das Zimmer und Lady Hurt lud mich zu einem Kaffee ein.

»Das Beste, was die Amis hier hinterlassen haben. Cola und Kaffee. Beides macht wach und bringt einen irgendwann um.«

Nage tauchte wie aus dem Nichts auf und brachte zwei Gedecke.

»Wie lange benötigt man, um so etwas zu erlernen?«

»Länger als du lebst. Ich habe, seit ich ein Kind war, bei Oma gesessen und ihr beim Arbeiten zugesehen. Meine Kindheit habe ich in einem Bordell zugebracht, während meine Mutter auf einem Internat büffelte. Ich konnte alle dreihundert Knoten schon auswendig, bevor ich volljährig war. Einfach nur vom Zusehen.«

Draußen flog ein Hubschrauber langsam über die Dächer und setzte irgendwo zur Landung an.

»Du warst im Bordell und deine Ma hat studiert?«

»Ja. Mama hat es bis zum Chemiker gebracht, aber dann ist sie an Krebs gestorben. Nachwehen der Nagasakibombe. Du verstehst? Ich habe sie kaum gekannt. Meine Oma hat mich großgezogen und alles Schlechte von mir abgehalten. Ich habe sie zwar mit ihren Freiern gesehen, aber als einer von ihnen sich nach mir erkundigte, hielt sie ihm ein Tanto-Messer an den Sack und es wurde nie wieder davon gesprochen. Ich habe später auf ihre Kosten Psychologie studiert und dann ihr Erbe angetreten. Als Halbchinesin hatte ich schnell einen erlesenen Kundenstamm und konnte mir bald aussuchen, wen ich bediente.«

»Aber du hast studiert? Ich meine, du bist Psychologin?«

Lady Hurt lachte und öffnete ihr Kostüm, um bequemer sitzen zu können.

»Als Arzt nagst du hier zwar nicht gerade am Hungertuch, aber wenn ich schon Leuten zuhören soll und ihre Psyche manipuliere, dann kann es ruhig richtig bezahlt werden. Ich musste nie Dinge tun, die ich nicht wollte. Nie hat ein Kunde mich anfassen dürfen, wenn ich es nicht wollte. Ich habe von Oma gelernt, dass man nie die Kontrolle verlieren darf, sonst wird man in dem Job nicht alt.«

Wir ließen die *Uhrmacherin* noch etwas in dem Ring hängen und banden sie dann gemeinsam los. Die nächsten Tage ging ich Lady Hurt bei verschiedenen *Jobs* zur Hand.

Sie war die Bondage-Expertin des Hauses und viele Paare buchten ihre Fähigkeiten für die verschiedensten Zwecke. Meist ging es darum, den kunstvoll gefesselten Partner zu fotografieren. Wir schnürten ein Pärchen gemeinsam in einen komplizierten Hog-Tie, von dem ich nicht glaubte, dass man sie ohne ein Messer je wieder heraus bekäme. Ein Fotograf lichtete die beiden ab und hinterher nahmen sie die unglaublich teuren Aufnahmen mit nach Haus. Die Domina gab dreimal im Monat einen Kurs in traditioneller Bondage-Technik und es dauerte üblicherweise Jahre, bis man einen Platz bekam. Viele Berufskolleginnen waren dabei und versuchten später ihr Wissen in bare Münzen umzusetzen. Die Teilnahme kostete ein Vermögen und sie spendete das Geld an verschiedene Einrichtungen, die sich mit der Förderung von Mädchen beschäftigten.

Als blonde Frau war ich offenbar ein Kassenmagnet. Schnell sprach sich in der Szene herum, wen Lady Sikura zu Gast hatte und unglaubliche Summen wurden für einen Spontantermin geboten. Aber nur wenige hatten das Glück. Die Regeln waren streng im Haus der Sinne. Jedes Mal, wenn ein Kunde kam, wurde ich gefragt, ob ich teilnehmen wollte und mit jedem Mal verlor ich ein Stück meiner Vorbehalte. Ich fesselte vorwiegend Männer aus den oberen Gesellschaftsschichten und war dabei, wenn sie auf ausgeklügelte Weise gezüchtigt oder sonst wie gequält wurden. Hinterher saßen wir hin und wieder beim Tee zusammen und scherzten in Englisch miteinander. Es war ziemlich entspannt. Nicht so abstoßend, wie ich es mir vorgestellt hatte. Niemand wurde ausfallend oder äußerte sich laut und primitiv. Es gab keine *Anmache* oder Ähnliches. Das Niveau im Haus hätte es genauso wenig zugelassen, wie die schlanken Männer die in einem Nebenraum die Monitore beobachteten.

Wenn ich sie traf, lächelten sie nur hintergründig, aber es ging eine unterschwellige Aggressivität von ihnen aus, die sie mir nicht übermäßig sympathisch machten. Es waren die *Wachhunde*, wie Lady Hurt einmal lachend sagte, aber in Anbetracht der Gäste, die hier ein und aus gingen, war es eher unwahrscheinlich, dass einer über die Stränge schlug. Und wenn doch, war es fraglich, ob er hinterher jemanden davon erzählen konnte.

Am Sonntag fuhren wir zu einem Außentermin. Ein reicher Industrieller gab eine Party und als Höhepunkt sollte eine Bondage-Session stattfinden. Das Model, welches für den Termin gebucht war, erschien aber nicht und wir standen ziemlich dumm da.

»Wo bleibt dieses Miststück. Ausgerechnet jetzt. Hirotho wird toben, wenn wir ihn hängen lassen«, fluchte Ling.

Wir standen mit zwei gepackten Taschen voller Seile vor der Zufahrt zum Anwesen und der Taxifahrer drängelte schon. Außerdem fing es an zu regnen und die Tropfen fielen auf unsere Lackmäntel.

»Und nun?«

»Wir können nur einpacken und gehen. Ohne eine Frau zum Fesseln brauchen wir da gar nicht erst auftauchen. Das ist schade. Hirotho ist ein großzügiger Kunde.«

Ling sah irgendwie geknickt aus. In dem Gewerbe galt Zuverlässigkeit etwas, und hier drohte der Name des Hauses eine Schramme zu kriegen. Ich fasste einen schweren Entschluss.

»Muss es eine Japanerin sein?«

»Warum? Nein. Unser Model ist eine rothaarige Halbkoreanerin, die es aber sehr lange in einer Fesselung aushält. Sie war immer unsere erste Wahl bei so etwas.«

»Dann nimm mich. Ich habe gehört, Japaner stehen auf große Blonde.«

Ling verzog das Gesicht.

»Was? Du willst dich vorführen lassen? Du bist kein Profi und außerdem was wird dein Herr dazu sagen?«

»Ich denke, er wird es verstehen. Lass uns reingehen.«

»Moment mal. Das ist der Job für eine bezahlte Frau. Du hast immer sehr viel Wert darauf gelegt, es nicht für Geld zu tun. Willst du das wirklich?«

Ling sah mich ernst an, während der Taxifahrer auf die Hupe drückte.

»Hier du Quälgeist. Und nun sei endlich still.«

Ling warf dem Fahrer ein paar Yen Noten in den Wagen und der Wagen brummte davon. Eine Weile sah sie mich prüfend aus ihren schwarzen Augen an. Dann meinte sie ernst:

»Gut wir werden es tun. Wir haben nicht viel Auswahl. Es ist nur Bondage. Du behältst deine Wäsche an und der Erste, der nur mit dem Finger in deine Richtung zeigt, lernt mich kennen.«

Zwei Stunden später erhielten wir donnernden Applaus für unsere Darbietung.

Lady Hurt hatte mich in ein Bambusgitter, das man extra für diesen Zweck im Wintergarten des Hauses aufgestellt hatte, förmlich hinein geflochten. Selbst meinen Zopf hatte sie in das komplizierte Seilgeflecht mit eingebaut. Ich hing unbeweglich in dem Gitter und bestimmt zweihundert Leute in Abendkleidern klatschten begeistert Beifall. Ling ließ mich eine Stunde in dieser Fesselung und wachte mit Argusaugen darüber, dass sich mir niemand näherte. Aber außer ein paar Männern, die mit den Fingern die Spannung der Seile erkunden wollten, blieb ich unbehelligt. Sie trank einen Sekt und unterhielt die Gäste mit guten Tipps für Fesselspiele im eigenen Schlafzimmer.

Ich fühlte mich irgendwie leer. Die Fesselung und der stetig ansteigende Druck der Seile erzeugten in mir nichts. Kein Gefühl. Normalerweise wurde ich schon spitz, wenn man mir nur die Hände zusammenband, aber hier? Gar nichts. Fühlte man sich so, wenn man sich prostituierte? Ein Akt ohne Gefühl? Sicher keine Sache, die ich häufiger machen müsste, aber übermäßig mies war es auch nicht, dachte ich. Und viel mehr als alles andere bohrte in mir die Frage, was Robert dazu sagen würde. Wir fuhren um ein paar Tausend Dollar reicher nach Hause.

Am Mittwoch galt es nur einen Kunden zu bedienen, aber der hatte es in sich. Der Gast erschien am frühen Abend des Vortages und ich erfuhr, dass es sich um ein *Verhör* handeln würde, das wir mit ihm machen sollten. Lady Hurt persönlich brachte ihn in eine Zelle und kam mit in meine Wohnung.

»Stell dir den Wecker. Um drei Uhr holen wir den Mann aus der Zelle und fangen an. Wir bearbeiten ihn ein bis zwei Stunden und gehen dann frühstücken. Dann geht es weiter. Alle zwei Stunden wiederholen wir die Verhöre, bis zum Mittag. Dann ist Schluss und wir können alle ausschlafen. Den Rest können die Zofen machen. Nage ist übrigens auch mit dabei.«

Sie suchte mir eine olivgrüne Uniform heraus, die ich anziehen sollte. Weißes Hemd mit Krawatte. Knielanger enger Rock aus schwerer Wolle mit dazu passender Jacke, an der kleine Orden hingen. Wadenhohe schwarze Schaftstiefel rundeten das Bild ab. Ich sah wie ein weiblicher Soldat aus.

»Hier. Die brauchst du zwar nicht, aber er findet, dass es dazugehört.«

Ling drückte mir eine lange Reitgerte in die Hand.

»Er steht auf Verhöre durch Frauen. Du spielst die Schreiberin und setzt dich einfach an den Tisch und sagst kein Wort. Schau streng und schweig. Stille ist Teil der Nummer und für die Situation sehr wichtig. Er wird schreien und zum Teil wird es vielleicht langweilig werden, weil wir alles immer wiederholen. Aber du sprichst kein Mandarin. Also wird es nicht ganz so schlimm.«

Überpünktlich stand ich im *Zellengang* und schaute mir Lady Hurt an. Sie war mit derselben Uniform gekleidet wie ich und hatte sich die lackschwarzen Haare glatt nach hinten gekämmt. Ihre schrägen Augen wirkten bedrohlich, was sicher auch daran lag, zu dieser unchristlichen Zeit aufstehen zu müssen.

»Wir haben noch etwas Zeit. Komm, wir müssen seine *Partnerin* noch vorbereiten.«

Wir kamen zu einer Zelle, wo Nage zu meiner Überraschung auf uns wartete und am Boden kniete. Sie war nackt und zum ersten Mal sah ich die kunstvollen Tätowierungen, die ihren Rücken und Teile des Beckens bedeckten.

»Sie ist sozusagen seine *Komplizin*. Sie wird geschlagen, wenn er nicht antworten will. Wie im richtigen Leben halt. Die Männer sind verstockt und die Frauen müssen es ausbaden.«

Lady Hurt lachte leise und schloss die schwere Kette auf, die Nage an die Wand fesselte. An Händen und Füßen trug sie Eisenketten und auch um den Hals war ein breiter schwarzer Stahlring gelegt. Sie schaute Ling mit einem hintergründigen Lächeln an und auf deren Wink hin folgte sie uns in den Verhörraum. Ein graues Zimmer mit Betonwänden und spartanischer Möblierung.

»Unser *Gast* hat heute Nacht eine Stunde mit ihr zusammen in seiner Zelle verbracht. Natürlich waren beide gefesselt. Er hat ihr ein *Geheimnis*, oder was auch immer erzählt. Was, wissen wir nicht, denn Nage versteht kein Chinesisch und so wird es immer ein Geheimnis bleiben. Aber darum geht es ja nicht. Lass die Seilwinde herunter. Wir binden sie hier an.«

Lady Hurt hängte die Ketten in einen Haken und ich kurbelte die *Berufssklavin* so weit hoch, dass ihre Zehenspitzen eben noch den Boden berührten. Nage grinste mich an und sog lustvoll die Luft ein.

»Binde ihre Füße zusammen. Ich hole Wasser.«

Während ich das Seil um die Knöchel der Frau schlang, sah ich die vielen kleinen Striche auf der leicht gebräunten Haut. Wahnsinn. Die hatte ja kaum einen Quadratzentimeter Haut an sich, wo keine Narben zu sehen waren. Selbst ihre rasierten Schamlippen musste man früher bis auf Blut misshandelt haben. Autsch. Andere Länder, andere Sitten.

Hier im Raum war es ziemlich kühl und eine Menge Kannen mit Wasser standen an der Seite. Der dicke Wollstoff der Uniform war genau die richtige Bekleidung. Lady Hurt kam mit einer Karaffe Wasser zurück und schüttete sie über Nage aus. Sie schrie leise und schüttelte sich die Tropfen aus den Haaren.

»Wasser ist sehr wichtig. Ein nasser Körper, der friert, ist schneller willenlos. Außerdem passt es gut. Findest du nicht auch?«

Die Herrin zeigte auf eine Ecke im Raum, wo ein kleiner Tisch und ein Stuhl standen. Ich zog mich zurück.

Dann nahm Ling ihre Reitpeitsche und verpasste der zuckenden und schreienden Sklavin eine Menge Striemen am ganzen Körper. Als sie ihrer Meinung nach genug geschrien hatte, hieß mich die Domina an, Nage noch ein Stück höher ziehen, bis ihre Füße in der Luft hingen. Ling goss ihr eine weitere Karaffe über den nackten Leib und stieß sie mit der Gerte leicht an, sodass sie hin und her pendelte. Alles stimmte. Der graue Betonboden und die ganze Atmosphäre passten mit der großen Wasserlache perfekt zusammen. Ein Ort der Schmerzen, wie aus einer meiner Fantasien entsprungen. Wir gingen in die Zelle, wo der Kunde wartete.

Der Mann lag nackt, in Hand- und Fußschellen gefesselt, auf einer Pritsche und trug einen Stoffsack über dem Gesicht. Der war mit einem Lederriemen und einem Schloss gegen Abnehmen gesichert. Wir packten ihn an den Armen und schliffen ihn mehr, als das wir mit ihm gingen, in den Verhörraum. Ling redete ein paar Worte mit ihm und unter dem Sack kam ein leises Heulen hervor.

»Das ist Han. Den Namen musst du dir nicht merken, nur damit du weißt, von wem wir reden. Komm! Hilf mir ihn an dem Stuhl festzumachen.«

Der Stuhl war ein eisernes Monstrum, das am Boden verschraubt war. Es bestand aus Eisenschienen und sah alles andere als bequem aus. Hände und Füße wurden an Lehne und Stuhlbeine des Stahlgestells gekettet und ich nahm ihm den Sack vom Kopf. Ein nicht unattraktiver Mann in den Dreißigern blinzelte uns an. Er musterte mich und grinste irgendwie frech, aber man könnte es auch für Freude und Verwunderung halten. Trotzdem schlug Lady Hurt ihm dreimal mit der Gerte über die nackten Schenkel, so, dass er aufschrie. Ich sah auf die Uhr. Pünktlich um drei Uhr in der Nacht begann das Verhör. Ich setzte mich und beobachtete die Szene. Nage hing frisch abgestriemt von der Decke, während Ling den Taiwanesen in seiner Sprache verhörte. Ich verstand natürlich kein Wort, aber es hatte den Anschein, dass sie sehr profunde Kenntnisse darüber hatte, wie es in Wirklichkeit bei so einem Verhör zugehen mochte. Die Uniformen, die wir trugen, waren Originale aus Nord-Korea und ich fror bei dem Gedanken, einmal die Realität dort zu erleben. Die Domina sprach leise, dann schrie sie plötzlich und drosch mit der Peitsche auf den Mann ein. Sie schüttete Wasser über ihn und ließ ihn zusehen, wie sie Nage mit weiteren Striemen versah. Wenn man es nicht besser wüsste, hätte man sich gruseln können. Nach einer Stunde lösten wir seine Fesseln, und während ich Nage losband, brachte Ling den Taiwanesen zurück in seine Zelle.

»So jetzt haben wir Pause bis um neun Uhr. Komm gehen wir frühstücken.«

Um diese Zeit war noch keiner der freiwilligen Küchensklaven im Haus und Ling lud mich in eine Sushi-Bar auf der anderen Straßenseite ein. Es störte offenbar niemanden, dass hier zwei ausländische Offiziere saßen. Die Schlipsträger um uns herum schlangen nur ihr Frühstück herunter oder schauten zu zweit und zu dritt in irgendein Notebook. Nur ein weiblicher Polizist, der auf seiner Streife an dem Lokal vorbeikam, musterte uns kurz, verschwand aber wieder.

»Sag mal. Wie findet man eigentlich heraus, was dem Kunden gefällt?«

Ling schaufelte sich zwei Stäbchen voll Fisch in den Mund und nuschelte:

»Er ist eigentlich Polizist oder so etwas Ähnliches und kommt extra aus Taiwan herüber. Frag mich nicht warum. Aber offenbar gibt es da, wo er herkommt, kein Studio, das ihm dieses Szenario bieten kann. Bevor wir in so eine Session einsteigen, sprechen wir sehr lange mit den Leuten, um ihre Vorlieben optimal bedienen zu können. Han hatte uns einen Film mitgebracht und wir konnten mit ihm zusammen so etwas wie ein Drehbuch für ihn entwickeln. Er kommt seit Jahren drei- bis viermal pro Jahr her. Wir fragen zwar nie, aber ich denke, wir machen es richtig. Im Prinzip ist es überall dasselbe. Die Gedanken in die Tat umzusetzen, das ist unser Job. Das Problem dabei ist, zu erkennen, was der Gegenüber denkt.«

Wir gingen zurück und holten Nage ab, die in einen Kimono gehüllt mit einer anderen Herrin beim Tee saß. Obwohl sie wusste, was sie erwartete, lachte sie und tauschte mit den Frauen freundliche Worte aus. Während ich Nage wieder an die Decke fesselte, wurde Han wieder auf dem Stuhl angekettet. Ling stellte einen Kasten vor dem Stuhl auf und klemmte dem Mann ohne Ansage ein Kabel mit einer schweren Klammer an den steifen Penis, sodass er aufschrie. Das andere Kabel befestigte sie am Stuhl und betätigte einen Schalter. Ein leises Brummen war zu hören.

»Knebel ihn und leg ihm eine Augenbinde an.«

Ich nahm einen birnenförmigen Lederknebel, den der Gast selbst mitgebracht hatte, von der Wand und verschloss seinen Mund damit. Ein breites schwarzes Seidentuch über seine Augen gebunden beendete meine Mithilfe und Lady Hurt drückte zweimal auf einen roten Knopf. Hans Körper verspannte sich sofort und was nicht gefesselt war, zuckte auf dem Stuhl wie ein Fisch auf dem Trockenen. Ling fing wieder an auf ihn einzureden und dieses Mal geschah alles ganz leise. Es war geradezu gespenstig. Sie flüsterte leise in sein Ohr und betätigte gleichzeitig mit dem Fuß den Schalter. Die Wangenknochen des Mannes traten hervor und der Knebel verhinderte, dass er sich auf die Zunge biss. Speichel trat aus den gespannten Lippen hervor und er stöhnte etwas auf Chinesisch. Ling nahm ihre Gerte und schlug dreimal durch die Luft. Wie auf ein Zeichen schrie Nage so gellend auf, dass ich zusammenzuckte. Aber hatte Ling sie überhaupt getroffen? Plötzlich wurde mir klar, wie erregt ich war. Mein Slip triefte förmlich und ich war von der ganzen Situation wie hypnotisiert.

»Wasser«, befahl Ling und ich reichte ihr eine neue Kanne.

Mit der kalten Dusche kam der nächste Stromschlag und Han bäumte sich, so weit es die Fesseln zuließen, auf. Ling riss seinen Kopf in den Nacken und trotz der engen Klammer an seinen Lustpfeil, spritzte der Mann in hohem Bogen ab. Lady Hurt schaltete das Gerät ab und nahm die Klammern ab. Han quittierte es mit einem stumpfen Grunzen und einer weiteren Ladung seiner selbst. Dabei verfehlte er Lings Stiefel nur um Zentimeter.

»Nicht schlecht, aber wir haben noch eine halbe Stunde. Wir werden ihm einen Nervenkragen umlegen. Das hält ihn bei Laune, während wir den dritten Grad vorbereiten. Nimm ihm den Knebel ab und trockne seinen Hals.«

Mit dem bekannten »Plopp«, zog ich die Lederbirne aus dem Mund des Mannes und sah deutlich die Abdrücke der Zähne. Der hatte ganz schön gelitten. Ich mochte Stromspiele nicht sonderlich. Einmal hatte mich Peter zum *Testen* an so ein Gerät angeschlossen. Er band mich wie ein X auf unser Bett und klemmte mir die Krokodilklemmen an Brust und Schamlippen. Die ersten Stromschläge verursachten nur ein leises Kribbeln und hätte eine Klammer auf meinem Lustzentrum gesessen, so hätte es sicher Spaß gemacht. Aber als die Stromstöße stärker wurden, zuckte ich nur herum und kämpfte mit den Gurten, die mich hielten, einen erfolglosen Kampf. Ich kam nicht einmal und hatte noch Tage später Kopfschmerzen.

Ling erschien mit einem breiten eisernen Stahlkragen und ich half ihr, ihn Han umzulegen. Das Ding drückte den Kopf in Geradeausstellung und die beiden Hälften wurden am Rücken mit Flügelschrauben zusammengedreht, bis Han laut stöhnte. Am Genick waren viele Gewindelöcher zu sehen und in drei davon schraubte Lady Hurt bleistiftdünne blanke Schrauben. Sie drehte sie hinein, bis Han wimmerte und mit starrem Blick nach vorne blickte.

»Ein übles Ding. Der Nervenkragen stammt übrigens aus deinem Land. Es heißt, die Nazis hätten ihn einst zu Folterungen ihrer Gegner kreiert. Siehst du hier die Öffnungen? Sie sind so angelegt, dass man ausgesuchte Nervenbahnen unter Druck setzen kann. Die Erfinder dieses Teufelsdings verwendeten nadelspitze Schrauben und man leitete Strom direkt in den Nerv. Die meisten wurden wahnsinnig nach so einer Behandlung. Aber für unseren Gast hier ist es ein schöner Zeitvertreib. Nicht wahr?«

Der Mann saß steif wie ein Eisblock in dem Stuhl und nur die Augenlieder bewegten sich noch. Ling hauchte ihm einen Kuss auf die Nase und nahm den halbsteifen Schwanz des Taiwanesen in die Hand. Eine Weile massierte sie ihn sanft, bis er wieder in *Topform* war.

»Lauf nicht weg«, flüsterte sie leise in sein Ohr und streichelte seinen Kopf.

Wir machten Nage los und gingen gemeinsam in die Küche.

»Dieser Nervenkragen? Wo habt ihr ihn her?«, wollte ich wissen und nahm einen heißen Kaffee aus den Händen eines Gummisklaven entgegen, der Dienst als Koch hatte.

»Ein Gast, der vor einiger Zeit verstorben ist, brachte ihn uns als Geschenk mit. Japan und Deutschland waren im Zweiten Weltkrieg Verbündete und ich denke, er wird in dieser Zeit seinen Weg hierher gefunden haben.«

›Präsente aus Deutschland‹, dachte ich und fror bei dem Gedanken daran, was man damit alles angestellt haben mochte.

»Und woher weißt du, ob du am richtigen Punkt Druck ausübst. Ich denke, jeder Hals ist anders?«

Der Kaffee schmeckte Klasse. Lady Hurts Gesicht verzog sich zu einem breiten Grinsen.

»Ja das ist die Kunst. Wo endet der Schmerz und wo beginnt das Vergnügen. Aber Spaß beiseite. Du hast natürlich recht. Hier im Haus dürfen nur Lady Sikura und ich ihn benutzen. Die Gefahr einer Nervenschädigung ist zu groß, obwohl wir keine angespitzten Schrauben verwenden. Du hast gesehen, dass ich ihn am Ende der zweiten Sitzung noch mal hochgebracht habe? Das ist die Probe. Wenn er trotz dieses Instruments immer noch geil wird, dann hat man alles richtig gemacht.«

»Diejenigen, die den Kragen angelegt bekommen, werden von uns vorher eingehend auf neurologische Defekte geprüft. Aber alle, die ihn bisher genossen haben, waren sich einig darüber, dass es eine hohe Form der lustvollen Qual darstellt«, sagte Lady Sikura hinter uns und erschien im Kostüm einer englischen Hausdame.

Sie ließ sich einen Tee reichen und erkundigte sich nach meinen Fortschritten. Sie schien zufrieden mit Lady Hurts Bericht und wir gingen zurück zum *Verhör*. Nage wartete bereits vor der Tür und Ling reichte mir Handschellen, um sie damit zu fesseln.

Der dritte Grad des *Verhörs* begann. Han saß mit einem respektablen Ständer auf dem Stuhl und sah uns mit weit aufgerissenen Augen entgegen. Eine Kanne Wasser ließ ihn aufstöhnen, während Ling die Sklavin vor dem Stuhl auf die Knie zwang. Sie forderte sie auf, dem Mann einen zu blasen und Chinesisch oder nicht, es hörte sich ziemlich brutal an, wie sie es rüberbrachte. Nage schrie und wollte sich *weigern*, aber drei Hiebe mit der Gerte belehrten sie eines Besseren.

Lady Hurt schrie den Taiwanesen mit schriller Stimme an und tippte dabei mit der Gerte leicht gegen die Schrauben des Nervenkragens. Han stöhnte und versteifte sich auf dem Stuhl noch mehr. Ein weiterer Hieb traf Nages Kehrseite und ihr Kopf bewegte sich schneller zwischen den Beinen des Delinquenten. Gott! Ich wurde immer erregter und nur dieser verdammte Uniformrock verhinderte, das ich mir fest in den Schritt griff. Ich musste mich zusammenreißen. Ling schüttete eine weitere Karaffe über die beiden und schrie sie an. Ihre Finger drehten leicht an den Schrauben und Han fing laut zu brüllen an.

Plötzlich war es still im Raum. Ling streichelte sanft über den Stahlkragen und flüsterte so leise, dass sich Nages Schmatzen wie ein Gewittergrollen dagegen anhörte. Dann holte sie zwei Gestelle von der Wand und winkte mich heran, damit ich ihr zu Hand ging.

»Ich habe ihm gesagt, dass er ein tapferer Mann ist, aber nun sei es an der Zeit vernünftig zu werden. Er würde jetzt reden, oder es bereuen! Außerdem ist es schon spät. Wir wollen ja nicht bis in alle Ewigkeit hier rumhängen.«

Ich hielt die Hände flach auf den Lehnen fest, während Ling die beiden Gestelle am Stuhl befestigte. Über die Finger wurden flache Eisenbleche gelegt und mit Hilfe von Gewinden langsam angezogen, bis er sie nicht mehr zurückziehen konnte. Han schien zu ahnen, was ihm bevorstand und seine Arme wollten nach hinten ausweichen, aber ein leichtes Anticken gegen den Kragen ließ ihn zur Ruhe kommen.

»Ein starker Geist, aber jetzt werden wir ihn brechen.«

Ling drehte mitleidslos die Schrauben zusammen, bis sich die Farbe der Fingernägel veränderte. Wieder begann die *Befragung*, und während Nage unermüdlich *weiterarbeitete*, traktierte die Herrin das Opfer, indem sie ihm mal leicht mal stärker mit der Gerte auf die gequetschten Fingerspitzen schlug. Wahnsinn. Das Ganze hier war so realistisch gespielt, dass man Angst bekommen konnte. Lings Stimme wechselte von schrill bis hin zu tiefer Rauheit, ganz so als ob sie als Kind mit Bourbon-Whisky gestillt worden wäre. Die Frau war die perfekte Schauspielerin.

Hans Geschrei wurde ziemlich laut, und während Nage und er abwechselnd Schläge mit der Peitsche erhielten, kam er so heftig, das Nage husten musste und ein Teil der Ladung aus dem Mund verlor. Han schrie seine Lust aus sich heraus und mir kribbelte es auch überall.

Ling kam zu mir und steckte sich eine Zigarette an. Nage kniete am Boden und ein Rest des Spermas tropfte von ihrer Zunge auf die Brust herab. Sie war ebenfalls außer Atem. Stumm beobachteten wir den Mann, der langsam wieder zur Ruhe kam.

»Ihm hat es gefallen, aber wir fragen am Ende immer noch mal, ob es dem Gast jetzt reicht. Es gibt Schmerzgeile, die nie genug bekommen können und es ist schlecht fürs Geschäft, wenn sie rumerzählen, sie wären nicht auf ihre Kosten gekommen.«

Lady Hurt sah den Taiwanesen mit kalten Augen an. In dieser Sekunde hätte ihr sicherlich jeder abgenommen, dass sie eine nordkoreanische Verhörspezialistin ist, die Freude dabei empfand, jemanden für ein Geständnis zu brechen.

»Was macht man mit den Unersättlichen?«, fragte ich.

Dabei sah ich mich im Geiste auf dem Stuhl sitzen und nach *mehr* kreischen.

»Entweder mehr Mühe geben, oder die Sitzung einfach beenden. Letztlich bestimmst du, was du für zumutbar hältst. Deswegen ist es wichtig selbst zu erfahren, was Schmerz und Leiden bedeutet. Dein Herr hat gemeint, dass du einiges vertragen kannst und nicht unerfahren bist. Eine gute Vorrausetzung, um in diesem Gewerbe erfolgreich zu arbeiten.«

Sie sprach kurz mit dem Mann und trat dann ihre Zigarette aus.

»Er ist fertig. Mach zuerst Nage los. Sie hat noch einen Termin am Abend. Dann müssen wir den Nervenkragen abnehmen. Das geht zu zweit besser.«

Sie drückte einen Knopf und zwei Sklavinnen, deren wahres Geschlecht mir verborgen blieb, tauchten auf, um Ordnung zu schaffen. Während die beiden geknebelten Gummisklavinnen um uns herumwieselten, wurde ich immer heißer und vergaß beinahe, dass ich noch eine Aufgabe wegen des Nervenkragens zu erfüllen hatte. Kurz darauf brachten wir Han mit weichen Knien in einen Ruheraum und ich ging in mein Bett, um den Schlaf der vergangenen Nacht nachzuholen.

Selten hatte ich so über ein Stück Kleidung geflucht wie über diese Uniform. Ich riss mir das Hemd überhastet vom Leib, sodass leider zwei Knöpfe abplatzen und durch den Raum davonhüpften. Ich schälte mich förmlich aus dem engen Rock. Mit einem Hechtsprung warf ich mich aufs Bett und brauchte nur wenige Sekunden, bis es mir das erste Mal kam. Ich rekelte mich noch eine Weile in den Laken, bis sich meine Libido beruhigt hatte und ich einschlief.

Am besagten Donnerstag weckte Nage mich früh und legte mir ein langes rotes, wadenlanges Lederkleid heraus. Die Zofe hatte immer das Richtige für mich parat. Jedes Mal wenn ich mich umziehen sollte, wusste sie schon vorher, was ich benötigte. Das Kleid saß wie eine zweite Haut. Meine Haare waren zu einer kunstvollen Frisur hochgesteckt und den Abschluss meines Kostüms bildeten schenkellange rote Lackstiefel. Nage verschwand und ich sah mich im Spiegel an. Früher hatte mich so ein Anblick geil werden lassen. Die Spitzen der Stiefel waren aus blinkendem Metall und ich ertappte mich bei der Vorstellung, mit ihnen das pralle Glied eines Mannes zu berühren. War ich nun eine Domina? Mir fiel die Frau ein, die ich damals in Hamburg traf. Sie hatte wenig Eleganz besessen und im Gegensatz zu dem Haus von Lady Sikura auch kein Niveau. Nein. Das hier war etwas anderes. So sah eine Herrscherin aus.

Es klopfte und Lady Z holte mich ab, um Takashi zu empfangen. Das gesamte Personal hatte sich im unteren Stockwerk versammelt und alle waren herausgeputzt. Die Herrinnen trugen allesamt schwarzes glänzendes Lackleder, das ein Vermögen gekostet haben musste.

Zenobias Lackmini war fantastisch auf ihre kniehohen Stiefel abgestimmt. Ihr ganzer Körper wirkte zusammen mit der schmucksteinverzierten Lederkorsage wie der einer Superheldin aus einem Comic. Lady Z trug einen hautengen Lederoverall mit seitlicher Schnürung. Ein breiter Gürtel betonte ihre Wespentaille und an den hohen Reitstiefeln blitzten silberne Sporen. Lady Sikura trug ein schlichtes enges Lederkleid, das vom Hals bis zu den Füßen reichte. Es unterstrich ihre strenge und herrische Art auf diskrete und zugleich elegante Weise. Die drei angestellten Zofen waren in traditionellen Geisha-Kostümen angetreten und knieten mit gesenkten Köpfen am Boden.

»Bleib heute bei mir. Takashi kommt mit Gästen und es kann sein, dass er über Nacht bleibt«, sagte Lady Sikura leise, als die Fahrstuhltür aufging und Takashi Sato und sein Gefolge eintraten.

Mein Herz machte einen Luftsprung, denn auch Robert war dabei. Wir verneigten uns und Lady Sikura begrüßte die Gäste mit einer traditionellen Formel. Ich warf gerade einen Blick auf Takashis Gattin, als ich etwas neben mir spürte. Aus den Augenwinkeln nahm ich einen dunklen Schatten wahr und schrie vor Schreck leise auf. Sofort wandten sich alle Blicke zu mir und ich hörte Takashis raues Lachen.

»Sie haben eben meine Wachen kennengelernt. Keine Furcht. Sie sind nur zu unserem Schutz hier.«

»Wachen?«, fluchte ich in mich hinein und versuchte meinen Herzschlag unter Kontrolle zu bringen.

Wie kam dieses Ding überhaupt hier herein? Neben mir stand ein ganz in Schwarz gekleideter Mann mit einem Schwert auf dem Rücken und sah mich stumm aus schmalen Augen an. Ich drehte den Kopf und jetzt erkannte ich, dass zwei weitere schwarz gekleidete Personen im Raum standen.

»Keine Sorge. Es sind gute Ninjas. Takashis Leibgarde. Niemand hat je festgestellt, wie sie es schaffen hier ungesehen rein zu schneien, aber sie tun dir nichts. Sie sorgen nur dafür, dass ihr Herr und Meister nicht gestört wird«, beruhigte mich Nage und drückte meine Hand.

›Wie tröstlich‹, dachte ich und versuchte nicht mehr zu zittern.

Robert kam und nahm mich in den Arm.

»Ich habe gehört, dass es Ihnen hier gut ergangen ist. Lady Sikura hat wahre Lobeshymnen auf Sie gesungen. Ist das so?«, fragte er freundlich und seine Augen blitzten wie Sterne in der Nacht.

Ein Blick zum Verlieben.

»Später. Wir wollen zuerst etwas Essen. Dort können wir Sabines Geschichten gemeinsam lauschen«, unterbrach ihn Miko. Wir alle gingen in einen Raum, in dem ein Büfett aufgebaut war. Wahnsinn. Der Raum hatte nur eine Tür und kein Fenster. Trotzdem stand dort wieder einer der Ninjas und wartete auf uns. Wie zum Teufel machten die das? Konnten die etwa durch Wände gehen?

»Das Kleid steht dir gut. Wie eine richtige Lady«, bemerkte Keko, Takashis Gattin im Vorbeigehen und reichte ihrem Mann einen Tee.

Alle waren sehr ungezwungen miteinander und sprachen höflicherweise Englisch oder Deutsch. Sato und Lady Sikura schienen sehr alte Freunde zu sein, denn sie redeten über lange zurückliegende gemeinsame Erlebnisse.

»Lady Sikura war früher einmal Zofe im Haus der Satos und sie haben ihr das Geld geliehen, um sich selbstständig zu machen. Die kennen sich schon ewig«, flüsterte Ling neben mir, die mein Interesse erkannt hatte.

Der alte Sato setzte sich auf ein paar Kissen und forderte mich auf, von meinen Erlebnissen zu erzählen und gab sich außerordentlich väterlich dabei.

»Er mag dich wirklich. Er hat dreimal von dir gesprochen und Erkundigungen darüber eingeholt, wie du dich machst«, flüsterte mir Ben zu.

»Und ist das gut?«, ich sah ihn an und er lachte leise.

»Als Lady Sikura anrief, unterbrach er sogar das Studium des Börsenberichtes. Das macht er nicht mal, wenn der Premierminister ihn anruft. Noch Fragen?«, lachte er und verspeiste einen in Seetang gewickelten Reisball.

Irgendwie brach damit das Eis und ich sprudelte all meine Erlebnisse heraus, wie ein Kind, das vom Ferienlager berichtet. Sato Senior hörte ruhig zu und lachte hin und wieder. Lady Sikura ergänzte meine Erzählungen und am Ende klatschten alle Beifall. Robert umarmte mich, als ob ich eine sportliche Höchstleistung vollbracht hätte, und war sichtlich stolz auf mich.

Die Satos zogen sich irgendwann mit Lady Sikura zurück, um sich auf ihr *Vergnügen* vorzubereiten und ich blieb mit meinem Herrn allein. Ausführlich erzählte ich alles noch einmal.

»Schöne Grüße von Nora. Zuhause ist alles in bester Ordnung und sie hat erzählt, dass ihre Familie sich darauf freut, uns bald zu sehen. Sie wird uns in Sanaa empfangen. Aber es gab vor ein paar Tagen einen kleinen Zwischenfall. Ein Mann, der sich als Peter ausgab, stand vor dem Tor und wollte Sie sprechen. Er meinte, er wäre ihr Lebenspartner und müsste dringend etwas mit Ihnen klären. Was das sei, wollte er aber nicht sagen. Nora hat ihm gesagt, dass sie nicht da wären und er seine Adresse hinterlassen solle. Aber er zog es vor einfach über den Zaun zu klettern und wurde prompt von den Naturschützern gefasst. Er war ziemlich heruntergekommen und obendrein betrunken. Als die Polizei ihn abholte, hat er ein kleines Drama veranstaltet. Gibt es da etwas, was ich wissen sollte?«

Ich sah schuldbewusst nach unten und zog die Luft durch die Zähne. Dieser Arsch. Taucht nach fast einem Jahr wieder auf und macht den wilden Mann. Und das bei meinem neuen Arbeitgeber. Warum musste er mir das hier jetzt versauen?

»Das war sicher mein Ex. Aber es gab seit seinem Auszug keinen Kontakt mehr und ich habe auch keinen gesucht. Es ist so aus, wie es nur aus sein kann.«

»Das dachte ich mir. Ich habe auf Anzeige wegen Hausfriedensbruchs verzichtet, aber wenn er so etwas noch mal veranstaltet, wird es teuer für ihn. Dafür sorgen schon die Leute vom Naturschutz. Alles ist Privatgelände und nur meinen Gästen oder ausdrücklich eingeladenen Naturfreunden zugänglich. Die haben Anwälte, die ziehen einem glatt das Fell über die Ohren und nehmen den Rest obendrein als Bezahlung mit.«

Roberts Stimme klang leicht belustigt, aber dennoch so ernst, dass ich keinen Zweifel daran hatte, dass Peter nicht der Erste wäre, den so etwas treffen würde.

Warum zum Teufel hatte er mich überhaupt gesucht? Das Letzte, was ich von ihm hörte, stammte von Dagmar, die ihn völlig betrunken Hafen gesehen hatte, wo er mit anderen Straßenpennern herumhing und die Leute anpöbelte. Mit fiel ein, dass ich noch in der Probezeit war und solche *Besuche* sicher nicht dazu beitrugen, meinen Status zu festigen. Ich entschuldigte mich kleinlaut, aber Robert winkte ab.

»Schon Okay. Ist ja nichts passiert und Nora hat alles im Griff behalten. Sie ist der beste Wachdienst, den man sich vorstellen kann. Hätte es *Ihr Peter* bis zum Haus geschafft, wäre er im Krankenhaus gelandet oder Schlimmeres wäre passiert.«

Nage erschien und bat uns ihr zu folgen. Wir gingen ins *Wodden Heart*, das Holz-Zimmer, wo Keko und Miko bereits nackt auf einem kleinen Podest unter einem polierten Holzbalken knieten. Takashi und Ben hatten es sich in weiten Kimonos bequem gemacht und berieten sich mit den Dominas. Ben sah mich kurz an und flüsterte dann Lady Hurt etwas ins Ohr.

»Sabine? Komm, es gibt eine Aufgabe für dich«, rief sie mich.

Sie stellte sich neben Miko und drückte ihren Kopf zärtlich an den Lederanzug.

»Ben und Miko würden es als besondere Ehre empfinden, wenn du ihr eine straffe *Gata* anlegen würdest.«

Eine Gata? Ich schluckte vor Aufregung. Ein Geflecht aus mindestens sieben zentralen Knoten. Jeder lag auf einem anderen Nervenpunkt und durch das Verändern des Seilzuges konnte so die Erregung ins unermessliche gesteigert werden. Wenn man wusste, wie.

Dreimal hatte ich es zusammen mit Ling schon gemacht und eigentlich ganz gut dabei ausgesehen. Aber alleine? Ich spürte die Hände meines Herrn auf der Schulter und leise flüsterte er:

»Sie schaffen das. Ich bin ganz sicher, Miko und Ben würden sich freuen.«

Etwas unsicher suchten meine Augen nach Ling, aber die schaute mich ausdruckslos an. War das eine weitere Prüfung? Ich sah mich um. Merkwürdig, keiner dieser *Ninjas* war im Raum. Aber ich hatte andere Sorgen. Mein Herz schlug schneller, als ich mich entschieden hatte.

»Gut. Ich werde es versuchen«, sagte ich etwas unsicher und richtete Miko auf, um sie in Position zu bringen.

Sie war frisch rasiert und trug ihre Ringe, was mir den vierten Knoten etwas leichter machen würde. Lady Sikura schaltete das Licht im Raum so, dass nur noch das Podest von zwei starken Scheinwerfern beleucht wurde. Ling reichte mir ein Bündel fingerdicker Seidenschnüre. Wie war das noch? Erst mal die Schnüre zurechtlegen. Ich hing die viermeterlangen weißen Seile über einen Balken und verbesserte noch einmal Mikos Position. Gott war ich aufgeregt. Von den anderen Anwesenden war nur noch das Glimmen der Zigaretten zu sehen.

Willig legte Miko ihre Hände auf dem Rücken und ich band sie über Kreuz fest zusammen, sodass zwei lange Enden übrig blieben. Ein Ende fingerte ich durch ihre Beine und den Schamring und band es um die Taille zusammen. Das andere Ende legte ich um ihren Hals und verknotete es so, dass sich die Schlaufe nicht zuziehen konnte. Mit den Fingern prüfte ich den Druck der Knoten und nahm das zweite Seil. In verschiedenen Lagen verzurrte ich es über Brust und Rücken und musste höllisch aufpassen, dass die Knoten an ihren Plätzen blieben. Aber es gelang tadellos und zum ersten Mal grunzte Miko genüsslich. Auf den *Zuschauerrängen* war es still. Nur hin und wieder hörte ich Lady Sikura und Ling miteinander flüstern. Der Rauch der Zigaretten spiegelte sich geradezu mystisch in den Scheinwerfern. Ich wurde unsicher. Hatte ich etwas übersehen? Nein. Die Knoten saßen dort, wo sie hingehörten und ich nahm das nächste Seil.

Die weiche Fessel legte sich um Mikos Beine und ich entwickelte ein perfektes Rautenmuster, das sich von den Füßen bis zum Po hinaufzog. Miko war jetzt sicher gebunden und nun konnte die Finesse beginnen. Vor meinem geistigen Auge lief der weitere Vorgang wie ein Film ab und fehlerlos knüpfte ich die verbliebenen Seile in das Bondage mit ein, sodass Miko mehrmals vor Erregung in die Knie zu gehen drohte. Die *Gata* enthielt eigentlich noch einen Knebel, aber ich hatte nichts dabei und steckte ihr stattdessen meine Gerte zwischen die Lippen. Sorgfältig prüfte ich noch einmal alle Knoten und zog hier und da etwas straffer bis Miko der Schweiß ausbrach und sie merklich unruhiger wurde. Ein letzter prüfender Blick, und ich stellte fest, dass ich zufrieden sein konnte. Mikos Augen blitzten vor Erregung. Besser ging es eigentlich nicht.

Ich drehte mich um und die Zuschauer sahen mich stumm aus der Dunkelheit an. Wie in Japan üblich, verneigte ich mich, um zu demonstrieren, dass meine *Arbeit* getan war. Einen Augenblick lang sah ich nur ihre Zigaretten glimmen, bis dann der erlösende Applaus einsetzte und eine tonnenschwere Last von mir abfiel.

»Hervorragendes Shibari. Einfach phänomenal«, hörte ich Takashis raue Stimme und die beiden Herrinnen kamen lächelnd zu mir.

»Besser kann ich es auch nicht. Meinen Glückwunsch! Du hast schnell gelernt«, lobte mich Lady Hurt und klopfte mir auf die Schulter.

»Also wenn du mal einen Job brauchst, kannst du jederzeit als Bondage-Meisterin bei uns anfangen«, lachte Lady Sikura und es war das erste Mal, dass sie so vertraut zu mir sprach.

»Nix da. So ein Talent werden wir doch nicht in einem Land verschwenden, das fast ausschließlich von Fisch lebt«, lachte Robert und zog mich weg.

»Das haben Sie toll gemacht. Ich muss sagen, ich hätte nicht gedacht, dass es Ihnen so leicht fällt. Aber die Ladys waren sich absolut sicher. Gratuliere. Sie haben sie und vor allem Takashi beeindruckt. Und der versteht mehr von Bondage-Techniken als die meisten Japaner.«

»Wollen wir fortfahren?«, fragte die Hausherrin und Ling nahm neben Keko Aufstellung. Die Haut der älteren Japanerin zierte ein nahezu lebensechter Reihervogel, der sicher unzählige Sitzungen bei einem

Meister des Tätowierens gekostet hatte. Ihr Haar zeigte leichte Silberspuren, aber ihre Haut war immer noch straff. Durchaus *bikinitauglich*, wie man so sagt. Ihre Brüste zierten zwei silberne Ringe, die mit einer dünnen Kette miteinander verbunden waren. An den Schamlippen trug sie zwei kräftige Ringe und ein weiterer, kleinerer war durch die Klitoris gezogen. Ling machte sich daran, sie in einen *Kokon* zu fesseln. Eine Bondage-Form die Zeit brauchte.

Als sie fertig war, stand Keko genauso unbeweglich neben ihrer Schwiegertochter und sah nach unten. In die Fesselung waren ihre Ringe mit eingearbeitet und der Zug tat bereits ihre Wirkung. Der Kokon hatte unter anderem den Zweck, den Busen des Opfers abzuschnüren und ihre Brüste standen unter der Spannung der Seile wie kleine straffe Bälle hervor. Takashi stand auf und sah sich das Werk sehr genau an. Dabei schien er seiner Frau wenig Beachtung zu schenken, stattdessen zog und zupfte und prüfte er hier und da die strenge Fesselung, dann nickte er zufrieden. Keko schien es ebenfalls zu sein.

»Bringt den Sake und macht weiter mit ihnen«, rief er freundlich und Robert winkte, dass ich mich neben ihn setzen sollte.

Beide Frauen wurden an den Balken gebunden und hochgezogen, so, dass sie frei in der Luft hingen. Das ging natürlich nicht ohne Gestöhne ab, aber Ling und Lady Sikura achteten nicht darauf. Ling nahm aus ihrem Gürtel zwei dünne Bambusleisten und ließ Miko ihre Zunge weit herausstrecken. Sie legte die beiden Leisten über die Zunge und band beide Enden fest zusammen, sodass die Frau ihre Zunge nicht mehr in den Mund zurückziehen konnte. Eine traditionelle Form des Knebelns in Japan. Lady Sikura verfuhr mit Keko ebenso und bald darauf tropfte der Speichel aus den Mündern der beiden Sklavinnen.

Eine Dienerin reichte warmen Sake. Es schmeckte überhaupt nicht nach Alkohol, doch ich vermied es, mehr davon zu genießen. Warmer Sake konnte einem den folgenden Tag total versauen, soviel hatte ich schon mitbekommen. Takashi schien diese Sorge nicht zu teilen. Er trank drei Schalen nacheinander und schaute interessiert zu Keko, die langsam in Fahrt kam. Ling trat zu Miko und änderte kurz den Druck der Knoten und trotz des Knebels wurde die Frau ziemlich laut. Sie wand sich wie ein Aal in der Fesselung und schien gerade einen Höhepunkt zu erleben.

Während Robert, Ben und der alte Sato zwanglos miteinander plauderten, übersetzte ich so gut ich konnte, ohne andauernd abgelenkt zu sein. Die beiden Frauen hingen dort wie eine Raumdekoration und mir verschlug es fast die Sprache, als Ben die Verträge für den Software-Deal hervorholte und alle unterschrieben. Robert strahlte wie ein Weihnachtsbaum. Und da ich wusste, um welche Summen es ging, konnte ich mich der Freude im Interesse der Firma nur anschließen. Wenn alles gut ging, hatte er eben ein kleines Vermögen verdient. Man trank noch drei Sake auf den Vertrag, bis Takashi winkte und die Fesseln der Frauen gelöst wurden.

Aber es wurde ihnen keine Ruhe gegönnt. Lady Sikura fragt etwas auf Japanisch und Takashi und Ben stimmten beide zu. Sofort wurden Keko und Miko an den Füßen gefesselt und kopfüber an dem Balken aufgezogen. Ihr Hände wurden an kleine Ringe im Boden des Podestes gebunden. Um die Brüste der beiden wurden schmale Bambusleisten gelegt und mit den Knebeln, die eben noch die Zungen zusammenschnürten, abgebunden. Besonders Mikos Brüste, die für eine Japanerin sehr groß waren, schwollen daher schnell an und spannten sich. Lady Hurt nahm eine flache, schwarz lackierte Schatulle und hielt sie Ben und Takashi hin. Fünf Peitschen lagen darin aufgereiht. Wunderschön geschnitzte Bambusgriffe mit verschiedenen weißen feinen Schnüren und offenbar schon sehr alt, wenn nicht antik. Beide wählten eine aus und jede der Dominas nahm eine heraus. Auf ein Zeichen hin fingen sie an, die beiden Frauen von den Füßen an damit zu peitschen. Die Instrumente verursachten fast kein Geräusch und zuerst dachte ich, es wären Show-Peitschen, bis ich Mikos ersten Schrei wahrnahm und die feinen roten Linien auf ihren Waden erkannte. Als die Herrinnen an den Hintern angekommen waren, gingen Ben und Takashi zu ihren Frauen und schoben ihnen ihre steifen Schwänze in den Mund. Die Schreie der Frauen wurden gedämpft und ich wusste aus eigener Erfahrung, was es bedeutete, in so einer

Situation nicht aus Versehen das Falsche zu tun und zuzubeißen. Die beiden Gefesselten wurden währenddessen fleißig weiter geschlagen und vor allem Ben hatte Mühe den zuckenden Leib seiner Frau in Position zu halten.

Ich sah zu Robert, und die Beule in seiner Hose, verriet mir, was ich zu tun hatte. Das Leder meines Kleides raschelte leise, während ich mich vor ihm niederließ. Sein Glied sprang mir entgegen und wir schafften es fast, dass alle Männer gleichzeitig kamen.

Die Japaner zogen sich zurück und beide Frauen hatten Mühe, die Ladungen über Kopf hinunter zu schlucken. Mittlerweile waren ihre Kehrseiten von oben bis unten mit nadelfeinen Striemen überzogen und sie stöhnten und jammerten leise.

»Ziehen Sie sich aus«, sagte Robert plötzlich, sodass ich kurz aufschreckte, aber sofort gehorchte. Takashi und Ben sahen zu, wie ich mich aus dem engen Kleid pellte.

»Lassen Sie die Stiefel an und gehen Sie zu den Frauen. Ich möchte, dass Sie genauso angebunden und behandelt werden, wie die beiden anderen.«

Seine Stimme klang völlig emotionslos, so als ob er mir einen Brief diktieren würde. Etwas verwirrt ging ich zu Lady Sikura, die eben mit der Vorderseite von Keko beginnen wollte.

»Mein Herr hat befohlen, dass ich wie die beiden Frauen gefesselt und auch gepeitscht werde.«

Wie durch viele Sessions vorher gelernt, hielt ich den Kopf gesenkt und wartete darauf angebunden zu werden. Der Sprung von der Herrin zur Sklavin fiel mir anscheinend nicht schwer. Die Domina sagte nichts, sondern holte einige Ledermanschetten und legte sie mir um Hände und Füße. Lange Seile wurden durch die Ösen gezogen und ich wurde langsam nach oben bewegt.

»Spreizt ihre Beine, zieht sie weit auseinander«, hörte ich Robert rufen und Ling veränderte kurz etwas an den Stricken. Wie ein weites V hing ich mit nach unten hängenden Armen an dem Balken und jetzt erst spürte ich, wie heiß ich war. Hatte Robert es erkannt? War das seine Art mir eine Belohnung zukommen zu lassen? Eine Session bei zwei der bestbezahlten Dominas des Landes? So lange hatte ich es vermisst.

Lady Hurt wollte mir eben den Zungenknebel anlegen, als Takashis Stimme zu hören war.

»Nein. Kein Knebel. Wir wollen sie brüllen hören.«

Wortlos verschwand das Ding wieder in ihren Kleidern, und nachdem sie meine Hände gesichert hatte, sah ich wie Robert aus der Schatulle eine Peitsche auswählte. Gott, war ich heiß und irgendwie froh, dass ich kopfüber hing, sonst wäre ich förmlich ausgelaufen. Die Tür zum Holz-Zimmer öffnete sich und Lady Zenobia kam herein. Sie übernahm die Peitsche, die für Keko bestimmt war und Lady Sikura stellte sich neben mir auf. Das Licht wurde gelöscht und wieder war nur das Podest angestrahlt. Ich sah Bens Zigarette aufglimmen, als der erste Hieb meine linke Wade traf. Ein feiner scharfer Schmerz durchfuhr mich und entriss mir ein erstes Stöhnen. Als beide Beine ihren Anteil weghatten, wimmerte ich bereits wie ein kleines Kind.

Lady Sikura schlug mir mindestens zehnmal auf die Innenschenkel und ich glaubte, die Schnüre würden mich in der Mitte spalten. Ich hatte inzwischen jede Beherrschung verloren und schrie mit den beiden anderen Frauen um die Wette. Als meine Brüste dran waren, hätte ich schwören können, sie würden mir jede Sekunde abgetrennt, aber ich konnte sehen, wie die feinen Linien jeden Zentimeter meiner Haut bedeckten. Als ich schließlich heiser in meinem Fesseln hing, hörten die Schläge auf und Lady Sikura griff mir mit ihren Handschuhen fest an den Kitzler. Bisher hatte ich vor Erregung rote Kreise vor den Augen gehabt und war während der Auspeitschung mindestens einmal gekommen. Aber nun brach es aus mir heraus wie ein Vulkan und schrie so laut, dass meine Stimme hinterher noch tagelang kaum zu hören war. Keko schrie noch ein bisschen länger und schien ihren Orgasmus voll auskosten zu können. Miko hingegen zuckte unkontrolliert in ihren Fesseln und aus ihrer Scheide spritzte sogar etwas Flüssigkeit, während sie leise vor sich hin stöhnte. Sie hatte ihren *Spaß* gehabt. Die Herren tranken noch diverse Sakeschalen, bevor sie das Zeichen gaben und wir endlich losgebunden wurden.

Ich war so fertig, dass ich bis zum nächsten Morgen durchschlief und
Satos Abfahrt verpasste. Drei Tage blieb ich noch im Haus der Sinne
und wurde oft zu weiteren Behandlungen eingeteilt, bis Robert mich
abholte. Es gab eine kleine Abschiedsfeier, zu der ich das Essen beis-
teuerte. Ich kochte Hamburger Labskaus mit Fisch. Leider gab es
keinen Hering, sodass ich auf eine einheimische Fischart zurückgrei-
fen musste, was die Gäste aber in keiner Weise störte. Das Gericht
kam so gut an, dass Lady Z befahl, das Rezept für sie aufzuschreiben.

Zum Abschied reichte mir Lady Sikura ein Geschenkpaket, das von
Takashi stammte, und beschwor Robert dafür zu sorgen, dass ich es
erst zuhause öffnen sollte. Sie machten es so spannend, dass ich beim
Zoll hoffte, die Beamten würden verlangen, es zu öffnen. Aber unser
Gepäck wurde durch die Diplomatenschleuse geschoben und außer
den Bordkarten kontrollierte bei uns niemand etwas. Ich spürte die
Hände der Satos im Hintergrund. Sie hatten es prophezeit. So etwas
wie bei unserer Einreise würde sich nicht wiederholen.

Kaum waren wir gestartet, hielt ich es nicht mehr aus. Unter Roberts
zaghaften Protest riss ich das Papier vom Paket und es offenbarte eine
edel aussehende lackierte Schatulle. Das Wappen der Satos war als
Intarsienarbeit auf den Deckel eingelassen. Es dauerte etwas, bis ich
den Öffnungsmechanismus begriffen hatte, und ich zappelte wie ein
kleines Kind auf dem Sitz herum, sodass die Nachbarn schon aufmerksam wurden.

Als der Deckel endlich zur Seite klappte, hielt ich den Atem an. Auch
Robert schien ernsthaft erstaunt. Es lag eine grüne Bambuspeitsche
darin mit einem wunderschön geschnitzten Griff. Die feinen Schnüre
waren sorgfältig in mehreren Lagen um den unterarmlangen Stiel
gelegt. Mit den Fingerspitzen fühlte ich die so weichen und doch so
scharfen Fasern. Sie waren so unscheinbar und doch extrem schmerzhaft, dass mir immer noch der Hintern brannte, wenn ich längere Zeit
saß.

»Also ich bin kein Experte, aber das Ding ist garantiert so antik, das
wir mit den Behörden wegen der unangemeldeten Ausfuhr von lan-
deshistorischen Artefakten richtig Ärger bekommen hätten«, meinte
Robert und strich mit den Fingern über die Schnitzereien.

278

Ich traute mich gar nicht, die Peitsche aus der Schatulle zu nehmen. So kunstvoll war sie eingepackt.

»Wie können sie so etwas verschenken?«, fragte ich unsicher.

»Also am Preis hat es sicher nicht gelegen, aber das Problem ist, dass keiner der bei Verstand ist, sich von so etwas trennt. Die Peitsche kann nur aus Takaschis Privatsammlung stammen. Woanders kann sie kaum hergekommen sein. Sie müssen ihn mächtig beeindruckt haben, wenn er Ihnen so etwas schenkt.«

Ich schloss den Deckel und drückte die Schatulle gedankenverloren an meine Brust. Was geschah mit mir? Menschen, die ich kaum kannte, schenkten mir Antiquitäten, die sich manches Museum nicht leisten konnte. Und wofür? Hatte ich sie nur gut unterhalten oder war es echtes Interesse an mir? Jobmäßig war ich bisher kaum in Erscheinung getreten und irgendwo in meinem Kopf schellte eine Warnglocke, dass dieser Traum mit einem Mal zu Ende sein könnte. Ich schaute zu Robert, der sich den Kopfhörer aufgesetzt hatte und auf den Film wartete. War ich ihm einfach nur eine gute Sklavin, die er herumzeigen konnte? Jemand, den er im Rahmen eines mir unbekannten Experiments zur Domina umerziehen wollte? Meine Übersetzungen allein konnten ihn kaum beeindruckt haben. Auf dem Bildschirm begann der Vorspann und lenkte mich ab. Ich legte das Paket beiseite und meinen Kopf an Roberts Schulter. Gemeinsam schauten wir *Herr der Ringe*, bis ich einschlief.
Japan fand ich super!

Buchvorstellung

Vanessa Haßler - Hiebe & Küsse

Freimütig erzählt Vanessa Haßler von ihrem Verlangen nach Strafe und Schlägen. Stockkonservativ erzogen muss sie zunächst lernen, ihre Neigung zu akzeptieren. Dabei helfen ihr Erfahrungen mit Gleichgesinnten, vor allem aber die befreienden Erlebnisse mit ihrem späteren Lebensgefährten Sebastian. Endlich kann sie dann ihrer Passion – dem „Englischen Laster" – hemmungslos frönen.

Der Inhalt von »Hiebe & Küsse« hat autobiographischen Charakter, berücksichtigt aber auch die Erfahrungen von *Gesinnungsgenossen*. Es lag der Autorin am Herzen, die Themen *BDSM* und *Flagellantismus* aus unterschiedlichen Perspektiven zu beleuchten; sie wollte sozusagen die *nette Flagellantin von nebenan* und die Domina sowie den Sklaven *zum Anfassen* vorstellen; Menschen also, die neben ihrer speziellen Ausrichtung ein völlig normales Leben führen.

Ein deutliches Gewicht lag überdies auf der glaubhaften Darstellung der Charaktere und Geschehnisse. Alles, was geschildert wird, basiert weitgehend auf realen Ereignissen. Wenngleich es in den Geschichten mitunter hart zugeht, ist eine gewisse *Harmoniesüchtigkeit* der Autorin unverkennbar, neben BDSM-Erotik kommen Liebe und Romantik nicht zu kurz und meistens gibt es ein Happy End.

Hiebe & Küsse ist als eBook und im Paperback-Format erhältlich.

Um mehr über weitere Titel zu erfahren, besuchen Sie auch die Webseite des Verlags: www.schwarze-zeilen.de